オリンポスの咎人

サビン

ジーナ・ショウォルター
仁嶋いずる　訳

JN264503

MIRA®

Published by Harlequin K.K., Tokyo, 2011

パラノーマル・シリーズの四作目『オリンポスの咎人《とがびと》　サビン』をお送りすることができてとてもうれしく思っています。ブダペストの人里離れた城に住む十二人の戦士たち――セクシーさでは甲乙つけがたい彼らは誰も破れない古い呪いに縛られています。ある強敵が戻ってきたとき、神々が遺《のこ》した聖なる遺物――戦士を滅ぼす力を秘めた武器を求めて、世界を駆け巡る戦士たちの冒険が始まります。

サビンを苦しめ……いえ、サビンの物語を紡ぐのをわたしは心から楽しみました。サビンは常に何よりも勝利を優先する男です。もちろん愛よりも。そんな彼が、自分だけでなく魔物の気持ちをもとらえてしまうグウェンという女性と出会い、変わっていくのを見るのは楽しい経験でした。猛々《たけだけ》しいまでの強い男が愛の前にひざまずくほどセクシーなストーリーがあるでしょうか。

ぜひいっしょに暗く官能的なこの世界に足を踏み入れませんか。この世界では善と悪とを分ける境界はあいまいで、真の愛が究極の試練にさらされます。そしてこれからの〈オリンポスの咎人〉にもご注目を。冒険はさらに危険度を増し、ロマンスはより熱く燃えあがります！

みなさんのご幸運を祈って

ジーナ・ショウォルター

ブダペストの森の奥深くに、
永遠の呪いをかけられた戦士たちがいた。

かつてパンドラの箱を開けた彼らは、
世界に諸悪の魔物を解き放って神の怒りを買い、
その罰として各々の心に魔物を封じ込められた。
ある者は“暴力”、ある者は“苦痛”というように。
以来、数千年ものあいだ、戦士たちは内なる魔物と
闘いながらひっそりと生き続けている。

だが戦士たちを悪の根源と見なす人間たち
“ハンター”が現れ、
パンドラの箱を探しはじめたとき、
平穏な日々は終わりを告げた。
箱を開けられれば、戦士の魂は滅ぼされてしまう。
こうして戦士たちの聖なる箱を探す旅は始まった。

捜索は不死身の戦士に有利かに思われた。
ところが、ハンターの首領の正体が明らかになり、
戦士たちは戦慄をおぼえる。
それは彼らがよく知っている仲間だったのだ……。

人物相関図

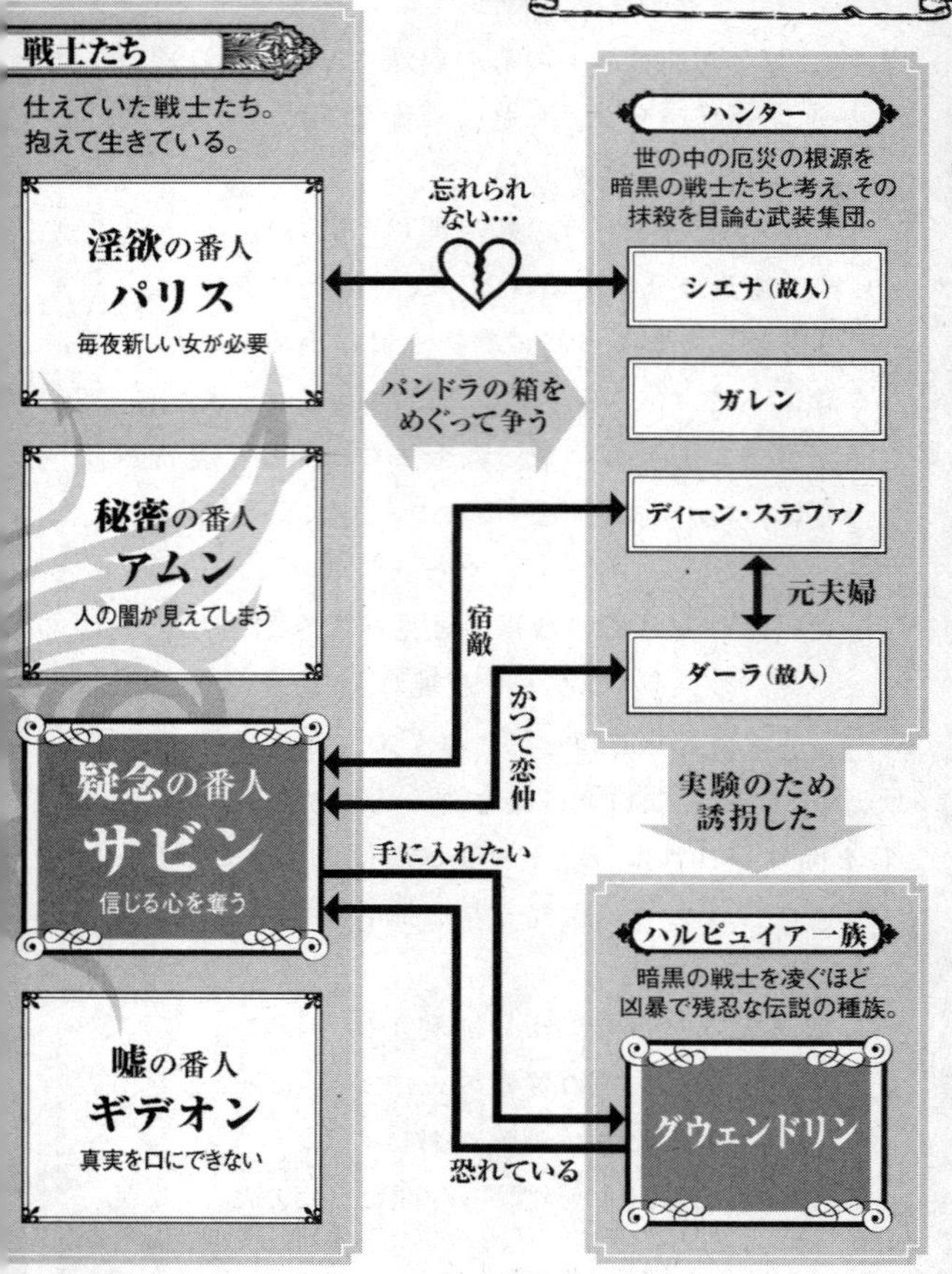

戦士たち
仕えていた戦士たち。
抱えて生きている。
淫欲の番人
パリス
毎夜新しい女が必要
秘密の番人
アムン
人の闇が見えてしまう
疑念の番人
サビン
信じる心を奪う
嘘の番人
ギデオン
真実を口にできない
忘れられない…
パンドラの箱をめぐって争う
宿敵
かつて恋仲
手に入れたい
恐れている
ハンター
世の中の厄災の根源を暗黒の戦士たちと考え、その抹殺を目論む武装集団。
シエナ（故人）
ガレン
ディーン・ステファノ
元夫婦
ダーラ（故人）
実験のため誘拐した
ハルピュイア一族
暗黒の戦士を凌ぐほど凶暴で残忍な伝説の種族。
グウェンドリン

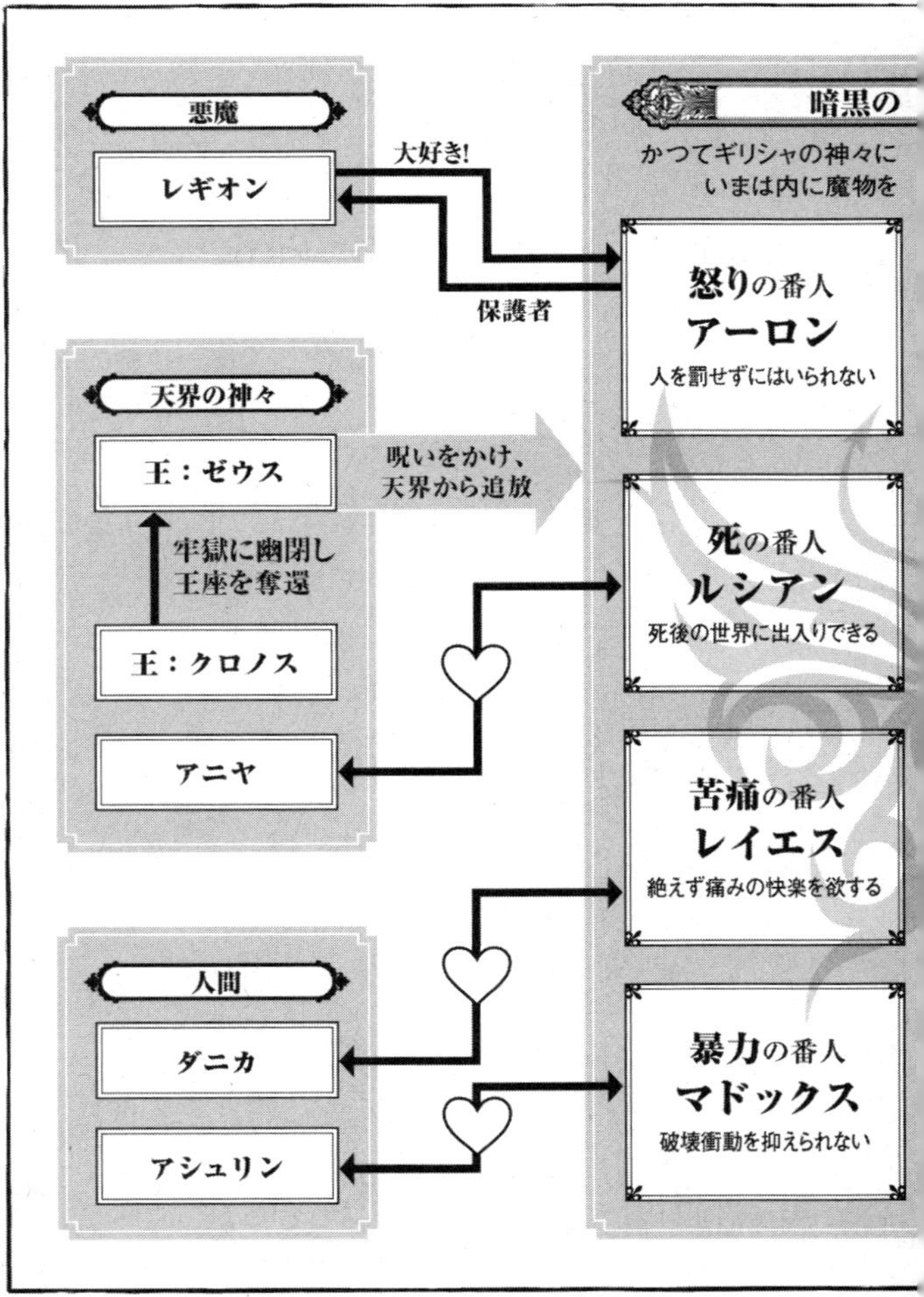

♡のなれそめについては巻末の作品情報をご覧ください。

サビン

■主要登場人物

サビン……………………………………不死身の戦士。〝疑念〟の番人。
　戦士たちのリーダー格。
ダーラ……………………………………サビンの元恋人。故人。
ディーン・ステファノ…………………サビンの仇敵。ダーラの元夫。ハンター。
グウェンドリン（グウェン）・スカイホーク……伝説の生物ハルピュイア。
タリヤ、ビアンカ、カイア・スカイホーク……グウェンの姉たち。
ルシアン…………………………………〝死〟の番人。戦士たちのリーダー格。
アニヤ……………………………………ルシアンの恋人。〝無秩序〟の女神。
レイエス…………………………………〝苦痛〟の番人。
ダニカ・フォード………………………レイエスの恋人。〝万能の目〟。
マドックス………………………………〝暴力〟の番人。
アシュリン・ダロウ……………………マドックスの恋人。超能力者。
パリス……………………………………〝淫欲〟の番人。
シエナ……………………………………パリスの一夜の相手。ハンター。故人。
アーロン…………………………………〝怒り〟の番人。
レギオン…………………………………アーロンの友人。地獄のしもべ。
ガレン……………………………………〝希望〟の番人。ハンターのリーダー。
クロノス…………………………………タイタン族の王。

1

〝疑念〟の番人サビンは、古代ピラミッドの地下墓地に立っていた。呼吸は乱れ、汗びっしょりで、手は敵の血に染まり、体は傷とあざだらけだ。彼は殺戮《さつりく》の現場を見まわした。彼もまたこの血の海を作り出した一人だ。

たいまつの炎がオレンジと金色にちらつき、石壁に伸びる影と混じりあう。壁には深紅のしぶきが飛び散り、ぽたぽたと垂れ……血だまりを作っていく。砂混じりの床は黒く濡《ぬ》れてべとついている。三十分前に一行が通ったとき壁は明るい茶色だった。今、この狭い通路のいたるところに死体が並び、早くも死臭を漂わせている。

この戦いで九人の敵が生き残った。九人は武器を取りあげられて片隅に追いやられ、縛りあげられた。恐怖で震える者がほとんどだ。数人だけが背筋を伸ばして顔を上げ、目に憎しみを浮かべている。負けてもうなだれる気はないのだ。感心じゃないか。

残念だが、そんな度胸は叩《たた》きつぶすしかない。

強者は秘密をもらさない。だがサビンがほしいのはその秘密だ。

サビンはどんな命令を受けようと、しかるべきときにしかるべきことをやり遂げる戦士だ。殺戮、拷問、誘惑。そして同じことを仲間にもためらわず命じる。ハンターは彼ら暗黒の戦士が世の悪の根源だと決めつけている。ハンターに勝たなくては意味がない。この戦いに勝利してこそ、サビンの仲間に平穏が訪れる。当然の権利だ。どうしても仲間に平穏な日々を送らせたいとサビンは思っていた。

乱れた浅い息づかいが聞こえる。それは自分自身の息であり、仲間の、そして敵の息でもある。誰もが持てる力すべてで戦った。これは善と悪の戦いであり、悪が勝った。いや、〝ハンターが悪とみなした者〟と言ったほうが正しい。サビンも、きょうだいの絆《きずな》で結ばれた戦士たちも、そうは思っていない。

戦士たちはその昔、パンドラの箱を開けて災いを世に放った。そして永遠の罰としておのおのがその災いを身に宿す呪いを神々から受けた。たしかに彼らはかつては悪の半身の奴隷であり、破壊と暴力にまみれ、良心のない殺戮者だった。だがいまや戦士たちは魔物を手なずけ、ほとんど人間といっていい存在となった。

それでもときおり魔物は抗《あらが》い、戦士を支配し、破壊する。

だが生きる権利はあるはずだとサビンは思う。人間と同じく、戦士たちも友が傷つけば苦しみ、本を読み、映画を観《み》、寄付もする。恋することもある。だがハンターはそうは考えない。暗黒の戦士がいなくなれば世界はよくなると信じている。平和で完璧なユートピアになると思っている。どんな罪も魔物のせいにしているのだ。手の施しようのない愚か者だからなのか、人生に満足できないのを人のせいにしているのか、どちらだろう。どちらにしても、奴《やつ》らを殺すことがサビンの人生の最重要課題となった。奴らのいない世界こそサビンのユートピアだ。

そのために戦士たちは安全なブダペストの城をあとにし、この三週間というもの、エジプトの荒れ果てたピラミッドをしらみつぶしにあたって、パンドラの箱の発見につながる聖遺物を探してきた。このパンドラの箱をハンターは戦士たちを倒すために使おうと考えている。そしてサビンらはようやく求めるピラミッドを探しあてた。

「アムン」サビンは向こうの暗い片隅にアムンがいるのを見つけて声をかけた。アムンはいつものようにすっぽりと影にとけこんでいる。サビンは捕らわれたハンターたちのほうに無表情で首を振ってみせた。「何をすればいいかわかってるな」

〝秘密〟の番人アムンは険しい顔でうなずき、こちらに歩いてきた。ひと言でも言葉をもらせば数世紀にわたって集めてきた秘密が流れ出すとでも思っているのか、いつも押し黙っている。

生き残ったハンターたちは、シルクを裂くナイフのごとく仲間を切り裂いたたくましい戦士が近づいてくるのを見て、一様に後ずさった。勇敢な者でさえそうだ。それも無理はない。

アムンは長身で引き締まった筋肉質の体を持ち、足取りは断固としながらも優雅だ。ただ断固としているだけならほかの兵士と変わらない。優雅さが加わっているからこそ、獲物をくわえて運ぶ猛獣さながらの静かな残虐さが感じとれるのだ。

アムンはハンターの前まで来ると足を止め、男たちを見まわした。と、すっと前に出て真ん中の男の喉をつかみ、目と目が合うまで体を持ちあげた。男の足がぶらりと垂れ、両手がアムンの手首をつかむ。その顔から血の気が引いていく。

「その手を離せ、汚らわしい魔物め」ハンターの一人が怒鳴り、仲間の腰にすがりついた。「どれほど大勢の無実の人間を殺し、人生を破壊したと思ってるんだ！」

アムンは動かなかった。仲間たちも。

「この男は善人だ」別のハンターが声をあげた。「殺される理由なんかない。それもこんな邪悪な奴らの手で！」

次の瞬間、青い髪、鋼色がかった青い瞳を持つ〝嘘《うそ》〟の番人ギデオンがアムンの隣に立ち、抗議の声は消えた。「また手出ししたら死ぬほどキスしてやるからな」そう言うと彼は刃先がぎざぎざになったナイフを二本引き抜いた。さっきの戦闘で血まみれになったままだ。

ギデオンの逆転した世界では〝キスする〟は〝ぶちのめす〟を意味する。それとも〝殺す〟だろうか？　サビンはギデオンの文法がわからなくなった。

狐《きつね》につままれたような沈黙があり、ハンターたちはギデオンの言葉の真意を推し量った。答えが出ないうちにアムンがつかんでいた男が静かになり、ぐったりした。アムンが手を離すと男の体は地面に崩れ落ち、動かなくなった。

アムンはしばらくその場に立ち尽くしていた。誰も、ハンターでさえも触れようとしない。ハンターたちは倒れた仲間を蘇生《そせい》させようと必死なのだ。もう手遅れなのがわかっていない。男の脳はすでに空白だ。奥深く隠された秘密はすべてアムンのものになった。記憶さえアムンのものかもしれない。アムンはサビンにくわしいことを教えてくれないし、サビンも尋ねたことはなかった。

アムンは体をこわばらせ、ゆっくりと振り向いた。その苦しい一瞬、黒い目がサビンの目をとらえ、頭の中に新しい声を取りこんだ苦しみをかいま見せた。やがてアムンはまばたきし、これまで何千回もしてきたように苦痛を隠した。そしてサビンが見守る中、決然とした顔つきで奥の壁に向かって歩いていった。サビンは罪悪感を抱くつもりはなかった。義務は果たさねばならない。

その壁は周囲と同じように見えた。ごつごつした石が斜めに積み重なっているだけだ。アムンは上から七番目の石の上に手のひらを広げて置き、下から五番目の石をもう片方の手でつかんだ。そして片方を左に、もう片方を右に同時にひねった。

手の動きに合わせて石が動いた。

サビンは畏敬の念を持ってその様子を見守った。ほんの一瞬でアムンが手にする莫大《ばくだい》な情報量を思うと、いつも驚きを抑えられない。

完全に向きが変わると、ふたつの石の中心に亀裂が生じて上下へと伸びていき、それまでサビンの目には見えなかった壁の一部を浮き彫りにした。次にその部分がじょじょに奥へと動き出し、やがてゆっくりと片側に吸いこまれ始めた。完全に開いたらサビンのような巨漢が揃《そろ》う一団も楽に通り抜けられるだろう。

広がりつつある入り口を見守っていると、冷たい風が地下墓地を吹き抜け、たいまつの炎がぱちぱちと音をたてた。早く開け、とサビンは石に向かって念じた。石は苦しくなるほどじりじりとしか動かない。

「奥にハンターはいるのか？」サビンはそうきいて腰からシグ・ザウエルを引き抜き、弾倉を確かめた。三発残っている。ポケットから弾を取り出し、装填する。特注のサイレンサーはつけたままだ。

アムンはうなずき、指を七本立てた。そして広がりつつある入り口の前に立ちはだかった。

ハンター七人に対して戦士は十人。サビンはアムンを数に入れなかった。アムンはやがて頭の中に取りこんだ声に集中力を邪魔され、使い物にならなくなる。それでもアムンが無言で戦闘に加わろうとするのは間違いない。哀れなハンターよ。奴らに勝ち目はない。

「こっちに感づいているか？」

黒髪の頭がかぶりを振った。

監視カメラはないようだ。いいぞ。

「七人のハンターなど赤ん坊の手をひねるようなものだ」〝死〟の番人ルシアンが奥の壁に寄りかかったまま言った。顔には血の気がなく、左右で色のちがう目が光って見えるが……発熱か？「おれのことはかまわず行ってくれ。もう力がない。どちらにしろ、これから死者の魂に付き添わないといけない。それが終わったら捕虜をブダペストの地下牢《ちかろう》に瞬間移動させるつもりだ」

〝死〟の魔物を宿したルシアンは、念じただけで瞬間移動できる。そして死者を地獄へと連れていく役目を担っている。かといって本人が常に無傷かというとそうではない。サビンはルシアンをしげしげと見て顔をしかめた。顔に走る傷が浮き出ているし、鼻の骨が折れている。肩と腹に銃弾のあとがあり、背中の下あたりに血のしみが広がっているところを見ると腎臓もやられたようだ。

「大丈夫か？」

ルシアンは顔をしかめて笑った。「死にはしない。だが明日になればそれを後悔するだろうな。内臓がいくつかやられている」

それはつらいな。サビン自身、回復した経験があるからわかるのだ。「手足を再生しなくていいだけましだ」

視界の隅でアムンがさっと手で合図するのが見えた。

「監視カメラがないどころか、奴らは防音壁の中にいるらしい」サビンは合図を読んだ。

「ここは古代の牢獄だから、主人は奴隷の悲鳴を外にもらしたくなかったんだろう。ハンターはおれたちの存在にまったく気づいていない。となれば不意打ちも簡単だ」

「ただの不意打ちならおれが行くまでもないな。ルシアンと残るよ」レイエスは壁に寄りかかったまま立ちあがり、もたれかかった。レイエスは〝苦痛〟の魔物を宿している。肉体的な苦痛が快楽をもたらし、負傷が体力を強める。だがそれは戦闘中だけで、戦いが終われば皆と同じように弱くなる。今のレイエスは仲間の誰よりもぼろぼろの状態だ。あれだけ頬が腫れていればろくに前も見えないだろう。「捕虜を見張る者も必要だろう」

ということは七対八か。楽勝だ。レイエスが残るのはルシアンの体を敵から守りたいというのが本音にちがいない。ルシアンは肉体ごと異界に飛ぶこともできるのだが、それは体力のあるときだけで、今はおそらくちがう。

「アニヤとダニカに何を言われるか」サビンはつぶやいた。レイエスもルシアンも最近恋に落ちた。戦士たちがエジプトに向けて発《た》つとき、アニヤとダニカはただひとつのことをサビンに頼んだ。愛する人を無事に連れて帰って、と。

こんなずたずたの状態で皆をブダペストに連れ帰ったら、ダニカはサビンを見てがっかりしたように首を振り、すぐさまレイエスを癒そうとするだろう。サビンはブーツについた泥以下のみじめさを噛《か》みしめることになる。そしてアニヤはルシアンが撃たれたとおりにサビンを撃ち、それからルシアンを慰めるだろう。サビンはたとえようのない苦痛を味わうことになる。

サビンはため息をついて仲間を見まわした。行ける状態の者、残す者を見極めなくては。〝暴力〟の番人マドックスは史上最高の勇猛な戦士だ。サビンに劣らず血だらけで息も荒いが、もう行く気満々でアムンの隣に立っている。マドックスの恋人もアニヤやダニカと同じ目でサビンを見るにちがいない。

少し目を動かすと美しいカメオが視界に入った。〝悲嘆〟の番人カメオは仲間の中でただ一人の女戦士だ。体つきこそ小さいが、残忍さはそれをおぎなってあまりある。彼女の場合、口を開くだけでこと足りる。世界中の悲しみのこもったその声を聞けば、指一本触れなくても人間たちはみずから死を選んでしまうのだ。カメオは何者かに首を切られて深い傷を負っていた。だがそんな傷などものともせず、彼女は山刀をぬぐってアムンとマドックスに並んだ。

そしてもう一人。〝淫欲〟の番人パリスは、かつて一同の中でいちばん陽気な男だった。今の彼は気難しくなり、落ち着きのない毎日を過ごしている。どうしてそうなってしまったのか、サビンにはわからない。理由がなんであれ、さっきまでパリスはハンターの前に立ちはだかり、残虐さを体から発散させ、怒声をあげて戦闘にのめりこんでいた。右脚の二箇所から血が噴き出しているが、休みたいとは言わないはずだ。

パリスの隣には〝怒り〟の番人アーロンがいた。神々から相手かまわず殺しまくれという呪いをかけられたアーロンは、最近その呪いから解放されたばかりだ。あのころのアーロンは傷つけ、殺すためだけに生きていた。こういう戦闘のときはそれがよみがえる。今日、彼は手当たりしだいに敵をなぎ倒し、まだあの呪いに憑《つ》かれているかのように戦った。それはたしかにいいことだ。だが……。

次の戦いが終わったとき、アーロンの殺戮の衝動はどれほどひどくなるだろう？　レギオンを呼び出すはめになったら厄介だとサビンは思った。レギオンは血に飢えた小さな悪魔で、アーロンを神のように崇拝している。暗い衝動にとらわれたときのアーロンをなだめられるのはレギオンだけだ。間の悪いことにレギオンは今地獄で情報を集めている。サビンは地獄の状況も把握したいと思っていた。情報は力になるし、思わぬところで役に立つかもしれない。

突然アーロンが一人のハンターのこめかみを殴りつけた。ハンターは気を失って床に倒れこんだ。

サビンはまばたきした。「どうしたんだ？」

「襲ってこようとした」

怪しいものだ。ところが次の瞬間、目に見えない縄をふりほどいたようにパリスが飛び出し、捕えたハンターを一人残らずアムンなみに静かにしてるさ」

「これでこいつらもしばらくアムンなみに静かにしてるさ」

サビンはため息をつき、別の戦士に目をやった。〝征服〟の番人、ストライダー。この男はどんな場合にも負けられない。負けると命にかかわるほどの痛みに襲われるから、勝つしかないのだ。これからの戦いに備えて脇腹から銃弾を掘り出しているのはそのせいだろう。いいぞ。ストライダーはいつも頼りになる。

〝破壊〟の番人ケインがサビンの前に歩いてきた。と、天井から石の破片が落ちてきてほこりが舞いあがり、ケインは首をすくめた。咳《せ》きこむ戦士もいた。

「あのな、ケイン。おまえも残ってくれないか？　レイエスといっしょに捕虜を見張ってほしいんだ」見え透いた言い訳だ。それは全員が見抜いている。

しばらく間があり、ゆっくりと開く入り口の岩がこすれる音だけが響いた。やがてケインがぎこちなくうなずいた。残されるのがいやなのだろう。それはサビンにもわかる。だがケインがいると助かるより困るほうが多いことがあるのだ。サビンは常に仲間の感情より勝利を優先させた。気分のいい選択ではないし、いつもそうするとはかぎらない。だが誰かが冷静な理性に基づいて判断しないと、全員がやられてしまう。

ケインが抜けるとなると、七対七か。頭数では互角だ。ハンターも気の毒に。同数でも勝つ見こみはない。「ほかに残りたい者は?」

あたりに〝いない〟の言葉が重なって響いた。高低さまざまな声にやる気がにじみ出ている。それはサビンも同じだった。

パンドラの箱を見つけるまで、戦闘は避けては通れない。だがパンドラの箱のありかの手がかりとなるのは聖遺物だけだ。四つの聖遺物のうちのひとつがおそらくここエジプトに眠っている。だからこそこれからの戦いはかつてなく重要なものになる。サビンはハンターにはひとつたりとも聖遺物を渡すつもりはなかった。パンドラの箱はサビンをはじめ彼が大事に思う者たちを皆滅ぼしてしまう。箱の力で戦士の体から魔物が引き出されれば、あとには命のない抜け殻しか残らない。

今日は勝つという自信はあるが、それには全力を尽くさねばならない。ハンターを率いているのはサビンの宿敵ガレンだ。〝善と正義の守護者〟を装ってはいるが、ガレンも魔物を宿した不死の戦士であり、人間には許されない情報に通じている。それはたとえば戦士を撹乱《かくらん》する方法であり、捕らえる方法であり、倒す方法だ。

ようやく壁の動きが止まり、アムンが中をのぞきこんだ。彼は入っても安全だと手で合図したが、誰も動かない。サビンのグループとルシアンのグループは、千年以上も別々に行動してきて最近ようやくともに戦うようになった。だから配置の取り方が身についていないのだ。

「中に入るのか、それとも奴らに見つかるのを待つのか？」アーロンがうなるように言った。「こっちは準備万端だ」

「その顔を見るとやる気ゼロってとこだな」ギデオンがにやりとした。「最悪だぜ」

まとめ役を買って出るしかないとサビンは思い、戦略を考えた。この数世紀、ハンターとの戦いに進展はなかった。ただ殺すことだけを考え、行きあたりばったりに戦ってきた。だが敵の数は増えこそすれ減りはしない。正直言って奴らの決意と憎しみは増すばかりだ。そろそろ新しい戦い方を考えないといけない。戦いの前にこちらの持ち駒と弱点を洗い直すべきだ。

「いちばん怪我《けが》の少ないおれが先頭に立つ」サビンは銃の引き金に手をかけたが、しぶしぶベルトに戻した。「怪我の軽い者と重い者でペアになってくれ。軽い者が敵を狙い、重い者はその間援護にまわる。敵はなるべく生け捕りにしろ。不本意だと思うし、本能にもそむくだろう。だが心配するな。捕虜はすぐに死ぬことになる。リーダーを捜し出して秘密を手に入れたら捕虜に用はない。おまえたちの好きにするがいい」

サビンの前にいた三人がさっと左右に分かれ、サビンに道をあけた。狭い通路に足を踏み入れたサビンのうしろに全員が続いた。忍ばせた足音以外何ひとつ聞こえない。電池式の照明が壁一面の象形文字を照らし出した。サビンはほんの一瞬だけ字面を追ったが、頭にイメージを焼きつけるにはじゅうぶんだった。その文字が表すのは、虜囚が一人ずつ残忍に処刑されていく様子だ。まだ鼓動を打っている心臓を生身の人間から取り出すというものだった。

ほこりっぽいすえた空気は人間のにおいがした。コロン、汗、食べ物の入り混じったにおい。ハンターはいつからここにいるのだろう？　ここで何をしている？　もう聖遺物を発見したのだろうか？

そんな疑問がサビンの頭に浮かんだとき、彼の中の魔物はすかさずチャンスをとらえた。〝疑念〟の魔物はそうせずにいられないのだ。**もちろん奴らはおまえの知らないことを知っているぞ。おまえを倒すほどの情報かもしれない。おまえの仲間も今夜が顔の見納めかもしれないな。**

〝疑念〟の魔物はサビンが酔いつぶれでもしないかぎり嘘がつけない。相手を打ちのめすために魔物が利用するのは嘲笑と猜疑《さいぎ》心だけだ。この地獄の落とし子がなぜ嘘を利用しないのかサビンにはわからなかった。魔物にも魔物なりの呪いがあるとしか思えない。だがサビンはもうあきらめていた。といっても今夜は魔物に屈するつもりはない。勝手にするがいい。来週は寝室にこもって、よけいなことを考えないように読書に没頭するからな。

だめだ、えさがほしいんだ。魔物が不平を鳴らした。猜疑心がかきたてる不安が魔物のえさなのだ。

すぐにくれてやる。

早くしろ。

サビンが足を止めて片手を上げると、背後の戦士たちも止まった。前方に部屋があり、ドアが開いている。声と足音、そしてドリルらしき音が響いてくる。

ハンターは自分たちしか見えていない。これでは不意打ちしてくれと言っているようなものだ。お望みどおり、しかけてやろうじゃないか。

いいのか？　サビンの警告を無視して魔物が口を開いた。**不意打ちされるのはもしかしたら――**

おれのことは忘れろ。約束どおり、えさをやろう。

サビンの頭の中で喜びの歓声があがった。〝疑念〟の魔物はピラミッド内のハンターに向けて心を解き放ち、ありとあらゆる破壊的な猜疑心を吹きこんだ。**何もかも無駄だ……間違っていたらどうする……とてもかなわない……すぐに死ぬぞ……**。

会話の声が消えていった。泣き声をもらす者さえ現れた。

サビンは指を一本立て、さらにもう一本立てた。三本目の指が立った瞬間、戦士たちは雄叫《おたけ》びをあげていっせいに飛び出した。

2

そびえたつようにたくましい血まみれの戦士たちが部屋になだれこんできたとき、〝臆病者のグウェンドリン〟はガラスの檻《おり》の奥の壁際に身を寄せた。この一年、彼女はこの部屋を愛し、同時に憎んできた。愛したのは、檻から出て自由になれる希望があったから。憎んだのは、そこでむごたらしい行為がおこなわれたからだ。彼女はその行為を目にしておびえた。

今、その行為の張本人たちが驚きの声をあげ、ペトリ皿や針、薬瓶や実験器具を取り落とした。侵入者は獣のようなうなり声とともに切りつけ、蹴りあげながら恐ろしい勢いで敵を蹴散らしていく。狙われた者は次々と倒れていった。どちらが勝つか一目瞭然だ。

これが終わったら自分は、そしてほかの者たちはどうなるのか。そう思ってグウェンは震えた。戦士は彼女と同じく、そして周囲の檻に捕らわれている乙女たちと同じく、人間ではない。これほど手強《てごわ》くたくましい者が人間であるはずがない。でもそれならいったい何者なのか、グウェンにはわからなかった。どうしてここに？　目的は何？

失望ばかりの一年だっただけに、救出に来てくれたと考える勇気は出なかった。わたしたちはこのまま放置され、ここで朽ちていくのだろうか？　それともこの戦士は、いまわしい人間と同じようにわたしたちを利用するのだろうか？

「こいつらを殺して！」捕らわれた乙女の一人が戦士に叫んだ。怒りにあふれる険しい声を聞いて、グウェンは自分の体を抱きしめた。「わたしたちと同じ苦しみを味わうがいいわ！」

女たちを閉じこめているガラスは外の世界から持ちこまれたもので、こぶしや銃弾では歯がたたないほど分厚い。それでも部屋や檻の中の悲しみの声はグウェンの耳にごうごうと響いた。

この音をどうやって遮断するかグウェンは知っている。子どものころ姉が教えてくれた。けれども、彼女を閉じこめた奴《やつ》らが負ける様子をどうしても耳で聞きたかった。奴らの痛みのうめきは真夜中の子守歌のようにやさしく心を静めた。

戦士の力は圧倒的だったが彼らはとどめを刺さなかった。ただ獲物に傷を負わせ、失神させてから次の相手に向かった。数分後、残る人間は一人となった。最悪の男だ。

一人の戦士が男に近づいた。戦士たちは皆、相手を倒す技にたけていたが、急所と喉を狙うこの戦士はとりわけ汚い手を使った。最後の一撃を振りおろそうと腕を上げたとき、彼は見開いたグウェンの目に気づき、動きを止めた。そしてゆっくりと腕を下ろした。

グウェンの息が止まった。血まみれで頭に張りついた茶色の髪。ブランデーの色をした深く暗い目。そんなことがあるかしら。瞳に深紅の炎が燃えているように見えるのは想像の産物にちがいない。花崗岩《かこうがん》から削り出したようなワイルドな顔は、どの線やくぼみも破壊の予感を漂わせている。それなのに彼にはどこか……少年っぽいところがあった。はっとするような組みあわせだ。

シャツがずたずたに裂けているせいで、彼が動くたびに、太陽に愛された筋肉が波打つのが見えた。ああ、太陽の光。苦しいほど太陽が恋しい。紫の蝶《ちょう》のタトゥーが右の脇腹をおおい、ズボンのウエストの下へと消えている。羽の先端がすっととがっているのが女性的でもあり男らしくもある。なぜ蝶なのだろうとグウェンは思った。猛々《たけだけ》しい戦士が蝶を選ぶなんて不思議な気がする。どんな理由があるにしろ、そのタトゥーはグウェンをほっとさせた。

「助けて」わたしと同じく、この不死の人たちにもどうか防音ガラス越しに声が届きますように。ところが聞こえたとしても彼は何の反応も見せなかった。「ここから出して」やはり反応はない。

ここに置き去りにされたらどうしよう？　もしかして、あの人間たちと同じ理由で彼らがここに来たのだとしたら？

ふいにそんな思いにとらわれてグウェンは顔をしかめた。そんな不安を抱いてもおかしくはない。ついさっきも同じことを考えたのだから。でもこれは何かちがう……違和感がある。これはわたしの思いではないし、わたしの心の声でもない。それなら……いったい？

戦士の鋭い白い歯が下唇を噛《か》み、手がこめかみをつかんだ。激怒しているようだ。

「やめろ！」

グウェンの頭の中の声がふいにやんだ。わけがわからず彼女はまばたきした。戦士は顔をゆがめ、首を振った。

戦士が自分を見ていないのをいいことに、男は行動を起こし、じりじりと戦士に近づいた。

グウェンははっとして叫んだ。「危ない！」

グウェンのほうを見つめたまま、花崗岩の彫刻のような戦士は片腕を伸ばした。その手は男の首をつかんで動きを止め、息も止めた。クリスという名の男の体から力が抜けた。

クリスはまだ二十五ぐらいだが、ここの警備と科学者グループのリーダーだ。グウェンは監禁されている事実よりもこの男の存在を嫌悪していた。

グウェンの目の前でほかの女性をレイプするとき、クリスは好んで〝すべて大義のためだ〟と言った。人工授精でもことたりるのに、クリスは女たちを無理やり辱めることを好んだ。〝これがおまえならいいんだがな、女どもは一人残らずおまえの代わりだ〟と言ういたのだ。人間は皆、彼女を怖がった。正体を知っていたからだ。グウェンを捜しあてたその日、人間たちは彼女の行動を目撃した。彼女が無意識のうちに数人を叩《たた》き切ったせいでいわば悪い評判が立ったらしい。しかし人間はグウェンを抹殺せずに監禁し、昏睡《こんすい》させれば利用できると考えて、換気装置にさまざまな薬を仕込んで実験した。いまだ成功していないものの、あきらめることもなかった。

「サビン、やめて」黒い髪をした美しい女性が、また目を赤く輝かせている戦士の肩を叩いた。悲しみにあふれるその声を聞いてグウェンは身をすくませた。「この男が必要になるって言ったのはあなたよ」

サビン。武器を思わせる力強い名前だ。彼にふさわしい。

二人は恋人なのだろうか？

すべてをのみ尽くすような視線がようやく離れ、グウェンは呼吸を取り戻した。サビンが手を離すと、あのろくでなしは気を失ったまま地面に倒れこんだ。血管に流れる血の音や肺を満たす空気の音が聞こえるところをみると、まだ生きている。

「この女たちは誰だ？」金髪の戦士が口を開いた。明るい青い目、情熱と安全を感じさせる整った顔。けれどもふいにグウェンの頭に浮かんだイメージに登場するのはこの戦士ではなかった。そのイメージの中で彼女はある男性の隣に寄り添い、深く、穏やかに、ようやく訪れた眠りをむさぼっている。

この数カ月、グウェンは眠るのが怖かった。その隙を狙ってクリスが襲いに来るのがわかっていたからだ。だから警戒をゆるめず短い間だけうたたねした。

黒い髪と紫色の目を持ったたくましい男が前に出てグウェンの周囲の檻に目をやった。

「驚いたな。この女は妊娠してる」

「こっちもだ」こう言ったのは、茶と黒の交じった髪を持ち、白い肌と青く輝く目をした男だ。「妊婦をこんな場所に閉じこめるとはどういうつもりだ？　ハンターにしてもやりすぎだ」

女性たちはここから出してというようにガラスを叩いている。

「何を言ってるか、誰か聞こえるか？」紫色の目の男が言った。

「聞こえるわ」グウェンはつい答えてしまった。

サビンが彼女のほうを見た。茶色の目にもう赤い色彩は残っていない。その目が探るようにこちらを見つめている。

グウェンの背筋に震えが走った。わたしの声が聞こえるのかしら？　彼が腰にナイフを差しながら近づいてくるのを見て彼女は目を見開いた。五感が研ぎ澄まされ、かすかな汗のにおい、そしてレモンとミントの香りがわかった。何もかも味わい尽くそうとするように、グウェンは深く息を吸いこんだ。もう長い間、クリスのむっとするコロンと薬品の刺激臭、そしてほかの女性たちの恐怖のにおいしかかいだことがなかった。

「おれたちの声が聞こえるのか？」その声は見かけに劣らず荒っぽく、本当なら耳障りなはずなのに、なぜか愛撫《あいぶ》のようにグウェンを安心させた。

グウェンはおずおずとうなずいた。

「こっちの女たちは？」サビンは捕らわれた女性らを指さした。

グウェンは首を振った。「あなたはわたしの声が聞こえるの？」

サビンも首を振った。「唇を読んでるんだ」

ああ、そういうことか。だから彼はさっきも今もじっとこちらを見つめているのだ。それがわかっても不愉快ではなかった。

「どうやってこのガラスを開ければいい？」

グウェンは唇を引き結び、サビンの背後にいる重装備の血まみれの戦士たちのほうに思いきって目をやった。教えていいのだろうか？　この戦士たちも人間と同じように捕らわれた乙女をレイプするつもりだろうか？

サビンの険しい顔がやわらいだ。「きみたちを傷つけようとしてきたわけじゃない。約束する。ただ解放したいだけだ」

グウェンはこの戦士のことを知らないし、簡単に信用するわけにはいかない。だが彼女は震える足で立ちあがってガラスに近づいた。そばに寄ると、サビンがそびえるような長身であること、茶色だと思った目がそうではないことがわかった。琥珀《こはく》、コーヒー色、鳶《とび》色、ブロンズが色彩の交響曲を奏でている。ありがたいことに赤い輝きは戻っていない。あれは気のせいだったのかしら？

約束どおり彼がここを開けてくれれば、やっと逃げ出せる。押さえこんできた希望が息を吹き返した。そんな希望に水を差すのは、自分を助けてくれそうな相手を無意識のうちに惨殺してしまうのではないかという恐怖だ。

大丈夫よ。相手が危害を加えようとしなければわたしの中の獣は眠っている。でも彼らが一歩間違えれば……。

やってみるだけの価値はある。グウェンは答えた。「石《ストーン》を使って」

サビンは眉を寄せた。「骨《ボーン》？」

グウェンは指を上げた。その先端は人間の爪と比べるとかぎ爪といったほうが正しい。彼女はガラスに〝石〟と刻みつけた。一文字書くごとに前の字はあとかたもなく消えた。不思議な力を持つガラスなのだ。人間がどうやってこれを手に入れたのか、グウェンは常々不思議に思っていた。

サビンはじっとグウェンのとがった指先を見つめている。どういう生き物なのかはかりかねているのだろう。

「石、だな？」サビンの目が彼女の目に向けられた。

グウェンはうなずいた。

サビンはくるりと背を向け、部屋の中を見まわした。ほんの数秒にすぎなかったが、その視線があらゆるものをとらえ、頭に叩きこんだのをグウェンは疑わなかった。

戦士たちはサビンの背後に並び、期待するようにこちらを見つめている。期待だけではない、そこには好奇心、疑い、憎しみ、そして欲望さえあった。グウェンは一歩、二歩と後ずさった。欲望なら憎しみのほうがずっとましだ。足が激しく震え、倒れそうになる。落ち着くのよ。狼狽《ろうばい》してはいけない。狼狽すると悪いことが起きる。

欲望の視線とどう闘えばいいの？　今以上に体を隠すこともできない。捕らわれたとき、身につけていたジーンズとTシャツは、白いタンクトップと短いスカートに替えさせられた。そのほうが体を奪うのに便利だからだ。最低だ。タンクトップは数カ月前に片方のストラップがちぎれてしまった。グウェンは胸を隠すために脇の下で生地を結ぶしかなかった。

「うしろを向け」ふいにサビンがうなるように言った。

グウェンは何も考えずに背を向けた。長い赤毛がたなびいた。眉の上に汗が噴き出す。どうしてうしろを向かせたのかしら？　押さえつけるのに都合がいいから？

また重い沈黙があった。「きみのことじゃない」サビンの声はやさしかった。

「おい、冗談だろう」誰かの声がした。人を食ったような深い声は金髪で青い目の男のものだ。「まさか本気でそんなこと――」

「女がおびえてるじゃないか」

グウェンは肩越しにちらっと振り向いた。

「でもこの女は――」タトゥーだらけの男が口を開いた。

またサビンがさえぎった。「従うのか、従わないのか？　うしろを向けと言ったんだ」

何人かがうんざりした声を出し、姿勢を変える足音がした。

グウェンはゆっくり振り向いた。戦士たちは全員背を向けている。

サビンはガラスに手のひらを置いた。大きなその手には傷がなく、力強かったが、血で汚れていた。「どの石のことだ？」

グウェンはサビンの隣の箱に入った石を指さした。石はどれもこぶしぐらいの大きさで、正面にさまざまな殺戮《さつりく》方法が描かれている。たとえば、断頭、八つ裂き、刀剣による刺殺、槍《やり》による刺殺、木に釘《くぎ》づけして火あぶりなどだ。

「なるほど、これはいい。だがどうすればいい？」

自由になりたい思いで呼吸を速くしながら、グウェンは鍵穴に鍵を入れるように石を穴に入れるやり方を身振り手振りで説明した。

「石を入れる場所は決まってるのか？」

グウェンはうなずき、どの石がどの檻に対応しているか指をさして教えた。グウェンはその石が使われるのに恐怖を抱いていた。それは強制的にレイプを見せられることを意味していたからだ。グウェンはため息をついてガラスに〝鍵〟と彫ろうとすると、サビンが石の入っている箱をこぶしで叩き壊した。人間なら十人がかりの仕事だが、彼は苦もなくやってのけた。

こぶしから手首にかけて切り傷が走り、血がにじみ出したが、サビンはこともなげにそれをぬぐった。すでに傷は治りかけている。そうか、彼は人間よりずっとすぐれた不死の存在なのだ。耳が丸いところを見ると妖精族ではない。牙がないから吸血鬼でもない。それなら男のセイレーンだろうか？　たしかに声は豊かで耳に心地よいけれど、セイレーンにしては荒っぽい。

「石を持て」サビンがグウェンから目を離さずに命じた。

すぐさま戦士たちは動き出した。グウェンは意識的にサビンだけを見つめた。ほかの戦士が目に入ると恐怖がよみがえるかもしれない。大丈夫、わたしは落ち着いている。ここでくじけるわけにはいかないし、そのつもりもない。後悔のたねなら抱えきれないほどあるのだから。

わたしはどうして姉たちのようになれないのだろう？　姉たちは勇敢でたくましく、自分自身を受け入れている。必要とあれば手足を切り落としてでも逃げるだろう。ガラスをこぶしで突き破り、クリスの胸にも同じことをして、笑いながら本人の目の前で心臓を食べるだろう。

グウェンは故郷が恋しくなった。前のボーイフレンドのタイソンが姉たちに誘拐のことを知らせていれば、姉たちはグウェンを捜し出してくれただろう。でもタイソンは姉たちを恐れて何も言わなかったにちがいない。弱い妹でも姉たちは愛してくれている。でも監禁されたと知ったらがっかりするはずだ。グウェンは自分自身の名誉に、そして種族の名誉に泥を塗ったのだ。子どものころでさえグウェンは争いごとから逃げ出した。〝臆病者のグウェンドリン〟という情けないあだ名がついたのはそのせいだ。

手が汗で湿っていることに気づき、グウェンは腿で両手をこすった。

サビンは部下にどの石をどの穴に入れるかを指示した。ピアスをした青い髪のパンク男がグウェンの檻の石を手に取ったとき、サビンの日に焼けたたくましい手がその手首をつかんだ。

青い髪の男はサビンの目を見つめた。サビンは首を振った。「おれがやる」

男はにやりとした。「ふた目と見られない顔じゃないか?」

サビンは顔をしかめただけだった。

グウェンはわけがわからずまばたきした。サビンはわたしを見たくないのかしら?

女性たちは一人ずつ解放された。泣く者もいれば、部屋から出ていこうとする者もいた。

戦士たちはそれを許さず連れ戻したが、驚いたことに女性が抵抗してもやさしく抱くだけだった。それどころか、一同の中でいちばん美しい男が女性に一人ずつ近づいて低い声でささやきかけた。「おれのために眠ってくれ、スウィートハート」

意外にも女性らはそのとおりになり、戦士の安全な腕の中に倒れこんだ。

サビンはしゃがみ、グウェンの石、生きながら火あぶりにされる男の絵が描かれた石をつかんだ。立ちあがった彼は石を投げあげてキャッチした。「逃げないでくれるな？　疲れているからきみを追いかけたくないが、逃げれば追うしかない。そうなればうっかり傷つけてしまうかもしれない」

わたしだけでなく、あなたもね、とグウェンは思った。

「そいつを……出すな」ふいにクリスが口を開いた。いつから目覚めていたのだろう？

クリスは頭を上げて口から何か吐き出した。「危険だ。殺されるぞ」

「カメオ」サビンはそれだけしか言わなかった。

女戦士はサビンの意図を読みとってクリスに近寄り、シャツの背中をつかんで立ちあがらせた。そしてもう片方の手で頸動脈《けいどうみゃく》に短剣を突きつけた。力がないからか、それともおびえたからか、クリスは逆らわなかった。

グウェンはクリスがおびえていればいいと思った。短剣の切っ先がこのろくでなしの喉に突き刺さり、肌と骨を裂き、耐えがたい苦痛を残せばいい。

そうよ。グウェンは憑《つ》かれたように思った。そのとおり。やるのよ。お願い。この男を切り裂き、苦しめて。

「この男、どうすればいい？」カメオがきいた。

「生かしておけ」

グウェンはがっかりして肩を落とした。そしてがっかりしたことにはっとした。感情をコントロールしているつもりだったのに、もう少しで内なる獣を解き放つところだった。痛みや苦しみのことを考えたのはわたしではない。わたしであるはずがない。〝危険だ。殺されるぞ〟とクリスは言った。彼は正しかった。自分をコントロールしなくてはいけない。

「だがちょっと刺すぐらいはかまわない」サビンはグウェンを見て目を細くした。あれは……怒り？　わたしに対する？　でもなぜ？　わたしが何をしたというの？

「その女を出すな」またクリスが言った。全身が震えている。クリスは後ずさろうとしたが、外見からは想像できない怪力のカメオがぐいっと引き戻した。「頼むからやめてくれ」

「その赤毛は残しておいたほうがいいんじゃない？」小柄な女戦士が言った。「念のため、とりあえず今は」

石を持ちあげたサビンはグウェンの檻の横にある穴に入れる寸前で手を止めた。「そいつはハンターだ。嘘《うそ》つきだぞ。この女に危害を加えたことを告げ口されたくないんだ」

グウェンは驚いてサビンを見つめた。わたしには怒っていないのに、わたしにした仕打ちのせいでクリスに怒りを抱いている。ハンターってなんだろう？

「この男はきみを苦しめたんだな？」

恥ずかしさで頬を熱くしながらグウェンはうなずいた。あいつはわたしを精神的に痛めつけた。

「必ず償いをさせる。約束する」

恥ずかしさはゆっくりと消えていった。二年近く前にグウェンを絶縁した母なら、弱っている娘を見るぐらいなら娘の死体を見るほうがましだと思っただろう。でもこの見知らぬ男は彼女のかたきを取ると言ってくれた。

クリスは不安げに息をのみこんだ。「聞いてくれ。おれはたしかに敵だ。嘘つきじゃないから、おまえらが敵じゃないとは言わない。実際敵だからな。おまえらを心の底から憎いと思っている。だがこの女を出したら皆殺しにされるぞ。確実に」

「赤毛のお嬢さん、きみはおれたちを殺すつもりなのか？」サビンの声はさっきよりいっそうやさしかった。

ここの人間たちに〝雌犬〟だの〝売春婦〟だのと呼ばれ続けただけに、そのやさしい呼び名は薔薇の香りのする風のようにグウェンの心を吹き抜けた。出会ってから数分でこの戦士は、監禁されてからグウェンがずっと求めていたものをくれた。彼は竜を退治してくれる白馬の騎士だ。たしかに、白馬の騎士になるのはタイソンか、会ったこともない父だと思っていたこともあった。それでも夢が実現するなんてそうあることではない。

「どうなんだ？」

グウェンははっとして顔を上げた。サビンは何をきいたのだろう？　そうだ、この人たちを殺すつもりかどうかだ。グウェンは唇をなめて首を横に振った。もし心の中の獣に乗っ取られたら、つもりだけではすまない。殺してしまうだろう。大丈夫、コントロールできる。この人たちは安全だ。

「そう思ったよ」そう言うとサビンは手首をひねって石を押しこんだ。グウェンの心臓は高鳴り、胸から飛び出しそうだ。ゆっくりとガラスが上がっていく……もう少し……もう少しだ。ついに彼女とサビンとの間をへだてるものは空気しかなくなった。レモンとミントの香りが強くなる。幼いころから知っている冷たさがぬくもりに変わり、毛布のように体を包みこむ気がした。

グウェンはゆっくりとほほえんだ。自由だ。本当に自由になった。

サビンは息を吸いこんだ。「信じられないな。きみはすばらしい」

気がつくとグウェンは彼のほうに手をさしのべ、近づいていった。この数カ月奪われた触れあいを取り戻したかった。一度触れるだけでいい。そしたら出ていこう。家に帰ろう。家に。

「雌犬め」クリスが叫び、カメオの手を振り払おうとした。「こっちに来るな。近づけないでくれ。こいつは化け物だぞ！」

グウェンの足が止まり、クリスへと視線が向いた。彼女の苦しみはすべてこの卑劣漢のせいだ。閉じこめられた乙女たちへの仕打ちは言うまでもない。グウェンの爪が鋭くとがった。薄い羽が背中からぱっと広がり、服を破って激しく羽ばたいた。血管を流れる血は薄くなってすさまじいスピードで体の隅々に行き渡り、視界は狭くなって赤外線暗視に変わった。視界から色彩は消え、体が発する熱だけが残る。

その瞬間グウェンは知った。自分の中の獣をコントロールしていると思ったのは幻想だった。獣はずっと中でうごめき、身をひそませ、飛び出す機会をうかがっていたのだ。

〝クリスだけ、クリスだけにして。ああ神さま、クリスだけです〟復讐《ふくしゅう》に燃える血に飢えた獣に言い聞かせるように、声がグウェンの心に響き渡った。〝クリスだけ、それ以外に手を出してはいけない。襲うのはクリスだけ〟

でも心の奥ではわかっていた。惨劇を止める方法などないことを。

3

　ガラスの檻《おり》の中にいる愛らしい赤毛の女性を見た瞬間、サビンは目が離せなくなった。自由気ままにカールした長い髪は、ルビー色の中に金色が交じっている。眉はもう少し黒っぽい鳶《とび》色だが、やはり美しい。鼻は小さく頬は天使のように丸い。けれども目は……琥《こ》珀《はく》色の中に灰色が細く輝き、なんとも官能的で魅入られるような目だ。まわりを取り巻くまつげは黒く、退廃的な雰囲気がある。

　壁にかかっているハロゲンランプが彼女を明るく照らし出している。これほど明るいと普通なら欠点が目立つものだが、彼女の場合、健康的な輝きを際立たせている。小柄で丸い胸は小さく、腰は細い。脚はちょうど彼の腰にまわるぐらいで、激しい動きにも振り落とされない長さだ。

　そんなことを考えるのはやめろ。そういう場合じゃない。たしかにそのとおりだ。最後の恋人ダーラが自殺してから、サビンはもう二度と誰も愛さないと決めた。けれどもこの赤毛の女性にはひと目で惹《ひ》かれてしまった。〝疑念〟の魔物も彼女を気に入ったらしいが、理由はサビンとはちがう。魔物は彼女の動揺をかぎつけて標的に定めたのだ。心の中に入りこみ、奥深くにひそむ恐怖をとらえ、利用しようと思っている。

けれどもサビンも魔物もすぐに気がついた。彼女が人間ではないことに。そうなると、本人が口に出して言わないかぎり、魔物にはその考えが読み取れない。かといって彼女が魔物から守られているかというと、全然そんなことはない。〝疑念〟の魔物は状況を読み、それに合わせて毒を広げる。何より魔物は腕試しを好む。彼女の微妙な心のひだを読み取り、持てる信念を突き崩すために全力を尽くすだろう。

彼女は何者だろう？　この数千年の間に多くの不死族に出会ったが、彼女の正体はわからなかった。見かけは人間だ。繊細で傷つきやすい。けれども琥珀と灰色の混じった目はその反対を告げている。そしてあのかぎ爪。サビンはあの爪が背中に食いこむところを想像した……。

なぜハンターは彼女を捕らえた？　サビンは答えが怖かった。解放された女性六人のうち三人はあきらかに妊娠している。そのことから導き出される答えはひとつ、ハンターの繁殖計画だ。不死身のハンターを作り出そうというのだ。二人のセイレーンは首に喉頭を切り取られた傷跡が残っているし、青白い肌の吸血鬼は牙がなく、蛇女ゴルゴンは蛇の髪を剃《そ》りあげられ、キューピッドの娘は目をつぶされている。愛の呪いで敵を誘惑するのを防ぐためだろうとサビンは思った。

愛すべき存在に対してハンターの仕打ちは残酷きわまりない。なかでもいちばん愛らしい赤毛の女性はいったい何をされたのだろう？　短いタンクトップとスカートしか身につけていないが、傷やあざは見あたらない。だからといって安心はできない。不死族はたいてい傷の治りも早いからだ。

この女がほしい。女の体からは深い疲労がにじみ出ているのに、解放に感謝してサビンにほほえみかけている……。この笑顔を向けられる名誉のためなら命も惜しくない。

おれもほしい。魔物が言った。

おまえのものにはならないぞ。つまりそれはサビンのものにもならないということだ。

サビンは両手を握りしめた。いまいましい魔物め。この邪悪な分身に強い不安を植えつけられると、人の心はやがて崩壊してしまう。**そんな美しさじゃ足りない。そんな頭脳じゃ足りない。それで愛されると思ってるのか？**　そう吹きこむのだ。

ダーラを覚えてるか？　強くて自信に満ちた女だったのに、おまえは彼女の心を折った。

うれしげな笑い声がした。**覚えてるさ。楽しかったよな？**

「サビン」アーロンが冷たい声で呼んだ。「準備できたぞ」

サビンは手をさしのべ、指で赤毛の女性を差し招いた。「行こう」

ところが彼女は奥の壁に張りつき、震えている。サビンは彼女がさっきの警告を無視して逃げ出すかもしれないと覚悟していたが、これは予想外だ……おびえるとは。

「さっきも言ったが、きみに危害を加えるつもりはない」

彼女は口を開いたが、言葉は出てこなかった。サビンが見ていると、彼女の目の金色の輝きが深く、暗くなり、白目の部分が黒く染まっていった。

「いったいこれは……」

目の前にいた彼女が、突然元から存在しなかったように消え失《う》せた。サビンは振り向いてあたりを見まわした。彼女はどこにもいない。ところが一人だけ残っていたハンターがふいに苦悶《くもん》の悲鳴をあげた。だが悲鳴は唐突にとぎれ、ハンターはぐったりと床に崩れ落ちた。周囲に血が広がった。

「女はどこだ？」サビンはナイフを構えた。あとで尋問しようと思っていたハンターを惨殺した未知の敵から赤毛の女性を守るために。ところがまだ姿が見えない。ルシアンと同じように念じただけで姿を消せるなら安全なのだが。

「うしろよ」このときばかりはカメオの声は悲しみよりショックのほうが大きかった。

「驚いたな。動いたようには見えなかったが……」パリスがかすれ声で言った。

「いつのまに……いったい……どうやってあんな……」マドックスは見たものが信じられないかのように顔を撫《な》でた。

サビンはまた振り返った。彼女は檻の中にいて、膝を抱えて座りこみ、口から血をしたたらせている。そして……気管らしきものを片手に握っている。ハンターの喉を嚙《か》み切ったのだ。

目は元の金色と灰色に戻っているが、感情がなくうつろだ。きっと自分のしたことへのショックで心が麻痺《まひ》したのだろう。肌からは血の気が失せ、青い血管が透き通って見える。そして体を前後に揺らしながらわけのわからないことをつぶやいている。

あのハンターは彼女を化け物だと言った。サビンは信じなかった。あのときは。

サビンは檻の中に入った。何をすればいいかわからなかったが、このままにしておくわけにはいかないし、また閉じこめるわけにもいかない。理由として、まず彼女はサビンの仲間を襲わなかった。それにあのスピードなら扉を閉じる前に逃げ出して約束を裏切った彼に襲いかかることもできるだろう。

「サビン」〝嘘《うそ》〟の番人ギデオンが暗い顔で話しかけた。「そこに入るのは考え直さないほうがいいぞ。今度だけはハンターは嘘をついてる」

「この子が何者なのか知ってるか?」

「知らない」知っているというわけだ。「その子はルシファーの落とし子ハルピュイアじゃない。前に会ったこともない。人間の軍隊を数秒で全滅させる力があることも知らない」

真実を話せば死にたくなるほどの痛みに襲われるギデオンの話だけに、すべて嘘なのはわかっている。つまりギデオンは以前にハルピュイアに会ったことがあり、ハルピュイアはルシファーの落とし子であり、彼のような凶暴な者でさえ一瞬で倒す力を持っているということだ。

「いつ?」

ギデオンはその問いの意味を理解した。「おれが捕らわれなかったときのことを覚えてるか?」

ああ、ギデオンは三カ月間ハンターに捕らわれて拷問を受けたことがある。

「あのとき一人のハルピュイアが警報が一度も鳴らないうちに陣営の半分を倒さなかった。その後逃げていかなかったんだが、あのあとハンターは何日かハルピュイアを呪い続けなかったよ」

「待てよ、ハルピュイアだって? そうは思わないな。全然醜くないじゃないか」いつもわかりきったことばかり言うストライダーが口をはさんだ。

「おまえも知ってると思うが、人間の神話は事実をゆがめていることがある。伝説で醜い生き物だからといって実際にそうとはかぎらない。さあ、みんな出ていってくれ」サビンはそう言うと手持ちの武器をすべて地面に投げ出した。「ここはおれにまかせろ」

いっせいに反対の声があがる。

「おれなら大丈夫だ」だといいんだが。

「この女は――」

「いっしょに連れていく」サビンはマドックスを遮った。ここに残してはおけない。彼女ははかりしれない価値を持つ武器だ。それは敵が使うかもしれないし……彼が使うかもしれない。そうだ。サビンは目を見開いた。そのとおりだ。「生きたままな」

「冗談じゃない」マドックスが言った。「アシュリンにハルピュイアなんか近づけるわけにはいかないぞ」

「さっき見ただろう、この子が――」

今度はマドックスがサビンを遮った。「ああ、見たさ。だからこそ妊娠中のアシュリンに近づけたくないんだ。ハルピュイアは置いていけ」

これも恋愛を避けるべき理由のひとつだ。愛はどんな冷酷な戦士も骨抜きにしてしまう。

「彼女もおれたちと同じくハンターをきらってる。目的のために利用できるじゃないか」

マドックスは引かなかった。「だめだ」

「彼女のことはおれが責任を持つ。かぎ爪と牙は使わせない」だといいんだが、とサビンはまた思った。

「連れていきたいなら連れていけばいい」いつもサビンの味方をするストライダーが言った。いい奴《やつ》だ。「アシュリンに町へ出てハンターの会話を聞き取るのを強制しなけりゃ、マドックスも折れるさ」

マドックスは目を細くした。「この女を縛りあげないといけない」

「いや、おれにまかせてくれ」サビンは仲間が彼女に触れるのがいやだった。彼女は拷問を受けてきたから、へたに触れればネガティブな反応を見せるかもしれないしな、と彼は自分自身に言い聞かせた。だが……。

それが言い訳にすぎないのはわかっている。彼はこの女に惹かれている。女に惹かれる男は相手を独り占めしたくなるものだ。たとえ女に触れないと誓った身でも。

カメオがじっと檻の中の女を見つめながら近づいてきた。「パリスにまかせればいいわ。パリスはどんな凶暴な女でもなだめる力があるから。あなたにそこまでの力はないし、彼女の機嫌を損ねないほうがいいのはわかりきってることよ」

不死族だろうが人間だろうが、どんな女でも誘惑できるパリスにまかせるだと？　生きるためにセックスせずにいられないパリスに？　脳裏に男女のイメージが浮かび、サビンは歯ぎしりした。からみあう裸体。パリスの手が、歓喜に顔をほてらせた彼女の乱れた髪を握っている。

しかし本人にとってはそのほうがいいかもしれない。カメオが言ったとおり、皆にとっても都合がいいだろう。恋人といっしょならハンターとの戦いに参加する気にもなるというものだ。サビンはもうこの女を参戦させるつもりだった。もちろん、パリスが彼女とベッドをともにするのは一度だけだ。生きていくために違う女とセックスする必要があるパリスはいずれ彼女を裏切ることになる。そうなれば彼女は怒ってハンターの側につくかもしれない。

いろいろ考えあわせるといいアイデアとは思えない。

「いいから……五分だけおれにくれないか。もし彼女がおれを殺したら今度はパリスにまかせればいい」サビンの乾いた口調に誰一人として笑う者はいなかった。

「パリスはほかの女たちを眠らせたわ。せめてあのハルピュイアもパリスに頼んで眠らせて」カメオが食い下がった。

サビンは首を振った。「早く目覚めたら怖がって攻撃するかもしれない。おれがまず話を聞く。さあ、出ていってくれ。仕事に取りかかりたいんだ」

沈黙があった。いつもより重い足音が響き、戦士らはほかの乙女たちを連れて外に出た。サビンは赤毛の女と二人きりになった。いや、この色はたしかストロベリーブロンドというんだ。彼女はうずくまったまま意味不明の言葉をつぶやき、手に気管を握っている。

まったく、悪い子じゃないか？　魔物がハルピュイアの心に忍びこんだ。**悪い子はどうなるか知ってるな？**

彼女に手出しするな。頼む。サビンは魔物に言った。彼女が敵を倒してくれたおかげでハンターがパンドラの箱を見つけるのを邪魔することができたんだぞ。

〝箱〟という言葉を聞いて魔物は悲鳴をあげた。千年という長い年月をパンドラの箱の暗闇と混乱の中で過ごした魔物は、二度とあそこに戻りたくないのだ。その運命を避けるためならなんでもするだろう。

サビンは魔物なしでは生きていくことができない。永久に続く自分の一部であり、魔物を失うぐらいなら肺を失うほうを選ぶだろう。肺なら再生できるからだ。

しばらく静かにしてくれないか。頼む。

ああ、わかったよ。

サビンは安心して檻の中に入っていった。そして女の前にしゃがんで目の高さを合わせた。

「ごめんなさい、ごめんなさい」彼の存在を感じ取ったのか、女はそうつぶやいた。だが顔を合わせようとはせず、目の前の宙を見つめている。「わたしはあなたを殺してしまったの？」

「いや、おれは大丈夫だ」かわいそうに、自分がしたことも言っていることもわかっていないようだ。「きみはいいことをした。悪い奴を倒したんだ」

「悪い奴。そうよ、わたしはとても悪い奴」膝を抱く女の腕に力が入った。

「ちがう。悪いのは相手の男だ」サビンはゆっくりと手をさしのべた。「きみを助けたい。大丈夫かい？」そっと女の手に触れ、指を開かせる。血まみれの物体が手のひらから落ち、サビンはそれを受け止めてうしろに投げ捨てた。「さあ、これでいい」

さいわいサビンの行動は怒りをかきたてなかったらしい。女は深い吐息をついただけだった。

「きみの名前は?」

「な、なんですって?」

サビンはあせらずゆっくりと手を動かし、女の顔から髪をかきあげて耳にかけた。女は彼の手に顔を寄せ、手のひらに頬を押しつけた。サビンは愛撫《あいぶ》の手を引っこめず、危険な橋を渡っているのを承知のうえで女の肌のやわらかさを味わった。惹かれる気持ちを抑えず、彼女を求めようとすれば、ダーラの悲劇を繰り返すことになる。それでもサビンは手を引っこめられなかった。彼女はさらにサビンの手首を握り、撫でてと言わんばかりになめらかな髪へと導いた。サビンは女の頭を撫でた。女は喜びの吐息をついた。

サビンは女性に対して、ダーラにさえこんなにやさしくしてやったことはない。ダーラのことは大事に思っていたが、それよりも勝利のほうが大切だった。だが今だけはこの女の何かがサビンを惹きつけた。孤独で頼る者すらない感覚は彼自身よく知っている。抱きしめてやりたいとサビンは思った。

だめだ、もう気持ちを抑えられなくなってる。サビンは顔をしかめ、無理やり手を離した。

落胆の小さな声があがり、わずかな距離を置くことすら難しくなった。こんなに人なつこい生き物がよく人間を惨殺できたものだ。

サビンや仲間たちと同じように、彼女もおそらく内なる邪悪な力にとらわれているのかもしれない。自分を操る力を止めることができないのだ。そう思った瞬間、サビンはきっとそうだと確信した。あのとき目の色が変わったじゃないか……そして自分のしでかしたことを知っておびえていた……。

魔物の狂気にとらわれたとき、マドックスも同じ変化を見せた。このはかなげな女はもう一人の自分を憎んでいるにちがいない。

「きみの名前は？」

「名前？」

「そうだ。どう呼ばれている？」

女はまばたきした。「わたしの呼び名」かすれ声が消え、理性が戻ってきた。「わたしの……そう、グウェンドリンよ。グウェン。それがわたしの名前」

グウェン。「愛らしい人にふさわしい愛らしい名前だ」

グウェンの頬に顔色が戻ってきた。彼女はまばたきし、今度はサビンに目をやった。おずおずと浮かんだほほえみには歓迎と安堵《あんど》と希望が表れていた。「あなたはサビンね」

ずばぬけた聴覚だ。「そうだ」

「あなたは危害を加えなかった。さっきも……」その声には驚きと後悔があった。

「ああ、きみには何もしていない」それにするつもりもない、と言いたかったが、そうなるかどうかはわからない。ハンターを倒したい一心で戦ってきたサビンは、最高の友だった善良な男を失った。致命傷から何度となく生還したし、殺された恋人を何度も埋葬した。大義のために必要とあれば、この小鳥のような女性も犠牲にするだろう。**おまえが骨抜きにされなければな**。ふいに魔物が口を開いた。

そんな心配はない。彼はそう誓っているのだから。

サビンの背後を見まわしたグウェンの顔からほほえみが消えた。「あなたの仲間はどこ？　ここにいたはずよ。まさかわたしが……わたしが……」

「いや、きみは何もしていない。あいつらは部屋の外にいるだけだ」

グウェンはほっとして安堵のため息をついた。「ありがとう」まるで独り言のようだ。

「てっきり……あれは何？」

自分で殺したハンターの死体を見つけたらしい。

グウェンの顔がまた青ざめた。「あの人……喉が……ひどい血……いったいわたしは……」

サビンは体を傾けてグウェンの視界をさえぎった。「水はいらないか？　食べ物は？」

信じられないほど美しい目がサビンの目に戻った。そこにはむき出しの好奇心が浮かんでいる。「食べ物があるの？　本物の食べ物？」

その興奮ぶりを見てサビンの全身の筋肉が緊張した。食べ物をありがたがっているふりをして彼の警戒感をゆるめ、逃げ出すつもりかもしれない。おれは魔物と同じになったのか？　誰にでも疑いを抱くようになったのか？

「エネルギー・バーがある。食べ物といえるかどうかわからないが、体力は保てる」グウェンがこれ以上体力を必要とするかどうかはわからないが。

「エネルギー・バーなんてすてきだわ。もう一年も何も食べていないの。でも何度も想像したわ。チョコレート、ケーキ、アイスクリーム、ピーナッツバター」

丸一年何も食べてないだと？「奴らは何も食べさせなかったのか？」

グウェンはうなずきもせずそうだとも言わなかったが、その必要はなかった。暗い顔を見れば真実がわかる。

尋問が終わったら、この地下墓地で見つけたハンターは皆殺しだ。この手で殺してやる。しかもゆっくり時間をかけて。この少女がギデオンの言うとおり闇の王子ルシファーの子孫ハルピュイアだとしても、餓死に追いこむ拷問はあんまりだ。「どうやって生き延びたんだ？　きみが不死なのは知ってるが、不死の身でも体力を維持するものは必要だろう」

「あいつらはわたしたちを死なせずおとなしくさせておくために、換気装置に何か仕込んだの」

「きみには効果がなかったんだな？」

「ええ」グウェンはものほしげに唇をなめた。「さっきエネルギー・バーがあるって言ったわね？」

「取りに行くにはこの部屋を出ないといけない。出られるか？」というより、出るつもりがあるかどうかだ。いやがることを無理強いしたら、切り刻まれておしまいだろう。ハンターはどうやってグウェンを捕らえたんだ？

グウェンは少しためらったが、やがて答えた。「ええ」

サビンはまたゆっくりしたしぐさで彼女の腕をつかみ、立ちあがらせた。グウェンはふらついた。いや、ちがう。彼に寄り添い、体のぬくもりに近づこうとしている。サビンは体を硬くして離れようとした。彼女を近づけてはいけない。グウェンがため息をつき、息がシャツの破れ目を抜けて胸を撫でた。

サビンは恍惚《こうこつ》をおぼえて目を閉じた。さらに片腕を彼女のウエストにまわして引き寄せる。グウェンは信頼しきったように頭を彼の首のくぼみに預けている。

「これも夢見たわ。あたたかくてたくましい腕を」

ふいに込みあげたものをサビンはのみこんだ。頭の中で魔物がうろつき、檻の鉄格子をがたがたと鳴らし、グウェンのやすらぎをぶちこわそうとしている。

信頼しすぎだ。魔物はまるでそれが疫病でもあるかのような言い方をした。

サビンが自分に正直なら、これぐらい信頼されるのがちょうどいいと思っただろう。女性から暗闇の王ではなく光の王子を見る目で見られるのは気分がよかった。苦しみを癒そうとするのを許してくれるのがうれしかった。

だがグウェンの勘違いは認めないわけにはいかない。サビンは誰のヒーローでもない。最悪の敵なのだ。

この女と話をさせろ！　大好きな菓子を取りあげられた子どものように魔物が言った。

黙ってくれ。グウェンに彼への疑いを植えつけたら、残虐なハルピュイアを目覚めさせ、仲間を危険にさらしてしまうかもしれない。それを許すわけにはいかない。大切な仲間はどうしても必要な存在だ。

距離を置かなければ。サビンは腕を下ろして離れた。「触れないでくれ」思ったよりそっけない口調になってしまい、グウェンの顔が青ざめた。「さあ、行こう。ここから出るんだ」

4

この女はいずれサビンを殺すだろう。女のほうが彼より強くて凶暴だからではない。たしかに彼女はサビンより強い。人の喉など噛《か》み切ったことのない彼はグウェンに感心した。彼女に比べれば暗黒の戦士などマシュマロみたいなものだ。

サビンと仲間がグウェンをピラミッドから助け出してから丸二日がたった。グウェンは久しぶりに太陽を見たときだけ満足そうにしていた。それ以来、警戒を解かず、何も食べようとしない。あんなにほしがっていたエネルギー・バーも、ものほしげに眺めただけで首を振って背を向けた。ルシアンに仮設のシャワーブースまで連れていかせたが、シャワーを浴びようともしなかった。

グウェンは彼らを信じていないから、毒を盛られて意識を失ったり、裸になったりすることを警戒しているのだ。それは理解できる。ところがおかしなことに、サビンは彼女に信頼してほしくてたまらなかった。本人のために。監禁生活は当然のこと、この二日で疲労し汚れているにちがいない。捕らわれていたほかの乙女たちは不思議なことに清潔だったが、グウェンはちがった。だが彼女に強制することは考えられない。気管が喉からなくなっては困るからだ。

グウェンが唯一受け取ったのは服だった。それもサビンの服だ。カモフラージュ柄のTシャツとミリタリーパンツ。袖口とウエストと裾をまくってもぶかぶかだったが、どんな女性よりも魅力的に見えた。ワイルドなストロベリーブロンドの髪……ベッドに連れていってと言わんばかりの唇……どこから見ても完璧だ。あの服が一度、彼の肌に触れたものだと思うと……。

みずからに課した禁欲の誓いを破ったほうがいい。すぐにも。

ブダペストに戻ったらまっさきにそうしよう。楽しむことだけしか求めていない乗り気な女を見つけて、楽しませてやればいい。長くつきあう気はないから誰も傷つかない。そのころには頭がはっきりして、グウェンの扱い方がわかるかもしれない。

もうひとつサビンを悩ませたのが、テントの片隅に座りこんで彼だけを見つめるグウェンの様子だ。まるで今度は彼がいちばんの脅威になったかのようだ。地下墓地でのあの日、サビンはグウェンに触れるなと冷たい言葉を投げたが、キャンプ設営のために砂漠を歩いたときは彼女が倒れないように気を配った。仲間がピラミッドに戻り、初回の探索で見逃したものがないか確かめに行ったときも、サビンは彼女のそばにいて守った。それなのに、殺したいような目でにらまれないといけないのだろうか？

当然だな。

黙れ、魔物め！　おまえの意見など聞いていない。

あの女が何を考えようが関係ないじゃないか。おまえは女にとって危険な存在なんだぞ。ダーラの名前を出さないとわからないのか？

サビンは砂だらけの床にしゃがみ、武器ケースのふたをわざと力を入れて閉め、ロックし、パリスに持ってこさせた食料袋に向き直った。

ダーラ、ダーラ、ダーラ。魔物が歌った。

「黙れと言っただろう、このろくでなしめ。おまえにはもううんざりだ」

片隅にうずくまっていたグウェンは、サビンが叫んだかのようにびくりとした。「わたし、何も言っていないわ」

サビンは人間界での暮らしが長かったので、魔物とは頭の中だけで話す癖をつけた。それなのに、この凶暴だがおびえている女性の前でその癖を忘れてしまうとは……自分に腹が立つ。

「きみに言ったんじゃない」

いつもより青ざめた彼女は自分の体を抱いた。「それなら誰に言ったの？　二人しかいないのに」

サビンは答えなかった。答えれば嘘《うそ》をつくことになってしまう。嘘をつけない魔物の性質はずっと前からサビンにもうつっていて、真実を押し通すかあいまいにごまかすかしかできなくなっている。さもないと、数日寝込むことになってしまうのだ。

さいわいグウェンはそれ以上追求しなかった。「家に帰りたい」

「わかってる」

昨日、パリスが解放した女性全員に監禁生活のことを質問した。皆誘拐され、レイプされ、妊娠させられたあげく子どもは取りあげられ、悪の手から世界を守る者として育てると告げられていた。その後ルシアンは、パリスに何も語らなかったグウェンをのぞく全員を家族のもとに瞬間移動させた。

グウェンはよりによってアラスカの果ての氷の大地に連れていってほしいと頼んだ。ルシアンがグウェンの手を取ろうとした瞬間、サビンが二人を止めた。「地下墓地で言ったとおり、この女はおれの手元に残す」

グウェンは息をのんだ。「いやよ！　帰るわ」

「悪いがそれは無理だ」決意が揺らぐのが怖くてサビンはグウェンを見ずに言った。グウェンの力、スピード、残虐さをもってすれば彼は戦いに勝ち、仲間を救えるかもしれないのだから、手放すわけにはいかない。

グウェンの要求よりも勝利を優先するしかない。

サビンはこの世で最も憎い敵ガレンを倒し、捕らえたかった。

忘れられた戦士のガレンは、そもそも戦士たちにパンドラの箱を盗んで開けろとそそのかした張本人だ。ガレンはそのあと全員を殺し、解放した魔物を捕まえて神々に手柄を見せつけようと画策していた。だがあの下司《げす》野郎の思うようには事が進まず、みずからも希望の魔物を宿すはめになった。

それで終わればまだよかった。ところが戦士たちはさらなる罰として天から追放されてしまった。ガレンはかつて友と呼んだ者たちを倒すことをあきらめず、怒れる人間を集めて〝ハンター〟を組織した。こうして血で血を洗う果てしない戦いが始まった。戦いは年を追うごとに壮絶さを増している。多少でもグウェンの手助けが見こめるなら、手放すことはできない。だがグウェンはそうは考えていないようだ。

「お願いよ」

「いつか帰してやろう。だが今はだめだ。きみはおれたちの大義に利用できるからな」

「大義の手助けなんてしたくないわ。ただ家に帰りたいだけ」

「悪いが、さっきも言ったとおりすぐに帰すわけにはいかない」

「このろくでなし」そうつぶやいてから、グウェンはぎょっとした。うっかり口走ってしまったせいでサビンに飛びかかられるとでも思ったのだろうか。サビンが何もしないのを見てグウェンは少しほっとした。「つまり誘拐犯が変わっただけなのね？　危害は加えないと約束したのに」消え入りそうな声には悲しみとあきらめがにじみ出ていた。それを聞くとサビンは……胸が苦しくなった。「お願い、もう自由にして」

グウェンは怖がっている。サビンや仲間の戦士を。自分自身の恐ろしい力を。そうでなければ、逃げようとするか解放の取り引きを持ちかけようとするだろう。だが彼女はそんなそぶりさえ見せない。捕まったときに何をされるかわからないのが怖いのだろうか？ それとも自分が何をしでかすかわからないのが怖いのか？

あるいは、夜の闇の中で魔物が好んでささやくように、もっとまがまがしいことを企《たくら》んでいるのだろうか？

グウェンはハンターがしかけた囮なのか？

それはありえない。サビンは何度も打ち消した。あんなにおびえた様子は芝居でできるものではない。

サビンはため息をついた。仲間は、〝疑念〟の魔物に吹きこまれるまでもなく、サビンの行動を疑っている。グウェンの頼みを聞いてルシアンの顔つきがこわばった。めったに感情を表に出さないルシアンが。彼はパリスにグウェンの見張りを命じ、カイロに借りている家にサビンを連れていった。そこでなら仲間にもグウェンにも聞かれることなく話ができるからだ。

二人は十分間言い争った。瞬間移動でいつも気分が悪くなるサビンはベストな体調とはいえなかった。

「あの女は危険だ」ルシアンが切り出した。

「無敵だぞ」

「殺し屋じゃないか」

「おいおい、おれたちだって同じさ。ただちがうのは彼女のほうが巧みだというだけだ」

ルシアンは顔をしかめた。「わかるものか。一人殺したのを見ただけだろう?」

「で、一人殺しただけで我が家から閉め出すってわけか……殺したのはおれたちの敵なんだぞ。いいか、ハンターにはこっちの顔は知れてるし、あいつらは四六時中おれたちを捜している。だがグウェンを知っていた奴《やつ》らは死ぬか監禁されたままだ。彼女はトロイの木馬だ。おれたちが使える囮なんだ。奴らが彼女を取り戻したら逆に一人残らず殺されるというわけさ」

「殺されるのはこっちかもしれない」ルシアンがそうつぶやくのが聞こえたが、気持ちが揺らいでいるのがサビンにはわかった。

「わかってる」

「そばに置いておけば危険が高まるだけだ」

「それもわかってる」サビンはうなるように言った。

「じゃあどうやってあの女を兵士として利用するつもりだ?」

「メリットとデメリットを考えてみた。彼女は破壊の衝動を内に秘めている。おれたちがその衝動を利用するんだ」

「サビン……」

「とにかく、城に連れていく。彼女はおれのものだ」こんなふうにグウェンを自分のもの呼ばわりするつもりはなかった。また責任をしょいこむのはごめんだ。とりわけ自分のものにならないとわかっている美しいおびえた女は。だがそれしか道はない。ルシアン、マドックス、レイエスは城に女を連れてきたのだから、彼にだめだとは言えないはずだ。

グウェンにこんなことをしてはいけないし、互いのためにも彼女を解放するのが正解だろう。だがサビンはハンターとの戦いを何よりも優先してきた。親友である〝不信〟の番人バーデンよりも。バーデンは死んでしまい、もういない。グウェンも例外ではない。ブダペストに来るのがいやでも来てもらう。

だが、食事を食べさせるのが先決だ。

グウェンの前に間をあけてしゃがみこみ、目の高さを合わせると、サビンはクリーム入りのスポンジケーキ、トゥインキーと、箱入りのランチセットを取り出し、ジュースのパックにストローをさした。アシュリンの手作り料理や、アニヤがブダペストの五つ星レストランから〝拝借〟してくるグルメ料理が恋しかった。

「飛行機に乗ったことは？」

「そ、それがあなたに何の関係があるの？」グウェンは顎を上げ、目に黄色い炎を燃えあがらせた。けれどもその熱い目はサビンではなく、彼が紙皿に並べた食べ物に向けられていた。

根性があるじゃないか。サビンはそれが気に入った。さっきまでの悟ったようなあきらめ顔よりずっといい。「関係はない。ただ確認しておきたかっただけだ、きみが飛行機で……」くそっ。グウェンがあのハンターにしたことを持ち出さずに説明するのは難しい。

「恐怖心からあなたを襲うかどうか？」そう言葉をつなげたグウェンは、恥ずかしさで頬を紅潮させた。「あなたとちがってわたしは嘘はつかないわ。アラスカ行き以外の飛行機にわたしを乗せたら、あなたがあの……邪悪な分身にお目にかかる可能性は高いわよ」

サビンは彼女の最初の言葉がひっかかった。彼は周囲に散らばった包み紙をかき集めてごみ袋に押しこんだ。「おれとはちがうってどういう意味だ？　きみに嘘をついたことなどない」

「わたしに危害を加えないと言ったじゃない」

「加えてないぞ。加えるつもりもない」

「ここに引き留めておくことが危害を加えることなの。解放するって言ったのに」

「解放したじゃないか。あのピラミッドから」サビンは肩をすくめた。「それに怪我《けが》させたわけじゃないから、危害を加えてはいない」思わずため息がもれた。「おれといっしょにいるのがそんなにいやなのか？」

グウェンは唇を引き結んだ。

それが答えか。「どちらでもかまわない。おれといっしょにいることに慣れてもらわないとな。これからいっしょにいることが多くなるから」

「どうして？　わたしを利用するって言ったわよね。わたしに何ができると思っているのか、それがわからないの」

全部打ち明けたらどうだろうとサビンは思った。そうすれば彼にも大義にも理解を示すかもしれない。あるいは逆におびえさせて逃げ出すきっかけになるかもしれない。

「知りたいことがあるならなんでも教えてやる。ちゃんと食事をしたらな」

「だめよ……できないわ」

サビンは紙皿を持ちあげて、彼女の目の前で動かして見せた。グウェンは魅入られたように紙皿を目で追っている。サビンはケーキにがぶりとかぶりついた。

「だめだわ」そう言ったものの、グウェンの口調は顔つきと同じく気もそぞろだ。

サビンはケーキをのみこんで唇についたクリームをなめとった。「ほら、死なないだろう？　毒は入ってないんだ」

とうとう我慢できなくなったのか、グウェンはおずおずと手を伸ばした。サビンがその手にケーキを置くと、彼女はそれをひったくるように胸に抱えこんだ。しばらく沈黙が続き、グウェンはただじっと警戒するようにサビンを見つめていた。

「このケーキはあなたの話を聞いたご褒美なの？」

「ちがう」賄賂を使う奴だと思われるのは困る。「ただ元気になってほしいだけだ」

「そう」グウェンはがっかりした様子だった。

なぜだろう?

〝疑念〟の魔物がサビンの頭から這《は》い出し、グウェンの中に入りこもうとしている。あまり長く押しとどめてはおけない。魔物がひと言よけいなことを言えば、グウェンはケーキを投げ捨てるだろう。

頼むから食べてくれとサビンは念じた。栄養たっぷりというわけではないが、今のサビンなら彼女が砂を食べても喜んだだろう。

ようやくグウェンはケーキを口元に運び、おそるおそるひと口食べた。長く黒いまつげが閉じ、かすかなほほえみが浮かぶ。グウェンの顔が歓喜に輝いている。快楽の絶頂を思わせる顔つきだ。

たちまちサビンの体が反応し、体中の筋肉がこわばった。鼓動が速さを増し、彼女に触れたくて手がうずく。くそっ、なんて愛らしいんだ。こんなにもすばらしい表情は見たことがない。肉体の快楽と享楽の喜びがあふれ出ている。

残りもすぐにグウェンの口に消え、彼女は頬をふくらませた。そして噛みながら手を差し出し、無言で次を要求した。サビンはためらいなくおかわりを渡した。

「半分もらっていいかい?」

グウェンの目が黒く渦巻き、金色を消し去った。

やめたほうがよさそうだ。サビンが降参というように両手を広げると、グウェンはふたつ目のケーキを口に入れた。目の中の黒い渦は消え、金色が戻ってきた。口の端からケーキの屑《くず》がこぼれている。

「飲み物は？」サビンはジュースを差し出した。

グウェンは指を振ってサビンをせかした。

ジュースはあっという間に全部飲み干された。

「ゆっくり食べたほうがいい。気分が悪くなるぞ」

そう言っただけでグウェンの虹彩《こうさい》に黒い渦が戻ってきた。彼女がハンターを襲う直前、白目まで黒くおおわれてしまったが、今回はそこまでにはいたらなかった。サビンが紙皿を差し出すとグウェンは残りの食べ物をきれいにたいらげた。

食べ終えると彼女はテントの中に戻って座りこみ、さっきとはちがう満足げな笑顔を見せた。頬は濃いピンクに染まっている。サビンの目の前で彼女の体がゆるんだ。胸が大きくなり、ウエストとヒップは罪なほどくつろいでいる。痛いほど硬くなったサビンのペニスが応えるようにうずいた。

やめろ。こんなところを見せたらグウェンをおびえさせてしまう。そう思ったサビンは膝を合わせ、体を折って座りこんだまま動かなかった。

気に入るかもしれないぞ。近づいてキスしてくれ、触ってくれと言いだしたらどうする？

いい加減にしろ。

ところが、ふいにグウェンの顔から血の気が引いた。笑顔が消え、しかめっ面になった。

「どうしたんだ？」

グウェンは無言でテントの裾をまくりあげ、外に身を乗り出して、さっき口にしたものを残らず吐き出した。サビンはため息をついて立ちあがり、布きれを手に取った。ボトルの水でそれを濡《ぬ》らしてグウェンに差し出す。グウェンはのろのろとテントの中に戻り、震える手で口元をぬぐった。

「わたしがばかだったわ」そうつぶやくと彼女はもとの場所に戻った。そして両手で膝を抱え、胸に引き寄せた。

あせって食べたのがばかだったという意味か？　それならそのとおりだ。気をつけろと言ったのに。

サビンは咳払《せきばら》いし、彼女の胃が落ち着いたらまた食べ物を与えることにした。今は会話が先だ。結果がどうあれ、グウェンは取り引きを守って食べ物を食べたのだから。

「何をしてほしいのか教えろと言ったな。奴らを捜し出して殺すのを手伝ってほしいんだ。きみをあんなふうに……扱った奴らを」言葉に気をつけろ。つらい記憶を刺激したら彼女の中の獣が目覚めてしまうかもしれない。だが遠回しな言い方はできない。「ほかの女たちがあそこで起きたことを教えてくれたんだ。排卵誘発剤やレイプのことも。あの檻《おり》には前にも女が捕らわれていたらしい。その女たちもレイプされ、子どもと引き離されたそうだ。何年も前からそれがおこなわれていたと考える者もいた」

グウェンは砂色のテントに背中を押しつけていたが、さらに後ずさろうとした。サビンの言葉とそれがかきたてるイメージから逃れようとするかのように。

その話を聞いたとき、サビン自身ひるんだ。魔物を宿す身ではあるが、あの地下墓地で女たちが受けたような悪行に手を染めたことは一度もない。

「あの人間どもは邪悪だ。だから倒さなければいけないんだ」

「そうね」グウェンの腕が脚から離れ、腰のそばの地面に小さな円を描き始めた。「でも……わたしは別だった」消え入りそうなその言葉は耳を澄まさないと聞こえなかった。

「きみはレイプされなかったのか？」

グウェンは下唇を噛んだ。緊張したときの癖なのだろうか？ そしてうなずいた。「あいつは怖くてわたしの檻を開けることもできなかったから、手出しされることはなかったわ。直接はね。あいつは……わたしの目の前でほかの女性を奪ったの」その声には罪悪感があった。

そうか、自分のせいだと思っているんだ。

サビンは安堵《あんど》しか感じなかった。この妖精のような生き物が押さえつけられ、両脚を開かされ、助けてと叫んでも決して誰も助けに来てはくれない、そんな様子を想像すると……サビンは腿に両手を置いていたが、その手の爪が伸びてかぎ爪となり、ミリタリーパンツの生地を裂いた。

ブダペストに戻ったら、地下牢《ちかろう》のハンターに言葉にできないほどの苦しみを味わわせてやる。サビンは何千回目になるかわからないが、そう決意した。これまでは戦いの一部だと割り切って拷問していたが、今度は本心から楽しめそうだ。

「きみを怖がってるなら、あいつはなぜきみを閉じこめておいたんだ？」

「ちゃんとした薬が見つかれば、わたしを手なずけられると思っていたからよ」

かぎ爪の先に血が丸く噴き出した。グウェンは恐怖の中で生きてきたのだ。「自分の手で復讐《ふくしゅう》できるぞ、グウェン。ほかの女たちのためにも。おれがそれを助ける」

もてあそんでいた砂のことを忘れ、グウェンは目を上げた。琥珀《こはく》色の視線がサビンの魂までも貫いた。「あなたならできるわ。復讐のことだけれど。あいつらはあなたにもひどいことをしたのね。あいつらと戦うためにここに来たんでしょう？」

「そうだ。あいつらはおれたちにひどい仕打ちをした。ここに来たのはあいつらと戦うためだ。だが一人の力で倒すことはできない」それができたらとっくにそうしている。

「あいつらに何をされたの？」

「親友を殺された。あいつらはおれが大事に思っている者全員を殺したがっている。それもこれも、あいつらがリーダーの嘘を信じこんでいるからだ。おれはもう何世紀も前から奴らを倒そうとしてきた」ハンターが増え続けているという事実は短剣のようにサビンの胸を刺した。「だが一人を殺してもさらに五人増えるんだ」

〝何世紀も〟と聞いてもまばたきひとつしなかったところを見ると、グウェンは彼もまた不死族だと知っていたようだ。だが何者かは知らないだろう。

わかるわけないだろう。これまで出会った女たちと同じで、おまえの正体を知ったら嫌悪するはずだ。しないわけがない。この女を見ろ。やさしい顔をしている。憎しみの影はない。今のところは。

魔物め。別れられない道連れ。最後の言葉には抑揚がなかった。

「あなたもあいつらの仲間じゃないって証明できる？　わたしの協力を得るための形を変えた芝居かもしれないわ。わたしがあなたの敵を倒したら、レイプされるんじゃないの？　わたしが妊娠したら子どもを盗むんでしょう」

疑心暗鬼になっている。魔物のせいなのか？

サビンが答えを考える間もなくグウェンは言葉を続けた。「あなたがあいつらと戦うところを見たわ。口では憎いと言ってあいつらを倒したけれど、殺しはしなかった。敵を滅ぼしたいという戦士がそんなことをする？」

グウェンの話を聞いているうちに、サビンの頭にあるアイデアが浮かんだ。ハンターではないと証明する方法だ。「あいつらを殺していたら、あいつらへの憎しみを納得してくれたのか？」

グウェンはまた下唇を噛んだ。まっすぐな白い歯は人間の歯より少しとがっている。キスしたら血が出るだろう。だがそれだけの価値はあるはずだとサビンは心のどこかで思った。「ええ、たぶん」

信じないよりは〝たぶん〟のほうがましだ。「ルシアン」サビンはグウェンを見つめたまま呼んだ。

グウェンは目を丸くしてまた後ずさろうとした。「何をするつもり？　まさか……」

ルシアンが入り口の垂れ幕から音もなく入ってきて、問いかけるように二人を見た。

「なんだ？」

「ブダペストの地下牢からハンターを一人連れてきてくれ。誰でもいい」

ルシアンは怪訝《けげん》そうに眉を寄せたが、何も言わずに姿を消した。

「あなたに協力することはできないわ、サビン」その声には、どうかわかってほしいという苦しげな思いがにじみ出ていた。「とても無理よ。何をするつもりか知らないけれど、そんなことをしても意味はないわ。あなたに歯向かったのが間違いだった。疑いをぶつけるべきじゃなかったのよ。でも本当に戦うことはできないの。おびえると体が動かなくなって、気を失うのよ。目を覚ますとまわりにいた人がみんな死んでいるの」グウェンは息をのみこみ、しばらくぎゅっと目をつぶった。「殺し始めると止まらなくなる。そんな兵士はあてにならないでしょう」

「きみはおれを殺さなかった。おれの仲間も」

「どうやって自分を抑えたのかわからない。あんなことは初めてよ。もう一度やれと言われても無理」グウェンの顔は真っ白だ。

ルシアンがもがくハンターを連れて現れた。

サビンは背中から短剣を引き抜いて立ちあがった。

銀色のきらめきを見てグウェンは息をのんだ。「い、いったい何をするつもり？」

「この男はきみを苦しめた奴らの仲間だな？」サビンは震えるグウェンにきいた。

グウェンは黙ったまま恐怖の目で男たちの顔を見比べている。これから何が起きるかわかったのだ。だがここは戦いの場ではない。正真正銘の殺人だ。

ハンターはルシアンを蹴りつけ、殴りつけている。それでも自由にならないとわかると男は泣き出した。「放してくれ。頼む。おれは言われたことをやっただけだ。あの女たちに危害を加えるつもりはなかった。何もかも大義のためなんだ」

「黙れ」サビンが言った。今度冷酷になるのはこちらの番だ。「女たちを助けようともしなかったじゃないか」

「もうおまえたちを殺さない！　絶対に！」

「グウェンドリン」断固とした険しい声は、ハンターの命乞いの声と比べると轟音《ごうおん》のようだ。「答えてくれ。こいつはきみを苦しめた奴らの仲間か？」

グウェンはうなずいた。

警告もせず、サビンは無言でハンターの喉を切り裂いた。

5

グウェンの目の前でサビンは男を殺した。

あれから数時間たち、もうあのテントからは出たが、男が膝から崩れて真正面に倒れ、ごほごほいったあと何の音もたてなくなった様子が、グウェンの頭からどうしても離れなかった。

サビンの中にそういう凶暴さが——彼女自身を殺人に走らせるのと同じ凶暴さがひそんでいるのはわかっていた。冷酷で、感情のぬくもりに動じないことも知っていた。目を見ればわかる。暗く冷たく、すべてを計算している。二日前に彼女を檻《おり》から出した瞬間から、サビンが周囲を観察し、人や物をどうやって自分の利益につなげるかを判断しているのに気がついた。役に立たないものはすべて屑《くず》なのだ。

彼女も捕らえられているときは屑だった。ところが今、彼から協力を求められている。

けれどもグウェンは、初めて触れたときサビンに押しやられたことを忘れられなかった。あのときは本当に恥ずかしかった。彼の固くなった指先で撫《な》でるように触れられただけで、体が引き寄せられてしまった。サビンは彼女とかかわりたいなどと思ってもいないのに。けれども彼はあまりにあたたかく、その肌はエネルギーに満ちていた。長い間、肌のぬくもりから遠ざかっていた彼女は、自分を止められなかった。

触れないでくれ、とサビンは言った。もう一度手を伸ばそうものなら殺されそうな勢いだった。

その冷たい仕打ちでグウェンは思い知った。彼らが見知らぬ者であること、あの人間たち同様に極悪非道な目的を持っているかもしれないことを。だからグウェンは距離を置き、この二日間、彼らを観察し、人目をはばかる会話を盗み聞きした。精神的に耳を閉ざせる能力が回復したので騒音に悩まされることはなくなり、何食わぬ顔で戦士たちの秘密の会話をとらえることができた。

そういうふうにして今朝盗み聞きした会話がグウェンの胸に繰り返しよみがえった。

〝かれこれ一カ月近くここにいるが、聖遺物は見つからない。いくつピラミッドを探せばいいんだ？　ハンターがいた最後のピラミッドが当たりだと思ったんだが……〟

戦士たちはまたハンターの話をした。クリスのことをそう呼んでいるのだ。なぜだろう？

〝そうだな。これだけ探してるのに箱の気配すらない〟

聖遺物？　箱？

〝それがいい。目が新しい手がかりをとらえるまでは動きがとれない〟

おかしな会話だ。目が手がかりをとらえる？　手がかりって、何の？　そして誰の目のことだろう？　もしかしてルシアンという戦士のことだろうか。ルシアンの目は一方が青でもう片方が茶色だ。

〝ガレンのほうも無駄足だったならいいんだが。心臓を貫く槍《やり》なら見つかってもかまわないぞ。ぜひ手伝ってやりたいぐらいだ〟

ガレンって誰だろう？　大事な人なのかしら。あの戦士たち……どこかちぐはぐだ。戦士たちの半分は中世専門の雑誌から抜け出てきたようなしゃべり方をする。残りの半分はストリートギャングの仲間といっても通るぐらいだ。でも全員が深い絆《きずな》でつながっているのはよくわかった。仲間の気持ちに気を配り、ジョークを言いあって笑い、互いの背後に目を光らせている。

サビンがルシアンと話をしに行ったとき、三人の戦士と女戦士カメオがこっそりテントに入ってきた。そして四人とも同じメッセージを持ってきた。仲間に手出ししたら後悔するぞ、というものだ。皆返事も待たずに出ていった。カメオの声ときたら……グウェンは身震いした。あの声を聞いただけでもう後悔してしまう。

テントの中に一人でいる時間が長かったので、逃げようと思えば逃げられた。試してみればよかったのかもしれない。けれども周囲はどこまで行っても砂漠で、太陽がぎらぎらと照りつけ何がひそんでいるかわからない。グウェンは恐怖で動けなかった。

アラスカの雪山で育ったけれど、砂と太陽に負けることはないだろう。グウェンが恐れたのは未知なるものだ。敵意を持った原住民や飢えた獣の群れとでくわしたらどうしよう？　敵か味方かよくわからない男たちの一団と出会ったら？

そもそも、ボーイフレンドのタイソンを追いかけて一人で州境を越えたことが、あのガラスの檻に捕らわれる原因となった。もし戦士らにひどいことをされたなら思いきって逃げる気にもなっただろう。だが彼らは指一本触れようとしない。グウェンはそれをうれしいと思った。サビンは〝触らない〟という約束を守っている。それが天からの贈り物でなくてなんだというのだろう。

「大丈夫かい？」ストライダーという名の戦士がグウェンの座る贅沢《ぜいたく》なレザーシートの隣に腰かけた。空を飛ぶプライベートジェット機は乱気流で揺れていた。

けれどもグウェンは意外なほど恐怖を感じなかった。

彼女は苦々しい笑いを押し殺した。怪しい人影を見れば逃げたくなるが、骨が音をたてるほど飛行機が揺れてもあくびが出るだけだ。彼女自身、ある意味では飛べるからそう思うのかもしれない。もっとも飛ぼうとしたことなど一度もないけれど。あるいは、この一年のつらさに比べれば墜落などなんでもないと思えるからかもしれない。

「顔色が悪いぞ」グウェンが黙ったままなのを見てストライダーが言った。そしてポケットから赤いキャンディの袋を取り出し、口いっぱいに放りこむと、彼女にもすすめた。シナモンの香りをかぐとグウェンはつばがわいた。「何か食わないとな」

少なくとも彼は怖くない。今のところは。どうしてこの人たちは何かというとジャンクフードを差し出すのだろう? 「いらないわ。わたしなら大丈夫」ケーキのショックがまだ生々しく残っていた。

もちろん食べたことは後悔していない。あの甘さ……満腹感……あれは天国だった。つかの間で終わったけれど。でももう人からもらったものをなんでも食べるなんてばかなまねはしない。ハルピュイアは、盗んだものや報酬として受け取ったものしか食べられないように神々に呪いをかけられている。それは祖先が犯した罪の報いであり、グウェンには何の責任もないが、だからといってどうすることもできない。

こうなれば飢え死にも覚悟のうえだ。

この男たちのものを盗むような勇気はないし、わずかばかりのお菓子と引き換えに大変なことを要求されるのも困る。

「ほんとに?」ストライダーはそう言ってまたキャンディを口に入れた。「小さいけどパンチがきいてるぜ」戦士らの中でこの人がいちばんやさしい。誰より気遣ってくれる。明るい青い目には一度も軽蔑の色が浮かんだことがない。サビンのように怒りが浮かぶこともない。

サビン。グウェンの思いはいつも彼に戻っていく。

グウェンはサビンを目で捜した。彼は向かいの座席にもたれて目を閉じ、シャープな頬のくぼみにまつげの影を落としている。ミリタリーパンツと銀のチェーンネックレス、手にはレザーの男性用ブレスレットをつけている――サビンは〝男性用〟でなければ身につけなさそうだけど。寝顔からは緊張が消えている。険しいと同時に少年のような不思議な顔だ。

グウェンはその謎を解きたいと思った。解けたら彼を求める気持ちは止まるだろう。サビンがどこにいるのか、何をしているのか、グウェンは五分とあけずに考えずにいられなかった。今朝、出発の用意のため荷造りをしている彼を見つめながら、グウェンは自分の爪が彼の背中に、歯が首に食いこんでいるところを想像した。傷つけるためではなく、快感を得るために！

これまで何人か恋人がいたけれど、こんな思いを抱いたことはなかった。グウェンという生き物はベッドの中でもおとなしい。サビンの存在が、〝戦いに勝つことしか頭にない〟という彼の態度が、こんな……暗い思いを刺激するのだ。きっとそうにちがいない。

サビンがあんなふうに人間の喉をかき切ったところを見たら、嫌悪感を抱くのが当然だ。せめて、やめてと叫び、抗議すればよかったのに、彼女の内なる獣、逃れられない怪物は成り行きを見抜いて喜んだ。グウェンはあの男が死ねばいいと思った。今でも胸に感謝の気持ちがわいてくる。サビンへの感謝、そして身震いするほど冷酷に正義の裁きをくだした彼のやり方への感謝が。

進んで飛行機に乗りこんだのはそれだけが理由だった。行き先はアラスカではなくブダペストだ。それに戦士たちは彼女を尊重して距離を置いてくれた。もちろんあのケーキのこともある。もう二度とあの甘い誘惑に負けるわけにはいかないけれど。

いや、負けてもいいのかもしれない。気を変えて、罰を覚悟でひとつ盗むのだ。盗みの腕前はさびついているが、檻を出てからの飢えはひどく、体はどんどん弱っている。もし戦士たちが彼女に危害を加えたら、行動を起こすきっかけになる。そうなったら家に帰ろう。

でも決めるなら早いほうがいい。このままだと、料理ひと皿どころかパン屑を盗み出す体力も判断力もなくなってしまう。出ていく力も残らないだろう。空腹だけでなく、体力の衰えとも闘わなくてはいけない。

永遠に起きていなければいけない呪いがかかっているわけではないけれど、他人の前で眠るのはハルピュイアの掟《おきて》に反する。それも当然だ！　睡眠は人を無防備にし、攻撃から、そして誘拐から身を守るすべを奪う。グウェンの姉妹はそれほどたくさんのルールを持たないが、この掟だけは別だ。グウェンももう二度と破ってはいけない。すでに姉妹の顔に泥を塗っているのだから。

でも食事も睡眠もとれなければ体力は衰えるいっぽうだ。健康を取り戻そうとして彼女の中のハルピュイアが目覚めるのももうすぐだ。

彼女の中のハルピュイア。ひとつの存在だけれど、グウェンは別物だと考えている。ハルピュイアは人殺しを好むが彼女はちがう。ハルピュイアは暗闇を好むが彼女は光が好きだ。ハルピュイアは混乱を楽しみ、彼女は静けさを楽しむ。ハルピュイアを目覚めさせるわけにはいかない。

グウェンはケーキがないか飛行機の中を見まわした。けれどもその視線はアムンに留《とど》まった。戦士の中でいちばん色黒で、グウェンは一度も彼が話すのを聞いたことがない。ここからいちばん遠い席に座り、両手でこめかみを押さえて痛そうなうめき声をあげている。茶色と黒の髪をしたパリスが隣に座り、考えこむように窓の外を見ている。鮮やかな青い瞳と白い肌を持つ彼をグウェンはセクシーだと思うようになった。

二人の向かいに座っているのが頭のてっぺんから爪先までタトゥーだらけのアーロンだ。彼もまたストイックで無口な男だ。この三人はまるでみじめさを絵に描いたように見える。自分をみじめだと思っていたのがおかしいぐらいだ。この人たち、いったいどうしたのかしら。誰かケーキのありかを知らないだろうか。

「グウェンドリン？」

ストライダーの声がして、グウェンははっとして物思いから覚めた。「何?」

「聞いてなかったのか」

「あら、ごめんなさい」何か尋ねられたのだろうか?

飛行機がまた揺れた。額に金髪がかかり、ストライダーはそれを払いのけた。その拍子にまたシナモンの香りがした。グウェンのお腹《なか》が鳴った。「食べないのはわかってるが、喉が渇いただろう? 飲み物はどうだい?」

ええ、ぜひともお願い。つばがわいたが、グウェンはいらないと答えた。

「せめて水のボトルは持っててくれ。キャップがついてるから、おれたちが何か仕込む心配はない」ストライダーは冷えて水滴のついたボトルを脇のカップホルダーから取り出し、グウェンの目の前で振ってみせた。ずっとホルダーにあったのかしら?

グウェンは心の中で泣いた。なんておいしそうなの……。「あとでいいわ」その声はしゃがれていた。

ストライダーは、お好きなようにというように肩をすくめたが、目はがっかりしていた。

「後悔するぞ」

そばにきっと何か盗めるものがあるはずだ。グウェンはまた飛行機の中を目で探った。その視線は、サビンのそばにある飲みかけのチェリー風味の水に引き寄せられた。グウェンは唇をなめた。いいえ、後悔するのはサビンよ。ストライダーが席を外したらすぐに行動しよう。あとでどうなろうがかまわない。

やっぱりやめておこうか。いや、だめだ。でもせっかくストライダーがそばにいるのだから、質問してみよう。その間に勇気が出るだろう。「どうして飛行機を使うの？　ルシアンという人がほかの女性たちを連れて消えるのを見たわ。一瞬でブダペストに行けるんでしょう？」

「瞬間移動が苦手な奴《やつ》もいるんだ」ストライダーはまっすぐサビンを見た。

「子どもってこと？」思わずそんな言葉が出てしまった。姉たちにならこういう言い方をするだろう。やりこめられる心配をせずに自分を出せるのは姉たちだけだ。ビアンカとタリヤとカイアはグウェンを理解し、愛し、守るためならなんでもしてくれる。

彼女の言葉にストライダーは怒らず、おもしろいと思ったらしく突然笑い出した。「そんなところだな。だがサビンもレイエスもパリスも、瞬間移動して具合が悪くなるたびに、風邪だと思いこもうとしてるよ」

双子のビアンカとカイアも同じだ。限界を認めるぐらいなら病気のせいにするだろう。いっぽう氷のように冷たく厳しいタリヤは物事に動じない。

ストライダーの笑顔がゆっくりと消え、彼はグウェンの全身をじろじろ見まわした。

「きみには予想を裏切られたよ」

動揺してはいけない。落ち着くのよ。「どういう意味で？」

「だから……おっと、こんなこと言っても怒らないかい?」

本当は、怒って爆発しないか、ときさたいのだろう。この人もわたし自身と同じようにわたしの中の獣を恐れている。「ええ」たぶん。

その言葉が本当かどうか推し量るようにストライダーの視線が強さを増した。彼女の顔に強い意志を読み取ったのだろう、彼はうなずいた。「前にも言ったかもしれないが、おれが知ってるかぎりではハルピュイアっていうのはおぞましい生き物だ。醜い顔、とがったくちばし、鳥の姿の下半身。性格は残虐で冷酷だ。きみは……きみはひとつもあてはまらない」

この人はわたしがクリスにしたことを忘れたのかしら?

グウェンは身動きひとつしないサビンのほうを見やった。呼吸は深く規則的で、レモンとミントの香りが漂っている。伝説がいつも正しいとはかぎらないとストライダーに教えなかったのだろうか? 「濡《ぬ》れ衣《ぎぬ》を着せられただけよ」

「いや、それだけの話じゃない」

グウェンにとってはそのとおりだ。でもそれをストライダーに言うわけにはいかない。姉たちはラッキーなことに姿を変える力を持つ父から生まれた。タリヤは蛇、双子は不死鳥だ。けれどもグウェンの父は天使だ。彼女はこの事実を人に言うなと言われている。天使みたいに純粋で善良な生き物はハルピュイアにとっては軽蔑すべき存在だし、それでなくてもグウェンには弱点がたくさんある。父のことを考えたときいつもそうするように、グウェンは胸に手のひらを置いた。

ハルピュイアは母親中心の家族を作るが、父親が望めば子どもに会うことができる。グウェンの姉の父は娘たちとかかわることを選んだ。しかしグウェンの父にそのチャンスはなかった。母が許さなかったからだ。母はグウェンに父親の肖像画を渡し、気をつけないとこんなふうになるよと注意した。道徳心が強くなりすぎて食べ物を盗めず、嘘《うそ》もつけず、自分より他人を心配するようになる、と。母のタビサがグウェンに愛想をつかして縁を切ったときも父からの連絡はなかった。父は娘の存在を知っているのだろうか？　グウェンの胸に父への愛慕の念が込みあげた。

グウェンはずっと夢を持っていた。彼女に危害を加えるものを父が蹴散らし、胸に抱いて空へと連れ去ってくれることを。愛し大切にされることを。父といっしょに天国で暮らし、世のあらゆる悪から、そして自分自身の内なる獣から安全になることを。

グウェンはため息をついた。彼女の血筋を語るときに口にされる名前はひとつだけ、それはルシファーだ。強くて狡猾《こうかつ》、執念深くて凶暴――ひと言で言えば敵にまわしたくない存在だ。闇の王子が裏についているとわかれば、人はグウェンにも姉妹にも手出ししようとはしないだろう。

ルシファーが家族だというのは決して嘘ではない。ルシファーはグウェンの母の祖父であり、グウェンの曾祖父だ。グウェンが生まれるずっと前に地上から姿を消したので、会ったことはない。グウェンは会いたい気持ちもなかった。曾祖父のことを考えただけで震えが走った。

慎重に次の言葉を探しながらグウェンは深く息を吸いこんだ。木が燃えるようなストライダーのにおい、そしてシナモンのたまらなくいいにおいがする。残念なことに、それもサビンの退廃的な香りにはかなわない。「人間は理解できないものがあるとなんでもマイナスのイメージと結びつけるのよ。人間の頭の中では必ず善が悪に勝つの。だから人間より強いものはなんでも悪なのよ。そして悪は醜いと決まっているの」

「そのとおりだ」

ストライダーの口調は共感にあふれていた。その共感がどこまで切実なのか調べるいいチャンスだ。「あなたたちがわたしと同じように不死の身なのは知っているけれど、何者なのかわからないわ」

ストライダーはもじもじして仲間のほうに助けを求めた。耳をそばだてていた者は皆あわてて目をそらした。ストライダーはため息をついた。「おれたちはかつて神々の兵士だった」

もう兵士ではなくなったというわけだ。「でもどうして――」

「きみはいくつだ?」ストライダーがグウェンをさえぎった。

グウェンは話題を変えないでと言いたかったが、臆病な性格がわざわいして言えなかった。そのかわり真実を打ち明けることのメリットとデメリットを考え、ハルピュイアの母が必ず娘に教える三つの問いを自分に投げかけた。その情報を逆手に取られる心配はないか？　秘密にしておけば有利になるか？　嘘をついても本当のことを言う程度のメリットはあるか？

言ってもマイナスにはならないだろう。もっともプラスにもならないが、グウェンは気にしなかった。「二十七よ」

ストライダーは顔をしかめ、まばたきして彼女を見つめた。「二千七百歳ってことか？」

姉のタリヤのことを言っているならそのとおりだ。「いいえ、ただの二十七よ」

「人間の年で、じゃないよな？」

「ええ。犬年齢でね」そっけなくそう言うとグウェンは唇を引き結んだ。いつもならちゃんと言葉を選んでいるのに、どうしたというんだろう？　でもストライダーは気にしていないようだ。というか唖然《あぜん》としている。サビンが起きていたら同じ反応を見せただろうか？「そんなにわたしの年齢が信じられないの？」二人の間にその問いが響くうちに頭にある思いが浮かび、グウェンの顔が青ざめた。「そんなに老けて見える？」

「いやいや、とんでもない。でもきみは不死の身だ。力がある」

力がある不死の存在は若くてはいけないのだろうか？　それより、この人はわたしに力があると思っている。グウェンの胸に喜びが花開いた。これまでその言葉は姉たちを語るときにしか使われなかった。「そうよ。でも年はまだ二十七なの」

ストライダーが手を伸ばした。何をするつもりかわからなかったし、理由などどうでもよかったが、グウェンは体をすくめた。サビンには会ったときから触れてほしいと思った。理由は自分でも全然わからないけれど。そのうえ今朝はサビンに人に言えないようなことをしている自分を想像しさえした。でもサビン以外の人に触れられたいとは思わなかった。

ストライダーの腕が元の場所に戻った。

グウェンは体の力を抜いてまたサビンに目をやった。サビンは顔を赤くして顎を食いしばっている。悪い夢でも見ているのかしら？　これまで殺した相手が頭の中に押し寄せ、彼を苦しめているのだろうか？　自分に眠りを禁じたのは逆によかったかもしれないとグウェンは思った。グウェン自身そういう悪夢に苦しみ、眠りを憎んだ。

「ハルピュイアはみんなきみみたいに若いのかい？」ストライダーにそうきかれてグウェンは現実に引き戻された。

この情報を逆手に取られないだろうか？　秘密にしておけば有利になる？　嘘をついても不利にはならない？「いいえ」グウェンは正直に答えた。「わたしの三人の姉はかなりの年齢よ。でもわたしよりきれいで強いわ」グウェンは姉たちを愛しているので嫉妬はなかった。「姉たちなら捕まらなかったでしょうね。自分のしたくないことは絶対にしないし、怖いものなしなの」

さあ、これぐらいでやめておこう。これ以上しゃべると自分の失敗と限界だけが際立ってしまう。この男たちには強いと思わせておいたほうがいい。でもどうしてわたしは姉みたいになれないのかしら？　姉たちは危険に立ち向かうのに、なぜわたしは逃げ出してしまうの？　もし姉がサビンに惹《ひ》かれたなら、距離を置かれたことを挑発とみなして自分から誘惑しただろう。

いやだ、わたしったら何を考えているの。サビンに惹かれてなんかいない。たしかにハンサムだし、愛しあっているところを想像した。でもそれは感謝の気持ちから生まれたものだ。サビンは彼女を解放し、敵を一人倒してくれた。サビンのことを思うと複雑な気持ちになる。サビンは凶暴だけれど、彼女には一度も危害を加えなかった。でも不死身の戦士に惹かれているなんてありえない。

今度誰かとつきあうときは、思いやりのあるやさしい人間を選ぼう。彼女の内なる獣を刺激しない人。剣を振りまわすより重役会議を好み、欠点だらけの彼女に、大事にされ理解されていると感じさせてくれる人。普通だと思わせてくれる人を。

グウェンが求めるのはそれだけだ。

サビンはグウェンに意識を集中していた。飛行機に乗りこんだときから。いや、正直に言えば出会った瞬間からだ。グウェンが警戒をゆるめないのは彼を怖がっているからだと思ったサビンは、寝たふりをした。彼女が緊張を解いて心を開いたところを見ると、それは正しかったようだ。だが心を開いた相手はストライダーだった。

その事実にサビンはどうしようもなくいらだった。

けれども思いきって目を開ける気にはならなかった。ストライダーがグウェンに触ろうとする気配を感じたときは、あいつの鼻を殴りつけ、骨を脳みそにめりこませてやりたいと思ったが、それでも目を開けなかった。サビンは二人の会話にすっかり心を奪われていた。

グウェンがたった二十七歳の子どもだと聞いて、サビンは自分がとんでもない年寄りのような気がした。彼女はいろいろな意味で自分を失敗作だと思い、姉たちを模範的だと思っている。グウェンよりきれいだと？　ありえない。グウェンより強い？　サビンは身震いした。姉たちなら捕まらなかった？　ふいをつかれたら誰だって捕まる。それは彼自身も同じだ。怖いものなし？　深く暗い恐怖を抱えない者などいない。もちろん彼自身もだ。ギデオンが蜘蛛《くも》を怖がるように、彼は失敗を恐れている。

グウェンが臆病で、地下墓地での自分の行動にショックを受けたのはたしかだ。彼女が自分の力と凶暴性に疑いを持っているのがサビンにはわかったが、それがどれほど根深いものなのかはわからなかった。自分と姉たちを比べた口調から、グウェンが誰よりも強く自分の力を疑っていることがわかる。頭が疑念でいっぱいなのだ。彼のそばにいたらそれが悪化するだけだろう。

サビンの過去の恋人たちは皆、自信家だった——しかも年齢は三十五歳以上だ。自信家だからこそサビンは彼女らを選んだのだ。ところが皆たちまち変わってしまった。魔物が恋人たちに不安という鋭い爪を突きたてたのだ。外見や判断力や周囲の人に対する疑いを絶えずかきたてられるのに耐えられず、ダーラを含め数人は自殺した。ダーラのあと、サビンは女性と関係を持つことをあきらめた。

そんなときグウェンと出会った。そして欲望を抱いた。それも強い欲望を。ひと晩ならいっしょに過ごすのもかまわないし、理屈をつけて正当化することもできるだろう。でもひと晩で満足するとはとても思えない。グウェンが相手では無理だ。彼女を奪うやり方はたくさんあり、小柄だがスタイルのいい体にしてみたいことは山ほどある。

グウェンに目をやるたびに、みずみずしい美しさがサビンの血に火をつけ、つばがわき体はうずいた。グウェンの不安げな目はサビンの保護本能を刺激し、同時に魔物の破壊衝動をかきたてる。洗い落とそうとしない汚れの奥にひそむ、グウェンの太陽の香りが彼を手招きする。そばへ……もっとそばへと。

近づけば殺してしまうことになる。それを忘れるな。

おれはおとなしくしてるかもしれないぞ。あの子には手出ししないかもしれない。

魔物に甘い言葉をささやかれ、サビンは血が出るまで舌を噛《か》んだ。魔物は今度は悪意を疑わせようとしている。これには一度痛い目にあっている。もうその手には乗らないぞ。

「いつも見てるんだな」グウェンに話しかけるストライダーの声がサビンを現実に引き戻した。

「何のこと?」グウェンの声はかすれていた。最初サビンは疲労のせいでそういう口調なのだろうと思ったが、もともとハスキーなのだ。その声はたまらなくセクシーだった。

「サビンを見てるじゃないか。興味があるんだろう?」

グウェンはかっとなったらしく言葉につまった。「興味なんかないわ!」

サビンは顔をしかめまいとした。ちょっとぐらいためらったっていいじゃないか。

ストライダーは噴き出した。「いや、そうは思えないな。いいか、おれはあいつのことを何千年も前から知ってる。人に言えないようなことも」

「それがどうしたの?」

「教えてやってもいいってことさ。あいつのことできみの気が変わったら、おれが間に入ってやろう」

お仲間はおまえの悪口を吹きこむつもりだぞ。あの子に気があるのかもしれない。これからはうかつに信用できないな。

サビンは一瞬不安に襲われたが、すぐにそんな思いを振り払った。ストライダーはグウエン本人のために、そしておれのために警告しようとしてるんだ。自分でそう言ってるじゃないか。その口を閉じろ。

「あの人にはかかわりたくないわ」

「それなら、おれの知ってることを聞かなくても気にならないよな」薄く開けたまぶたの下から、ストライダーが席を立とうとするのが見えた。

グウェンは彼の手首をつかんで引き戻した。「ちょっと待って」

サビンはぎゅっと座席の肘掛けを握り、跳びあがって二人を引き離したい衝動をこらえた。

「教えてちょうだい」グウェンはストライダーの手首を放した。

ストライダーはゆっくりと腰を下ろした。にやついている。狭い視界の中でも彼の歯がきらめくのが見えた。ふいにサビンは自分も笑いたくなった。グウェンはおれに興味を持っている。

どうやったらうまくおまえを殺せるか知りたいのかもな。

うるさい、黙れ！

「特別に知りたいことはあるかい？」ストライダーがきいた。

「どうしてあの人はあんなに……よそよそしいの？」グウェンはまだこちらを見ている。その視線はサビンを突き刺し、体を熱くした。「誰にでもよそよそしいのか、それともわたしの運がいいだけ？」

「心配するな、きみにだけよそよそしいんじゃない。どんな女にでもああなんだ。そうするしかないのさ。いいか、あいつの魔物は――」

「魔物？」グウェンは息をのんだ。はっとして体を起こした彼女の顔から血の気が引いた。

「今、魔物って言ったわね？」

「ああ、いや……言ったかな？」ストライダーはまた助けを求めるように飛行機の中を見まわした。

「ええ、たしかに言ったわ。魔物にハンターに蝶《ちょう》のタトゥー。あのタトゥーを見たときに気がつけばよかったのよ。でもみんないい人に見えた。わたしに危害を加えなかったし、蝶のタトゥーのある人なんていくらでもいると思ったわ」グウェンもあたりを見まわし、新たな恐怖の目で戦士を見つめた。次の瞬間、グウェンは座席から跳びあがってストライダーから離れ、バスルームのほうに逃げようとした。そして後ろ向きのまま両手を前に突き出し、素手で戦士たちを近づけまいとした。「これで……これでわかったわ。あなたたち、暗黒の戦士ね？　神々が地上に追放した不死の戦士。姉があなたたち悪魔の追放物語をよく話してくれたわ」

「グウェン」ストライダーが話しかけた。「落ち着いてくれ。頼む」

「パンドラを殺したのね。罪のない人を。古代ギリシャの町に火をつけて、町には血と悲鳴が満ちあふれた。男たちを拷問して、生きたまま手足を引き裂いたわ」

ストライダーの顔つきがこわばった。「あいつらは殺されて当然だったんだ。仲間を殺し、おれたちも殺そうとした」

「この子が叫んだら楽しいことが起きるぞ」ギデオンが険しい顔でストライダーのそばに来た。「気絶させるな。手伝わないから。いいな？」

「待て。手荒なことをしたらこっちの喉が危ない。ほかの手を試してみよう。おい、パリス！」ストライダーはグウェンから目を離さずに呼んだ。「手を貸してくれ」

パリスが決然とした顔でやってくるのと同時に、サビンが寝たふりをやめて立ちあがった。「グウェン」パリスが得意の技でグウェンを落ち着かせる前になんとかしなければ。だがグウェンは息をするのも苦しいらしく、興奮状態で手がつけられない。「落ち着いて話しあえば――」

「魔物だらけ……魔物だらけだわ」グウェンは口を開いて悲鳴をあげた。何度も何度も。

6

魔物。暗黒の戦士。かつては神々に愛されたが、今は地上に災厄をもたらす者たち。戦士は体内に魔物を宿している。あまりの邪悪さに地獄さえもてあましたという魔物を。その魔物とは、病、死、悲嘆、苦痛、暴力だ。そんな魔物たちと今、同じ飛行機の中にいると思うとグウェンのパニックはさらに高まった。

飛行機の機体は揺れて傾き、危険なほどのスピードで高度を下げていった。それでも戦士は動じない。グウェンの周囲に集まり、取り囲み、押さえつけようとしている。グウェンの心臓が重い鼓動を打って血液を送り出し、耳を轟音《ごうおん》で満たした。その音がハルピュイアの荒々しい叫び声を打ち消してくれればいいのに……そんな幸運は訪れない。頭の中は音で沸きたち、理性を消し去り、グウェンを押し流していく……死と破壊のみが支配する暗い淵《ふち》へと。

戦士たちの力と凶暴さを見たときに魔物の存在に気づくべきだった。サビンに会ったときのあの赤い目……右の脇腹の蝶《ちょう》のタトゥー……。

わたしはなんてばかだったんだろう。

戦士の姿を何日も見ていたというのに、疲労と空腹と解放された安心感のせいでサビン以外の者のタトゥーに気がつかなかった。サビンの魅力にすっかりとらわれていたせいもある。今になって考えると、戦士たちはグウェンの前ではいつもちゃんと服を着ていた。彼女のつらい体験に同情し、おびえさせないように肌の露出を控えたのだろうと思っていた。けれども今になって本当の理由がわかった。彼らはただタトゥーを隠したかったのだ。

サビンにはどんな魔物が取り憑《と》いているのだろうとグウェンは思った。彼女は知らずにその魔物を見つめ、言葉や行動に惹《ひ》きつけられたのだ。そして、キスし、触り、爪を立て、身を寄せる想像までした。

姉たちはよくもこの邪悪な王子を崇拝できたものだ。もちろん姉たちはイメージしか知らない。グウェンが知るかぎり、会ったことはないはずだ。会ったら生きては帰れないだろう。情けも後悔も知らない、どんな邪悪なおこないもためらわない男たちなのだから。彼らが身を投じた戦いは、過去から現在へ、海から海へ、死から死へと果てしなく続いている。

暗黒の戦士の話を聞くたびに、グウェンは夜陰にうごめき太陽から隠れる獣たちへの恐怖を募らせていった。それはちょうどグウェンが自分の中の獣を恐れるようになったころで、彼らの話を聞かされるようになったのはそれが理由だった。グウェンは戦士のまねをしろと教えられた。グウェンは話を聞いただけで怖くなったが、内なるハルピュイアは一語一語を味わい、力を発揮する日を心待ちにした。

逃げ出さなければ。ここにはいられない。ここにいてもろくなことはない。今度は彼らに殺されるか、わたしの中のハルピュイアが戦士のまねをして力を増すかどちらかだ。これならあの卑劣な敵に捕らわれていたほうがよかった。

「グウェン、叫ぶのをやめろ」

聞き覚えのある荒っぽい声が、理性をおおい尽くす混乱の渦の向こうから聞こえてきたが、グウェンは悲鳴を止められなかった。

「サビン、この女を黙らせろ。耳から血が出そうだ」

「役立たずは黙ってろ。グウェンドリン、落ち着かないときみはおれたちを切り裂くぞ。おれたちをそんな目にあわせたいのか、ダーリン？　助け出し、守ってやったおれたちを殺したいのか？　おれたちは魔物を宿してるが、悪魔じゃない。それはきみも知ってるはずだ。あの人間どもみたいにきみたちにひどいことをしたか？　怒りにまかせて手荒いことをしたか？　無理やり奪おうとしたか？　いや、そんなことはしていない」

サビンの言うとおりだ。けれども魔物の言葉を信じていいのだろうか？　魔物は嘘《うそ》を好む。それはハルピュイアも同じだと理性の声がした。心の中には彼を信じたい自分がいた。別の自分は、がたがた揺れながら急降下する飛行機から飛び降りたいと思っている。

そうだ、理性的に考えよう。戦士と過ごすようになって二日になる。彼女はまだ生きていて、体には傷ひとつない。このままパニックが続けばハルピュイアが飛び出して彼女を支配し、周囲をめちゃくちゃにする。おそらくパイロットを殺し、飛行機は墜落するだろう。人間どもの手から、そして暗黒の戦士から逃れたというのに、みずから命を絶つなんてばかげてる。

理性が頭をもたげた。

心が落ち着き始め、甲高い悲鳴が消えていった。皆、立ち尽くしている。グウェンは息を吸い、吐こうとした。けれども喉が腫れて息が苦しい。コックピットからけたたましいアラーム音が聞こえてくる。次のパニックが始まる前に飛行機は機首を上げて水平に飛び始め、あたりは静かになった。

「いい子だ。さあ、みんな下がってくれ。グウェンのことはおれにまかせろ」サビンの声に自信はなかったが、覚悟だけは感じ取れた。

グウェンの意識に小さな光が灯《とも》り、色彩がよみがえり、周囲の現実が戻ってきた。なんということだろう。視界が赤外線暗視に変わっていたのに自分でも気がつかなかった。ハルピュイアはすぐそこにいて、もう少しで飛び出すところだった。そうならなかったのが奇跡だ。

グウェンはまだ飛行機の後部に立ち尽くしていた。前にいるのはサビンだけだ。ほかの戦士は離れたが、こちらに背を向けてはいない。怖がっているから？　それともリーダーを守っている？

サビンのチョコレート色の目が同じ高さでこちらを見ている。その目は、地下墓地でハンターと呼ばれる人間の男に短剣を突きたてたときよりさらに険しい。サビンは両手を広げた。「もう少し落ち着いてくれないか」

本当にそう思っているの？　鼻か口からもっと空気を吸いこめれば落ち着けるかもしれないけれど、それができない。無意識の闇が忍び寄り、視界がまた暗くなり始めた。

「どうしたらきみを助けられる？」足音がしてサビンが近づいてくるのがわかった。彼のぬくもりがしみこんできた。

「空気を」グウェンは喉のわずかな隙間からそのひと言を絞り出した。サビンは両手で彼女の肩をつかみ、そっと押した。力を失った脚は持ちこたえられず、彼女はそのまま崩れ落ちたが、さいわいそこは座席だった。「空気をちょうだい」

サビンはためらわずに膝をついた。グウェンの脚の間にたくましい体を割りこませ、両手で頬を包んで彼女の視線を自分に向けさせた。強い光を放つ茶色の目が、渦巻く嵐の中で彼女をつなぎ止める唯一の碇《いかり》となり、世界の中心となった。

「おれの息を奪え」固い親指がグウェンの頬をかすめるように撫《な》でた。「いいな？」

奪うって……何を？　そう思ったのも一瞬で、グウェンはどうでもよくなった。胸が！

骨も筋肉も大きな手でねじあげられているみたいだ。肋骨《ろっこつ》に鋭い痛みが走って心臓を直撃し、一瞬鼓動が止まりかけた。グウェンの体がびくっと動いた。

「顔が真っ青だ。これから口うつしで呼吸を助ける。いいな？」

もしこれが罠《わな》だったらどうする？　もし――

やめて！　もうろうとした意識の中でも、その不気味なささやきが自分のものではないのがわかった。さいわいその声はおとなしく引き下がった。この肺がちゃんとふくらんでくれさえすれば。「わたし……わたしは……」

「おれが助ける」サビンは彼女の反応を恐れるそぶりを見せなかった。彼は片手をグウェンのうなじにあてて引き寄せ、顔を近づけた。二人の唇が重なり、熱くからみあった。サビンの熱い舌が歯を開かせ、ミントの香りのする熱い空気がグウェンの喉に流れこんだ。

無意識のうちにグウェンの腕が彼の首にまわり、しっかりと抱きとめた。固い胸板とやわらかな丸みがぶつかりあう。シャツを隔てていてもサビンのネックレスの冷たさが感じられ、グウェンはあえいだ。彼女は貪欲《どんよく》にサビンの息を奪った。「もっと」

サビンはためらわなかった。彼が息を吹きこむと、そよ風のような穏やかなぬくもりがグウェンの体に広がった。頭の中のもやがじょじょに薄れていく。意識がはっきりし、暗闇は光にのみこまれた。激しい鼓動はゆるやかなワルツへと変わる。

サビンに本当にキスして味わいたいという思いがグウェンを満たした。サビンの正体のことは忘れてしまった。どんな過去があろうと関係ない。周囲の者たちは最初からいなかったかのように消え失《う》せた。存在するのは二人だけで、大事なのはこの瞬間だけだ。サビンは彼女を落ち着かせ、助け、なだめてくれた。こうして彼の腕の中にいると現実は消え失せ、胸に抱いていた二人のイメージがよみがえる。張りつめ、からみあうふたつの体。汗で濡《ぬ》れた肌。手は探り、唇は求めあう。

グウェンはなめらかな髪に指をからめ、ためらいがちに彼の舌を舌でかすめた。レモンの味。サビンは甘いレモンとかすかにチェリーの味がする。現実は想像をはるかに越えてなまめかしい。頭がぼうっとして……天国のようだ。女が恋人に期待するすばらしいものがすべてそこにあった。グウェンは頭を傾け、さらに深くのめりこみ、無言のうちにもっと求めた。

「サビン」グウェンは彼を賛美し、感謝したかった。こんなにも大事にされ守られていると感じさせてくれた人はいない。こんなに欲望をかきたてられたこともない。ただのキスなのに。恐怖が入りこむ余地のないキス。すべての警戒心を解き、素顔に戻り、自分の中の獣も……彼を傷つけてしまうかもしれないという不安も忘れられそうだ。「もっとちょうだい」

サビンはその言葉を聞いてさっと顔を上げ、グウェンの手が離れるまでうしろに下がった。

離れないで！　グウェンは叫びたかった。体は彼を求め、彼との触れあいを求めている。

「サビン」グウェンは彼を見つめた。サビンは肩で息をし、身を震わせ、青い顔をしている。でもそれは情熱のせいではない。その目に炎はなく、決意だけがあった。

そういえばサビンはキスを返さなかった。欲望のかすみは消えていき、ついさっきめまいが治ったときのように、愚かしくも忘れていた厳しい現実が戻ってきた。そばで騒がしい声が聞こえた。

「まさかあんなふうになるとはな」

「当然だろう」

「キスのことじゃないぞ、落ち着いたことだ。目が黒くなって爪が伸びてた。もう少しで飛びかかられるところだったんだ。本性が姿を現しかけたんだぞ。この女と言い争ってたハンターがどうなったか覚えてるのはおれだけじゃないはずだ」

「もしかしたらサビンもダニカみたいに天国への〝入り口〟なのかもしれないな」誰かが乾いた声で言った。「あのハルピュイア、人工呼吸されながら天使でも見てたんじゃないか」

男の笑い声が聞こえた。

グウェンは顔が熱くなった。男たちの言っていることの半分は理解できず、半分は彼女に屈辱を与えた。グウェンは自分のことをなんとも思っていない男に、魔物にキスした。

人の見ている前で。

「あいつらのことは気にするな」ざらついた声がグウェンの鼓膜をかすめた。「おれだけを見ろ」

茶色と金色の目がぶつかりあった。グウェンは座席が許すかぎり奥に後ずさり、二人の間に距離を置こうとした。

「まだおれが怖いのか?」サビンは首をかしげてきいた。

グウェンは顎を上げた。「いいえ」本当は怖い。彼にかきたてられる感情が怖いし、正体なんかどうでもいいと思ってしまうことが怖い。わたしほど強い気持ちを持ってくれないのが怖い。こんなにも安心を感じさせてくれる人がただの幻で、仮面の下には彼女をむさぼり食おうとするものがひそんでいるかもしれないのが怖い。

わたしはどうしようもない臆病者だ。よく彼にあんなキスができたものだ。

サビンが眉を上げた。「きみは嘘をつかないな?」

「一度も嘘をついたことはないわ。忘れた?」皮肉なことにそれは嘘だった。

「そうか。じゃあよく聞いてくれ。もう二度とこの話はしないから。おれはたしかに魔物に憑かれている」サビンがぎゅっと肘掛けを握りしめたので、こぶしがじょじょに白くなった。「数世紀も前にパンドラの箱を開けるというばかなことをしでかして、閉じこめられていた災いを解放したせいだ。神々はその罰としてこの飛行機に乗っている戦士全員に魔物を宿すという呪いをかけた。最初は魔物をコントロールできず、きみが言ったとおり、多少……悪さもした。だがそれは何千年も前のことで、今は魔物を抑えられる。おれたち皆がそうだ。あの檻《おり》でおれが言ったとおり、きみは何も怖がらなくていい。わかったな、グウェン？」

グウェン。さっきパニックに陥ったとき、サビンは彼女を別の名で呼んだ。なんだっただろう……スウィートハート？　ちがう。よくそう呼んだのはタイソンだ。ダーリン？そう、それだわ！　グウェンは驚きと喜びに目を見開いた。ためらわずに人の喉をかき切る冷酷な戦士が、大事な宝物のように呼んでくれた。

それなのになぜキスを返してくれなかったのだろう？

「まもなく目的地に到着する」聞き覚えのない声のほっとしたようなアナウンスがインターコムから流れてきた。きっとパイロットだろう。グウェンはさっきの混乱を引き起こした自分に罪悪感をおぼえた。「降下に備えてくれ」

サビンは岩のようにどっしりと彼女の脚の間にしゃがんだままだ。「グウェン、おれを信じるか？　いっしょに城に行ってくれるな？」

「行きたいと言ったわけじゃないわ」

「だが逃げようとはしなかった」

「食料も持たずに知らない土地に逃げこめばよかったの？」

サビンは顔をしかめた。「きみの能力の高さはこの目で見たから知っている。それに食料なら何度も与えようとしたはずだ。どんな理由にしろ、きみは心のどこかでおれたちといっしょにいたいと思っている。そうでなければ今ごろここにはいないだろう。それはお互いわかっていることだ」

その理屈は否定できない。でも……どうして？　どうしてわたしはこの人たちといっしょにいたいと思うのかしら？　あのときも、今も。

答えは自分でわかっているのに認めたくないだけだ。その答えとは、彼、つまりサビンの存在だ。サビンに惹かれてなんかいない？　よくそんなことが言えるものだ。グウェンはサビンの顔を見つめた。緊張を物語る目元の薄い線、まつげが頬に落とすとがった影、顎の筋肉。彼の鼓動の音がグウェンの耳に大きく響いた。サビンも彼女に惹かれているが、同じようにその気持ちと闘っているのかもしれない。そう思うとグウェンはうれしかった。

ブダペストに待っている女がいるのかしら？　妻は？

グウェンの手が握りこぶしになり、爪が食いこんで肌を切った。うれしい気持ちは消えてしまった。妻がいるかどうかなんて関係ない。サビンを好きになってはいけない。

「グウェン、どうなんだ？」

サビンが彼女の名を口にすると、ぶたれたように動揺が走り、同時に愛撫《あいぶ》されたように体が震えた。サビンが協力を求めていると思うとうれしかった。ただ彼は断っても強引に協力させようとするだろう。「逃げたほうがよかったわ」

「どこに？　待ってるのは後悔ばかりの人生だぞ。自分を苦しめた者に立ち向かえばよかったと後悔し続けるんだ。おれはハンターを倒すのを手伝うチャンスがほしくないかと言ってるんだ。それに、きみには奴《やつ》らを倒す以上のメリットがある」

「どういうこと？」

「きみの中にひそむ獣をコントロールする方法を教えよう。おれが魔物を手なずけたように。その力を良い目的のために使うんだ。きみもコントロールしたいだろう？」

グウェンが人生で望んでいることはたった三つ。それは父に会うこと、家族に尊敬されること、ハルピュイアを手なずける方法を身につけることだ。サビンが約束を守ってくれたら、彼女は三つのうちようやくひとつを実現することができる。サビンの約束は無謀すぎて失敗するだけかもしれないけれど、グウェンはその誘惑に逆らえなかった。

「いっしょに行くわ。そしてできるかぎりあなたに協力する」

目を閉じてにっこりするサビンからは安堵《あんど》がにじみ出ていた。「ありがとう」

ほほえみがサビンの顔の険しさをやわらげ、少年っぽさが戻ってきた。グウェンがじっと彼を見つめているといきなり飛行機が揺れた。サビンはうしろに倒れ、グウェンは前のめりになった。二人の距離が決して広がらないことに、グウェンは喜び……同時にとまどった。

「ひとつ条件があるの」揺れがおさまるとグウェンは口を開いた。

サビンの顔から安堵が消え、冷酷なまでに険しくなった。「条件?」

「姉たちを呼び寄せて」すぐにでも、というわけではない。今はこんな目にあった自分が恥ずかしくて姉たちには見られたくないし、何があったかも知らせたくない。でも姉たちを恋しく思う気持ちは強く、このままではホームシックが恥ずかしさを押しやってしまうにちがいない。

「姉妹を呼び寄せる? きみみたいなのが増えるのを我慢しろっていうのか?」

「いやがるんじゃなく、うれしそうにしたほうがいいわ」グウェンはむっとした。「姉たちはもっとささいな理由で男を去勢したことがあるのよ」

サビンは鼻梁《びりょう》をつまんだ。「わかった、呼び寄せよう。あとは運にまかせるしかないな」

7

パリスはキャデラック・エスカレードの後部座席にぐったりと座っていた。ハンドルを握るのはストライダーで、速度制限などどこ吹く風で飛ばしている。ブダペストの中心街はさんさんと日の光を浴びていたが、パリスの座席を見るかぎりではそれはわからない。窓が濃い色のスモークガラスなので中は影に沈んでいる。この車は、ルシアンの恋人、〝無秩序〟の女神アニヤが、一同がエジプトに発《た》つ直前どこからか盗んできたものだ。

お礼なら結構よ、とアニヤは優雅にほほえんだ。あなたたちのびっくりした顔を見るだけでじゅうぶんだから。自分で言うのもなんだけど、この車、かなりの高級品なの。はっきり言ってあなたたちに必要なのはイメージチェンジ。この車ならぴったりだわ。

残念ながらパリスはアムンと同じ車になってしまった。アムンは爆発するのを抑えるように頭をぎゅっとつかんでいる。いつ見てもしかめっ面のアーロンは、あのちび悪魔レギオンに会いたくてたまらない様子だ。あとはサビンと例のハルピュイアがいる。

サビンはこの凶暴な切り裂き魔から目を離そうとせず、飛行機でキスしてからずっと興奮が冷めない様子だ。それもわかる。あの女はたとえようもなく愛らしい。純粋さではダイヤモンドにも劣らない金色の目、イブのりんごを思わせる赤い唇、〝誘惑〟という言葉が形になったような体。それにあのストロベリーブロンドの髪はまるで奇跡だ。だがこの女は敵陣で見つけたハルピュイアであり、絶対に信用することはできない。

この女も捕らわれていたほかの女たち同様、痛めつけられたのかもしれない。彼に劣らずハンターをきらっているかもしれない。その可能性はある……。

だが可能性だけでは信用できない。この女はハンターが仕かけた囮かもしれないじゃないか。彼ら戦士はそんな女を迎え入れてしまったのだ。

パリスはサビンに自分のようになってほしくなかった。自分のものにならない敵を全身全霊で愛してしまった自分のように。

一分、一時間、一カ月、一年……あれからどれぐらいたったのだろう。パリスにとってもう時間は意味を持たなかった。かつてパリスはハンターに待ち伏せされ、捕まった。〝淫欲〟の魔物を宿す彼は生きるためにセックスを必要とする。毎日最低一回は愛しあう必要があるが、同じ相手と二度繰り返すことはできない。檻《おり》の中で車輪つきの担架に縛りつけられた彼は、目を開けるのが面倒になるほど弱っていった。ハンターはパンドラの箱を見つけるまでパリスを殺す気はなかった。パンドラの箱がなければ、パリスの肉体の死とともに魔物が逃げ出し、地上に解き放たれてしまうからだ。そこで奴《やつ》らは彼女を送りこんだ。シエナだ。そばかす顔の地味なシエナは、エレガントな手と未知の官能の世界の持ち主だった。

シエナに誘惑され、パリスは急速に力を取り戻した。魔物に取り憑《と》かれて以来、初めて同じ女に二度欲情した。そのときパリスはシエナとの強い結びつきを確信した。シエナこそ、これから生きていく理由だ。何千年も死を逃れてきたのはこのためだ。ところがシエナはパリスと逃げる途中で仲間に撃たれた。

そして彼の腕の中で息を引き取った。

今でもパリスは毎日新しい女をベッドに連れこまないといけない。女が見つからないときは男で我慢するしかない。同性に対してそういう気持ちにはなれないのだが、〝淫欲〟の魔物にとってはセックスはセックスなのだ。その事実がパリスを恥という泥沼に落としてからもうしばらくたつ。

けれども最近は、ベッドの相手が誰であろうと、シエナの顔を思い浮かべないと興奮できなくなってしまった。相手にしているのは望みの女ではないと体の全細胞が知っていて、仕事を終えるためにはシエナを思い浮かべるしかないのだ。においも曲線も声も手触りもちがう。何もかもちがう。

きっと今日も同じだ。明日も。あさってもその次の日も、永遠にずっと。パリスの目にゴールは見えなかった。見えるのは死だけだが、死はまだ許されない。シエナのかたきを討つまでは。その日は来るのだろうか？

おまえはあの女を愛してなかった。すべては狂気のなせるわざだ。

たしかにそうだ。これは魔物の声？　それとも心の声なのか？　もうパリスにはわからなかった。魔物と自分の声の区別もつかない。二人はひとつの存在であり、コインの表と裏だ。両方とも限界ぎりぎりで、いつ爆発してもおかしくなかった。

それまでは……。

パリスはポケットの中にある干した生命の酒《アンブロシア》の実の袋を叩《たた》き、安堵《あんど》のため息をついた。まだ残っている。パリスは出かけるときは必ずこの神々の美味なる果実を持ち歩いた。必要になったときのために。最近ではますます頼ることが多くなってきた。

人間のワインはアンブロシアの果汁を混ぜたときだけアルコールとして働き、たとえつかの間にすぎなくても彼の感覚をなくしてくれる。ところが前と同じように酔うには量を増やさなければならなくなってしまった。

なくなったから盗んできてくれと頼めば仲間が盗んでくれるだろう。神々も、自分を失う数時間の平穏ぐらいは許してくれるはずだ。一度飲めば気分がすっきりし、強くなり、敵との戦いにも立ち向かえる。

今はそのことは考えるな。もうすぐ城に着くし、到着すればやるべき仕事がある。仕事を優先させなければ。パリスは周囲に目を向け、心を空にしようとした。車は豪奢《ごうしゃ》な建物のそばを通り、とぼとぼと道を渡る人間の脇を抜けていく。城は、木がうっそうと生い茂る、誰も近寄ろうとしない丘の上にあった。

車は木を避けて岩場をがたがたと進みながら丘を登っていった。城に近づこうなどと愚かなことを考えたハンターのために戦士たちが用意したちょっとしたプレゼントも、車は避けていく。

一カ月ほど前、ハンターが城を襲撃してパリスが何世紀も暮らしてきた住まいを吹き飛ばした。次の出発、次の戦闘を控えていた戦士たちはとりあえず城に応急措置をほどこした。家具や家電の入れ替えが必要になったが、パリスは気に入らなかった。最近、彼の暮らしはがらりと変わってしまった――女たちが住みこむようになり、仲間づらした旧敵がよみがえり、戦いが勃発した。パリスはそれ以上の変化を受け入れられなかった。

城が視界に入ってきた。影と石でできた巨大な建物だ。岩壁にからむ蔦《つた》が地面から建物へと這《は》いのぼり、城と地面の境を見えにくくしている。このふたつを分けるのは敷地を囲む鉄のゲートだけだ。これも最近の変化のひとつだった。

ふいに冷たい空気に熱がこもった。どの体も緊張し、息をつめる気配があった。もうすぐだ……。

モニターとセンサーで城の中から一行を監視していたトリンがゲートを開けた。車は大きなアーチ形の入り口に続く道を進んでいく。アーロンがあまりに強く肘掛けを握りしめたので、折れてしまった。

「ちょっと興奮しすぎじゃないか？」ストライダーがバックミラーでアーロンを見た。アーロンは返事をしなかった。この質問だってろくに聞いていないだろう。タトゥーの入った顔には決意と怒りが浮かんでいる。レギオンに会う前はたいてい甘い顔つきになるのだが、今はそれがない。

車が止まると一同は飛び出すように降りた。太陽が照りつけ、Tシャツとジーンズの下の体を汗ばませる。くそっ、地獄もこんなに暑いのか？

小さなハルピュイアは車から降りて脇に下がり、繊細な腕で体を抱きしめている。目は丸く見開かれ、顔は青い。サビンは女の一挙手一投足を見守っている。バッグをひとつ取り出し、もうひとつを足もとに投げ出す間も目を離さない。

ハルピュイアみたいな凶暴な生き物がどうしてあんなに臆病なんだ？　ありえないし、しっくりこない。別々のパズルから持ってきたふたつのピースみたいだ。城まで目隠しして連れてくればよかったとパリスは思った。

今さら言っても遅い。もっとも、口を封じたいなら舌を切ればいいだけの話だ。署名だの書き物だのをしないように両手を切り落としてもいい。

おれはいったい何を言ってる？

シエナと出会う前、パリスは女性を守るために戦う側だった。今はちがうし、あの女を苦しめてもいいと思っている。本当ならそんな自分に罪悪感を持つところだ。ところが仲間をあの女から守るためにもっとましな手段をとらなかった自分に腹を立てている。脅威の芽はひとつ残らず摘み取らなければならない。これまでは仲間の戦士たちにそう言われて反発していた。だが今なら理解できる。

でもあのハルピュイアに何をしようにも手遅れだ。サビンが許さないだろう。あいつは人が変わってしまった。戦士たちがルシアンのグループとサビンのグループに分かれる前も、これほど女に執着するサビンは見たことがない。それは必ずしもいいこととはかぎらない。もしあの女の臆病ぶりが芝居でなければ、サビンに少しずつ自尊心を削り取られ、結局はめちゃくちゃにされるだろう。

マドックスが二台目のエスカレードから出てきて、パリスの視界の隅に黒い線となって立った。〝暴力〟の番人マドックスはバッグに見向きもせずポーチの階段を駆け上った。ドアがさっと開き、一人の妊婦が笑い泣きしながら外に飛び出してきた。アシュリンは金色の風となってマドックスの腕の中に飛びこみ、マドックスは彼女を抱いたままくるりとまわった。次の瞬間、二人の唇が熱いキスとなって結ばれた。

残忍きわまりないマドックスが父親になるとはとても想像できない。その子も戦士たちと同じく半身が魔物になる。

次にダニカが出てきてドア口で立ち止まり、男たちの中にレイエスの姿を捜した。美しいブロンドのダニカはレイエスを見つけて歓声をあげた。それが求愛の声でもあるかのように、レイエスは短剣を手に隠し持ってダニカに近づいた。

〝苦痛〟の番人レイエスは体に痛みを与えないと快楽を得ることができない。ダニカと出会う前のレイエスは体力を保つために四六時中自分を刺していた。今回カイロでの滞在中、レイエスは一度も自分を傷つけずにすんだ。ダニカと離れているだけでじゅうぶん苦しいからだという。こうして再会したからにはレイエスはまた自分を切りつけなければならなくなる。だが二人ともなんとも思っていないだろうとパリスは思った。

レイエスはうなり声をあげてダニカを抱きしめ、二人は城の中に消えた。ダニカの低い笑い声だけが二人がそこにいたしるしを残した。

ふいに胸に痛みを感じ、パリスは治れと念じながら胸をこすった。だが治らないのはわかっていた。アンブロシアを飲まないとだめだ。愛を見せつけるカップルを目にするたびに胸が痛くなり、彼の体から寄生虫のように生気を奪っていく。酔いつぶれて意識を失うまでそれは続くのだ。

長い空の旅ではなく瞬間移動で帰ることを選んだルシアンは、姿が見えなかった。アニヤと二人で部屋に閉じこもっているのだろう。不幸中のさいわいだとパリスは思った。

気がつくと例のハルピュイアも彼に劣らず熱心にカップルたちを見つめている。あっけにとられたのか、それともこの情報を利用しようと思っているのかどちらだろう?

さいわい、城に住む女はこれで全部だ。ほかに女はいないから、誘惑したあげく捨てて傷つける心配はない。ダニカの若い友人ジリーは町のアパートメントに移った。自分だけの空間がほしかったらしい。彼らはどうぞご自由にと口では言ったが、実は新居にトリンの監視システムをこっそり取りつけた。ダニカの祖母、母、姉も城を出てアメリカに戻っている。

「こっちだ」サビンがハルピュイアに声をかけた。だが女が動かなかったのでそばに来るよう手招きした。

「あの女の人たちは……」

「しあわせに暮らしてる」サビンの口調は自信たっぷりだ。「恋人を出迎えるのに夢中になっていなければ、きみのことを歓迎してくれたはずだ」

「あの人たちは知っているのかしら、あなたたちが……」グウェンの言葉はまた途中でとぎれた。

「ああ、もちろん。魔物のことは知ってる。さあ、行くぞ」サビンは手招きした。

グウェンはまだためらっている。「どこへ連れていくの？」

サビンは鼻梁《びりょう》をつまんだ。このところよくあれをやるのを見かける。「中に入りたくないなら入るな。だがここに突ったって、きみが決めるのを待つつもりはない」怒りにまかせた荒々しい足音が響き、ドアがばたんと音をたてた。

これがあの女以外の誰かなら、サビンは肩に担ぎあげて連れていっただろうとパリスは思った。だがこの女に選ばせた。頭のいいやりかただ。

ハルピュイアは左右をうかがっている。パリスは女が逃げたら追いかける覚悟をした。もっともこの女が地下墓地で見せたような速さで逃げたら捕まえることはできない。だが必要とあれば立ち向かう覚悟はある。

警告ランプがもうひとつ頭の中に赤く灯《とも》った。この女は今なら逃げられる。飛行機に乗る前にも逃げるチャンスはあった。砂漠で野営していたときも逃げられた。なのになぜ逃げなかった？　やっぱり囮なのか？　彼らのことを探るためにここに来たのか？

シエナ自身、否定していたが囮だった。シエナは彼に毒を盛りながらキスした。ただの人間でさえあんなことをするのだ。ハルピュイアならどんな惨事を引き起こしても不思議はない。

とりあえず、ハルピュイアの心配はサビンにまかせよう。それでなくてもこっちは手いっぱいだ。

ようやく女はサビンのあとについていく決心をしたらしく、しぶしぶ中に入っていった。

「捕らえた奴らを尋問しないとな」パリスは誰にともなく言った。

カメオは黒髪を振りやると、かがんでバッグを取りあげた。誰も手を貸そうとはしない。カメオが男たちと同じように扱ってほしいというので、そうしている。少なくともパリスはいつも自分にそう言い聞かせている。カメオを仲間以上の存在として扱ったことがないのは、絶対に寝たくないからだ。もしかしたらカメオもときどき甘やかされたら喜ぶかもしれない。

「明日にしない？」その悲劇的な声を聞いてパリスは鼓膜から血が出そうになった。「休みたいの」ありがたいことにそれ以上何も言わず、カメオは中に入っていった。

女のことを知り尽くしているパリスは、カメオの言葉は嘘《うそ》だと思った。目は輝き、頬は赤くほてっていた。あれは疲労ではなく興奮だ。誰と会うつもりだろう？

最近カメオはトリンとよくいっしょにいるようだが……。パリスはまばたきした。まさか、そんなはずはない。トリンとじかに接触すれば病気が感染する。その一人からさらに感染が広まり、やがて地上に疫病が蔓延《まんえん》することになる。不死の戦士も無事ではいられない。死ぬことはないがトリンと同じになり、他者との触れあいが悲劇を引き起こすことになるのだ。

二人が何を考えていようが関係ない。彼には仕事がある。「ほかに誰かいないか？」パリスはその場に残っている仲間に声をかけた。こんなろくでもない仕事、手早く終わらせてしまいたい。さっさとハンターから情報を引き出せば、部屋に閉じこもって生きていることを忘れることができる。

ストライダーは小さく口笛を吹きながら、聞こえないふりをして入り口からこっそり中に入ろうとした。

どういうことだ？　ストライダーほど暴力を好む奴はいないのに。「おい、ストライダー。聞こえてるだろう。尋問を手伝ってくれ」

「参ったな！　明日まで待ってくれよ。あいつらがどこか行くわけじゃないしな。ちょっとひとりきりになりたいんだ。カメオみたいに、明日は朝一からがんばるからさ。約束する」

パリスはため息をついた。「わかったよ。行け」ということはカメオとストライダーができてるのか？「アムン、おまえはどうだ？」

アムンは行くと言う代わりにうなずいたが、それだけで危ういバランスが崩れてしまったらしく、うめき声をあげてポーチの階段のいちばん下に倒れこんだ。

すぐさまストライダーがアムンのそばに駆けつけて腰に手をまわした。「ストライダーおじさんが面倒見てやるからな」そう言って彼はいつも無口な戦士を引っ張りたたせた。必要なら担ぎあげることだってできるが、ストライダーの支えを頼りにアムンはときおりつまずきながらも一歩ずつ歩き出した。

「おれが尋問を手伝う」アーロンがパリスのそばに来た。正直言ってパリスはその言葉に度肝を抜かれた。

「レギオンはどうした？　おまえに会いたがってるだろう？」

アーロンは首を横に振った。地肌近くまで刈りこまれた髪を透かして頭が日光に輝いて見えた。「レギオンがここにいたらもう肩に乗ってるさ」

「そうか」女を恋しいと思う気持ちをパリスほどよく知っている者はいない。もっともその彼でさえ、あのごつい小さな悪魔が雌だと知ったときは驚いたが。

「そのほうがいいんだ」アーロンは血管の浮いた手で疲れた顔を撫《な》でた。「ずっと何かが……おれを見張ってる。強力な存在を感じるんだ。一週間前にカイロに向かったときから感じてたんだが」

パリスは恐怖で胃がよじれるのを感じた。「おまえはそういう情報を人に教えない悪い癖がある。気がついたときすぐおれたちに言えばよかったんだ。この前おまえが天から召喚されて戻ったときも、タイタン族に何を命令されたか言わなかっただろう。誰の視線か知らないが、そいつがハンターにカイロ行きを密告したかもしれないんだぞ」

「そのとおりだ。すまなかった。だがその視線がなんであれ、ハンターの味方とは思えない」

「どうして？」この話を中途半端に終わらせるのがいやで、パリスは問いつめた。

「憎しみに満ちた冷たい視線なら知ってるが、これはそれとはちがう。これは……好奇の視線だ」

パリスは少し肩の力を抜いた。「神かもしれないぞ」

「それはちがうな。レギオンは神々を恐れないが、この視線の主のことは怖がってる。サビンから偵察を命じられておとなしく地獄に行ったのもそれがあるからだ。視線の主がいなくなるまで戻らないと言っていた」

アーロンの声は心配そうだった。パリスには理解できない心情だ。レギオンはティアラが大好きなちっぽけな悪魔だが、自分の身は自分で守れる。レギオンのティアラ好きは最近わかったばかりだ。レギオンはアニヤのティアラを盗んで身につけ、得意満面で城を練り歩いたのだ。

パリスはあたりをくるりと見まわした。「その視線、今も感じるのか？」まだ敵が足りないとでもいうのだろうか。「おれが誘惑して、その視線をおまえから引き離してもいいぞ」そして殺す。これでそのスパイの口を封じられる。

アーロンはそっけなく首を振った。「悪意のある視線とは思えない」

パリスはゆっくりとつめていた息を吐いた。「わかったよ。そのことはあとまわしだ。また視線を感じたら教えてくれ。今は地下牢《ちかろう》で待ってる猿どもの面倒を見るのが先だ」

「言い方がますます人間っぽくなってきたな。自覚してるか？」前にもアーロンにそう言われたことがあるが、今度ばかりは非難めいたところはなかった。アーロンが背中につけた鞘《さや》から剣を引き抜くと、誰かが口笛を吹いた。「ハンターの奴ら、抵抗するかもしれないぞ」

「運がよければな」

〝病〟の番人トリンはデスクの前に座っていたが、外界と通じるモニターではなく寝室のドアを見ていた。車が私道に入ってくるのを見た瞬間から下半身が硬くなったままだ。車から降りてくる仲間を見ながら、突然のうずきをなだめるために手で握りしめた。仲間は一人ずつ城の中に入っていく。もうそろそろ……。

カメオがそっと部屋に入ってきてかちゃりとドアを閉めた。鍵をかけたカメオはそのましばらく彼に背を向けていた。毛先がカールした長い黒髪は腰まで届く長さだ。

カメオは一度だけ許してくれたことがある。肌に触れないように気をつけながら、手袋を取った指先にその毛先を巻きつけるのを。女にじかに触れるのは何百年ぶりだろう。シルクのような感触だけでトリンは絶頂に達しそうになった。だがカメオが許してくれたのはそのわずかな触れあいだけだ。それ以上は無理だし、彼自身それがせいいっぱいの冒険だった。

トリンは二人がそこまで大胆になったこと自体に驚いていた。手袋をはめていれば問題ない。カメオに病気をうつす可能性はゼロだ。だが髪と肌、シルクのなめらかさとぬくもり、女と男となったら？　そうなるには大胆さとカメオの信頼、トリンのせっぱつまった思いと愚かさが必要だ。髪は肌とはちがうが、うっかり手を滑らせたら？　カメオが倒れこんできたら？　不思議なことに、二人とも結果の重さを考えることができなかった。

トリンが最後に女に触れたとき、ひとつの村が疫病によって消滅した。人間はそれをペストと呼んだ。トリンの体内にはペストが巣くい、血管にうごめき、心の中で笑っているのだ。それから何年もたってから、トリンは黒い血がしみ出てくるまで肌をこすったことがあった。しかし病原菌をぬぐい去ろうとする試みは無駄だとわかった。

それからさらに数世紀、トリンは汚れているという感覚を笑顔と皮肉なユーモアの陰に隠すすべを学んだ。しかし手に入らないものへの思いは抑えられなかった。それは人に近づきたいという思いだ。少なくともカメオは理解してくれた。彼の葛藤を、できることとできないことを。そしてそれ以上を求めようとはしなかった。

トリンは、カメオがもっと求めてくれればいいのにと思う自分を憎んだ。

カメオはゆっくりと振り向いた。唇はずっと噛《か》んでいたかのように赤く濡《ぬ》れ、頬はくすんだ薔薇色だ。浅い呼吸に胸が小刻みに上下している。それを見ると彼も息が苦しくなった。

「みんな戻ったわ」カメオはささやくように言った。

トリンはその言葉が耳に入らないかのように眉を上げた。「怪我《けが》はないね？」

「ええ」

「よかった。服を脱いで」

数カ月前のあのときにカメオの髪を愛撫《あいぶ》して以来、二人は親友になった。だがただの友達ではない。離れたまま相手を見つめつつ自分を愛する、という関係だ。それでも関係には変わりない。そのせいですべてがややこしくなった。今もそうだが……未来もだ。いつかカメオは自分に触れ、愛し、中に入り、キスし、味わい、抱きしめてくれる恋人がほしくなるだろう。トリンはそいつに道を譲り、殺さないよう努力しなければならない。

それまでは……。

カメオは服を脱がなかった。

「言い方がまずかったかな。服を脱いでほしいんだ」

これが終わったらカメオは命令したといって彼を罰するだろう。カメオのことならよく知っている。力では仲間の男たちに負けないところを見せようといつもがんばっている。だが今は欲望が彼女を支配している。興奮の甘い香りが漂ってくるかのようだ。やせ我慢も長くは続かないだろう。

案の定、カメオは震える指でシャツの裾をつかみ、頭から脱いだ。黒いレースのブラジャー。トリンの好みだ。

「いい子だ」

カメオは目を細くし、ズボンのウエストを押しのけているトリンの高まりを見つめた。

「帰ってきたときは裸でいなさいと言ったでしょう。あなたはいい子じゃなかったのね」

悲しげな声に慣れているトリンはほかの者のようにはひるまなかった。気持ちのうえでも、動作でも。その声はカメオの一部だ——骨の髄まで戦士であり、美しき災厄であり、無意識の悪夢であるカメオの。トリンにとってその声は、彼の魂の中にまで響く悲しげなメロディだった。

トリンは立ちあがった。筋肉が引き締まり、骨が伸びる。「おれがいい子でいたことがあったか？」

カメオの瞳孔が広がり、胸の先端が硬くなった。彼女は抵抗されるのを好む。苦労が大きいほど得るものの価値も大きいと知っているからだ。

いい。カメオとの闘いに勝つだけの精神力があれば、とトリンは思った。一度、たった一度でいい。結局はいつも彼女が勝つのだ。トリンは女性経験が少なく、追いつめられて余裕がない。だがいつも健闘している。

「きみが脱いだらおれも脱ぐ」その声はかすれていた。「それまではだめだ」言葉は力強いが、守り抜けるかどうか。

「どうかしら……」黒い髪をなびかせてカメオはトリンのドレッサーに歩み寄った。目の前の椅子にブーツをはいた足をのせ、トリンを見つめる。ブーツのひもを解くのがこれほどセクシーな行為だとは。カメオは脱いだブーツをトリンめがけて投げつけたが、彼はひょいと頭を下げてよけた。二足目は胸で受け止めた。ブーツをよけるために一瞬でもカメオから目を離したくなかった。

ジッパーが下りてズボンが落ちた。カメオは足を抜いた。

ブラジャーと揃《そろ》いのレースの下着。完璧だ。いたるところに武器を隠し持っているのがすばらしい。

胸は小さいがぴんと張りつめ、先端に薔薇のつぼみを隠している。右の腰骨の上に楕円《だえん》形《けい》のあざがある。あれをなめられるなら何を捨てても惜しくない……だが何よりもトリンの情熱をかきたてるのは、ヒップをおおう華やかな蝶《ちょう》のタトゥーだ。

片方から見ても、正面から見ても輝く全体像を把握することはできない。カメオが背を向けたときだけその形が浮かびあがる。その先端とくぼみにどれほど舌を這わせたいと思ったことだろう。

トリンも腹部に同じタトゥーがあるが、こちらは深紅に縁取られた漆黒の蝶だ。仲間の戦士全員が蝶のタトゥーを持っているがひとつとして同じ場所にあるものはない。そしてトリンは男どものタトゥーに手や唇や肌を近づけたいと思ったことは一度もなかった。

カメオが体から武器をはずすと、そばに小さな山ができた。彼女は眉を上げてみせた。

「あなたの番よ」その声は震えていた。意味を伝えることより、これからの展開に気を取られているようだ。

トリンはそれをひそかに慰めにした。「まだ裸じゃない」

「裸も同じだわ」

ここで終わりにしてカメオを追い返すのが本当だ。二人ができるのはここまでで、決して満足できないのはわかっているのだから。それでも……トリンは服を脱いだ。

こうするとカメオはいつも息をのむ。その目は彼の興奮の印に釘《くぎ》づけだ。「わたしに何をしたいか言って」そう命じながら、カメオの手はもう胸を包んでいる。「ひとつ残らず教えて」

トリンがそれに従うと、カメオの指が彼の指の代わりに体を愛撫した。彼女が二度絶頂に達したとき、ようやくトリンは彼女の手になりかわって自分自身に触れた。だがトリンは一度たりとも忘れたことはなかった。自分ができるのはここまでであり、この先は絶対に味わえないことを。

8

「自分だけの部屋がほしい」

「だめだ」

「それだけ？　そっけないのね」

「そのとおり。きみはここにいてもらう」〝おれといっしょに〟という言葉こそなかったが、言われなくてもわかった。意味ははっきりしている。「ブダペストに来て日は浅いし、この部屋で長く過ごしたこともないが、とにかくおれの部屋だ」そしてきみの部屋でもある。これも言われなくてもわかる。


グウェンは豪華だがなじみのないベッドに腰かけた。ここは巨大だがなじみのない城にある、男らしいがなじみのない寝室だ。隣にいる男はなじみがあるうえに大変魅力的で、一度キスらしきことをしてもう一度したいと思っているけれど、彼女のことをなんとも思っていないので無理だろう。それにキスしたいと思っているのはグウェンではなくハルピュイアのほうだ。少なくともグウェンはそう自分に言い聞かせていた。ハルピュイアは暗く危険なものを好むが、魔物を宿したサビンこそまさにそういう男だ。

グウェンは退屈ぎりぎりのまじめさを好んだ。

彼女はまじめとはほど遠いサビンが荷物を解くのを眺めた。そのしぐさは口調に劣らずぎこちなかった。よそよそしくされるのがいちばんだとグウェンは自分に言い聞かせた。ハルピュイアのためにもそれがいい。サビンには惹《ひ》かれるところはあるが反感も抱いている。それなのにまたキスしてもしょうがない。サビンはあまりにも強烈で謎めいていて、心を乱される。でもくやしいけれどセクシーだ。荷物を解くしぐさは、あんなに怒っていてもまるで前戯のようだ。あの筋肉の動き……。

じろじろ見るのはやめなさい。彼との関係が始まるわけがないんだから。関係を始めること自体、グウェンには縁のない話だ。グウェンは自分の中の獣を恐れてはいるが、恋愛に関しては〝長居は無用〟タイプだ。タイソンと半年つきあったのは例外だった。

タイソンは今、何をしているだろう？　ほかの女とつきあっている？　結婚している？もしタイソンが結婚したら、わたしはどんな気持ちになるだろう？　わたしのこと、考えてくれたかしら？　どこにいるか、なぜ誘拐されたか悩んだかしら？　電話すればよかった。

目の前のことだけに集中しなさい。「どうしてあなたと同じ部屋なの？」グウェンはサビンにきいた。

「そのほうが安全だからだ」

誰の安全？　わたしの？　サビンの仲間の？　そう思うと気持ちが暗くなった。もちろんあの男たちに怖がられているのはいいことだ。こちらに近づいてこないだろうから。でも危険だからといって魔物がわたしを避けるとは。こんな場合でなければ笑うところだ。

「ブダペストに来る約束はしたわ。逃げようとは思わない」

「関係ない」

グウェンの目が細くなり、まつげが溶けあった。サビンのそっけない返事がいらだたしかった。「あなたもほかの人たちみたいに恋人や奥さんがいるの？」そんな女、許せない。グウェンはそう思わずにいられなかった。「この状況を見たら怒るんじゃないかしら」

「いない。いたとしても関係ない」

グウェンは唖然《あぜん》としてサビンを見つめた。きっと聞き間違いにちがいない。「関係ない？　どうして？　恋人にやさしさや思いやりは必要ないっていうの？」

ベルベットの袋を持つサビンのこぶしが白くなった。あの袋に入っているのは……手裏剣？　サビンが袋をチェストのほうに持っていき、中にしまって鍵をかける間、不気味な金属音ががちゃがちゃと響いた。ふたつ目のベルベットの袋は腰につけたままだ。「恋人を裏切ったことはない。いつも誠実だ。だが他人の感情より戦いが優先する。どんなときも必ず」

まあ、愛より戦いだなんて。こんなにロマンティックでない人は初めてだ。彼女の曾祖父よりひどい。曾祖父は、グウェンの祖母を産んだ曾祖母を笑いながら焼き殺した。グウェンは首をかしげてサビンをじっと見つめた。「戦いに勝つためなら恋人も裏切るの?」

サビンはスーツケースのもとに戻り、コンバットブーツを手に取った。「それがきみと何の関係がある?」

「ただ知りたかっただけ」

「答えはイエスだ」

グウェンは驚いた。悪びれたところがないし、ためらいもない。「恋人を裏切るのね?」

「ああ、そうだ。裏切りで勝利が手に入るなら裏切る」

驚きだ。この正直さには……気持ちが暗くなる。彼はたしかに魔物だけれど、それ以上のものを期待していたし、求めてもいた。裏切るかもしれない男とはつきあえない。べつにサビンとつきあうつもりはないけれど。

グウェンはただ一人の恋人になりたいと思う。いつだってそうだ。誰かと共有なんて耐えられない。それは彼女の一族の本能に反する。恐怖を乗り越えてタイソンとの関係を受け入れたのはそれが理由だ。

知るかぎりではタイソンは誠実だった。彼とのセックスは穏やかだけどよかった。恋愛しても大丈夫だと自分に言い聞かせていたが、快楽のあまり自分を失えば大変なことになったたろう。タイソンは愛してくれたし、彼女も愛していると思っていた。けれどもこうして何カ月も離れていると、愛していたのはタイソンが表すもの、つまり〝普通の暮らし〟だったとわかる。それに二人は似ていた。国税庁に勤めるタイソンは仲間にきらわれていた。グウェンは戦いをきらうハルピュイアで、仲間から哀れまれている。でも共通点だけではいっしょにいる理由にならない。

グウェンはサビンが相手なら多少なりとも自分を解き放つことができる気がした。彼は地下墓地でも飛行機でも彼女の中のハルピュイアにひるまなかった。彼自身強いから人間以上の抱擁力がある。けれどもいくら勇敢で不死身でも、彼女が突きつけるものすべてを受け入れられるとは思えない。それは誰にだって不可能だ。

それでもグウェンは彼とのベッドを想像せずにいられなかった。おとなしくないのはたしかだ。欲望をむき出しにするだろうし、相手にもそれを求めるだろう。どこまで求めようとするだろう？

「奥さんはいないというわけね。つきあっている人もいないの？」その声はかすれた。サビンとつきあうなんて物好きな女がいるとは思えない。もちろんハンサムだし、キスだけでも女を天国に昇らせてしまう。でも彼と快楽のひとときを過ごしても、結局は胸が破れるだけだ。それに気づいたのはわたしだけではないはずだ。

「どうして質問ばかりする？」

「沈黙が耐えられないからよ」それは嘘《うそ》だ。このところ、頭に疑問が渦巻いている。助けてくれた戦士に好奇心が抑えられず、こんな目にあってもまだ知りたいと思っている。

「黙ってたっていいじゃないか」サビンはバッグに頭を突っこむようにして答えた。

「つきあっている人はいるの、いないの？」

「びくびくしているときのきみのほうが好きだな」

そういえばわたしはサビンといっしょにいるときのほうがびくつかない。サビンの仲間が恋人に対して見せる愛情を目にして力づけられたのかもしれない。「それで答えは？」

サビンはあきらめてため息をついた。「いない」

「そう聞いても驚かないわ」きっと最後の恋人はサビンを捨てたのだろう。「だからってわたしたちが同室でいい理由にはならないけれど。ベッドはわたしが取るから、あなたは別の寝場所を見つけて」大胆なせりふだ。強がりを見破られませんようにとグウェンは思った。

「心配するな。おれは床で寝る」サビンはくしゃくしゃのシャツを何枚かクローゼットの脇にある洗濯かごに投げこんだ。悪魔のような戦士が洗濯物を仕分けているなんて、そうたびたびお目にかかれる光景ではない。

「ずっと床で寝ているかどうか怪しいものだわ」

サビンの笑い声は冷たかった。「それは残念だ。きみをひと晩中一人にするつもりはないからな」

それを聞いても安心できない。サビンは彼女に手を出さないと約束したわけではないし、性的な意味でかかわることはいっさいないと断言したわけでもない。

どうだろう？

断言してほしい？

グウェンは彼の横顔を見つめ、鼻のラインをたどった。普通より少し長いが、それが威厳を醸し出している。鋭角的な頬骨、角張った顎。全体的にワイルドな顔立ちで、ときおり少年っぽく見えた面影はどこにもない。

けれども目は女性的といってもいいほど長いまつげに囲まれている。前は気づかなかったけれど、まつげがあまりに濃いので目を黒く縁取っているみたいだ。

グウェンは自分の体を抱きしめ、謎めいた顔から視線を引き離して体のほうを見た。あの筋肉……あらためて惹かれてしまう。シェービングキットを持ちあげるとき、腕の力こぶに血管が波打つのが見えた。ブレスレットの黒い革と金属の金具がたくましい手首にまとわりついている。長い脚で数歩歩くともうバスルームだ。シャツを脱いでくれれば筋肉がもっと見えるのにとグウェンは思った。脇腹をおおい、ウエストの下へと消えている蝶《ちょう》のタトゥーももっと見られるかもしれない。

「今度はこっちが質問する番だ」サビンがバスルームの入り口にもたれて声をかけた。

「どうして逃げなかった？　逃げようともしなかったな。砂漠で何にでくわすかわからないからと言っていたが、それならある程度は理解できる。だがおれたちの魔物の秘密を知ってからも逃げなかった。それどころか協力するとさえ言った」

いい質問だ。飛行機が着陸したとき、そして車が止まったとき、森に逃げこむことも考えた。そのあと城から人間の女が出てきて恋人に飛びつくのを見て、グウェンの足は止まってしまった。あの人たちは気も狂うほど深く戦士を愛している。戦士も恋人にはやさしい。まるで大切な宝物をあつかうようなしぐさだった。

何よりもそれが魔物を見るグウェンの目を変えた。

戦士たちはグウェンが持っていたイメージと正反対だ。これまでのところは彼らなりに高潔で、親切でさえある。グウェンを守ろうとしてくれる。何より彼女を失望の目で見ない。もっと強くて勇敢で暴力的ならよかったのに、と思っていない。

グウェンが無垢《むく》な者を苦しめるのを断るたびに、母は、天使の血のせいだ、あいつと寝たのが間違いだったと舌打ちした。姉たちはグウェンを心から愛し、いつでもかばってくれたけれど、できそこないと思っているのはわかった。その気持ちはいつも姉たちの目に表れていた。

グウェンは、父が娘のことを知れば自慢に思ってくれるはずだと言い訳がましく考えた。きっと博愛の心をほめてくれるはずだ。

「あなたみたいな答え方をするのもいいわね」グウェンは顎を上げた。わたしは強い。自分の身は自分で守れる。「なぜあなたから逃げないか？　理由なんかないわ」ほら、これでおあいこよ。

サビンは舌で歯をなめた。「笑えないな」

「そうね、わたしもよ！」そうそう、その意気だ。

「ダーリン、教えてくれ」

サビンの言い方ときたら……まるで愛撫《あいぶ》だ。ファンタジーと呪いをつめこんだチョコレートエクレア。もちろん盗んだエクレアだ。「あなたといっしょにいると安心なの」とうとうグウェンは認めた。どうして正直に打ち明けてしまうのかわからなかった。「これでいい？」

サビンが鼻で笑ったのでグウェンは驚いた。「それは変だ。おれのことを知りもしないのに。だがそこまで愚かなら、どうして一人の部屋をほしがる？　なぜおれを質問責めにする？」

グウェンは頬が熱くなった。たしかに愚かだった。「あなたの言うことを聞いてここに来たのに、追い出すような言い方をするのね。わたしに逃げてほしいの？」

サビンはそっけなく首を横に振った。

「それなら、愛想のいいふりだけでもできない？」

「無理だ」

今度もためらいはなかった。グウェンはそれが腹立たしく思えてきた。「そう。でも、感じのいい顔をしたかと思うと、次の瞬間には冷たくなるのはなぜか教えて」

歯を噛《か》みしめるかのようにサビンの顎の筋肉が動いた。「おれはいい奴《やつ》じゃない。おれを信頼してもあとで苦しむだけだ」

わたしを苦しめたくないということ？「どうしてそんなことを言うの？」

答えはない。

「あなたが魔物だから？　あなたは何の魔物に憑《つ》かれているの？」

「関係ない」

また答えはないというわけね。どちらにしても筋の通った答えは返ってこなかった。もしかしたら彼は嘘をついていて、本当はわたしを苦しめたいのかもしれない。なぜならサビンは魔物で、魔物は人を苦しめるものだから。でもサビンがそこまで邪悪だとは思えない。彼は仲間を愛している。仲間に向けるサビンの目を見ればわかる。

「わたしに何をさせたいのかもう一度教えて」サビンは彼女を利用したいと思っているらしいけれど、こちらにその気がなければ協力する義理などない。それを思い知らせたかった。「どうしてわたしをそばに置いておきたいのか」

この質問だけはサビンは喜んで答えた。「敵のハンターを殺すためだ」

グウェンは噴き出した。「わたしにそんなことができると本気で思うの？　自分の意志で？」グウェンはあわてて付け加えた。地下墓地で無意識のうちにしでかしたことを思い出したくはなかった。

茶色の目がじっとこちらを見つめ、刃の鋭さで突き刺した。「それなりの状況に置けばきみはなんでもできるはずだ」

それなりの状況。命の危険とか激怒とか、そういうことだ。サビンならやるだろう。彼女を危険や怒りにさらし、自分を失うところまで追いつめる。戦いに勝つためならなんでもする。「どうやって力をコントロールするか教えてくれると言ったけれど、あれはどうなったの？」

「やってみると言ったんだ。必ずできるとは言っていない」

サビンから逃げ出すのにこれ以上いい理由はない。彼はグウェンが思っているよりずっと危険だ。けれどももう逃げることはできない。心のどこかで彼を助けたいと思っている自分に気がついたからだ。人殺しはしたくないし、戦闘に参加するのはいやだ。でもクリスみたいな奴らが野放しになって不死の女性を餌食にしているのは許せない。奴らを止める手助けが少しでもできるなら、そうするのが義務ではないだろうか？

「あなたは命が惜しくないの？　わたしがハルピュイアの衝動に負けたら、わたしがハンターを殺したって生きてそれを見ることもできなくなるのよ。それなりの状況に置かれれば、不死の者も死ぬわ」

「それぐらいの危険は承知のうえだ。一度話したが、あいつらは親友を殺した。〝不信〟の番人バーデンを。偉大な男があんなふうに殺されるいわれはない」

「どんなふうに殺されたの？」

「奴らは女を送りこんでバーデンを誘惑させた。そして行為の最中に襲いかかり、首をはねた。もっと手近な理由がほしいなら教えよう。ハンターはあらゆる疫病を、愛する者の死を、あらゆる嘘を、あらゆる暴力沙汰をおれたちのせいにしている。あいつらはおれが愚かにも愛してしまった人間を苦しめた。おれを倒すためならなんでもするだろう。おれのことを悪魔呼ばわりしながら、あいつらは情け容赦なく殺し続けるんだ」

「そう」グウェンはそれしか言えなかった。

「そうだ。それでもおれに協力したくないと思うのか？」

サビンは目の前の美しい女にすっかり心を奪われてしまった。腕にかかって膝にまで広がるストロベリーブロンドの髪。銀色の光がちりばめられた明るく輝く黄金の目。薔薇色に赤らんだ丸い頬。

外見だけでなく、彼女が意地を見せたのが気に入った。力強さはセクシーさに通じる。

とりわけ生まれつきのものではない力強さは。もともと臆病なたちのグウェンは彼を怖がり城を恐れ、自分の影にさえおびえていた。それなのにこうして落ち着いてベッドに座り、背筋を伸ばして彼を質問責めにし、引き下がろうとしない。見上げた根性だ。

もしかしたらたいした役者なのかもしれないぞ。魔物の声がした。

サビンはうなった。グウェンは役者じゃない。彼女はハンターに捕らえられ、拷問を受けた。ハンターの味方をするはずがない。疑いばかりはさまれるといらいらする。

おれのおかげでおまえたちは今も生きてるんだ。殺されるよりは警戒するほうがましだぞ。ダニカは家族を助けるためと言ってここに来たが、実際はハンターに情報を流していたじゃないか。

サビンは息をのんだ。

あのハルピュイアをおれにまかせろ！　心をへし折って真実を引き出してやる。

サビンは今のレイエスとダニカを思い浮かべた。愛しあってしあわせそのものだ。悪意が善に変わった見本だ。魔物は黙ってろ。おれのことは……。

サビンはグウェンに目をやった。自分にレイエスのようなハッピーエンドが用意されていないのは、疑念の入りこむ余地がないほどはっきりしている。女は、自分の体を自分で傷つける男を受け入れることはできる。だが自尊心をはぎ取られるのは耐えられない。ただでさえグウェンは自分に自信がないタイプだ。

何が彼女をそんな少女にしたのだろう？　いや、少女じゃなく女だ。グウェンはアシュリンやダニカより年上なのだから。

サビンはグウェンのことを知りたいと思った。どんな細かいことでもいい。家族、友人、恋人。グウェンも彼に興味を持っている。それに気づいてサビンはいけないと思いつつも満足だった。グウェンの質問にすべて答え、何もかも打ち明けたかったが、それは危険だ。自分へのいらだちがいつにも増して彼をそっけなくした。だからといって興奮が冷めたわけではない。

ここに立っているだけで欲望で体の内側が熱くなるのがわかる。あの髪を指に巻きつけ、みずみずしい体が彼の下や上で震えるのを感じ取り、至福の叫びを聞きたい。

手を伸ばしたくなるのを抑えようとして腕組みすると、シャツが肌に張りついた。グウェンの目が腕の二頭筋に引き寄せられた。くそっ。グウェンもおれと同じ思いを抱いているとしたらまずいことになる。快楽に満ちたどうしようもないトラブルが待っている。

また魔物が頭をもたげ始めた。グウェンに手を伸ばし、心に入りこんで疑念を植えつけたくてたまらないのだ。もうささやき始めている。**おまえの能力では足りない、美しさも足りない、力も足りない**。このささやきを自分の頭の中だけにとどめておくには全身の力を必要とした。もしこれがグウェンに届いたら……。

サビンは魔物と闘い、疑念を押しつぶす方法を知っているが、グウェンは知らない。魔物のもくろみどおり、心を崩壊させてしまうだろう。

なぜグウェンはアシュリンがマドックスをなだめるように、苦しみをなだめてくれないのだろう？　アニヤがルシアンにするように、内なる獣を魅了してくれないのだろう？　ダニカがレイエスにするように邪悪な欲望に歯止めをかけてくれないのだろう？　それどころかグウェンは彼の中の野獣を異常なほど刺激してしまう。

「正直に言ってあなたの望みどおりに協力できるかわからないけれど、仲間を失ったことは気の毒に思うわ」その声には純粋な同情があった。

「ありがとう」なんて……やさしいんだ。サビンは顔をしかめた。グウェンは心と感情をもっとしっかり守らないといけない。彼のために心を痛めてはいけない。ここでサビンはふと思った。まるで恋人気取りじゃないか。恋人と言えば……。「きみに恋人はいるのか？」

「前はいたわ」

捕まる前ということだろう。どんな関係だったんだろう？　相手の男はグウェンの中の獣を刺激しないように言葉や行動に気をつけたのだろうか？「そいつに会いたいか？」

さっきのグウェンの言葉には悲しみが混じっていた。

「ええ、そう思っていたわ」

その返事にサビンはむっとした。「そいつはきみを裏切ったのか？　さっきくだらない質問をしたのはそのせいなんだな？」

「くだらない質問？」ピンクの舌先が怒ったように唇をなめた。その瞬間、別の場所を這《は》う舌を想像してサビンの下半身がうずいた。別の場所とは彼の体、中心から下のほうだ。

「いいえ、裏切らなかったわ。あの人は誠実だったから」

比べるような言い方をされてサビンはむっとした。「おれは誠実だ。一度言ったが、何ができて何ができないか、嘘をついたことはない。嘘をつけないんだ」

グウェンは眉を上げた。「嘘をつけないってどういう意味？」

「その話はやめよう」サビンははき出すように言った。グウェンは心を守ったほうがいいし、彼は口を慎んだほうがいい。

「必要なら恋人を裏切ると正直に言ったからって、わたしの人間の恋人よりあなたのほうがいい人だということにはならないわ。タイソンはどんな状況でもぐらつかない人よ。わたしを愛してくれたわ」

人間の恋人だって？「タイソンっていうのか？ こんなことは言いたくないが、チキン料理の会社みたいな名前じゃないか。どうせきみが背を向けたとたん、女あさりに精を出してたんだろう。だいたいきみをそんなに愛してたなら、どうして捜そうとしない？」

サビンはひそかに毒づき、唇を引き結んだ。ひどい言葉は彼ではなく魔物の口から出たものだ。グウェンの心に侵入しないようにサビンがしっかりと抑えこんでいたので、この邪魔者は別の方向から抜け出したらしい。

グウェンの顔が青ざめた。「も、もちろん捜したに決まっているわ」

サビンの顔に残っていたいらだちは罪悪感と恥ずかしさにかき消されてしまった。どんなに強がりを言ってもグウェンはやはりもろいのだ。これでサビンの不安は裏づけられた。少し疑いが入りこんだだけで、グウェンはもう崩れそうになっている。彼女に近づいてはいけない。

だが近づかずにいられるだろうか？　気持ちはもう惹かれている。この部屋でいっしょに眠ることになっている。二人きりで。ばかなことをしたものだ！　だがグウェンを守るにはそうするしかなかった――仲間から、そして彼女自身から。サビンは、浅はかにもグウェンのそばにいられると思うとうれしかった。いっしょにいることを楽しんだ。グウェンは美しいだけでなく、気がきいている。おびえたり押し黙ったりしていないときは、の話だが。それにたまらなくやさしい。

ハルピュイアというものは皆、グウェンのように心をかき乱す存在なのだろうか。姉たちを呼び寄せると約束したから、いずれ答えが出るだろう。最初はそんな約束はしたくないと思った。ハルピュイアが増えれば危険が増し、面倒も増える。だがハルピュイアが増えればハンターに対する戦力も増すことにサビンは気づいた。なんとしてでもハルピュイアを説得し、愛する妹を苦しめた奴らを倒すために協力してもらわなければならない。

ハルピュイアが妹を愛していればの話だ。そもそも姉たちはさらわれた妹を捜そうとしたのか？　魔物がそうささやいた。

くそっ。そのことは考えなかった。グウェンはあの檻《おり》に一年間閉じこめられていた。グウェンの姉妹は彼女を見つけることも助け出すこともできなかった。役立たずのタイソンもそうだ。

サビンは両手を握りしめた。姉妹が協力を拒んでもかまわない。グウェンがいる。グウェンの能力はこの目で見て知っている。

「変なことを言ってすまなかった」サビンは無理やりそう言った。謝罪はきらいなのだ。そして入り口のドアに向かった。「一人の部屋がほしいのも当然だ。しばらくの間、一人にしてやろう。だがここからは出るな。食事はここまで運ばせる」

グウェンは助かったと言わんばかりに喜びのうめき声をあげたが、こう言った。「食事なんかいいわ。食べないから」

サビンは彼女に背を向けたまま足を止めた。見れば気持ちが甘くなってしまう。「いや、食べるんだ。わかったな？　あの人間どもみたいに、きみを飢え死にさせようとしていると思われたくないんでね」

「そんなこと思っていないわ」グウェンは折れなかった。「でも食べるつもりはないの。このままわたしを置いていくつもり？　魔物が襲いに来るかもしれないのに？　どこに行くの？」

「おれだって魔物だぞ」サビンはほかの質問を無視した。最近そうするのがうまくなってきた。

「わかってるわ」おずおずとしたその声はほとんど聞き取れないほど低かった。

サビンの胃がぎゅっと苦しくなった。知っていても関係ないというわけか？　こんなに強烈な言葉があるだろうか。「遠くには行かないから、必要なときは呼んでくれ。実はいいことを考えたんだ。アニヤをここに呼ぼうと思ってる。アニヤとルシアンはずっと……再会を喜びあってたが、もういいだろう。アニヤがきみを守ってくれる」そして必要ならうまくグウェンに食事をとらせてくれるだろう。いやがる相手をまんまと乗せてしまう達人といえば、いたずら好きのアニヤをおいてほかにいない。「ここから動くな」

こうしておけばグウェンが外に出て仲間と鉢合わせしたり、こっそりあたりを探ったりハンターに電話したりする心配はない。もちろんグウェンがハンターに協力しているわけはないが。だがドアを閉めた瞬間、知っていながらハルピュイアと〝無秩序〟の女神をいっしょにしようとしている自分に気づいた。やれやれ。明日の朝まで首がつながっていたらラッキーだ。

9

サビンは城の中を歩いていった。苦痛のうめき声が地下牢《ちかろう》から響いてきて壁にこだました。誰かが捕虜を拷問しているようだ。本当なら行って手を貸さなければならないが、アニヤと話すのが先だ。

そうだ、彼は義務より女を優先しようとしている。だがこれはグウェンを落ち着かせるためのちょっとした用で、長くはかからない。こんなことをするのもこれで最後だとサビンは自分に言い聞かせた。今度拷問が必要になったら、グウェンのことなどかまわずにまっさきに駆けつけよう。

それでもグウェンを一人にするのは……うしろめたかった。心のどこかでは――いや、どこかどころじゃない、大部分では、いっしょにいて恐怖をやわらげ、大丈夫だと安心させなければと思っていた。

おれが女に与えられるのは、みじめな気持ちぐらいだとサビンは暗く考えた。とりわけ、またキスしたくてたまらない女に対しては。

飛行機でのキスでサビンは倒れそうになった。あれほど甘いキスは――爆発するような可能性を秘めたキスはこれまで知らなかった。けれどもあのときキスを返せば魔物をコントロールできなくなっただろう。そして魔物は心の生き血を吸っただろう。それは疑いの余地がない。ただでさえグウェンは危うい状態で、サビンにも彼の正体にもおびえていた。またキスするのは愚か以外の何ものでもない。

なぜ彼はグウェンの元恋人の思い出を汚すようなことを言ってしまったのだろう？　魔物に操られたとはいえ、元恋人を信じているグウェンに、男が誠実だったかどうかわからないなどと下劣な言い方をしたのだろう？　まずいことに、〝疑念〟の魔物はグウェンのなけなしの自信さえ突き崩す決意を固めている。それはたぶん、グウェンには手を出すなと言い続けたせいで、彼女が魅惑的な禁断の果実になってしまったからだ。

だが今さらどうしようもない。魔物の手綱をゆるめれば、ただでさえ揺らいでいるグウェンの自尊心は崩れ落ちるだろう。自分を信じる気持ちはなくなってしまう。そんな事態を招くわけにはいかない。手に入れた武器を守らなければ。グウェンの精神面を心配するのは、ただそれだけが理由に決まっている。

どうすればグウェンの力を活用できるか考えなければいけない。ハンターに協力するふりをさせて、奴《やつ》らを内側から切り崩すのはどうだろう。これなら成功する可能性も高い。ハンターのほうはもう何千年もそういう戦法を取っている。バーデンの一件が成功のあかしだ。今度はこっちがその戦略を逆手に取る番だ。

だがグウェンを説得できるだろうか？

城の中を歩いていく間も、その疑問がサビンの頭から離れなかった。ステンドグラスが色とりどりの光を通路に投げかけ、空中を舞うほこりを浮きあがらせている。サビンがここに住むようになってから日は浅いが、女たちがこの場所に命を吹きこんだのは感じ取れた。女たちが手がけた内装は城の陰気さを追い払った。家具を選んだのはアシュリンだ。サビンは家具にはくわしくないが、きっと高価なものなのだろう。ここの家具を見るとビクトリア朝のイギリスにいたときを思い出した。

以前は、レイエスが自分を傷つけたときに飛び散る血を隠すという理由で何もかも赤ずくめだったが、今はちがう。オフホワイトのソファ、ピンクのベルベットがかかった椅子、回転木馬、くるみ材と大理石の書き物机。マドックスとアシュリンの部屋の隣には子ども部屋もある。

アニヤが担当したのは……よけいな小物だ。部屋の隅にはバブルガムマシンが置かれ、ストリッパーが踊りに使うポールが通行の邪魔をし、階段の脇にはパックマンのゲーム機がある。

壁を飾るのはダニカが描いた肖像画だ。天を飛翔《ひしょう》する天使の絵もあれば、地獄を這《は》う悪魔の絵もある。どれも〝万能の目〟であるダニカが幻視した光景だ。これらの絵を通して戦士たちは魔物の理解を深め、彼らを支配する神々のことを知った。

天国と地獄の光景と並んでいるのが、アニヤがつけ足した絵だ。それは男のヌードを描いたものだった。アニヤがこの絵をハンターの爆撃から守り抜いたことに一同は唖然《あぜん》とした。サビンは一度だけその中の一枚を外そうとしたことがある。翌日その絵のあった場所に今度はサビン自身のヌードがかかっていた。アニヤはどうやってこんなに早く、そして精緻に彼の絵を描かせたのだろう。それ以来、彼は二度とアニヤの絵を外さなかった。

サビンは角を曲がって娯楽室の入り口を通りすぎようとした。そのままルシアンとアニヤの寝室に通じる階段をのぼるつもりだった。しかし視界の隅にほっそりした長身の人影をとらえ、後戻りした。娯楽室の入り口に立つとアニヤの姿が見えた。ぎりぎりまで短いレザーのワンピースを着てピンヒールをはいたアニヤは、女として完璧だ。欠点などひとつも見つからない。まずいのはユーモアのセンスだけだ。

アニヤは友人のウィリアムといっしょに音楽ゲーム『ギター・ヒーロー』で遊んでいた。難しいリズムに合わせて頭を振り、カールした髪を揺らしている。ウィリアムも不死の身で、戦士たちと同じころに天国から追放された。戦士たちの悪行は世界を滅ぼしかねない重いものだったが、ウィリアムの罪は手出ししてはいけない女性を一人誘惑したことだ。いや二人、それとも三千人だっただろうか。パリスとちがい、ウィリアムは相手が結婚していようといまいとかまわずベッドに連れこむ。神の女王でさえも誘惑する。ウィリアムが妻といっしょにいるのを見たゼウスは、ウィリアムが好む言い方に従えば、〝キレた〟らしい。

今ウィリアムの運命は一冊の本に結びつけられているのだが、その本はアニヤが盗んでしまい、数ページずつしか返そうとしない。その本によると、どうやら女性に関するある呪いがウィリアムにふりかかるらしい。

例によってウィリアムはドラムを叩《たた》きながらアニヤのヒップを見ている。お菓子を取りあげられた甘いもの好きがキャンディを見るみたいに。「これなら一日中でもできるぜ」ウィリアムは眉を動かした。

「リズムに気をつけてよ」アニヤが怒った。「外したらバンド全体が台無しじゃない」

一拍の間があって、二人は同時に笑い出した。

「こいつをほめちゃだめよ、ジリー！　手を抜いてるんだから。まったくこれだからジリーは……いえ、なんでもない。いいからウィリアムに言って。ひどい演奏だって！」アニヤはギターを弾く手を止めずにくるりとまわった。ジリーがいるのか？　サビンは室内を見まわしたが、ジリーの姿はない。そのときアニヤとウィリアムがイヤホンをしているのに気づいた。別の場所とインターネットでつないで演奏しているのだ。

サビンはドア枠にもたれかかり、腕組みをして曲が終わるのをじっと待った。「ルシアンはどこだ？」

アニヤもウィリアムも振り向かず、サビンがそこにいるのに驚いたそぶりひとつ見せなかった。

「魂を送りに行ったわ」アニヤはそう言ってギターをソファに投げた。「やった！　九十五パーセントできた。ジリー、あなたは九十八パーセントで、残念ながらウィリアムはたった五十六パーセント」ここで間があった。「さっき言ったでしょ？　手抜き男をほめちゃだめだって。ええ、それじゃまたね、ジリー」アニヤはイヤホンを外してギターのそばに放り投げた。そしてコーヒーテーブルからチーズスナックの箱を取りあげ、至福の表情で目を閉じながらゆっくり食べた。

サビンもつばがわいた。チーズスナックは大好物だ。アニヤはなぜか彼が捜しに来るのを知っていて、じらそうと思ったのだろう。意地悪な女だ。「ひと口くれないか」

「自分で買ってきたら」

ウィリアムはドラムスティックを投げあげてキャッチし、ドラムセットの上に置いた。

「ちょっとぐらい外したって関係ないさ。全体としてはかなりの出来だったんだから」

「よく言うわ！　わたしが引っ張ったのよ」アニヤはスナックの残りを口に流しこみ、からかうようにサビンを見やった。そして肘掛けに脚を投げ出すようにしてソファに座った。

「サビン、あなたを捜してたのよ。ルシアンから教えてもらったけど、この城にハルピュイアがいるんですってね！」アニヤは興奮して手を叩いた。「わたし、ハルピュイアが大好きなの。あのたちの悪さは最高よね」

サビンは、おれを捜すどころかゲームをしていただろうとは言わなかった。「最高？ きみはあの子がハンターの喉を噛《か》み切ったのを見てないからな」

「ええ、そうよ」アニヤはいつものように口をとがらせた。「ウィリーの面倒を見なきゃいけないせいで、おもしろいことを全部見逃してしまうの」

ウィリアムはうんざりした顔をした。「ありがとよ、アニー。おれはきみとここにいて、女どもの警備に協力したんだ。それなのに戦いに行きたかったとはな。さっきおれをやっつけたばかりじゃないか。心がずたずたになったぞ」

アニヤはウィリアムの頭をやさしく叩いた。「ちょっと休憩して落ち着きなさい。ママはちょっとサビンちゃんとお話ししてきますからね。わかった？」

ウィリアムの口元がゆがんだ。「ってことはおれがパパか？」

「命が惜しくなければそうだ」サビンが言った。

ウィリアムは高笑いすると七十三インチのハードディスクテレビのほうに行き、正面の豪華なリクライニングチェアに座った。三秒後、画面いっぱいに肉体の饗宴《きょうえん》が広がり、うめき声が響き渡った。以前はパリスが大好きだったジャンルだ。だがエジプトに行く前の何週間かは、ウィリアムしか観《み》る者がいなかった。

「そのハルピュイアのこと、いろいろ教えて」アニヤは好奇心に顔を輝かせ、サビンのほうに身を乗り出した。「知りたくてうずうずしてるの」

「ハルピュイアにはちゃんと名前がある」口調が変わったのは……むっとしたからか？　まさか。仲間がハルピュイアをハルピュイアと呼んだからって気を悪くするわけがない。彼自身そう呼んでいるのだから。「グウェンドリン、グウェンだ」

「グウェンドリン、グウェンね」アニヤは長くとがった指先で顎をとんとんと叩いた。「悪いけど、あんまり聞かない名前だわ」

「目は金色、髪は赤。というか、ストロベリーブロンド」

アニヤの明るい青い目がふいに輝いた。「へえ。おもしろいわね」

「何が？　髪の色がか？」それを知らないとでもいうのか！　サビンはあの髪に指を通し、こぶしで触れ、枕の上に、そして腿の上に広げたいと思った。

「ちがうわ、あなたがストロベリーブロンドと言ったことよ」アニヤは笑いだした。「サビンちゃんは恋をしてるってわけね？」

サビンはいらだちのあまり歯を食いしばった。頬が熱くなるのがわかる。まさか赤くなったのだろうか？

「あら、かわいい。ピラミッドを家探ししてる間に誰かさんは恋に落ちたのね。彼女のこと、ほかに何を知ってる？」

「姉が三人いるらしいが名前は知らない」冷たく威嚇するような口調だった。おれは恋に落ちてなんかいない。

「それなら聞き出して」彼がまだ調べていないのにいらだったらしい。

「実はそれをきみに頼みたい。彼女といっしょにいてやってほしいんだ」そして守ってくれ、とサビンは頭を下げたい気持ちだった。ちょっと待て、頭を下げたい気持ちだと？　まさか。「だがウィリアムはここにいろ。彼女には近づくな」

革とデニムがこすれる音がしてウィリアムが座ったまま振り向いた。その顔は好奇心ではちきれんばかりだ。「なぜ近づいちゃだめなんだ？　美人なのか？　きっとそうだな」

サビンは無視した。無視でもしなければ殺していたところだが、ウィリアムを殺したらアニヤが怒る。アニヤを怒らせるのはギロチン台に首を置くようなものだ。

こんなときサビンは、ふたつの戦士グループが再会する前の戦闘と訓練の単調な毎日を恋しがっている自分に気がつく。あのころルームメイトはたった五人で、うるさい女は一人もいなかった――女好きな客人も。ルームメイトにはカメオもいたが、カメオは女のうちに入らない。「それから何か食べさせられるようなら食べさせてほしい。もう何日もたつのにケーキしか食べてないんだ。それも食べてすぐ吐き出した」

「あのね、あなたの女のお守りをするなんて言ってないわよ。それから何も食べないのはあたりまえよ、ハルピュイアなんだから」アニヤはサビンをばか呼ばわりするような口調で言った。

実際ばかかもしれない。「何の話だ？」

「ハルピュイアは盗んだものしか食べないの。あたりまえでしょ。食べ物を差し出されたら断るしかないのよ。それを食べたりしたら……ここが重要だけど……吐くの」

サビンはもういいというように手を振った。「冗談だろう」

「いいえ、それがハルピュイアというものよ」

まさかそんなこと……絶対に……いや、やめよう。ありえないなどと言える立場ではない。何千年もの間、真夜中になるとレイエスはマドックスを刺し殺し、ルシアンは死んだ戦士の魂を地獄に連れていったものだ。だが翌朝にはマドックスの体は回復し、ルシアンは魂を連れ戻す。そしてまた夜が来ると同じことが繰り返される。

「それなら盗みを手伝ってやってほしい。きみだって盗みは得意なほうだろう？」戻ってきたら部屋のあちこちに食べ物を置き、簡単に〝失敬〟できるようにしておこう。

いきなり甲高い苦痛の叫びが壁を通して響き渡り、サビンの魂を落ち着かせた。ハンターの尋問が次のレベルに移ったようだ。おれも行かなければ。だが彼の足は動かず、頭は好奇心でいっぱいで答えを求めている。「ほかに知っておくことは？」

アニヤは立ったまましばらく考えていたが、ビリヤード台のほうに行ってポケットからボールをいくつか拾いあげた。そして空中に投げあげてキャッチし、また投げた。「そうね、ハルピュイアといえば、人間の目にも不死族の目にも留まらない速さで動くことができるわ。で、拷問とか罰が大好き」

それはどちらもこの目で見たことがある。グウェンがハンターを殺したときのスピードと攻撃の残忍さ――あれが拷問と罰が好きということだろう。それなのに彼女を苦しめたハンターたちを攻撃する話をすると、グウェンは青ざめ、震えだす。

「ほかの種族と同じように、ハルピュイアも特殊な能力に恵まれているわ。誰がいつ死ぬか予言できる者もいれば、人の体から魂を引き抜いて地獄に連れていける者もいる。残念なのはその数が多くないことね。たくさんいれば、わたしのハニーの仕事がぐっと楽になるのに。それからタイムトラベルできる者もいる」

グウェンには特殊な能力があるのだろうか？

グウェンやその一族について知識が増すにつれ、何千もの疑問がわき出てくる。

「でもあなたの女にはその心配はないわ」サビンの思いを読んだかのようにアニヤが言った。「そういう能力は晩年まで開花しないの。数百歳だか数千歳だか覚えてないけど……その子の場合はそういう力はまだ花開いてないと思うわ」

それはいい情報だ。「ハルピュイアは邪悪なのか？　信用できるだろうか？」

「邪悪？　それは言葉の定義によるわね。信用できるかどうか？」次の言葉を味わうかのようにアニヤはゆっくりとほほえんだ。「一瞬たりとも信用できないわ」

それは彼の最大の目的にとって不利だ。けれどもやさしくて純粋なグウェンが彼をもてあそぶことなど想像できない。「ルシアンから聞いた話から判断して、グウェンがハンターの側についていると思うか？」サビンはこの質問をするつもりはなかった。こんなことを思いついたのはひとえに魔物のせいだ。〝疑念〟の魔物にとって自信や安心はいまわしいものなのだ。

「それはない。その子を檻《おり》の中で見つけたんでしょう？　生きてるのに自分から檻の中に入るハルピュイアはいないわ。捕らわれるのは恥ずべきことで、ハルピュイアの名に値しないと見なされるの」

もしそうなら、グウェンの姉たちが来たら妹をどんな目にあわせることだろう？　罰を与えるとしたら、止めなければいけない。まずいことにグウェンを寝室に閉じこめてしまった。広い部屋だが牢獄《ろうごく》は牢獄だ。グウェンはハンターを見る目で彼を見ているのだろうか？　サビンは胃がむかむかした。

「グウェンといっしょにいてくれるか？　頼むから」

「ねえサビン、こんなことは言いたくないけど、グウェンがここにいたくないと思ったらわたしでさえ引き留められないのよ。誰の力でも無理」

また部屋に人間の悲鳴が響き、あとに戦士の笑い声が続いた。「頼む。グウェンはおびえてる。友達が必要なんだ」

「おびえてるですって」アニヤは笑った。だがサビンのまじめな顔は揺るがず、アニヤの笑い声は立ち消えになった。「冗談で言ってるのよね？　ハルピュイアが何かを怖がるわけないじゃない」

「おれが人を笑わせようとしたことがあるか？」

謎ぎらいなアニヤは首を振った。「一本取られたわ。わかった、お守り役を引き受けてあげる。でも好奇心からよ。言っておくけどおびえたハルピュイアなんて言葉の矛盾よ」

アニヤはすぐに自分の間違いに気がつくだろう。「助かるよ。ひとつ借りができたな」

「そのとおり」アニヤはにっこりほほえんだ。やさしすぎるほほえみだ。「そうそう、あなたのことをきかれたら、知ってること全部教えてあげるつもり。ひとつ残らずね」

サビンの胸に恐怖が広がった。グウェンはすでに彼を警戒している。過去の所業を半分でも聞けば絶対に協力してくれないだろうし、信頼もしないだろう。欲望と不安の混じったたまらない目つきで彼を見ることもないはずだ。

「わかった」サビンは暗い声で言った。「だがお仕置きに尻を叩かれる覚悟はあるんだろうな」

「また？　今朝ルシアンに叩かれたばかりよ」

そのときサビンはアニヤを言い負かすのは無理だと思い知った。脅すこともできない。やってみるだけ無駄だ。「とにかく……やさしくしてやってくれ。そのゴージャスな体にひとかけらでも情けというものがあるなら、おれが〝疑念〟の魔物を宿していることは言わないでほしい。それでなくてもおれを怖がってるんだ」

サビンはため息をついて背を向け、地下牢へと向かった。


「奴らはどこだ？」パリスが問いつめた。

苦痛のうめきしか返ってこない。

二人でもう何日も尋問を続けている気がするが、いっこうに成果があがらない。アーロンの〝怒り〟の魔物は頭の中に胸の悪くなるようなイメージを投影し、この人間を罰せよと言っている。アーロンが自分を抑えられなくなるのももうすぐだ。そうなればもう尋問の答えは得られない。アーロンはこのへんで終わらせて明日再開するつもりだった。うっかり二人ほど殺してしまったが、残りのハンターには自分の身にふりかかる恐怖を想像させておけばいい。ときとして、未知なるものへの恐怖は現実の恐怖を上まわることがある。

だがパリスはやめるつもりはないらしい。この男は魔物以上の何かに憑《つ》かれている。アーロンは冷酷な戦士だが、そのアーロンでさえ耐えられないようなことをパリスは人間どもにした。もっともアーロンは昔の彼ではない。

数カ月前、神々にダニカ・フォードとその家族を殺せと命じられたアーロンは殺戮《さつりく》の衝動と必死に闘ったが、結局はその衝動にのみこまれてしまった。アーロンは頭の中に忍びこむ甘い死のイメージに抵抗した。切り裂かれるダニカたちの喉、噴き出す血、死に際のうめき声。ああ、彼は世界中の何よりもそういうものを切望した。

今にいたるまで理由はわからないのだが、殺戮の衝動がようやく去ったとき、アーロンは誰であれ、他人の命を奪うことが怖くなった。以前のあの野獣に戻るなどとんでもないことだ。そんなとき戦士たちはエジプトにおもむき、戦いが始まった。アーロンは自分を抑えておくことができず、結局はあんなに恐れていた衝動の言いなりになった。

仲間を傷つけないうちに元の自分に戻ることができたのはさいわいだった。だがもし傷つけていたら？　そうなったらとても自分を許せなかっただろう。彼をなだめることができるのはレギオンだけだが、今はそのレギオンがそばにいない。

アーロンは両手を握りしめた。視線の主の正体はわからないが、レギオンが戻る前にどうにかしてやめさせなければ。残念ながら、その突き刺すような見えない視線は今はこちらを見ていない。彼は血まみれで、ポケットにはボロ切れで包んだあるものが入っている。死んだハンターの指だ。そんな姿が視線の主を追い払ったのだろうか。

最初はアニヤのいたずらだと思った。彼女は似たようなことをルシアンにしていた。だがレギオンはアニヤを怖がらない。そう言い切れるのはこの城ではルシアンをのぞいてレギオンだけだ。

「もう一度だけきく」パリスは短剣でハンターの青ざめた頬をぴたぴたと叩きながら、穏やかに言った。「子どもたちはどこだ？」

拷問されている男、グレッグは、うめき声をあげてよだれを垂らした。

ハンターは一人ずつ独房に入れられ、隔離されている。こうしておけば、拷問された者があげた悲鳴を聞いて、仲間はいったいどんな目にあっているのか不安で気が狂いそうになるだろう。空気に充満している尿、汗、血のにおいも恐怖をあおるのにひと役買っている。

「知らない。聞いてないんだ。誓って聞いていない」

蝶番《ちょうつがい》がきしんだ。足音が響く。サビンが決然とした暗い顔つきで独房に入ってきた。

本当に血なまぐさくなるのはこれからだ。サビンほど断固とした者はいない。〝疑念〟の魔物を宿している者はこれぐらい強くないと正気でいられないのだろう。

「何かわかったか?」サビンはそう言って背中からベルベットの袋を取り出し、そっとテーブルの上に置いた。さまざまな金属の鈍い輝きが少しずつ姿を現した。

グレッグという名のハンターはすすり泣いた。

「新しくわかったのは、おれたちの古い仲間ガレンがある男の協力を得ているということだ」その名を言うときのアーロンの声には軽蔑があった。「信じられないと思うが、そいつはその男のことを……〝不信〟と呼んでいた」

サビンは凍りついた。その言葉が脳内に響き渡った。「ありえない。バーデンの体は見つからなかったが頭は見つけたじゃないか」

「そのとおりだ」不死の者でも首を切られたらおしまいだ。頭を再生することはできない。頭以外のパーツならできるが頭は無理だ。「宿主を失って狂気に陥った〝不信〟の魔物が地上をさまよっているのもわかってる。パンドラの箱がなければその魔物を見つけ出すことはできない」

「そんな話が出ただけでも腹が立つ。嘘《うそ》をついたハンターを罰したんだろうな？」

「当然だ」パリスは満足げに笑った。「奴は自分の舌を食べさせられた」

「こいつを檻に入れたらどうだろう」アーロンが言った。檻とは強制の檻のことだ。強力な古代の聖遺物のひとつで、パンドラの箱のありかを教えてくれるものと見なされている。この檻の中に入れられた者は、例外なく戦士が命じるとおりに動かなければならない。いや、例外はないわけではない。殺戮の衝動にとらわれていたとき、アーロンは天の存在に向かって頼んだ。自分をあの檻に入れてくれ、そしてフォード家の女には手出しするなと命じてくれ、と。

だが目の前にクロノスが現れて言った。〝このように強力なものを作っておいて、自分の不利になる使い方をわしが許すと思うのか？　わしが始めたことを止めることはできぬ。たとえ檻を使ってもな。これをここに残すのを許したのはそれだけが理由だ。話はもうよい。さっさと行動に移れ〟

アーロンがまばたきすると、そこはレイエスの寝室だった。手にはナイフがあり、すぐそばにダニカの首があった……。

「だめだ。それは話しあったはずだ」サビンが答えた。

いかなる理由があってもハンターに強制の檻を見せるわけにはいかない――死ぬと決まっている者にも。万が一のためにも檻の力を知らせてはならないのだ。

「ほかにわかったことは？」サビンが話題を変えた。

だがサビンの目がきらりと光ったのがアーロンにはわかった。ハンターの前で強制の檻の話をしたのだ。尋問が終わればこのハンターは死ぬことになる。「捕らわれていた女たちの証言を裏づける事実だけだ。女たちはレイプされて妊娠し、子どもたちはいずれ我々と戦うことになっていた。すでにハンターは不死族の血を引いた子どもたちを育てているんだが、グレッグはその場所を言おうとしないんだ。手足の指が惜しくないんだろうな」

すすり泣きが消えた。あまりの恐怖に喉が苦しくなったらしい。これではいつ失神してもおかしくない。

パリスはグレッグの首をつかみ、腿の間に顔を押しこんだ。グレッグを縛るロープが手首に食いこんだ。「この野郎、息をしろ。さもないとほかのやり方で蘇生《そせい》させるぞ」

「喉頭が残ってるからまだいいじゃないか」サビンがさらりと言った。カーブした刃を明かりにかざし、切っ先を動かす。たちまち手に血がついた。「左の独房のお友達はそういうわけにいかなかったようだが」

「それは残念だな」だがパリスの口調に残念がっているところはなかった。その青い目に狂気に似た何かがきらめいた。

「しゃべれないならどうやって質問に答えさせた？」

「ジェスチャーゲームさ」皮肉たっぷりの返事が戻ってきた。

サビンは鼻で笑った。「おまえの力を使ったらよかったのに」相手を誘惑するパリスの能力は男にも効果を発揮する。

「それもできたが、しなかった」パリスは顔をしかめた。「今もする気はない。だから頼まれても困る。こいつらがあまりに憎くて、情報を引き出すためとわかっていても誘惑する気になれないんでね。こいつらの捕虜になったときの恨みもある」

サビンはアーロンを見やった。その目は、どうしてパリスを止めなかったと言っていた。アーロンは肩をすくめた。こんなに冷酷で凶暴になってしまったパリスにどう対処すればいいのかわからなかった。仲間たちも同じことを感じているのだろうか？

「今はその子どもたちの居場所を突き止めるのが先決なんだな？」サビンがきいた。

「そうだ」アーロンが答えた。「ハンターの一人が口を割ったんだが、子どもたちの年齢はばらばらで、幼児からティーンエイジャーまでいるらしい。そう、それほど前から不死の女たちをレイプしていたということだ。見とがめられずにそれを続けてこられたのは場所のおかげだった。エジプトのあの地下墓地はかつて神々の神殿だった。誰が守っているのかわからないが、あの場所は守られているらしい——おれたちがどうやってその守りを突破したのかもわからない。その子どもたちはどうやらこれまでのハンターよりもすばやく力も強いらしいぞ。ああ、それからこれもわかったことだが、あのろくでなしが〝保育器〟と呼んでいた女たちだが……アシュリンが見つけたそうだ」

　アシュリンは、ある場所に立つと過去にそこで交わされた会話を聞き取れるという特殊な能力を持っている。ブダペストに来る前、アシュリンは〈世界超心理学協会〉で働いていた。働いていたどころか、人生を捧《ささ》げていた。この組織がアシュリンの能力を利用し、調査のためだと言って不死の女たちを狩り出したのだ。

「アシュリンに教えるわけにはいかない」アーロンは言った。「ショックで倒れるだろう」知らなかったとはいえ、ハンターのために働いていたと聞かされるだけでもつらいはずだ。自分の能力が新たなハンターを生み出すために使われていたと知ったら、気持ちのやさしい妊娠中の女性には耐えられないだろう。

「マドックスに教えて、アシュリンに言うかどうかは奴にまかせよう」

「頼むから解放してくれ」グレッグが絶望的な声を出した。「仲間にメッセージを持っていくから。あんたたちが言うとおりに伝える。警告でもかまわない。あんたたちには手出ししないように言うよ。放っておけと」

　サビンはベルベットの袋から濁った液体の入った小瓶を取り出した。「自分でも伝えられるようなメッセージをおまえに託す理由などない」親指で小瓶のふたを開け、中身を刃に垂らした。しゅーっという音があがった。

男は椅子ごと後ずさろうとしたが椅子は床に固定されていた。「な、なんだそれは?」

「おれが好んで自分で調合する特殊な酸だ。肉を食い破り、体を内側から焼いていく。血管、筋肉、骨、何もかもな。唯一溶かせないのがこの金属だ。これは天の産物でね。さて、おれたちの知りたいことをしゃべるか? それともこの刃を足の裏に突き刺して、上まで切り裂いてやろうか?」

震える男の顔に涙が流れ、シャツに落ちて血と混じりあった。「子どもたちは訓練施設にいる。皆が〝ハンター校〟と呼んでいる施設で、〈世界超心理学協会〉の支部だ。寄宿制で、子どもたちはできるかぎり母親から遠ざけられる。そして戦闘や追跡の方法を教えこまれる。おまえたちが病や嘘で殺した何百万という人々、おまえたちが広めた災厄のせいで自殺した何百万という人々を思い、おまえたちを憎むことを教えられるんだ」

いいぞ。それでこそおれが呪うハンターらしい言いぐさだとアーロンは思った。

「その施設の場所は?」サビンが抑揚のない声できいた。

「知らない。本当に知らないんだ。これは信じてもらうしかない」

「悪いが無理だ」サビンはゆっくりと男に近づいた。「だからおまえの記憶を呼び起こせないか、やってみようじゃないか」

10

内臓を引きちぎられるような苦痛の叫びがあと一度でもサビンの寝室に響き渡ったら、誰かに飛びかかってしまいそうだとグウェンは思った。悲鳴は延々と続いている。疲労という名の重いこぶしがグウェンの全身を殴りつけ、まぶたを重くし、頭をぼんやりさせていても、悲鳴が果てしない悪夢のように襲いかかってくる。だがグウェンは目も耳もしっかり開けておくつもりだった。戦士の誰かが部屋に忍びこんで彼女に手出ししようとしたときに備えて。

彼らはちょうど今も命乞いする男を苦しめている。拷問されているのは間違いなくハンターだ。サビンが向かったのはそこで、彼がさっさとグウェンに背を向けたのはそのせいだ。サビンの人生で何より大事なのが〝仕事〟なのだから。

そこまでサビンのことをよく知っていると言える？　いや、言えない。でもサビンがハンターを憎んでいるのを知っているし、彼女が普通の暮らしを求め、そのためならなんでもすると思っているのと同じように、サビンはハンターを倒すことを切望している。

サビンの思いは理解できる。ハンターは彼から愛する者を奪った。それも一人だけではない。ハンターはグウェンからもたくさんのものを奪った。プライド、そして自分の手で作りかけていた普通の生活。グウェンはサビンに劣らずハンターを憎んでいる。サビン以上かもしれない。

あの男どもはクリスが女たちをレイプするのを欲望の目で眺め、自分の番を待っていた。クリスを止めようとせず、見下げ果てたおこないに抗議すらしなかった。だから、いくら悲鳴のせいで頭がおかしくなりそうな気がしても、グウェンはサビンを止めようとは思わない。ハンターはああいう目にあって当然だ。けれどもあの悲鳴のひとつひとつが、人の命を奪うことに協力してくれとサビンに求められたことを思い出させるのだ。

わたしにできるかしら？

考えただけで喉に苦いものが込みあげ、血が恐怖で染まり、細胞が酸に変わって血管を焼くような気がした。これまでも彼女は人を殺したことがあった。そう、殺したのだ。九歳のとき、成績にFをつけた家庭教師を殺した。十六歳のとき、彼女のあとをつけて建物に入り、空き部屋に押しこんで鍵をかけた男を殺した。男はハルピュイアの手にかかっては三十秒ももたなかった。二十五歳のとき、グウェンはタイソンを追ってアラスカからジョージアに移った。そしてそのせいで母と縁を切ることになった。グウェンは念願だった大学にやっと入ることができた。姉たちは、あんな下品な者どもにグウェンが耐えられるわけがないと言ったが、その言葉は正しかった。既婚の教授に言い寄られただけで、グウェンは喉を切りつけられたかのように襲いかかった。大学生活は三週間で終わってしまった。

姉たちが言うには、グウェンが本当の自分に逆らわなければハルピュイアがこれほど不安定になることはないらしいが、彼女は信じなかった。血に飢えた姉たちは常に戦い、そのあとにはグウェンがおののくほどのたくさんの死体が転がっている。姉たちを愛しているし、その自信と力をうらやむ気持ちはあるけれど、グウェンは姉たちのようになりたいとは思わなかった。ふだんは。

また苦痛の叫びがあがった。

気を紛らわせるためにグウェンは寝室を探った。三回あくびする間に武器の入ったチェストの鍵をこじ開け、サビンが隠していた手裏剣を二、三個盗んだ――腕が上がった証拠だ。体にしみついた習慣は消えない。不法侵入はグウェンの一族が重視するテクニックだ。もっと早くこうするべきだった。グウェンはドアの鍵も同じように開け、そっと廊下に出た。だが足音を聞きつけた瞬間また寝室に逆戻りした。

どうしてわたしはこんなに臆病なのかしら？

悲鳴が聞こえ、ごほごほと咳《せ》きこむ音に変わった。

あくびをし、身震いしながら、グウェンはベッドの上に乗り、ぼんやりした頭に鞭打って耳からの情報より周囲にあるものに目を向けさせた。この寝室には驚かされる。いかつく男臭いサビンのことだから、家具などほとんどなく、茶色と黒のそっけない空間だろうと思っていた。ぱっと見た感じではそのとおりだ。

でもダークブラウンのベッドカバーの下には明るい青のシーツと羽毛入りのマットレスがのぞいている。クローゼットには、『パイレーツ・オブ・カリビアン』やハロー・キティなどのユーモラスなTシャツが並んでいる。〝筋肉ショーにようこそ〟というロゴと二頭筋をさす矢印が入ったTシャツもある。青々とした植物の向こうにはクッションを置いたくつろぎのスペースがあり、雲間にそびえたつ城を描いた天井画を見上げることができる。

グウェンは矛盾するサビンの性格が気に入った。険しいけれども少年っぽさを感じさせる顔と同じだ。

「こんにちは、失礼するわね」女性の声がした。閉めたばかりのドアがばたんと開き、ゴージャスな女性が両手に食べ物のトレイを持ってゆっくりと中に入ってきた。皿から漂うにおいから判断すると、のっているのはハムサンドウィッチとひと盛りのポテトチップス、ボウルに入ったぶどうとクランベリージュースだ。

口につばがわくのがわかる。強烈な空腹感のせいかそれとも睡眠不足のせいか、この侵入者の気配はまったく感じられなかった。「何を持っているの？」

「食べ物のことは気にしないで」見知らぬ女性はそう言ってドレッサーにトレイを置いた。「これはサビンのよ。あいつの口車に乗せられてわたしが作るはめになったの。あなたには触らせないように言われてるのよ、悪いけど」

「ええ、かまわないわ」舌が腫れあがったような気がしてしゃべるのが苦しかった。「あなたは誰？」グウェンはトレイから目を離せなかった。

「わたしはアニヤ。〝無秩序〟の女神よ」

その言葉には疑いを差しはさむ余地がなかった。この世のものとは思えない力が彼女から発散し、空中に火花を散らしている。でも女神がなぜ魔物といっしょにいるのだろう？

「わたしは――」

「ああ、いいのよ。ちょっと失礼するわ。ルシアンが呼んでるみたい。ちなみにルシアンはわたしの恋人だから手を出しちゃだめよ。ここにいて。すぐ戻るから」

何も聞こえなかったがグウェンは黙っていた。女神がドアの向こうに消えた瞬間、グウェンはドレッサーに駆け寄り、サビンのサンドウィッチを口に押しこんでジュースで流しこんだ。そしてポテトチップスとぶどうを両手に取り、こんなにおいしいものは初めてだと言わんばかりの勢いでがつがつたいらげた。

実際そのとおりかもしれない。

まるで口の中に虹が出たみたいだ。味と歯ごたえと温度の饗宴《きょうえん》。グウェンの胃は貪欲《どんよく》にすべてを受け入れ、盗んだ食べ物をもっとくれと要求した。

アニヤが出ていったのはほんの一、二分だったが、戻ってくると食事はなくなっており、グウェンはベッドに腰かけて手の甲で顔をぬぐいながら最後のひと口をのみこんでいた。

「さあ、どこまで話したかしら？」トレイのほうには目もくれず、アニヤはベッドに近づいてグウェンの隣に座った。「そうそう、あなたにくつろいでもらおうと思ってきたのよ」

「サビンがあなたを部屋に呼ぶって言っていたけれど、気を変えたと思ったの。わたしは護衛はいらないわ。本当に」どうかトレイに気づきませんように。「逃げたりしないから」

「やめてちょうだい」美しい女神はグウェンの言葉を払うように手を振った。「さっきも言ったけど、わたしは〝無秩序〟の女神。護衛なんて下っ端みたいなまねはできないわ。それにわたしが行きたくないところに行かせられる人なんていない。ただ退屈で好奇心にかられただけよ。心の中にあった質問にひとつ答えが出たわ。あなたって信じられないぐらいきれい。この髪を見て」アニヤはグウェンの髪を少しつまんだ。「サビンがあなたを自分の女に選んだのも当然ね」

グウェンのまぶたがとろんと重くなり、頭はアニヤの手のほうに引き寄せられた。最初に食事、次に話し相手の存在で気持ちをなだめられてハルピュイアはおとなしい。あとはほんの数時間でいいから城から逃げ出し、ひと眠りしたい。「自分の女にしたわけじゃないわ」けれども、どこかそれが気に入っている自分もいた。胸の先端が硬くなり、脚の間が熱くなって野火のように全身に広がった。

「いいえ、サビンの女よ」アニヤの手が離れた。「サビンの部屋にいるんだから」

グウェンはぱっと目を開けた。うめき声を抑えられなかった。なぜ誰もずっと触っていてくれないんだろう？「しかたなくいるだけよ」

アニヤはジョークでも聞いたかのように笑った。「なるほどね！」

「まじめな話よ。自分の部屋がほしいって言ったんだけれど、サビンが許してくれなくて」

「ハルピュイアを無理やり部屋に閉じこめておくなんてできるわけないじゃない」

グウェンの姉たちならそのとおりだ。グウェンは？　そこまでではない。でもアニヤがハルピュイアと言ったとき、そこに軽蔑はなかった。いわゆる神話や伝説に登場する者たちはハルピュイアを一段低く見ていて、殺し屋や盗人《ぬすっと》としか思っていない。

「実はわたしは家族とは似ていないの」

「そう、人の皮をはぐなんてとんでもないって口ぶりね。あなたがきらいなのは自分の血？　それとも自分自身？」

グウェンは膝の上で結びあわせた手に視線を落とした。この情報を逆手に取られる心配はないか？　秘密にしておけば有利になるか？　嘘《うそ》をついても本当のことを言う程度のメリットはあるか？

「どちらもよ」本当のことを打ち明けても安全だろうと判断してグウェンはそう言った。どうしようもなく姉たちが恋しいし、目の前にいる女性は心配そうな顔をして話を聞いてくれる。今はアニヤが本当に気遣っているかどうかはどうでもよかった。気持ちを誰かに打ち明けるだけですっとした。話すだけでもうれしい。この十二カ月というもの、誰も話を聞いてくれなかったのだから。

アニヤはため息をつくとベッドの上に仰向けに寝転がった。「でもあなたたちってクールよね。ハルピュイアをばかにして生き延びたものはいない。神々だってハルピュイアが近づいてくるのを見たら怖《お》じ気《け》づくぐらいだし」

「そうね、でも誰も近寄りたがらないから友達もできないわ。恋愛しても本当の自分を出すのは厳禁なの。だって恋人を丸のみしかねないんだから」グウェンは肩が触れるぐらいアニヤの近くに寝転んだ。そして自分でも止められず、彼女にすり寄った。

「それって悪いこと？　わたしが子どものころは仲間にさんざん陰口を叩《たた》かれたわ。売春婦呼ばわりされたし、大事な命が汚れちゃ困るとでも思ったのか同じ部屋にいるのもいやがられたぐらい。ハルピュイアになりたくてしかたなかったわ。ハルピュイアなら誰もいやがらせをしないしね」

「悪口を言われたの？」この美しくてやさしくて思いやりのある人が？

「そう。それに閉じこめられて地上に追放されたのよ」アニヤは横向きになって両手を頬の下に入れ、グウェンを見やった。「あなたはどの一族？」

　この情報を逆手に取られる心配はないか？　秘密にしておけば有利に……そんなこと、もうどうでもいい。「スカイホーク一族よ」

　アニヤはまばたきした。黒く長いまつげが一瞬、頬に影を投げた。「待って、スカイホークですって？　タリヤ、ビアンカ、カイアと同じ？」

　今度はグウェンが横向きになり、希望と恐怖の入り混じった顔でアニヤを見つめた。「姉たちを知ってるの？」

「ええ、もちろん。千六百年ぐらい前かな、仲が良かったの。生まれてから友達と呼べる人はほんのひと握りしかいないけれど、あの姉妹はリストのトップよ。でも二、三百年ほど前から連絡をとってないの。そのころかわいがっていた人間が死んで、落ちこんじゃってね。ほとんど誰ともつきあわなかったわ」アニヤの空色の目が力を増し、推し量るようにグウェンを見つめた。「あなたはあとから生まれたのね」

　アニヤは、美人で頭がよくて目を見張るほど強い姉たちとわたしを比べるつもりだろうか？「そうよ。わたしは人間でいうとたったの二十七歳なの」

　アニヤは起きあがり、舌打ちのような音を出した。「じゃあ、まだほんの赤ん坊ってわけね。お姉さんたちとそんなに年が離れてるってことは、お母さんはもう子どもを産むような年齢じゃなかったんじゃない？」

「そうね」グウェンもアニヤをまねて起きあがった。胸にいらだちの火花が散るのがわかる。赤ん坊だなんてひどい。臆病は臆病だけど、大人だ。ここにいる人たちが彼女をどうしても子ども扱いしたいのがよくわかった。サビンでさえ彼女を子どもだと思っている。キスもできないようなちびだと思っているのだ。

「お姉さんたち、あなたがここにいること知ってるの？」

「まだ知らないわ」

「電話しなきゃ。パーティしましょうよ」

「そうするわ」いずれは連絡をとるつもりだけど、今はまだだめだ。自分の身に起きたことを認めるのは怖いけれど、考えれば考えるほど怖くてあたりまえだと思えてくる。恥ずかしいことになるのは目に見えている。姉たちは先輩として説教し、罰し、永遠に家に閉じこもっていろと言うかもしれない。家なら姉たちが見張り、守ることができる。家もある意味で檻《おり》にすぎないことを、姉たちは決して認めないだろう。

グウェンがジョージアに行ったのはまさに家から逃げ出したかったからだ。自分にはタイソンといっしょにいたいからだと言い聞かせていた。タイソンが休暇でアンカレッジに来たとき二人は出会った。けれどもこの数カ月、考えることしかできなかった間にグウェンはただ逃げ出したかっただけだと気がついた。自由がほしかったのだ。

一度だけセーフティネットのないところで自分の力だけで生きてみたかった。失敗だったのはわかっている。でも少なくとも努力した。

　連絡を先延ばしにすることを考えるとうしろめたかった。姉たちは、事情を知っていようがいまいが、グウェンから連絡がないのを心配しているだろう。どんなに恥ずかしい思いをしようと早く連絡をしなければいけない。

「姉たちと連絡をとっていないと言ったわね」グウェンは思わずそう尋ねた。「でも消息は知っていたんでしょう？　今は何をしているかわかる？」

「消息は知らないし、今何をしているのかもわからない。ごめんね。でもあの人たちのことだから、困ったことに手を染めてるに決まってるわ」

　二人は笑った。ビアンカとカイアが裏庭で石蹴りをしていたときのことが簡単に思い出せた。二人は石ではなく車を投げていた。タリヤはトレーラーを使った。

「三人にいい知らせができるじゃない。あの人たち、あなたの男の選択には賛成するわよ。サビンがまさにあの人たちが好きそうなタイプだっていうのは疑いの余地がないわ。ちなみにこれ、ジョークよ」

　ジョーク？　何がジョークなのだろう？　それにサビンは恋人じゃない。恋人じゃないのがさいわいだ。グウェンはタイソンを追いかけて姉たちのもとを離れた。新しい恋人が現れたら、姉たちは許せないという理由だけで殺してしまうだろう。「サビンと顔を合わせて五分後にはもう肝臓を食べてるんじゃないかしら」これも罪悪感にとらわれながらも電話を先延ばしにしてきた理由のひとつだ。サビンが好きな男ベスト5に入るわけではないけれど、死んでほしいとは思わない。

「大丈夫よ、肝臓ぐらい再生できるから。それにサビンのことを見くびっちゃだめ。戦いとなれば誰よりも汚い手を使う人よ。わたしは鼻で笑ったっていうだけで親友のお腹《なか》を刺したことがあるけど、サビンはそんなわたしよりあくどいの」

なるほど。アニヤは思ったほど親切でもやさしくもないようだ。「サビンが戦うところを見たから、どう猛なのは知ってるけれど」

「でも心配なのね？」アニヤはじっとグウェンを見つめた。

そのとおり。いや、ちがう。たぶんそうだ。

「心配しなくていいわよ。あの人は半分魔物なんだから」

「何の魔物を宿しているの？」グウェンは我慢できなくなってきいた。

しかしアニヤはなかったことのように話し続けた。「サビンの歴史を少し教えてあげる。サビンは、あなたを閉じこめていたハンターと何千年も戦っているの。ハンターは地上の病気、死、災いはなんでも戦士のせいだと思っていて、一人残らず倒すまでどんな手でも使う気でいるわ。人間を殺すこともためらわないし……」アニヤの目が鋭くなった。「不死の者をレイプすることもためらわない」

グウェンは目をそらさずにいられなかった。

「今は両方の陣営があの石頭のクロノスが所有していた四つの聖遺物を見つけ出すためにしのぎを削っているの。聖遺物はパンドラの箱を見つけ出す鍵で、確実に戦士を殺すことのできる道具よ。箱は戦士から魔物を吸い取ってしまうの」最後の言葉でアニヤの口調に不安がにじみ出した。

「いいことじゃないの?」グウェンは自分の中のハルピュイアを追い出せるならなんだってするだろう。でもいくら目をそらそうとしても、ハルピュイアが彼女と切っても切れない存在なのは変えられない。ハルピュイアはグウェン自身であり、最も深い部分なのだ。

「とんでもない。よくないわ。戦士の体が死んでしまうのよ。魔物は心臓と同じで、ないと体が動かないの」

「そう」

「でも心配しなくていいわ。三人でベッドに入るのも楽しいものよ。わたしはよく知ってるけど」アニヤはうっとりとほほえんだ。「ルシアンはクロノスその人からわたしを殺せと命じられたけど、できなかったの。それどころかわたしを好きになったのよ。そしてわたしは、こんなにも愛してくれるルシアンがいとしくてたまらないの」

　これまで誰も、タイソンでさえ、グウェンをこんなふうにほほえませたことはなかった。つまりグウェンはアニヤのように愛したことも愛されたこともないのだ。捕らわれていた間にそれがわかったけれど、あらためて突きつけられるとつらかった。

「さあ、怠け者みたいにごろごろするのは終わり。城を案内してあげるわ。サビンのこと、知っていることを全部教えてあげる」

サビン。グウェンの胸がどきりとした。名前を聞いただけでこんなふうになってしまう。信じられない。サビンはタイソンとは正反対だ。凶暴で高圧的で執念深く情熱的。グウェンが求めないものばかりだ。「でも……サビンにここにいろと言われたの」

「ちょっとグウェン、何を言ってるの？　グウェンって呼んでもいいわよね？　あなたハルピュイアでしょう。ハルピュイアは誰の命令も受けないものよ。とくに威張りたがりの魔物からは」

グウェンは唇を噛《か》んでドアを見つめた。一度抜け出そうと思ったんだから、もう一度やったって同じだ。「案内してもらえるなんてうれしいわ。戦士たちに手出しさせないって約束してくれるなら」

「大丈夫。行きましょう」アニヤは跳ねるように立ちあがり、グウェンを引っ張った。

「シャワーの時間を十分あげるから、そしたら――」

「あら、シャワーなんて必要ないわ」というより、この城の中でシャワーを浴びるつもりはなかった。

「本当に？　ちょっと……汚れてるみたいだけど」

そのとおり。そうしておきたいのだ。捕らわれている間は数日に一度は地面から砂をすくって体にこすりつけるようにした。そうしないと肌の本当の色や質感を見られてしまうからだ。サビンの反応を見てみたいのはやまやまだけれど、結果を考えるとためらわれた。物事には結果がつきものだ。「いいのよ、大丈夫」

ジョージアかアラスカの家にいるならシャワーを浴びてメイクで肌を隠せる。でもここは家ではないから無理だ。汚れに頼るしかない。

「それならいいわ。わたしが潔癖症でなくてラッキーだったわね」アニヤはグウェンの腕を取って城の探索に出発した。

二人は三十分ほど城の中を歩きまわった。上階、下階、広々としたキッチン――グウェンは料理をしている戦士を想像しようとしたが、できなかった。図書室、仕事部屋、色とりどりの花が咲き乱れる屋根つきの庭、アニヤのものでもグウェンのものでもない個人の寝室。アニヤにとって入ってはいけない場所などない。そのうちのふた部屋でカップルが手足をからませて寝ていた。ドアが閉まって裸体が見えなくなるまで、グウェンの頬は赤くなったままだった。

けれどもアニヤはサビンの秘密は何ひとつ教えてくれなかった。

アニヤが〝娯楽室〟と呼ぶメディアルームに入るころには、グウェンはこちらから尋ねたくなる気持ちを抑えられなくなった。グウェンはつとめて周囲に目を向け、持ち物からサビンや仲間のことを理解しようとした。大きな薄型テレビ、テレビゲームのシステム、ビリヤード台、冷蔵庫、カラオケマシン、バスケットゴールまである。床にはポップコーンが散らばり、甘いバターの香りを漂わせている。

「信じられないわ」グウェンは両手を広げてくるりとまわった。戦士たちは昼も夜も戦いに明け暮れているとばかり思っていたけれど、そうではないようだ。

「やあ、お嬢さんたち。信じられないのはこの部屋だけじゃないと思うけどね」

広々とした部屋に深い声が響き渡り、テレビの前のリクライニングチェアがくるりとこちらに向いた。黒髪と青い目のゴージャスな男が、グウェンの体の曲線を値踏みするようにこちらを見上げている。グウェンはパニックに陥り、思わずポケットに隠し持っていた手裏剣に手を伸ばした。

「グウェン、この人はウィリアム。不死の身だけど魔物はいないの。セックス中毒を魔物の数に入れないならね。ウィリアム、こちらはサビンを服従させようとしてる人」

官能的なウィリアムの唇が不服そうにとがった。「おれならいつでも服従するけどな。サビンのことで気が変わったら、ひと言そう言ってくれれば……」

「それはないわ」さっきはアニヤにからかわれて否定したのに、グウェンはそう言ってしまった。言い寄る男に気を持たせると大変なことになりかねない。生死にかかわる血まみれの事態を引き起こしてしまう。

「おれならきみを大事にするよ、間違いなく」

「一日だけでしょ。長くて一日半」アニヤがそっけなく言った。「ウィリアムは女たらしなの。戦士じゃないけど、呪われてるのよ。わたしはその証拠の本を持ってるの」

ウィリアムは喉の奥でうなった。「アニヤ！　おれの秘密をぺらぺらしゃべるのはやめてくれ」彼は手のひらを椅子の肘掛けに置いた。「いいさ。そっちがその気ならこっちだってばらすぞ。アニヤはタイタニック号沈没の原因を作ったんだ。あの氷山とチキンレースをしようって言ったのはアニヤなのさ」

アニヤは顔をしかめて両手を腰にあてた。「ウィリアムは自分のペニスのブロンズ像を作って暖炉の上に飾ってるのよ」

アニヤの言葉はウィリアムを恥じ入らせるどころか挑発してしまった。「何年か前、アニヤがヴァージン諸島に行ってから、島の名から〝ヴァージン〟が消えたらしいぞ」

「ウィリアムは背中に自分の顔のタトゥーを入れてるの。うしろにいる人が麗しい顔を見逃したらかわいそうだから、ですって」

「アニヤは――」

「ちょっと待って！」グウェンは笑いながら言った。「言いたいことはわかったわ。二人とも堕落してるっていうわけね。もう二人のことはいいから、サビンのことを教えて。アニヤ、さっき教えるって言ったわよね？」

「そうなのか？」ウィリアムは青い目を光らせてさっとアニヤのほうを見た。「じゃあおれが手伝ってやろう。サビンは昔、アーロンをうしろから刺したことがある。アーロンっていうのはタトゥーを入れた短い髪の男だ。遊び半分じゃなくて、殺すためにね」

「そうなの?」ウィリアムはそのことに怒りを感じているようだ。彼女もそう感じて当然なのかもしれない。でもアニヤと二人で認めたように、サビンは戦闘ではどんな手も使う。グウェンはそこに感心してもいた。姉たちも同じだ。グウェンは本能的に暴力をきらっているが、ときどき自分も勝利のためには手段を問わないタイプならいいのにと思うことがあった。

「ああ、つまらない話」アニヤは自分の番がまわってきたのがうれしいのか、両手をこすりあわせた。

「待って。どうしてサビンはその人を刺したのか教えて」

「ウィリアムの話が気に入ったのね? そう」アニヤはため息をついた。「じゃあわたしが続きを教えてあげる。戦士対ハンターの戦いが勃発したばかりのころよ。正確に知りたいなら言うけど、あのすてきなグラディエイターが活躍する前の古代ギリシャ時代。ハンター側の形勢が悪くなったとき、ハンターは女を囮にして戦士を殺す計画を始めたの。そしてサビンの親友バーデンを殺したのよ」

グウェンは喉を押さえた。「サビンが話してくれたわ」きっと彼女が思っているよりずっと強く友の死に打撃を受けたにちがいない。

「そうなの？」アニヤの眉が上がった。「嘘みたい。サビンっていつもは口数が少ないのに。でもどうして泣きそうな顔をしてるの？　バーデンのこと知りもしないのに」

「目に何か入ったの」

アニヤは唇をゆがませた。「そう。そういうことにしておきましょう。じゃあさっきの話に戻るわね。サビンと戦士たちはバーデンに手をくだしたハンターを襲って倒したわ。そのあともサビンは殺戮《さつりく》を続けようとしたけれど、ほかの戦士たちはもうやめたいと考えたの。待って、ちょっとちがうわね。半分はサビンに共鳴して半分は平和を望んだのよ。そのとき、ハンターとの戦いから離れて新しい人生を始めようとアーロンにしつこく言われて、まだ悲しみと怒りにひたっていたサビンはアーロンの背中に短剣を突き刺したの」

「アーロンはやり返したの？」グウェンはアーロンの姿を頭に描いた。ウィリアムの言葉どおり、タトゥーにおおわれた筋肉質の長身だ。兵士のように短い茶色の髪で、紫色の目は暗く険しい。冷酷そうだが穏やかでもある。控えめにすら見える。けれどもグウェンはハンターに飛びかかっていく彼をまのあたりにしている。

もし戦えば二人のうちどちらが勝つのだろう？

「いいえ。そのせいでサビンはよけいに腹を立てて、今度は喉を狙ったの」

これを聞いて安心したのは間違っているだろうか？　サビンが苦しめられたり襲われたりすることを考えるとたまらない。

「それでもあいつの女になりたいか？」ウィリアムの声には期待が感じられた。「おれの気持ちは変わらない。おれならどんないやらしい夢も現実にしてみせるぜ」

わたしはサビンの女じゃないけれど、そうだとしたら彼と離れたいとは思わない。ウィリアムはハンサムでほかの戦士ほど威圧感はない。でもまったくといっていいほど惹《ひ》かれなかった。グウェンの目が求めるのは、ときおり少年らしさをのぞかせるサビンのいかつい顔だ。耳が求めるのは荒っぽい声だ。日に焼けた肌を見ると触れたくてむずむずする。なんてばかな女だろう。サビンはこれ以上ないほどはっきりと近づくなと意思表示しているのに。

でもサビンが気を変えたらどうする？　グウェンは彼を恐れているし、彼をコントロールすることなどできない。

「それから参考までに教えるよ」ウィリアムは皮肉っぽく笑った。「サビンが宿しているのは〝疑念〟の魔物だ。だから不安に押しつぶされそうなときはサビンが原因さ。だがおれなら愛され大事にされていると感じさせてあげるよ」

「いや、それは許さない」グウェンが聞きたくてたまらなかった声がふいにうしろから聞こえた。「おまえにはもう朝は来ないと思え」

11

今のおれは怪物さながらの形相にちがいないとサビンは思った。血が第二の皮膚のように肌にこびりつき、目は野獣のように輝き、古い硬貨みたいなにおいを発散している。こういうことが起きるとサビンの目はいつも荒々しくなるのだ。サビンはこれ以上グウェンを怖がらせたくなくて、会う前にシャワーを浴びるつもりだった。しかしそれより先にアムンの様子を確かめに行った。もう身をよじってはいなかったが、うめきながらベッドで頭を抱えていた。いつもより多くの秘密を盗んだらしい。それも暗い秘密を。いつもならもう回復しているはずなのだ。

サビンは、混乱と声で頭を満たせと友に頼んだことに罪悪感を持った。アムンはプロであり、ハンターを倒したい気持ちは彼に劣らない。その事実だけがサビンを慰めた。

アムンのもとを去るとき、グウェンの様子をさっと見てくることにした。アニヤは食事を運んでくれただろうか？　グウェンを怖がらせたのではないか？　何か情報を引き出しただろうか？　さまざまな疑問が頭に渦巻いて離れず、捕虜からもっと情報を引き出そうという意欲に水を差した。

ところがグウェンは部屋にいなかった。

サビンはかっとして捜し始めた。彼が地下牢《ちかろう》に行ったあと入れちがいで出ていったパリスが、その隙をついてグウェンを誘惑したにちがいない。そう思ったサビンは、荒れ狂う嵐を胸に抱えてずかずかとパリスの寝室に入っていった。グウェンは自分のものだ。絶対にほかの者には触らせない。これは嫉妬や独占欲とは関係ない。グウェンを武器として利用するつもりなのだから当然だ、とサビンはすでに自分に言い聞かせていた。仲間がグウェンの機嫌を損ねるのを黙って見ているわけにはいかない。視界が真っ赤に染まり、両手がこぶしになり、爪がとがり、戦いに備えて筋肉が動き始めたのはそれだけが理由だ。

しかしパリスのベッドの隣にグウェンはいなかった。おかげで命拾いしたわけだ。パリスは一人で酔いつぶれていた。神々のドラッグといえるアンブロシアのせいで。

その姿を見るのはやはりショックだった。パリスは明るく楽観的で思いやりのある男だ。いったい何があったんだ?

天界の美味とされるアンブロシアの過剰摂取を見過ごすわけにはいかない。酔いつぶれた戦士は戦士として使いものにならないからだ。サビンは自分でなんとかしようとした。こぶしでパリスを正気に戻し、そのあとルシアンに話そう。ところがそのとき女の笑い声が聞こえてきて、その声を追いかけてしまった。好奇心が大きすぎて自分でも止められなかったのだ。そうだ、好奇心だ。不安と恐怖でかげったグウェンではなく、楽しさに輝いているグウェンの美しい顔をどうしても見たいと思ったわけではない。

そして今、サビンは娯楽室の入り口に立ち、グウェンとウィリアムをにらみつけている。怒りに震え、頭の中では魔物がうなり声をあげている。〝疑念〟の魔物はグウェンの心を崩壊させたいと思っているが、それをやっていいのは自分だけだとも思っている。グウェンに近づくただ一人の男になりたいのだ。それ以外の者は侵入者であり、罰を与えなくてはならない。

あの男はおれにまかせろ。自分のおこないを後悔させてやる。命乞いさせてやる。

あわてるな。サビンはついさっき容赦なく男を殺したばかりで、増える一方の殺人リストにまた一人つけ足す気はなかった。それにグウェンにまた暴力的なシーンを見せるのは酷というものだ。

グウェンの顔から笑いが消えた。さっきはいったい何に笑っていたのだろう？　代わりにそこには彼が見たくない恐怖が戻っていた。彼に対する恐怖だろうか？　それともぬけと彼の女に色目を使ったウィリアムへの恐怖だろうか？　ウィリアムのことは、女たらしだが生意気な言いぐさがおもしろいと思いかけていたところだった。だがそんな気持ちはなくなった。

「やあ、サビン」そのろくでなしが言い、えらそうなにやにや笑いを浮かべて立ちあがった。「ちょうどあんたのことを話してたんだ。まあ、会えてうれしいとは言えないがな」

「そのとおりだ。だが今にそれ以上のことも言えなくなるぞ。グウェン、部屋に戻ってろ」

アニヤがウィリアムの前に駆け寄り、盾になった。「サビン、聞いて。この人、悪気はないわ。ただばかなだけなの。あなたも知ってるでしょう」

　男らしくアニヤを押しのけるでもなく、ウィリアムはアニヤの裏から〝やれるもんならやってみな〟と言わんばかりに手を振ってみせた。「悪気ならあったぜ。この子はかわいいし、おれはもうずいぶんごぶさただ。ごぶさたっていっても数時間ってところかな」

「グウェン、行け。さあ」細くした目をウィリアムから離さず、サビンは腰のうしろから短剣を抜き取って残っていた血のりをズボンでふいた。「誰を盾にしていようが関係ない。もう日の出は見られないと思え」

　グウェンは二人のにらみあいのせいで動けなくなっていたが、金縛り状態から抜け出して息をのんだ。彼女は足を踏み出したサビンの前に腕を伸ばし、引き留めようとした。サビンはその腕を振り払わなかった。腹部にあたるグウェンの腕の感触が、女に舌で下半身を愛撫《あいぶ》されるよりずっとエロティックに感じられた。

「お願い、やめて」グウェンが小声で言った。

ふいにサビンの決意が揺らいだ。グウェンは出ていこうとしない。強い決断力が彼女の体からにじみ出ている。こんなふうに一歩も引かないところを見ると、小さな臆病者のグウェンは相当強い気持ちを感じているようだ。ウィリアムを守りたいのだろうか？　ウィリアムを罰してやりたいというサビンの思いはいっきに強くなった。

「考えればわかることじゃないか」アニヤの肩に手をかけたまま、ウィリアムはにやにや笑いを浮かべてからかうように言った。「おれは悪いことなんかしてない。この子はおまえのものじゃないんだからな。本当の意味では」

サビンの鼻の穴がふくらみ、筋肉が戦闘態勢に入った。なんとか踏みとどまっているのはグウェンが震える体を寄せ、彼の胸を手のひらでしっかりと熱く押さえているからだ。

「なぜそう言える？」

「大勢とつきあってきたから人のものになった女はわかる。だからって手出ししないわけじゃないけどな。だがグウェンは誰のものでもない。おれにも、誰にだって狙う権利はある」

グウェンがサビンの顔の前で手を振った。「何もなかったのよ」彼女は泣きそうな声で言った。「どうして怒ってるのかわからないわ。わたしたちはもともとそんな……まだ……」

「きみはおれのものだ」サビンはウィリアムに目をすえたまま言った。「おれが守る」グウェンに自分のものだという印を刻みつけなければいけない。ウィリアムやほかの戦士たちが、グウェンは手出しできない女だと疑いの余地なくわかるように。「権利はおれにある」

何の意味もない言葉だ。サビン自身、意味があって言ったわけではない。だが言わないわけにはいかなかった。

「来い」サビンはグウェンの手を握って引っ張り、背を向けた。ウィリアムは笑った。さいわいグウェンは抵抗しなかった。もし抵抗されたらサビンは消防士よろしくグウェンを肩に担ぎあげて運ぶつもりだった。静かにウィリアムのもとに戻り、歯を二、三本へし折ってやってから。

「最低」アニヤがそう低く言うのが聞こえた。ウィリアムの後頭部を平手で叩《たた》くようなぴしゃりという音がした。「追い出されたいの？　あなたかサビンか選べって言われたら、ルシアンがどっちにつくと思う？」

「そうだな、きみだ。そしてきみはおれの味方だ」

「そう、たとえが悪かったわ。あなたの大事な本、わたしが持ってるってことを忘れないで。こんなことをしでかしたら、そのたびに一ページ破り取るから！」

低いうめき声が聞こえた。「いつかきっと……」

二人の声は遠ざかっていき、グウェンの浅い息づかいと重い足音だけが残った。

「どこに行くの？」グウェンが不安げにきいた。

「おれの部屋だ。あそこから出るなと言っておいただろう」

「わたしは囚人じゃなくてゲストよ！」

階段をのぼり始めたサビンは、グウェンがついてこられるように歩調をゆるめた。途中で、キッチンに向かうレイエスとダニカ、マドックスとアシュリンに出会った。二組のカップルは足を止めてサビンに話しかけようとした。女たちはほほえみを浮かべ、グウェンに紹介されるのを待った。しかしサビンはひと言も言わず、足も止めなかった。

「どうしてそんなに怒っているの？」サビンの手を握るグウェンの手に力が入った。「どうしてあの人たちと話しちゃだめなの？　わけがわからないわ」

サビンはグウェンが誇らしかった。今の彼が危険だとわかっていながら逃げようとせず、取り乱してハルピュイアを解き放ってしまう様子もない。「怒ってるわけじゃない」激怒してるんだ！

「あなたを怒らせたわけでもない人を、殺すって脅すのが普通なの？」

サビンはその問いを無視した。それは彼自身頭から離れない疑問だった。「あいつに触られたのか？」彼は噛《か》みつくように言った。にらみあいを途中で放棄して背を向けたのは、ウィリアムが口だけでグウェンの気を引こうとしたからだ。それ以上のことがあったなら、そのまま娯楽室に戻り、あいつを挽肉《ひきにく》にして丘をうろついている野獣にくれてやるつもりだった。「いいえ、触っていないわ。あなたの爪が痛い」

サビンはすぐさま手の力をゆるめ、意志の力で爪をもとに戻した。角を曲がるとサビンの歩調が速くなった。増水した川のように、はやる気持ちがごうごうと体にあふれた。

「あいつはきみを怖がらせるようなことをしたか？」

「それもノーよ。もしそんなことをされても、きっと……きっと自分でなんとかしたわ」

その夜初めてユーモアを感じ、サビンの口元が震えた。ハルピュイアが眠っているときのグウェンは、これまで見たこともないほどおとなしい存在だ。そんなところがときおりいとしさを感じさせる。サビンの人生は死と不名誉、冷血と力しかないが、グウェンは静謐《せいひつ》と善そのものだ。

「なんとかするって、どうするつもりだったんだ？」からかおうと思って言ったのではなく、守る者が必要だったと認めさせたかった。守る者、つまりサビンが。この城でも、外界でも、グウェンには彼が必要だ。だがグウェンがハルピュイアをコントロールできるようになったら事情は変わる。そうなれば彼はうれしく思うだろう。当然だ。

グウェンが小さくいらだちの声をあげ、手をふりほどこうとした。サビンはなぜかこのつながりを終わらせたくなくて、手に力を入れた。「わたしだって何もできないわけじゃないのよ」

「昔のパンドラみたいに強かったとしても関係ない。きみは魅力的だし、ここの男たちの中には、女は自分に抵抗できないと勘違いしている者もいる。そういう奴《やつ》らに近づかないでほしいんだ。絶対に」

「あなたもわたしのことをそう思うの？……魅力的だ、って」

警告しているのが口調からわからないのだろうか？　戦士には近づくなと言っただけなのに。

「いいえ、いいわ」サビンがためらったのを見て恥ずかしくなったらしい。「話題を変えましょう。この城のこととか。ここは完璧だわ。とてもすてき」グウェンは息切れしていた。一年の監禁で動いた分よりたくさん運動したからだろう。

サビンはざっとあたりを見まわした。石張りの床は磨きあげられ、金色の筋が入っている――グウェンの目と同じように。エンドテーブルは桜材だ――そのつややかな赤はグウェンの髪と同じだ。多彩な大理石がはめこまれた壁は完璧なまでになめらかだ――汚れていてもグウェンの肌も同じように美しい。

どうして目に入るものすべてをグウェンと比べてしまうのだろう？

二階への階段の踊り場に来ると寝室のドアが視界に入り、サビンは安堵《あんど》のため息をついた。もうすぐだ……これからしようと思っていることに、グウェンはどんな反応を見せるだろう？　ハルピュイアになるだろうか？

慎重に進めなくてはいけない。そして絶対に引きさがってはいけない。

サビンに襲われたらどうする？　ふいに魔物がグウェンの心に吹きこんだ。**もしサビン**

らけら笑った。
が——
「黙れ、この野郎！」サビンがうなるように言うと、魔物はしてやったりというようにけ
グウェンが肩をこわばらせた。「そこまでののしらないと気がすまないの？」
「そうだ」サビンは気が進まない様子のグウェンを引っ張って部屋に入り、ドアを閉めて
鍵をかけた。二人は向きあった。グウェンは青ざめた顔で震えている。「それに、きみに
言ったわけじゃない」
「わかってるわ。この会話は前にもしたわね。あなたが話している相手は魔物。〝疑念〟
の魔物よ」
それは質問ではなく断言だった。サビンはこの手でアニヤの首を絞めてやりたいと思い
ながらうなじを揉《も》んだ。「アニヤに聞いたんだな」サビンはグウェンに知られたのが気に
入らなかった。先に彼自身を知ってもらう時間がほしかった。
グウェンが首を振ると美しい髪が揺れた。「ウィリアムよ。その魔物は……あなたを疑
わせたいのね？」グウェンは毛先を指に巻いた。これも緊張している証拠だろうか？
「すべてを疑わせたいと思っている。自分の選択、呼吸、周囲の人々。どうしようもない
んだ。魔物は優柔不断や混乱から力を得る。ついさっき魔物がきみの心に触手を伸ばし、
おれがきみを襲うつもりだと信じさせようとしたのがわかった。だからののしったんだ」

グウェンの目が丸くなり、銀色の筋が広がって琥珀《こはく》をおおった。「わたしが聞いたのは魔物の声だったのね。どうしてそんな考えが頭に浮かんだのか不思議だったの」

その言葉の意味を考えたサビンは眉を寄せた。「魔物の声と自分の気持ちを区別できるのか?」

「ええ」

サビンを知っている者たちは、言葉遣いで魔物を見分けることができる。だがほとんど知らない者が自分の心の声と魔物を見分けるとは……グウェンはどうやって区別しているのだろう?「それができる者はそういない」

グウェンの目が丸くなった。「あら、わたしには普通の人にない力があるのね。それもすごい力が。あなたの魔物って陰湿だわ」

「狡猾《こうかつ》だ」グウェンが気を失いもしなければ叫びもせず、彼の手をふりほどこうともしなかったことが驚きだった。それどころか得意げだ。「弱みをかぎつけてそこを攻撃する」

グウェンは考えこむような顔つきになった。その顔が暗くなったかと思うと、今度は怒りが浮かんだ。サビンの言葉の裏の意味に気づいたのだ。彼女に弱みがあることを魔物は知っている。サビンは得意げなグウェンのほうがよかった。

サビンの視線がドレッサーの上のトレイをさっととらえた。トレイの上は空だ。彼は頬がゆるみそうになった。ありがたい、アニヤが食べさせてくれたのだ。グウェンの顔色がよくなり、頬が愛らしくふっくらしているのも不思議はない。ほかに変わったところはないだろうか？　サビンは彼女を眺めた。ウエストのあたりがふくらんでいる。食事のせいでないのはあきらかだ。

さっと部屋を見まわすと、武器保管庫がいつもの位置より右に八センチほど動いている。鍵をこじ開け中身を盗んだのだろう。なかなかの盗人《ぬすっと》ぶりだと思いながらサビンはグウェンに目を戻した。

じろじろ見られてグウェンは身じろぎし、頬を染めた。「どうかした？」

「考え事だ」武器はこのまま持たせておこうとサビンは思った。それで気持ちが落ち着くかもしれない。気持ちが落ち着けばハルピュイアが出現する危険も減るだろう。

「じっと見られると落ち着かないわ」グウェンは手のひらで腿をこすった。

「それならさっそく仕事にかかってきみの不安を取りのぞこうじゃないか」ああ、グウェンはなんてきれいなんだ。「服を脱いでくれ」

グウェンはぽかんと口を開けた。「なんですって？」

「聞こえただろう。服を脱げ」

グウェンは両手を前に突き出し、一歩、二歩後ずさった。「いやよ。絶対にいや」膝の裏がベッドにあたり、ベッドに倒れこんだ彼女は恐怖の目でサビンを見上げた。「倒れただけよ！　偶然こうなっただけで、誘ってるわけじゃないわ」あわててそう言うとグウェンは立ちあがった。

「わかってる。〝絶対にいや〟とまで言われたからな。だがそんなことは関係ない。これからシャワーを浴びるぞ」グウェンは体を洗う必要があるし、彼はグウェンに〝印〟をつけなければいけない。一石二鳥だ。

「お先にどうぞ」グウェンの声は震えている。

「いっしょにだ。こっちも誘ってるわけじゃないぞ。事実を言ったまでだ」サビンは背中に手をまわして頭からシャツを脱いだ。バーデンがくれた大事なネックレスが胸にあたり、服は足もとに落ちた。

「脱がないで！」グウェンの目は蝶《ちょう》のタトゥーに釘《くぎ》づけだ。「見たくないの」その言葉とは裏腹に彼女の目は丸くなった。

狼狽《ろうばい》しているが興味を引かれてもいる。いいぞ。サビンは片方ずつブーツを脱いだ。ブーツの落ちる音が響いた。次にミリタリーパンツのスナップを外し、足首まで押し下げた。

「グウェンドリン、これはきみが同意しようとしまいともう決まったことなんだ」

グウェンが激しく首を振ると、ストロベリーブロンドの髪が宙を舞った。目はサビンを見つめたままだ。今その視線は脚の間に注がれている。グウェンの息づかいが速く、荒くなった。「危害は加えないと言ったのに」

「加えないよ。危害は加えない。シャワーに危険なんかない。ただ……洗うだけなんだから」

「よく言うわね！」

サビンはミリタリーパンツから足を抜き、一糸まとわぬ姿になった。勃起しているのは隠しようがない。グウェンを落ち着かせるためにおさまってほしいと思ったが、この石頭は従おうとせず、いぜんとして硬いままだ。

グウェンは唇をなめた。そのしぐさが多くを物語っていた。〝少し味見したい〟という赤いネオンサインを出したも同じだ。グウェンに貸したTシャツはぶかぶかだが、胸の先端が硬くなっているのがわかった。これも証拠だ。

飛行機でのキスでグウェンの欲望をうすうす感じてはいたが、今それが確信に変わった。グウェンは彼をほしがっている。サビンはうれしかった。愚かな行為だし間違っている。結局は二人とも傷つくだけかもしれない。だが今のサビンにそこまで考える余裕はなかった。

「きみを襲うつもりはない」サビンはわざと荒っぽく言った。なんでもいいから〝リトルサビン〟を見つめるグウェンの気をそらしたかった。

このひと言が効いた。琥珀色の目と茶色の目が熱くぶつかりあった。「セックスじゃないのね？　それなら何をするつもり？」

きみにキスして触れる。唇で印を刻み……屋根も吹き飛ぶほど叫んでしまうようなオーガズムを与える。そうなればウィリアムももうグウェンが誰のものか疑えなくなる。セックスはしない……自分にそんな快感を許せば、自制心は吹き飛び魔物が解放されてしまうからだ。だからできることをするしかない。自分には愛撫を少し、グウェンにはふんだんに。

グウェンみたいな女を喜ばせる自信はあるんだろうな？　こんな美人なら男の経験はたっぷりあるだろう。おまえが夢にも思わないようなやり方で楽しませてもらってるかもしれないぞ。

サビンは歯を食いしばった。数千年生きてきたが、女性経験はそう多くない。天界に暮らしているころは神々を守るのに忙殺されて自分の快楽はあとまわしだった。地上に追放されたときは狂気にとらわれるあまり破壊以外、何も求めなかった。魔物の手綱を取ることを覚えてから、サビンは自分が女性にふさわしい男ではないことを思い知った。

しかし何度か恋に落ち、恥も外聞もなく女を追いかけたことがある。独身だろうが既婚だろうが関係なかった。その点ではウィリアムと同じだ。彼はほしいと思う女は追いかけた。なぜならそういう気持ちを抱くこと自体あまりなかったからだ。

いちばん最近、そして誰よりもひどくサビンの破壊衝動の影響を受けたのがダーラだ。彼女はガレンの右腕であるハンターの妻だった。ダーラはサビンに、夫やその部下がどこに武器を隠し持っているか、何を企《たくら》んでいるかという情報を教えに来た。ハンターの大義にうさんくさいものを感じ、戦いを終わらせたいと思ったと彼女は言った。最初サビンは囮だろうと思った。彼や仲間を罠《わな》に誘いこむ役だ。だがちがった。ダーラの言葉はすべて正確だった。

二人はすぐに恋に落ちた。サビンは夫を捨ててくれと頼んだが、ダーラはうんと言わなかった。そのほうがサビンを助けられるからだ。認めたくはなかったが、サビンは心のどこかでダーラの決断をうれしいと思った。これでスパイを失わずにすむ。しかしダーラが来るたびに、彼がベッドに誘うたびに、彼女は少しずつ生気を失っていった。まもなくダーラはしつこくやさしい言葉を求めるようになった。サビンは彼女の自信を取り戻そうとして誠心誠意努力し、きみは美しくて勇敢で知的だと言い続けた。しかしダーラはサビン本人さえも疑うようになり、結局は努力も無駄に終わった。

ダーラは手首を切り、サビンに電話をかけてきた。

駆けつけたが間に合わなかった。ステファノに先を越され、最後にひと目ダーラを見ることもできなかった。ハンターに見つかる危険があるため、葬儀に出ることすらかなわなかった。

ダーラの死から十一年が過ぎたが、罪悪感はまるで昨日のことのようにくっきりと心に残っている。ダーラに近づいたのが間違いだった。近づかなければ、ステファノは追跡と戦いの日々に飽きて手を引いたかもしれない。ところが復讐《ふくしゅう》心がステファノを燃えたたせ、サビン同様勝利への執念にとらわれてしまった。

あれ以来、サビンは誰ともつきあわず、女を避けた。グウェンに会うまでは。グウェンは彼に耐えられるだろうか？

「ど、どうなの？　何をするつもり？」

サビンはさっき魔物にかきたてられた不安を心から押しやった。「きみを洗うんだ」

グウェンは首を振った。「洗ってほしくなんかないわ。絶対にいや」

「きみがどう思おうと関係ない」サビンは彼女に近づいた。

グウェンは息を切らしてベッドに座りこみ、あわててうしろに下がったが、肩がヘッドボードにあたって止まった。「こんなことしたくないわ」

「いや、したがってる。ただ怖いだけだ」

「そのとおりよ。わたしに殺されたらどうするの？」

「おれは何千年もハンターを相手にしてきた。ハルピュイア一人ぐらいなんだっていうんだ？」威勢のいいせりふだ。だが本心を打ち明けるわけにはいかない。グウェンが何をしでかすか、彼女と戦うことになったら自分がどうするかわからない。だがグウェンを怒らせることは覚悟のうえだ。

白熱の欲望がグウェンの目に浮かび、輝いている。「攻撃態勢のハルピュイアに勝てると思っているの？」

サビンはベッドにのぼり、二人の間のいまいましい距離を縮めた。「そういうことにはならないと思いたいね。もしそうなったら、いっしょに結果を確かめようじゃないか」

「いやよ！　そんな気持ちじゃ無理だわ」グウェンは片足でサビンの胸を押さえつけた。しかしサビンを押しのけることはできず、自分が捕らわれてしまった。サビンが足首を捕まえ自分のほうへと引っ張ったからだ。

「やってみなければわからない」

グウェンの目の隅に涙があふれ、頬を流れ落ちた。サビンは胸が痛くなった。「お願い」グウェンはかすれ声で言った。「あなたを傷つけてしまったら自分を許せなくなる」

折れてはだめだ。「さっきも言ったが、きみが何をしても対処する自信があるのを証明するにはこれしかないんだ」サビンはグウェンの涙に動じるまいとした。グウェンのためにも、自分のためにも、城の平和のためにも動揺するわけにはいかない。グウェンには印をつけなければいけないし、本人は認めないだろうがそうしてほしいと思っている。サビンのような戦士は途中であきらめたりしないものだ。何があっても。

12

グウェンは信じられなかった。キスし、夢想し、求め、頼り、守ってくれると思っていた人、好きになりたくないのになってしまった悪い男サビンに服を脱がされるなんて。そして彼は、やめてと叫びながら蹴りつける彼女をものともせずに担ぎあげ、シャワー室に運ぶと、自分もそのうしろにおさまった。グウェンはハルピュイアにならなかった自分がくやしくてたまらなかった。

最初はショックだった。次に不安、そして興奮に襲われた。どれも数分の出来事だけれど、衝撃は大きかった。どうしてサビンに飛びかからなかったのだろう？　サビンが威嚇するような行動に出なかったから？　ハルピュイアもグウェンに劣らず触れあいが好きで、チャンスさえあれば人と触れあおうとするから？

そして今、湯気が雲のように厚く二人を包んでいる。熱い湯がグウェンの体の直線と曲線の上に流れ落ちてゆく。こんなにすばらしい感覚は初めてだ。ただうしろには裸の男がいて彼女をここに閉じこめている。どんなにセクシーでも、魔物なんかと関係を持つつもりはない。でもどうかしら？

どうして決断できないのだろう？　サビンの魔物に何かささやかれたわけでもないのだから、言い訳はできない。

　グウェンは胸も脚の間の茂みも隠そうとはせず、腕で体を抱いた。今さら気にしてもしかたがない。サビンのほうが力が強いから、彼女の両手を引き離そうと思えばいつでもそうできる。それにグウェンは心のどこかで見てほしい、求めてほしいと思っていた。それでも……。

「肌も内臓もずたずたにされたら、翌朝、後悔するどころじゃすまないのよ」

石けんをつけた手がグウェンの肩を熱くなめらかに撫《な》でた。「シルクみたいな手触りだ。後悔なんてするわけないだろう」その声はハスキーで豊かで……引きこまれるようだ。

ああ、もっと。グウェンの筋肉は緩み、首の力が抜けて頭がサビンの襟元に寄りかかった。だめ、しっかりして！　誘惑と闘うのよ。グウェンは闘おうとしたが、体が理性のいうことをきかない。サビンにこうしてもらうのがただ気持ちよかった。

この男はおまえを魅力的だと思ってるのか？　醜いと思ってるんじゃないか？

　これにはグウェンもはっとした。人の心を打ち砕く声。〝疑念〟の魔物だ。グウェンの心の声とは似ても似つかないテナー。グウェンは顎が痛くなるほど歯を食いしばった。迷惑な訪問者にハルピュイアが不満の叫びをあげた。「あなたのお友達を黙らせられないの？　邪魔だわ」

「なかなか言うじゃないか。気に入ったよ。それから魔物は友達じゃない」サビンの親指が鎖骨をたどった。彼は耳元に口を寄せ、愛撫《あいぶ》のようにささやいた。「話を変えるつもりはないが、きみを本当に美しいと思ってることをもう言ったかな？」

　グウェンは返事につまって息をのんだ。もっと言ってと言いたい気もするし、彼に抵抗すべき理由を忘れないうちに押しやらなければという気もする。サビンは彼女が人生で憎むものすべてを体現している。暗闇、暴力、混沌《こんとん》。そして敵を倒すために彼女を利用しようとしている。サビンにとってはハンターへの憎しみが最優先なのだ。女の愛よりも。

「さあ、仕事に取りかかろう」サビンが手を離したのでグウェンはうめき声をあげそうになるのをこらえた。と、さっきの官能的な指が髪にからまり、シャンプーの泡を立て始めた。レモンの香りが漂ってくる。グウェンは快感に目を閉じた。サビンがいつもおいしそうなにおいをさせているのはこのせいだった。

「きみはおびえるとハルピュイアになる。それじゃあ興奮したらどうなるんだ？　絶頂に達したら？」

　なんてぶしつけで生々しい質問だろう。けれども彼は最高のタイミングを選んだ。二人とも裸でいる今、グウェンは答えてもかまわないと思った。「と、ときどきは顔を出そうとするわ。でも抑えるように気をつけているの」

「おれといっしょのときは抑えなくていい」グウェンが答える間もなくサビンは話題を変えた。「ウィリアムから魔物のことを聞いたらしいが」彼が腰を動かしたので興奮の印がグウェンの背筋のカーブをかすめた。偶然だろうか？「アニヤはおれの過去の話をしたのか？」

グウェンの体に震えが走った。「あなたが友達を背中から刺した話のこと？　いいえ、アニヤはそこは抜かしたわ」

サビンの爪が地肌に食いこみ、グウェンは息をのんだ。しかしサビンはすぐさま手を離し、「すまない」とつぶやいた。

しまった。この皮肉っぽい舌は最悪のタイミングを狙って出てくる。そのうち誰かが――というかサビンが――腹を立て、切り取ろうとするかもしれない。この衝動を抑えるのは簡単なはずだ。生まれてからずっとやってきたのだから。けれども胸に自己嫌悪を感じたのはこれが初めてだ。彼女がこれほど臆病者でなければ、人の反応も自分の反応も恐れることなく、自分自身のままでいられるのに。

自分自身。それが誰なのか、わかっているだろうか？

「頭をシャワーの下に入れて」ふいにサビンがぶっきらぼうに言った。

しかしそのとおりにする間もなく、グウェンはうなじをつかまれてお湯の下に突っこまれた。泡だらけのお湯が口に入ったのでグウェンは吐き出した。

「目をつぶらないと……」

「ちょっと、何するの！」グウェンはぎゅっと目を閉じた。

「痛むぞ」サビンは笑ってそう続けた。

グウェンは目をこすった。サビンのさりげない態度の意味がよくわからなかった。サビンはあんなにウィリアムに嫉妬していた。少なくともそれ以外の感情では説明がつかない。それに服を脱がせたときの彼の視線は焼けつくように熱く、はかりしれない快楽を約束していた。

なのになぜ触れないのだろう？

きびきびとしたビジネスライクな動作でサビンは彼女を首から爪先まで洗った。手のひらが胸の硬くなった先端をかすめたがそこで止まることはなく、脚の間に入りこんだ。手つきはどこかよそよそしかったが、それでもグウェンの体は震え、うずき、息は浅くなった。

「自分で洗えるわ」グウェンはつぶやいた。

「昨日も一昨日《おととい》もそのチャンスはあった。それどころか今朝だって洗えた。だがきみはそうしなかった」サビンが身動きするとまた興奮の印がグウェンにあたった。「なぜだ？」

血が熱くなり、グウェンは唇を引き結んだ。彼が知りたがっていることを教える必要はない。すぐにわかるはずだ。正直に言えば、彼の反応を見るのが楽しみだった。サビンはきれいだと言ってくれた。汚れの仮面を取った体を見たらどう思うだろう？　やっと我を忘れてくれるだろうか？

泡を洗い流すと、サビンの手が止まった。驚きで息もできない彼を見て、グウェンは体がじょじょに熱くなり、熱が全身に広がっていくのを感じた。さあ、これが彼の反応だ。

気がついたのだ。「きみの肌は……」

「やめたほうがいいって言おうとしたのよ」

「もっと本気で言わないとだめだ」サビンはグウェンの体をくるりとまわし、さっと目を走らせてからもう一度ゆっくりと眺めた。

サビンを見たグウェンは自分の勘違いを悟った。さっきまでのさりげない態度はどこにもない。目はらんらんと熱く輝き、歯はむき出しになり、口の隅に緊張の線が浮き出ている。

「この肌は……」

汚れを落とせば輝きだすのは鏡を見なくてもわかっている。透き通った光沢が浮きあがるとグウェンはまるで磨きたてのオパールのようだ。

サビンは呆然《ぼうぜん》とした顔でおずおずと手を伸ばした。指先が顎のラインをたどり、首に入りこみ、胸の間を下りた。グウェンは逃げなかった。それどころかサビンに近づいた。もっとほしいという気持ちを止められない。鳥肌が立ち、抵抗の気持ちは消え失《う》せた。

「なめらかで温かくて光り輝いている」サビンは敬虔《けいけん》な口調でささやいた。「どうしてこれを隠そうなんて……」サビンは口をつぐんだ。敬虔な顔つきは見る間に怒りに変わっていった。「男ならきみから手を離せないだろうな」

喉が苦しくなり、グウェンは答えられなかった。彼女は首を振った。サビンは何をし、何を言うつもりだろう？　こんなにも早く態度を豹変《ひょうへん》させる人はいない。わたしに触れてほしいのに。

けれどもサビンの質問はまだ終わらなかった。「姉妹も同じ肌を持っているのか？」

「ええ」

「ハルピュイアなら誰でも？」

「そうよ」もう質問をやめてくれればいいのに。

「姉妹に連絡はしたのか？」

いいえ、していない。「まだよ」

「シャワーから出たらすぐしてくれ。今週中にきみの姉妹を城に迎えたい」

グウェンはショックのあまり呆然としてサビンを見つめた。全裸で、肌は誘惑するように輝いているというのに、サビンは姉の話をして会いたいなどと言っている。いったいどうして……。そう思ったところで答えが浮かび、グウェンのショックは薄れた。彼が姉たちを呼びたいのは当然だ。おそらく戦いに力を貸してくれると思っているのだろう。あるいは、ハルピュイアのハーレムを夢見ているのだろうか。

グウェンの胸に暗く強烈な何か、毒のある何かが兆した。そのせいで爪は長くなり、ハルピュイアが金切り声をあげ、歯がとがった。視界には赤いものがちらつき始めた。

「怒ってるのか」サビンはわけがわからないという顔をした。「なぜだ？」

「怒っていないわ」姉たちをベッドに誘おうとしたらこの人を殺してやる。

「そんなにきつく握らないでくれ。手のひらから血が出てる」

グウェンは頭の隅でサビンの声に驚きも恐怖もないことをとらえた。それ以外の部分はまだ怒りに煮えたぎっていて、勇気をたたえるどころではなかった。

「姉たちと寝たいの？」グウェンは噛《か》みつくように言った。噛みつくように？　あの臆病者のグウェンドリンが？

サビンはうんざりした顔をした。「ちがう。仲間が彼女らと寝るといいと思っている」

グウェンも最初はさっきのサビンのようにわけがわからなかった。えっ、そういうことなの？　首を振ると怒りはたちまち消えていき、快感の甘い余韻だけが残った。サビンの仲間が姉たちに目を向ければ、彼女のことは放っておいてくれるだろう。サビンの独占欲はそれほど強いのだろうか？

「嫉妬したのか？」なるほどそういうことかと言わんばかりの口調だった。

「ちがうわ。とんでもない」これはサビンに必要な情報でもなければ逆手に取られる心配もないけれど、この場合だけは真実を言うより嘘《うそ》をついたほうがずっといい。「思い出していたの……タイソンのことを。彼といっしょならいいのにって」

サビンの目が細くなり、長いまつげの向こうで茶色の虹彩《こうさい》の周囲が赤く染まるのが見えた。「奴《やつ》のことは考えるな。わかったな？　おれが禁じる」

「でも……わかったわ」グウェンはほかにどう言えばいいかわからなかった。これほど殺気立ったサビンを見るのは初めてだ。でも怖くないのはどうしてだろう？

短い返事でしかなかったが、サビンは落ち着いたようだ。「きみに印をつけようと決めていた」その口調はきっぱりとしていた。刃さえ通さないような固く冷たい決意だとグウェンは思った。「だがこれは……」彼の視線が体を見まわした。「必要なら毎日でもきみに印を刻みたい。おれ以外の男のことを考えられなくなるように」

「ど、どういうこと？　印をつけるって」切り傷をつけたり、痛めつけたりするのかしら？　グウェンはすぐさま逃げ出したい気持ちになった。それに毎日ってどういうことだろう？　どこまで耐えろというの？

さっとサビンの手が伸びて手首をつかみ、彼女を引き戻した。「この美しい肌に歯を突きたてるんだ。やさしく、同時にあとが残るほど強く」

グウェンの不安の波は引いていき、至福の熱さだけを残した。本当に久しぶりだ。男に抱かれ、特別な存在として大事にされ、体をすり寄せたくなるほどの熱さを感じるのは。

「そうされたいと思うか?」サビンはそっときいた。

そうされたいか、ですって? もちろんよ。もう自分が誰なのかさえよくわからないけれど、体がこの人をほしがっているのはわかる。でもそれを許していいのかしら?

理性で考えてみよう。サビンは強靱《きょうじん》な不死の戦士で、グウェンが何をしようと受け止められると言っている。彼女のほうは、サビンとのひとときを楽しんでなおかつ距離を置く自信がある。ただの希望かもしれないけれど。〝印〟があればほかの戦士は彼女に近寄らないだろう。それにたまにはハルピュイアに望みのものを与えるのもいい。そうすれば見返りとしておとなしくしていてくれるにちがいない。

結論は出た。

けれども答えを口に出す前に、彼女の欲望をかぎ取ったかのようにサビンが鼻孔をふくらませた。「きみに触れる者がいたら殺す」

わたしのためなら仲間も容赦しないのかしら? そう思っただけでグウェンは体がとろけそうな気がした。

サビンは、固い胸板が胸の先端にあたるまでゆっくりと彼女を引き寄せ、うめき声をあげた。

「魔物は――」

「しっかり押さえつけてあるから心配ない。さあ、答えてくれ」

これ以上考える必要なんかない。「イエスよ」グウェンはかすれた声で答えた。息をのみこみ、彼の首に腕をまわし、濡《ぬ》れた体を押しつける。「あなたは心配しなくていいわ。わたしも気をつけるから」

「そんな気遣いはいらない」サビンが動いたかと思うと、唇が重なった。飛行機のときの一方通行の軽いキスとはちがう。すべてを焼き尽くすむき出しのキスだ。サビンの舌が深く激しく中に入り、反応を求めている。自分から。グウェンの片手はなめらかな茶色の髪にからみつき、もう片方の手は彼女自身の印を残そうとするかのように背中を這《は》った。

完全に自分を失ってはいけない。そんな言葉が頭に浮かんだ。楽しんでもいいけれど、気をゆるめてはいけない。ハルピュイアはこの成り行きに満足して喜びの声をあげ、もっとほしいと言っている。けれどもグウェンが体を落ち着かせて呼吸を静め、サビンの愛撫に身をまかせて今この瞬間だけを楽しもうとすると、ハルピュイアの喜びの声はうなり声に変わった。もっとほしい、もっと。

サビンの手が顎をつかみ、首を傾けさせてさらに唇を開かせようとした。グウェンが逃げることを絶対に許さないしぐさだ。その舌のあまりの激しさに歯がぶつかりあった。サビンは彼女のうめき声にもひるまない。どこまでも続くキスに、やがて息が苦しくなり、体が震えた。グウェンはうめき声をあげて彼に体をすり寄せ、ハルピュイアと同じように、それ以上のものを求めた。

グウェンはもう一度離れようとした。サビンの魔力にとらわれてしまわないうちに体を落ち着かせようとした。

「だめだ。おれから離れるな」

「そうじゃなくて、わたしは――」

「感じるだけでいい。考えるのはあとだ」サビンはゆっくりと彼女をタイル張りの壁に寄せた。その冷たさにグウェンは息をのんだ。唇がすでに重なっていたせいで彼はその驚きをのみこみ、彼女が差し出すものすべてを奪い、それ以上を求めた。二人の背後でシャワーは流れ続け、床に跳ね返った。

サビンはグウェンの両手首をとらえて頭上で押さえつけた。もう片方の手が胸を包み、こぶしが先端を転がす。グウェンの胸は苦しくなり、膝から力が抜けた。崩れ落ちそうになったとき彼の腿が脚の間に割りこみ、体を支えた。ざらついた肌に快楽の中心を刺激され、よけい体の力が抜けてしまった。

「気に入った?」

「ええ」もう嘘をつく理由はない。体が反応していることは隠せない。

サビンの指は肌を這いおりていき、へそで円を描いた。彼の腿の上で体を前後に揺らすうち、グウェンの口から苦しげなうめきがもれた。もっと、もっと、もっと! ハルピュイアの叫びがグウェン自身の声と重なり、頭の中でひとつになった。

「きみに歯を立てたい」

　返事をする隙も与えず、サビンはグウェンの首のやわらかな筋肉を噛んだ。同時に脚の間にはさみこんだ腿を抜き、手を伸ばした。二本の指がすばらしい感覚とともに深く中に入った。

「サビン！」

「いいぞ。熱くて引き締まっている」

「わたしはもう……これ以上……」最後がすぐそこに見えている。指が二本、中に滑りこんだだけなのに。

「自分を解き放て。何があってもおれが受け止める。約束するよ」

　もし彼女が、いやハルピュイアが……ああ、もどかしい！　思考は乱れ、心はサビンの指が紡ぎ出す快感しか感じ取れない。

「飛ぶんだ」親指でクリトリスを攻められ、抵抗心ははじけとんだ。グウェンは絶頂に達し、叫んだ。サビンを求めて体を動かしながら、グウェンは血の味がにじむまで彼の肌に歯を立てた。

　サビンは余韻に震えるグウェンの手首を離し、腰をつかんで前にぐっと引き寄せ、高まりにぶつけた。中には入らず触れあうだけだったが、最高の快感だ。グウェンはサビンの背中に爪を突きたて、皮膚を切り裂いた。

サビンはグウェンを動かしながら、食いしばった歯から息をもらした。その音がたまらない。もう一度聞きたい。やがてグウェンは自分から動き出し、サビンに体をすりつけ全身の力を込めてぶつかった。また彼の肌に歯を立てると舌が血で染まった。

「それでいい。それだけでいいんだ。最高の感覚だ」サビンはつぶやき続けた。今どこにいるか、誰といるのか思い知らせるためだろうか？「ここまでするつもりはなかった。自分の快楽のことは考えてなかったんだ。だがもう限界だ。おれにはわかる。まさかこんなに――」

ふたたび唇が重なり、舌が忍びこみ、グウェンのお腹《なか》の上に熱いものが飛び散った。サビンの体が引きつったように震え、グウェンは彼の快感を思っただけでまた絶頂に達した。二人は息を切らし、うめきながらしっかりと抱きあった。

サビンに寄りかかったグウェンは自制心を失ったことに驚いた。セックスしたわけでもないのに、この小さなシャワー室が大地震の震源になったかのような衝撃だ。ハルピュイアが牙をむかず、ただもっとほしいと思っただけだったのも驚きだった。何より驚いたのは、二度も強烈なオーガズムを体験しながら、彼女自身まだ足りないと思っていたことだ。

13

　サビンは自分の部屋の大きなベッドにグウェンを運んで寝かせ、抱きしめた。二人とも黙ったまま、ひとつだけある窓から夜空がじょじょに白んでいくのを眺めた。全裸で手足をからめた二人は、体をこわばらせ、それぞれの思いに沈みこんでいた。

「床で寝るんじゃなかったの？」ようやくグウェンが沈黙を破った。

「眠ってはいない。だから約束を破ったわけじゃない」

「そうね」

　そのあとはまた沈黙が二人を包みこんだ。だが二人とも眠ったわけではなかった。

　サビンはグウェンがすぐに寝るだろうと思っていた。目の下のくまは前より濃くなっているし、さっきはあくびしているところを見た。ところがまたグウェンは彼を驚かせた。一、二度寝入ったようなそぶりを見せたが、決して本当に寝たわけではなかった。

　自分がリラックスできない理由はわかっている。魔物がグウェンに触手を伸ばして傷つけたくてたまらず、頭の中で憑《つ》かれたように動きまわっているからだ。二人の間にあったことすべてを疑わせたいのだ。昔の恋人たちにそうしたように。その結果、恋人たちは彼から去るか自殺した。

似たようなことになる前にグウェンから離れなければ。そう思った瞬間、それはだめだという思いがまるで牙のように胸を鋭く突き刺した。そしてグウェンのそばにいなければいけない理由がどっと頭に戻ってきた。理由その一。パリスが彼を捜しに来てグウェンと鉢合わせしたら誘惑するだろう。〝淫欲〟の番人は自分を止められないのだ。理由その二。地下牢《ちかろう》のハンターが逃げ出し、グウェンを連れて逃走するかもしれない。理由その三。グウェンがシャワー室であったことを後悔し、自分の意志で逃げ出すかもしれない。

どれも立派な理由だ。けれどもどれを取っても羽毛のマットレスに悠々と体を沈める気にはならなかった。グウェンの感触はあまりにやわらかくて温かく、香りは気に入りのレモンのようにさわやかで、のみこんでしまいたいような小さなため息を繰り返している。

もう一度グウェンをほしいという気持ちが抑えられない。今度は最後までだ。彼女の中に身を埋め、そっと動き、だんだんとリズムを激しくし、二人を結びつける。これほど彼を興奮させ、最高級の味わいを感じさせ、体にぴったりくる女は初めてだ。あんなにもしっかりとしがみつき、歯を立て、血を吸い、欲望をかきたてた存在はこれまでいなかった。

最後まで終わらせなかったが二人とも欲望を解き放った。一度では満足できないだろうと思っていたが、そのとおりだった。

耳元でグウェンの叫びを聞くほうがほかの女の中に入るよりずっと甘い。それにあの肌……あれは言ってみれば目の麻薬だ。一度見ればもう一度、そしてさらに一度見ずにいられない。目をそらすのは苦痛でしかなく、また見たいという欲望が去ることはない。

もうおまえのことがいやになって、顔も見たくないと思っているかもしれないぞ。おまえがキスしていたときあんなに情熱的に見えたのは、人間の恋人のことを考えていたからだとしても驚かないな。そいつのことを考えていたと言ってなかったか？　グウェンが求めるのはその男だというのはわかりきっている。おまえじゃない。

グウェンを抱くサビンの腕に力が入り、彼女は苦しげに小さく息を吐き出した。すぐさまサビンは力を抜き、心の声にふたをして魔物を黙らせた。元恋人はあくまで元恋人でしかない。サビンはそのことに自信があった。魔物の声も、グウェンが言っていた言葉も、その自信をくつがえすことはできなかった。グウェンが呼んだのは彼の名だ。魔物はどうしても獲物がほしくて彼に不機嫌をぶつけたのだろう。グウェンがサビンと同じく魔物の声と自分の不安の声を聞き分けられるのはさいわいだった。

「しあわせな恋人同士みたいにリラックスしているふりはもうやめない？」ふいにグウェンが沈黙を破った。

サビンはため息をつき、グウェンの髪をいく筋かかき寄せて胸をくすぐるにまかせた。本当にしあわせな恋人同士ならどんなにいいだろう。魔物もハルピュイアも存在せず、戦いもなく、いっしょの時間を楽しむだけの男女なら。

その考えのあまりの突飛さに、サビンははっとした。数千年の人生で自分以外の者になりたいと思ったことなど一度もない。力に満ち、永遠の生を受けた無類の存在、不死身の戦士。それが自分だ。たしかに彼は間違いをおかした。仲間がパンドラの箱を盗み出して開けるのに手を貸した。そして天界から追放され、内なる魔物のせいで絶え間ない苦しみを味わっている。だが苦しんで当然だし、その苦しみを受け入れてもきた。ゼウスに仕えていたときより強くなれたからこそ、進んで苦しみを背負ってきた。それなのになぜ今、自分でない何かにあこがれてしまうのだろう？

「そうだな、やめよう。話をしてもいい。話といってもおれが質問してきみが答えるということだ。じゃあ始めようか。きみは絶対に寝ないが、それはなぜだ？」

「ずいぶん偉そうな言い方をするのね。参考までに言っておくけれど、睡眠は必要ないの」しばらく前から我慢していたにちがいない様子でグウェンはくるりと仰向けになり、二人が触れあっているのは肩だけになった。グウェンがいつも人と触れあいたがるのには気がついていた。どうして気が変わったんだ？

どちらにしても関係ない。ダーラ亡きあと、サビンは心惹《ひ》かれる女性には必ず距離を置くようにしてきた。この十一年というものずっとそうだ。今度はグウェンがその態度を後押ししてくれている。彼を元の自分に戻してくれたのがグウェンだったことを思うと、サビンは胸にいらだちの火花が散るのがわかった。

「腹が減ってるのに食事を拒む。汚れているのにシャワーを拒む。おれが信じると思うか？　きみのその光り輝く体が……睡眠を必要としないなんて」

つまりこういうことか？　この女はゾンビみたいだ、疲れきって見るからにげっそりしてる、と。

下劣なせりふがグウェンのほうへ漂っていったが、彼には止められなかった。

次の瞬間グウェンが体をこわばらせた。「あなたの魔物、最低だわ」

「そのとおりだ」口を閉じたほうがいいぞ、ろくでなしの魔物め。もう警告してあるはずだ。箱のことを忘れたのか？

重い沈黙があり、吐き出すようにわかったという声がした。

「で、本当はどうなの？」

ゾンビみたいかどうか？　まさか。「きみは見たこともないほど美しい」これは真実だ。ルシアンがアニヤに捧《ささ》げる甘ったるい言葉と似たようなものだが、サビンは気にしなかった。いつもならそんなルシアンを見てうんざりした顔をしてみせるのだが。

「信じられないわ」グウェンは横向きになり、頬の下で腕枕をして彼を見つめた。「無理に言っているみたい」

「そうさ。おれは紳士だからな」サビンはあっさり言った。そして自分も横向きになってグウェンの視線を受け止めた。エキゾチックな髪が顔と華奢《きゃしゃ》な肩を取り巻き、輝くような肌は赤みを帯びてほてっている。「おれがいつも礼儀正しくて人の気持ちを傷つけず、波風立てないようにお世辞を言っているような男だと思うのか？　もしうっかりその気もないのに他人を侮辱したら、そいつから力ずくでものを奪うのはきっぱりあきらめるとでも思うか？」

　みずみずしい唇が震え、小さな笑みが浮かんだ。彼がキスし、吸い、ついばんだ唇だ。渦を巻く目は人の視線をとらえてはなさない。溺れてしまいそうな目だ。彼女の笑顔を見るだけで、求めてもいないのに下半身が硬くなってしまう。シーツのおかげで助かった。それなのに恋愛相手としては危険な男だと思われているのだから笑ってしまう。

　だがこれは恋愛じゃない。自衛本能が口を出した。これをただの取り引き以上のものにしてはいけない。グウェンを戦いに協力するよう説得し、その間、仲間が彼女に手出ししないように守り、いずれ戦いが終われば彼女のことを考えるのも求めるのもやめなければいけない。

「人の気持ちなんかどうでもいいと思っているかもしれないけれど、わたしに協力してもらいたがってる。だからお世辞を言うのよ」

「お世辞を言おうが言うまいがきみはハンターと戦ってくれるはずだ」サビンは自信満々の口調で言おうとした。そんな自信などなかったが、信じるしかない。それ以外の答えは受け入れられないのだから。「協力を約束したことをもう忘れたのか？」

おとなしく寝ているのに飽きた魔物が身を乗り出した。**この女、血を見ただけで気絶しそうになってたぞ。戦いに協力する？　無理だろう！**

「いや、できる」サビンは魔物に、そして自分自身に言い聞かせた。

「戦いの裏方を手伝うのはかまわないわ。インターネットで調査したり、書類をファイリングしたり。あなたがその……倒した相手の記録をつけているなら、その仕事はわたしにまかせて。探しているっていう聖遺物の調査もできるわ。誘拐される前はそういう仕事をしていたの。オフィスでメモを取ったり調べたりね。かなりできたのよ」

こんなに自信にあふれた口調を聞いたことがあるだろうか。だがグウェンは何を誇りに思っているのだろう。仕事、それとも普通の社会にとけこむ能力？

「その仕事が好きだったのか？」

「もちろん」

「退屈だっただろう？」この質問の本当の意味は、ハルピュイアがそんな単調さに耐えたのが驚きだということだ。サビンはグウェンの裏の顔は自分の魔物と同じで、彼女を突き動かす力であり、呪いであり、病であると思っていた。それは同時に興奮や危険を求める部分でもある。ずっと放っておくともぞもぞと身動きし始めるのだ。

「そうね、少しは」グウェンは髪の毛を指に巻きつけた。

サビンは笑いそうになった。死ぬほど退屈していたことに賭けてもいい。「協力してくれたらそれなりのことはする」ハルピュイアは食料を盗むか稼ぐかするしかないというアニヤの言葉を思い出し、彼は言った。グウェンには戦場に出て戦ってほしいが、調査をさせてもかまわない。少なくとも最初のうちは。「好きなものを言ってくれ」

しばらく続いた沈黙のあとグウェンは口を開いた。「思いつかないわ。考えておいていいかしら」

「ほしいものがないのか？」

「ええ」

サビンは何がなんでも勝利したいと思っているのだから、月だの星だのを頼んだってかまわない。それなのに思いつかないという。どういうことだろう。普通なら天文学的な額をふっかけて、そこから交渉していくものだ。ハルピュイアは何を対価としてふさわしいと思っているのだろう。金？　宝石？「きみの姉妹は何の仕事をしてるんだ？」

グウェンは唇を引き結んだ。

どういうことだろう？　教えたくないのか、それとも姉妹の仕事が気に入らないのか。

「売春婦？」怒らせようと思ったのはたしかだが、どこまで圧力をかければハルピュイアが彼の首をよこせと言いだすのか知りたい気持ちもあった。

グウェンは息をのみ、サビンの頬を叩《たた》いたが、すぐさま手を引っこめた。まるで自分のしたことが信じられないかのように。こんなささいなことで彼がやり返すとでも思っているのだろうか？　考えすぎだ。

「叩かれて当然だから謝らないわ。姉たちは売春婦じゃありません」

「殺し屋？」

今度は息をのむ音も平手打ちもなかった。グウェンはただ目を細くし、まつげがからみあった。あたったな。

「傭兵《ようへい》か」それは質問ではなかった。なんという幸運だろう。

「そうよ」グウェンは歯を食いしばったまま答えた。

サビンは笑いたかった。ハルピュイア一人で軍隊ひとつを滅ぼせるなら、四人揃《そろ》えばどうなる？　戦闘には報酬を支払ってもいい。何を要求されても彼には金がある。

「あなたの考えていることが手に取るようにわかるわ」グウェンは頭をのせているクッションを手で叩いた。「でもこれは知っておいてほしいの。姉たちはわたしを愛しているから、わたしが断ってと言ったら仕事は受けないわ」

今度は彼が目を細くする番だった。怒りに縁取られているものの、グウェンの顔は純粋そのものだ。「それは脅しかい、ダーリン？」

「好きなように解釈すればいいわ。姉たちには何があってもあの下劣なハンターと戦ってほしくないの」

「どうして？　きみの言うとおり奴《やつ》らは下劣で邪悪だ。おれが助け出さなければあいつらは薬できみの意識を失わせ、レイプして赤ん坊を取りあげただろう。姉たちにハンターと戦ってくれと頼むのが当然だぞ」

「ハンターがわたしやほかの女たちにしたことの報いとして、あなたはもうあいつらを苦しめたわ」その声はかすれていた。

「あれで満足なのか？　おれは誰かに苦しめられたら必ず報復する。同じ目にあわせたいと思うだろう。きみだってすっとしたはずだ、地下墓地であのハンターの喉を――」

「ええ、わかったわ、そのとおりよ。でも人にやってもらっただけでよしとしないといけないわ。そうでなければこれからずっと相手を追いつめ殺すことだけにとらわれて、人生がなくなってしまうから」グウェンの鼻孔はふくらみ、胸は大きく上下している。息を吸うたびにシーツがずれてピンク色の先端がのぞいた。サビンは無理やり目をそらし、会話を終わらせた。

彼の人生が空っぽだと言いたいのだろうか？　空っぽなんかじゃない。充実してるに決まってるじゃないか。「恐怖で縮こまっているぐらいなら相手を追いつめて殺すだけの人生のほうがましだ」

もう一度ぶとうとしたのか、グウェンは手を上げた。体は震え、さっき見せていた静かないらだちが熱い怒りとなって煮えたぎっている。ついに一線を越えさせてしまったようだ。その目にはハルピュイアがいた。

「殴ればいい」そのほうがグウェンのためになる。彼女が怒りを爆発させても受け止められるところを見せてやれる。そうサビンは思った。

グウェンの手がゆっくりと下がった。もう震えてはいない。深いため息をつくと、目が元に戻った。「あなたはそうしてほしいんでしょう？　わたしを自分のようにしたいんだわ。でもそれは無理。もしそんなことになれば誰も生き残れない。姉たちだって同じよ」

その裏の意味を読み取ってサビンは眉を上げた。「姉妹と戦って傷つけたことがあるんだな？」

グウェンはしぶしぶうなずいた。「子どものころの話で、姉たちはただふざけていただけだったわ。きょうだいがよくそうするように、からかっていたの。ところがわたしは怒りを爆発させて襲いかかったのよ」

「きみは姉のほうが強いと言っていたじゃないか」

「強いわ。ハルピュイアになりきっているときでも殺す相手を選べるの。それこそが本当の強さよ」

サビンは考えこんだ。「きみがハルピュイアになっても受け止める自信がある。きみの姉妹と同じでおれも不死の身だし、回復も早い」グウェンがあのハンターにしたことも、あのときのすばやさも覚えている。しかし一瞬とはいえ自分は大丈夫だと思いこんだのはなぜだろう? 彼はすさまじい力と数千年の経験、そして比類のない決断力を持っている。首を切り取られないかぎり怪我《けが》は回復する。

「あなたはばかよ」自分が何を言ったか一瞬よくわからなかったのだろう。その言葉が壁に響くのを聞いてグウェンは凍りついた。

「何を言われても、きみに手を上げるほど腹を立てたりはしない」サビンはいとしさとむっとする気持ちの板挟みになった。

グウェンはじょじょに肩の力を抜いたが、二人の間の緊張感は薄れなかった。

「シャワー室であったことを後悔しているのか?」こうきいたのは話題を変えたい気持ちもあったが、好奇心を抑えられなかったからだ。今グウェンは、彼自身も彼のしていることも気に入らないと言ったばかりだ。

「ええ」グウェンの頬が熱くなった。

ためらいもなくそう言われてサビンはいらだちを抑えられなかった。「どうして? 気に入っているみたいに見えたぞ」

気に入っていなかったのか?

サビンの手が握りこぶしに変わった。魔物のろくでなしめ。だが今度ばかりは魔物の毒ではなく、自分自身の不安の声かもしれない。

グウェンが目をそらした。「悪くはなかったわ」

サビンは顎を動かした。悪くはなかった。悪くはなかっただと？　くそっ、もう一度試すしかないようだ。今度こそ全身くまなくキスしよう。脚の間に舌を滑らせ、噛《か》み、指で愛撫《あいぶ》し、入ってほしいと頼むまでやめない。そう言われたら望みのものを与えてやろう。彼女をうつぶせにし、腰をつかんで……。

このままだと愛しあうことになってしまう。それはとんでもない間違いだ。だが間違いをおかすだけの価値はあるとサビンは思った。誰も止められない勢いに、グウェンは一分一秒を楽しむだろう。彼女の中に入り、深く熱い場所で自分を解き放ち、そして……。

そんなことをしても結局〝悪くはなかった〟と言われるだけだぞ。〝疑念〟の魔物が笑った。そのときだけは魔物はグウェンに尊敬の念を抱いたようだ。

「悪くなかったぐらいじゃすまないと思うが、その話はあとにしよう」サビンはベッドから飛びおりた。シーツが落ちてすべてをグウェンの目の前にさらしたことも気にしなかった。ふいに恥ずかしくなったのか、グウェンは片手で目を隠した。だがサビンの見間違いでなければ指の間からのぞいていた。彼はその視線の熱さを、くすぶる欲望を感じた。

サビンはクローゼットに歩いていった。いつものように武器を装着した。足首、手首、ウエスト、背中に合計十五本の短剣を忍ばせるのだ。それが終わると彼はジーンズをはき、〝あの世で会おう〟というロゴの入ったTシャツを着た。

サビンはスウェットパンツとシンプルな白のTシャツをつかみ、グウェンに投げた。

「起きてこれを着ろ」

「どうして？」グウェンは髪を乱したままベッドの上に起きあがり、服を拾った。

「姉に連絡するんだ」そろそろこの雑事を片づけてしまわなければ。「アニヤにきみたちの考え方を少し教わったよ。捕まったことを姉たちに責められる心配をしてるなら、その必要はない。おれがそんなことはさせない」サビンは彼女に答える隙を与えなかった。

「電話が終わったら階下《した》に行って何か食べる。食べるんだぞ、グウェン。これは命令だ」

盗んだものしか食べられないなどというナンセンスは終わりにする。食べ物をそのへんに放置してグウェンに盗ませた気にさせようかとも思ったが、今はグウェンを甘やかす気にはなれなかった。「それが終わったら全員を集めて会議を開かないとな。ハンターについて得た情報を教えるんだ。きみも出るんだぞ。今はきみもおれたちの一員なんだから」

グウェンは顎をつんと上げた。「わたしはあれこれ命令される部下じゃないわ」

「もしおれの部下なら情けないと思ってるところさ」サビンの視線が下がり、グウェンの胸に、腹部に、そして……脚の間へと向かった。したくてたまらないことをしてしまう前に、グウェンにそっと近づいておおいかぶさり貫いてしまう前に、サビンは背を向けた。

「さあ、急いでくれ」

長い沈黙があり、布がこすれる音、ベッドがはずむ音、ため息が聞こえた。「用意できたわ」グウェンがあきらめた口ぶりで言った。

向き直ると……息が止まってしまった。服がぶかぶかなのは前と同じだ。だが今の彼女は清潔で白いコットンが肌を真珠のように輝かせている。サビンはつばがわくのを感じた。一度舌を滑らせるだけでじゅうぶんだ。たぶん足りるはずだ。サビンはもう手をさしのべてうっとりとグウェンのほうに歩き出していた。

いったい何をしてる？　目をさませ、間抜けめ！　サビンはいきなり足を止め、歯を食いしばった。心を落ち着かせ、グウェンにさせたいことをようやく思い出した。平静を取り戻した彼は部屋の向こうのドレッサーの前に立ち、携帯電話を手に取った。不在着信が一件、メールが一件あった。メニューをスクロールする。着信はケインから、メールは……これもケインだ。今日一日、町にいる予定だが、何かのときは連絡するしすぐ帰るとのことだ。携帯電話を壊さずに二度も続けて使ったのは奇跡といっていい。

画面を元に戻すと、サビンはグウェンに電話を投げた。グウェンは受けそこねた。

「電話してくれ」

グウェンは震える手で携帯電話を拾いあげた。涙で目が痛む。捕らわれていた一年、こうしたくてたまらなかった。どうしても姉たちの声が聞きたかった。けれどもあんな目にあったことをまだ恥じていたし、姉たちには知られたくない。

「こっちが朝だから、アラスカでは夜だわ。あとにしたほうがいいかもしれない」

サビンは揺らがなかった。「だめだ」

「でも――」

「何がそんなにいやなのかわからないな。きみは姉妹を愛してるし、来てほしいと思ってる。それをここにいる条件にもしているぐらいだ」

「わかってるわ」グウェンは小さな黒い携帯電話の光る数字を指でたどった。また罪悪感が戻ってきた。愛する姉妹に消息を知らせないことに対する罪悪感だ。

「あのことのせいで責められるのか？　罰を受けるのか？　そんな目にはあわせないと言っただろう」

「そんなことはないわ」たぶん。はっきりしているのは、姉たちがサビンのもくろみどおり戦いの仲間に入れろと言いだすことだ。姉たちはハンターを血祭りにあげようとするだろう。でももしわたしのせいで姉たちが怪我でもしたら……一生、いやそれからあとも自分を憎み続けるだろう。

「早く」

あきらめるしかない。グウェンはため息をついてビアンカの番号を入力した。三人の中ではビアンカがいちばんやさしい。やさしい、というのはつまり、ビアンカなら火をつけた相手に水の入ったグラスを投げるぐらいの思いやりはあるという意味だ。

三度目の呼び出し音でビアンカが出た。「どういうつもりでこの番号にかけたか知らないけど、とっとと――」

「もしもし、ビアンカ」胃がきゅっと痛くなった。姉の声がどうしようもないほどなつかしくていとしく、我慢していた涙があふれて頬に落ちた。「わたしよ」

一瞬の間があり、息をのむ音が聞こえた。「グウェニー？　グウェニーなの？」

グウェンは手の甲で頬をぬぐった。サビンの熱い目がのみこむような勢いでこちらを見ている。何を考えているのだろう？　彼は戦士だから、弱さを見せた彼女に不快感を持ったにちがいない。でもそのほうがいい。二人はキスし、シャワーの中で触れあい、グウェンはそれ以上を望んだ。すべてを奪い、すべてを与えたいと思った。サビンの正体も彼に言われたことも忘れ、彼が自分に何をさせたいと思っているかも頭から消えた。

「もしもし、聞いてるの？　グウェニー？　大丈夫？　何があったの？」

「ええ、わたしよ。間違いないわ」グウェンはようやく答えた。

「ああ、グウェニー、いったい何カ月たったと思ってるの？」

十二カ月と八日と十七分と三十九秒だ。「わかってる。元気だった？」

「あなたの声を聞いたらちょっとは気分がよくなったけど、頭にきてるの。タリヤに見つかったら覚悟しなさいよ。しばらく前にあなたの携帯に電話したの。早く家に帰ってこないとぶちのめすよって言おうと思ってね。ところが返事はなし。で、タイソンに電話した。タイソンは、あなたは出ていって連絡先もわからないって言うじゃない。世界中捜しに捜したけど無駄だった。結局わざわざタイソンに会いに行って答えを聞き出したのよ。あなたがさらわれたって」

「タイソンに手を出したの？」彼のことは怒っていないし、苦しめたいとも思っていない。彼はただ自分を守ろうとしただけで、それは理解できる。

「まあ……多少ね。わたしたちのせいじゃないわよ。あいつが貴重な時間を無駄にするのが悪いのよ」

グウェンはうめいた。黒髪を頭に巻きつけ、琥珀《こはく》色の目を輝かせ、赤い唇に不敵な笑みを浮かべたビアンカの姿を想像すると、にやりとせずにいられなかった。「タイソンは生きてるわよね？　生きてるって言って」

「何言ってるの。わたしたちがあんなちっぽけな奴を殺すほど身を落としたとでも思うの？　あんな奴のどこがいいのか全然わからない」

「よかった。あの人、わたしの居場所は本当に知らなかったのよ」

「で、誰にさらわれたの？　そいつらをどんな目にあわせてやった？　当然もう死んでるわよね？　死んでるって言って、頼むから」

「それはこれからよ」これは本当だ。「そのうちね」これも本当だ。「聞いて」ビアンカに突っこまれる前にグウェンは言った。「今ブダペストにいるんだけれど、みんなに会いたいの。会いたくてたまらない」グウェンの声が震えた。

「それなら戻ってきて」グウェンが知るかぎり、ビアンカは人に頭を下げたことなどない。ところが今は頭を下げんばかりだ。「帰ってきてほしいの。あなたが行方不明になってみんな倒れそうになったわ。あなたのことで文句を言い続けたら、ママは何カ月か前に出ていったの。だから冷たくされる心配はないわ」

姉たちに早く消息を知らせなかったことの罪悪感が前よりも強く込みあげ、グウェンは情けなさで消え入りそうになった。強くて誇り高い姉たちになんという仕打ちをしてしまったんだろう。「ママのことは気にしていないわ」事実そのとおりだ。母とは仲よくなかったから。「でも会いに来てほしいの。わたしがいっしょにいるのは、その、暗黒の戦士で、姉さんたちに会いたがってるのよ」

「魔物に憑かれた戦士のこと？」興奮の叫びをあげたかと思うと、ビアンカはすぐにまじめになった。「そいつらと何してるの？　そいつらにさらわれたの？」その声は殺気立っていた。

「いいえ、ちがうわ。いい人たちよ」

「いい人？」ビアンカは笑った。「まあ、どっちにしろあなたの手に負える連中じゃないわ。この一年半で性格を叩き直したなら別だけど」

そういうわけじゃない。「いいから……来てくれる？」

姉はためらわなかった。「すっ飛んでいくわよ、かわいい妹よ」

14

キッチンはまるで爆発したみたいだった。腹を空《す》かせた戦士は獣なみだとサビンは思った。階下に下りる前に全員にメールしておいた。彼は最新技術が大好きだ。あのハイテク恐怖症のマドックスにも二十一世紀のテクノロジーを押しつけたぐらいなのだ。メールの内容は正午の会議の招集で、ハンターから聞き出した〝不信〟の番人のこと、人間と不死の者の血を引いた子どもが集まる学校のこと、そしてグウェンの姉妹の来訪について話すつもりだった。

姉妹。姉の一人が電話に出たとき、グウェンの目に涙があふれ、溶けた黄金のように輝いた。その顔に安堵《あんど》、希望、悲しみが交錯したのを見て、サビンは駆け寄って抱きしめ、全力で慰めたい思いを必死で抑えた。その場から動かないでいるには戦士としての全本能を必要とした。

今日これからはもっと楽に過ごせるといいんだが。サビンは手首のスナップをきかせて冷蔵庫を閉じた。とたんに暖かい空気が体を包んだ。彼は、大理石のカウンタートップを見つめていたグウェンのほうに向いた。いや、見ていたのはステンレスのシンクかもしれない。あるいは、古い建物の中に現代的な部分と古びるがままに放ってある部分が並んでいるのを不思議に思っているのかもしれない。

数カ月前、ブダペストに到着したとき、サビン自身同じことを思った。移ってきてから何箇所か改善したし、年末までにはこの広大な城全体の改装を計画してもいる。考えてみると不思議だ。彼は世界中を旅してさまざまな場所に拠点を置いてきたが、この城ほどすんなりと家としてなじめた場所はなかった。

「空っぽだ」

グウェンの目がサビンの目を見たが、焦点が合うまでしばらくかかった。やがて彼女は照れ隠しのようにまだ濡《ぬ》れている髪をかきあげた。「食べなくても平気よ」

「だめだ」何も食べないでいるなんてとんでもない。一年もの間、グウェンは餓死の恐怖にさらされていた。彼が守っている間は二度とそんな目にはあわせない。必要なものはなんであれ用意する。グウェンの協力が必要だからだ。

さっきより気分がいいから、グウェンに盗めるものをあてがって甘やかすのもいい。「町に行こう」買い物はパリスの仕事なのだが、きっとまだ機嫌がよくないのだろう。「きみを頭から爪先まで隠さないといけないな」この宝石のような肌を人目にさらすなどとんでもない。

「顔はメイクで間に合うわ」グウェンはサビンの意図を読み取った。「それに、さっきアニヤがあなたにトレイを運んできたとき……あの、何が言いたいかというと、食事はもうすませたの」

なるほど、アニヤはそうやってグウェンに食べさせたのか。料理は彼のものだと言って、それを食べれば盗み食いになるようにしたのだ。今度ばかりはサビンもアニヤの策略に感心した。「一度食べればずっと足りるわけじゃない。それに出先できみの服を買うつもりなんだ」

グウェンの顔に喜びが広がり、美しい肌が虹色に輝いた。サビンの下半身は痛いほど硬くなり、血は危険なほど熱くなり、濡れて光っているグウェンの全裸のイメージが頭をよぎった。ふいに口の中に彼女の味が広がり、耳には叫び声が聞こえた。

「服？　わたしだけの服？」

グウェンの喜びに我慢できなかったのか、〝疑念〟の魔物がサビンの意識の隙をつき、鎖を引きちぎって飛び出した。**新しい服を買ったって状況は変わらない。ひどくなるかもしれないぞ。どうやって金を払うつもりだ？　体でか？　おまえの姉たちが払ってくれるのか？　サビンがそっちを好きになったらどうする？　あんなに欲情してたのにおまえの中には入らなかったな。この男がおまえの姉をベッドに連れこんだらどうする？**

いつもなら魔物はもっと慎重で、相手の自信を突き崩すために練りあげた疑問をささやきかける。今、魔物はシャワー室であったことを利用し、嫉妬と女の怒りをかきたてようとしている。恋人候補が他人とベッドにいるのを想像すれば誰だって不愉快に思うだろう。いずれこうなることはわかっていた。魔物はこれからもグウェンを狙うだろう。「グウェン」サビンは歯を食いしばった。「すまない……こんな思いをさせて」こんなことをして、ただじゃすまないぞ。「服のことは負担に思う必要はない」

グウェンの瞳が黒くなり、金色を、そして白をのみこもうとしている……すぐにハルピュイアに変わるだろう。ほかにどうしていいかわからず、サビンは彼女のうなじをつかんで引き寄せた。飛行機のときはこれでうまくいった。もしかしたら今度も……。

もう片方の手がグウェンのウエストにまわり、まだ硬い下半身にぴったり引き寄せた。「わかるか？　きみのことを思ってこうなったんだ。ほかの誰でもない。きみに反応するのを止められないし、きみだけがほしい」サビンはグウェンの首に顔を寄せた。「愚かなことだとわかっている。恋人になれるわけないのに、止められないんだ。おれがほしいのはきみだけだ」必要なら何千回でも言うつもりだった。この言葉が嘘《うそ》ならどんなにいいだろうとサビンは思った。

だがグウェンからは何の反応もない。

サビンはそっと唇を重ね、味わった。ただの淡いキスなのに、体の底から揺さぶられた。グウェンの感触……ぶかぶかの服の下には輝く肌が隠れ、ピンク色の胸の先端が舌の愛撫《あいぶ》を待っている。

グウェンが息を吸いこんだ——彼の息を。わずかに体を寄せる気配があり、腕が彼の首にまわってぎゅっと引き寄せた。やがてグウェンの目が元に戻った。息づかいがさっきより安定し、筋肉のこわばりが取れた。

言葉は通じなかったが肌のぬくもりは通じた。ハルピュイアは肌で触れられるとおとなしくなるのだ。これは覚えておかなければいけない。

そう思った瞬間、はらわたが煮えくり返るような怒りが込みあげた。丸一年というもの、肌のぬくもりを一度も味わえなかったのは、自分の中の獣を憎むグウェンにとって地獄の苦しみだったにちがいない。きっとハルピュイアは頭の中で金切り声をあげ、絶え間ない苦しみを与えたはずだ。

これも二人をつなぐ絆《きずな》のひとつだ。サビンは魔物をきらってはいない。四六時中憎いわけではない。魔物がハンターを苦しめるときなどはそうだ。だが今は正直に言って憎しみを否定できなかった。このろくでなしはグウェンに手出しせずにいられないのだ。心を落ち着かせたいときにかぎって挑発する。

「大丈夫か？」

グウェンは弱々しいため息をもらした。そしていきなり顔を真っ赤にしてサビンから手を離した。「どうかしら。あなたのお友達に猿ぐつわを噛《か》ませてもらえない？」

「努力してる。前にも言ったがこいつは友達じゃない」

「それならもう大丈夫よ」

グウェンの声には嫌悪感があった。「本当に?」サビンは親指で彼女の生え際を撫《な》でた。

「ええ。もう放してくれていいわ」

サビンは放したくなかった。ずっと抱いていたい。そう思ったからこそ彼はグウェンから離れて後ずさった。彼女にはもう印をつけてある。それ以上何かしたらやりすぎになる。大義の追求の邪魔になるし、危険でもある。

〝疑念〟の魔物はがっかりして不平を鳴らしながら心の奥に引っこんだ。次の攻撃のチャンスを見極めるために。


肌を隠すためにメイクをすると、グウェンはサビンといっしょに城を出た。メイク道具はサビンが城の女性から借りてくれた。サビンはたえず彼女に触れようとする。腕同士をかすめたり、指で触ったり。グウェンはやめてほしくないと思った。サビンの魔法のような力をよく知っているからだ。

グウェンは身震いした。肌の刺激と記憶が強くてもう少しでブダペストの町の美しさを見落とすところだった。城のような邸宅、現代的な建物、緑の木立、れんが敷きの街路、その道でえさをついばむ小鳥。ゆるやかな川、屋根つきの鉄橋、空に突き刺さるような礼拝堂の尖塔《せんとう》。柱や彫像が立ち並び、光は色彩にあふれている。

サビンのせいでグウェンは町の人々の様子も見落とすところだった。人々は畏敬の目でサビンを眺め、邪魔にならないようによけながらも近づこうとした。サビンが通ると、息をのんで〝天使〟とつぶやく者もいた。

二人は数時間かけて買い物をした。グウェンが何枚も試着しようとしても、片っ端から服を顔にあてても、全身鏡の前でくるくるまわっても、サビンはいやな顔ひとつしなかった。グウェンが見るたびにサビンは笑っていた。

ジーンズ数本とカラフルなTシャツを何枚か、そしてきらきらしたピンクのサンダルとメイクのセットを買うと、二人は食料の買い出しに行った。でも食べもののことなどどうでもいい気持ちだった。新しい服が着られるのだから！　ぴったりしたデニムとかわいいピンクのTシャツだ。

服装のことでこんなにうれしく思うのは初めてだ。露出の大きい白のタンクトップとスカートだけで一年を過ごしたあとだけに、よく似合って着心地もよく、普通になった気がした。人間みたいだ。買い物袋を持って食料品店を出るとき、サビンはまるで好物のアイスクリームを見るような目つきでこちらを見た。

そのとき、当然のようにあのささやきが始まった。

本当にそれで格好いいと思ってるのか？　息が臭いんじゃないか？　サビンはこれまで

何人の女とつきあった？　そのうちおまえよりかわいくてかしこくて勇敢なのは何人だ？

グウェンの幸福感はしぼみ、不安が戻ってきた。ささやきは止まらず、ハルピュイアまでいらだち始めた。もし今、ハルピュイアに完全に負けてしまえばこの美しい町は混乱に陥り、サビンは苦しむ。サビンにはいらいらさせられることもあるけれど、グウェンは彼の血を一滴たりとも流す気はなかった。

サビンは今、買い物袋を車の後部座席に積みこんでいる。動くたびに筋肉が盛りあがる。パン、肉、果物、野菜。この世のものとは思えない香りだ。店の中で何度かつばがわき、グウェンは誘惑に耐えきれずにこっそり売り物をくすねた。けれども腕がさびついていたせいで毎回サビンに見つかった。ただ彼は何も言わなかった。それどころか、彼女を自慢に思っているみたいに笑顔やウインクでもっとやれとそそのかした。グウェンはショックをおぼえた――そのショックはまだ消えていない。

グウェンはテールランプに寄りかかった。「あなたの魔物のせいで一日が台無しになるところだったわ」

「わかってる。すまない。念のため言っておくがきみはすてきだし、息はさわやかだ。そんなに大勢とつきあったことはないし、きみみたいにきれいで頭のいい女はいなかった」

サビンが勇敢さの部分に触れなかったことにグウェンは気づいた。「話をして。あなたが探しているっていう聖遺物のことを教えて」

サビンは袋を持ったまま動きを止めた。太陽の光が彼の周囲に降り注ぎ、髪は輝き、風に揺れている。こちらを見る彼の目が細くなった。そういえば彼はよく目を細くする。

「その話はこんな場所ではできないな」

彼女に秘密にしておく口実だろうか？

それとも〝疑念〟の魔物が触手を伸ばしたせいでサビンの言葉を疑ってしまうのだろうか？

ああ、ややこしい！「教えてくれてもいいはずよ。あなたに協力しているんだから」

たしかにそうだ。彼女が裏方の仕事をすると二人で決めたはずだ。報酬の額は口に出さなかったけれど、それはまず思いついたのが城に自分の部屋がほしいという要求だったからだ。グウェンはずっといられるような部屋がほしかった。ばかばかしい要求だ。「見つけるのを手伝うわ」

「だから教えると言ってるだろう。あとで」

サビンは袋に目を戻し、手首のスナップをきかせて車内に放りこんだが、さっきまでの巧みさはなかった。卵がつぶれる音を聞いてグウェンは顔をしかめた。

「ところで、きみの仕事の内容についてまだ結論が出てなかったな」

両手を頭の上で組むと爪が皮膚に食いこんだ。「わたしには裏方の仕事は無理だと思っているの？　それともそういう仕事で実力を見せるチャンスもくれないほどわたしを見くびっているの?」

「待ってくれ。事務仕事の話をしてたとき、いやだと言ったじゃないか」サビンの顎が左右に動き、音をたてた。「女ってのはどうしてこうなんだ? ちょっと気を許したと思ったら、突然見くびってるとかなんとか言いだすんだからな」

「そんなことはないわ」なぜそんなことを言うのだろう? この話をしただけでグウェンは肌に熱いしずくを感じ、彼の愛撫を、噛みついた歯を思い出してしまった。サビンはわたしにふさわしい男じゃない。そう自分に言い聞かせないといけないのが悲しかった。たぶんこれからも何度もそう繰り返さないといけないに決まっている。「わたしは協力すると言ったし、あなたも協力してほしいと言ったわ。でも何から始めるかは言わなかった。それにあのシャワー室のことは関係ないわ。あそこであったことは二度と話しあわないって約束しましょうよ」

サビンは買い物袋のことなど忘れてグウェンのほうを向いた。「どうして?」

「あなたの敵と腕力で戦いたくないからよ」

「そうじゃない。どうして見くびってると思うのかききたいわけじゃないし、おれが裏方の仕事をやってほしいと思っている理由を言ってほしいわけでもない。なぜシャワー室のことを話したくないかをきいてるんだ」

頬を赤くしながらグウェンは背筋を伸ばし、目をそらした。「理由なんてないわ」

「あるはずだ」サビンは食いさがった。

もっとほしいと思っているからよ。「仕事と快楽をごちゃまぜにするのはわたしたち自身より危険だわ」グウェンはそっけなく言った。

サビンの目の下の筋肉が引きつった。彼はじっとグウェンを見つめた。きっと気持ちを見抜こうとしているのだ。そして引きさがるのを待っている。グウェンは引きさがらなかった。そのことに自分でも驚いた。わたしはサビンを怖がっていない。少しも。

「車に乗れ」

「サビン」

「乗れ」

横暴な男なんか呪われればいい！

二人とも乗りこんでシートベルトを締めると、サビンはエンジンをかけたが車は出さなかった。彼はサングラスをかけ、片手をグウェンの腿に置いて向き直った。「これで二人きりになったから聖遺物のことを話そう。だがこの話を知ったからにはきみはもうおれから逃げられない。姉妹といっしょに家に帰ることもできないし、一人で城から脱出することもできない。わかったな？」

待って、なんですって？「それはいつまでの話？」

「聖遺物が見つかるまでだ」

二、三日かもしれないし永遠かもしれない。グウェンはひそかに永遠ならいいのにと思ったけれど、それは選択肢がないからではない。「そんなことは承知できないわ。一年も閉じこめられていたのに、また閉じこめられるつもりはないの。わたしにはわたしの人生があるのよ」まあ、人生と言えないこともない。まだ自分の人生を生きようとしたことも、生きたいと思ったこともないけれど。「やるべきこともあれば、会いたい人もいる」
サビンは肩をすくめた。「それなら何も教えられない」それだけ言うとサビンは車を出した。そしてゆっくりと進んで車の流れに乗った。こんなに慎重なのは……彼に似つかわしくない。危険と隣りあわせの生き方にそぐわない。彼女の安全のためだろうか？　そう思うとグウェンはどこか甘い気持ちになった。

この男に心を許してはいけない！

「きみは城にいるのが好きなんだろう。本音を隠すな」

この情報を逆手に取られる心配はないか？　ある。秘密にしておけば有利になるか？　なる。嘘をついても本当のことを言う程度のメリットはあるか？　ある。でもいざ口を開くと本心が顔を出した。「ええ、認めるわ。恐怖と孤独の一年を過ごしていたところにあなたたちがやってきて、一人ではなくなった。恐怖心はまだあるけれど、危害を加えられることはないし脅されることもないわ。安全だという感覚がとても強くて、ここから出ようという気になれないの」

「姉さんたちといてもそういう安心感はあるはずだ」サビンの口調がやわらいだ。指が彼女の脚を揉《も》んでいる。「そうだろう？」

「ええ」あるといえばある。「この一年のことを隠して嘘をつけば、よけいな波風は立たないけれど、姉たちはいつもわたしの本心を見抜くの。姉たちには嘘がつけないわ」そしてサビンにも。「あなたたちは人生から休暇を取っているようなものね。そしてあなたはわたしに休暇中に働けと言っている。それはかまわないわ。それがデスクワークなら」

サビンは車内に響き渡るほどの深いため息をついた。「よく聞いてくれ。一度しか言わないからな。聖遺物は全部で四つある。〝強制の檻《おり》〟、〝聖なる杖《つえ》〟、〝神のマント〟、〝万能の目〟だ。その四つが集まると、パンドラの箱への道が示されると言われている。おれたちが持っているのはそのうちのふたつ、檻と目だ」

「それはどういうものなの？　聞いたこともないけれど」

「檻の中に閉じこめられた者は命令に逆らうことができなくなる。どんな命令でもだ。クロノスに危害を加えないかぎり、命令にタブーはない。檻を作らせたクロノスは自分の不利益になる使い方ができないようにしたんだ」

すごい。グウェンはそんなすばらしい力の持ち主に感心せずにいられなかった。彼女は自分の中の獣すらコントロールできないというのに。

「杖の正体ははっきりしない。マントは透明になって存在を消すために使う。〝万能の目〟

は天界の、そして地獄の出来事を見通す力がある」サビンは目の前の道路を見つめたまま座席に頭をもたせかけた。「ダニカが〝万能の目〟だ」

これには二度びっくりだ。普通の人にしか見えないあの金髪美人が、天の驚異と地獄の恐怖を見通せるなんて。かわいそうに。人とちがっていること、人より……多くを持っていることとの悲劇ならグウェンも知っている。ダニカとなら友達になれるかもしれない。冷えたお酒でも飲みながら愚痴をこぼしあいたい。グウェンは誰かと愚痴をこぼしあったことなどなかった。「〝強制の檻〟と〝万能の目〟はどうやって見つけたの？」

「ゼウスは聖遺物を取り戻す手がかりになるものを自分のために残しておいた。その手がかりを追ったんだ」

まるで宝探しだ。「檻を見せてもらえる？」グウェンは興奮が声に出るのを抑えられなかった。傭兵《ようへい》である姉妹たちは、しばしばグウェンを家に一人残して世界を舞台に宝探しの旅に出たものだ。グウェンはいつもついていきたいと思っていた。少なくとも戦利品をいっしょに楽しみたいと思った。ところが三人はいつも帰宅する前に戦利品を新しい持ち主に渡してしまったので、願いがかなうことはなかった。

サビンは一瞬こちらに目をやった。グウェンはその視線の熱さを感じ取った。「その必要はない」答えはそっけなかった。

「パンドラの箱を見つけたら何に使うの？」

「そう」今度もまた仲間はずれというわけだ。グウェンは落胆を隠そうとした。

「かかるんだ」

「誰にも迷惑はかからないわ」

「だめだ」

「でも——」

ハンドルを握るサビンのこぶしが白くなった。「粉々に打ち砕く」

戦士らしい答えがグウェンはうれしかった。「アニヤから聞いたけれど、箱は戦士から魔物を引き離すそうね。そして戦士は死に、魔物は閉じこめられる、って」

「そうだ」

「箱とは関係なく戦士が殺されたらどうなるの？　魔物も死ぬの？」

「質問責めだな」サビンは舌打ちした。

「ごめんなさい」グウェンは膝に円を描いた。「わたしって好奇心が強すぎるの」その好奇心のせいで何度か死にかけたことがある。幼いころ、家族が所有する山を探検していて流れの穏やかな川を見つけた。潜れば魚が泳いでいるのが見えるかもしれないと彼女は思った。もしいるなら何匹いるだろう。何色だろう。捕まえられるかしら？

飛びこんだとたん、氷のように冷たい水にたちまち体力を奪われてしまった。流れが穏やかなことなど関係なかった。浮いているだけの力も出せない。彼女はハルピュイアに変わったが、冷たい水のせいで羽が背中に凍りつき、飛ぶこともできなかった。

必死の叫びを聞きつけたカイアに助けられたグウェンは、そのあとひどいお仕置きを受けた。それでもやっぱり魚への興味を捨てられなかった。

「聞いてるのか？」グウェンの物思いにサビンの声が割りこんだ。

「いいえ、ごめんなさい」

サビンの唇がゆがんだ。グウェンはその表情が好きだった。伝説的な戦士が、なんというか人間くさく思える。「今話していることは極秘だ。それはわかってるな？」

ええ、わかっている。この情報がハンターに渡ればサビンが不利になりかねない。「命の恩人を裏切るつもりはないわ、サビン。でも裏切るかもしれないと思っている女をどうして自分のもとに置きたいの？」サビンが信じてくれないという事実は思ったよりずっとつらかった。きっとしかたないのよ。魔物のせいで誰も信じられないのかもしれない。そう思ったグウェンははっとした。それなら筋が通っているし、それほどつらくもない。

「きみのことは信じている。だが捕らえられて拷問を受け、情報を引き出されるかもしれない。きみは強くてすばやいからそんなことにはならないと思うが、一度はあいつらに捕まった身だ。となると……」

グウェンは口が乾くのを感じた。「わたしが……そんな……」拷問ですって？

「おれがそんなことはさせない」

グウェンはじょじょに落ち着きを取り戻した。もちろんサビンならそんなことは許さないだろう。彼女自身もそうだ。臆病者かもしれないけれど、必要とあれば凶暴になることもできる。「それでも知りたい気持ちは変わらないわ」

「いいぞ。実はこれはテストだったんだ。きみはパスした。この情報はハンターもすでに知っていることだから悪用される心配はない。おれが殺されたときパンドラの箱がそばになければ、魔物は自由になる。狂気に取り憑《とつ》かれ、危険で厄介な存在だが、自由の身だ」

グウェンの目が丸くなった。「だからハンターはあなたを殺さずに生け捕りにしようとするのね」

「どうして知ってる？」

「あの地下墓地には別のグループも出入りしていたんだけれど、戦いに出かけるたびにお互いに確認していたの。殺すな、負傷させるだけだ、絶対に――」

「くそっ」いきなりサビンがさえぎった。「つけられてるぞ。しまった！」そしてこぶしでハンドルを殴りつけた。「油断したばかりに気づくのが遅くなった」

どこか責めるようなサビンの口調も、そのせいで胸が苦しくなったのも無視して、グウェンはさっと振り向いて黒いガラスの外を見やった。うしろから三台の車が角を曲がってついてくる。どの車の窓も黒っぽく、中に何人乗っているのかわからない。「ハンターなの？」

「決まってるだろう。くそっ！」またサビンがうなるように言った。四台目の車が今度は正面から近づいてきた。がつん、と金属がぶつかる音が響いた。

グウェンの体が前に投げ出されたが、シートベルトとエアバッグのおかげで怪我《けが》をせずにすんだ。

「大丈夫か？」

「ええ」胸が早鐘をうち、血管を流れる血は氷のように冷たい。

サビンは、体中にひそませた短剣をすでに取り出していた。銀色の切っ先が日光にきらめく。「ドアをロックして中にいろ」彼は二人の前のダッシュボードに短剣を二本置いた。「戦いたくないならな」そして答えるひまも与えず車から飛び出し、ばたんとドアを閉めた。

グウェンはドアをロックした。喉に苦いものが込みあげる。その苦さには恥と恐怖が混じっていた。サビンだけを戦わせて自分はのんびり座っているなんて。止まった車から人影が飛び出し、銃を構えながらサビンのほうに走っていく……十四対一？　まさか、十四人も！

だめだ。

ひゅっと銃弾が空を切った。

わたしはハルピュイアよ。戦える。勝てる。サビンを助けられる。

姉たちなら迷わないだろう。車の上に飛び乗り、屋根をずたずたに引き裂いて車を動けなくするだろう。わたしならできる。きっとできる。グウェンは震える手で短剣を取った。見かけより重く、持ち手は冷たくなった肌に溶岩のように熱い。

今回だけだ。一度だけ戦おう。でもこれで終わりだ。これがすんだらフルタイムの事務仕事に戻ろう。ぱんと乾いた音がして弾丸が飛んだ。と、何かが地面に倒れる音がした。

グウェンは息をのんだ。大丈夫よ、わたしならできる。たぶん。

ハルピュイアはどこに行ったの？　視界は赤外線視にはならず普通のままで、口にも血の渇きを感じない。

あの怠け者は食べ物と人肌のぬくもりですっかり穏やかになり、寝てしまったのかもしれない。自分の中の獣をいつも抑えつけようとしなければ、自由に呼び出せるようになったかもしれない。今は自力でなんとかするしかない。

銃声、そして悲鳴。

ずっとここにいるわけにはいかない。がくがく震えながらグウェンは息をのみこみ、車から出た。凄惨な光景が目に飛びこんできた。サビンは死の舞踏を踊るかのように腕を振りまわして短剣で斬りつけ、血しぶきをまき散らしている。ハンターの銃弾のせいで体は穴だらけだ。ところがサビンの動きは決してゆるまなかった。

「ばかな魔物め、のこのこ一人で出てくるとはな」見知らぬ男が言った。「女どもを返せばこの場は見逃してやる」

ハンターがあの地下墓地の報復に出ようとするのは当然予想できたことだ。

サビンは鼻で笑った。「女たちはもういない」

「だが赤毛は別だ。あの女がおまえといっしょにいるのを見たぞ。淫売女は変わり身が早い」

「二度とそんな呼び方をするな」サビンの声にこもるすさまじい怒りは、ハンターがその場で白旗をあげないのが不思議なほどだ。

「あの女は淫売でおまえは下司《げす》野郎だ。この場で叩《たた》きのめしてからあとで蘇生《そせい》させて、おれが死ぬまでエジプトでしたことを償わせてやる」

「よくも仲間を殺してくれたな、ろくでなしめ」別の男が声をあげた。

サビンはそれ以上答えず、目を赤く輝かせて切りこんでいった。次の瞬間、閃光《せんこう》が走ったかと思うとサビンの肌が裂け、ごつごつした骨がむき出しになった。周囲には次々と屍《しかばね》が山をなしていくが、サビンはいつまでもちこたえられるだろう？　ハンターはあと八人残っている。八人がサビンを撃ち続けているのだ。殺すためではない。ふくらはぎや上腕を狙って動きを止めようとしている。

〝疑念〟の魔物がハンターの耳に小さな毒をふきこんでいるのが目に見えるようだ。こい

つを倒せるわけないのはわかってるだろう？　今夜、おまえの妻は死体の身元確認に駆り出されることになるぞ。

そんな声に耳をふさぎ、ありったけの勇気をかき集めて、グウェンはじりじりと近づいていった。ハンターの気をそらせばサビンは優位に立てる。そうだ、そうすればいい。どうすればハンターの気を引き、サビンが攻勢に出る隙を作れるだろう？　殺されず、負傷もせずにやり遂げなければいけない。

その答えが頭に浮かび、グウェンは吐きそうになった。だめだ、とんでもない。でもほかに方法はない、と心の中の声が言った。

愚かな自殺行為だ。別の声が言った。でも関係ない。自分でなんとかしよう。人生で初めて勇気を奮い起こそう。そう思うと……気分がよかった。本当にすっとした。怖いし震えているけれど、そんなことでひるみはしない。今度こそやってのける。サビンはハンターの手から助け出してくれた人だ、恩がある。それだけじゃない。一年におよぶ監禁生活を強いた張本人たちを見ていると、苦しめてやりたい、苦しんで当然だという思いが込みあげてきた。

サビンは正しかった。自分の手で敵を倒すのはさぞ気分がいいだろう。ただ問題は、彼女が姉たちのように訓練された兵士ではないことだ。何をすればいいかはわかっているけれど、うまくいくだろうか？

やるしかない。失敗したって知れている。まあ、死ぬかもしれないけれど。グウェンは息を吸いこみ、背筋を伸ばして両手を振った。短剣の刃が日光にきらめいた。「日当てはわたしでしょう？　じゃあ捕まえたら？」

死の舞踏が止まった。すべての視線がこちらに吸い寄せられるなか、グウェンは短剣を投げた。短剣は勢いよく空を切って飛んでいったが、むなしく地面に落ちた。しまった！

グウェンはしゃがみこんだ。ところが隠れきる前に一人のハンターが彼女めがけて撃った。「その女を殺すな」別の一人がそう怒鳴り、弾の方向をそらそうとして男の腕を押しやった。しかし手遅れだった。弾はグウェンの肩に命中し、鋭い痛みが炸裂《さくれつ》した。彼女の体はうしろにはじき飛ばされた。

グウェンは呆然《ぼうぜん》としてそのまま横たわっていた。息は荒く、腕はずきずきする。撃たれるのは思っていたほど苦しくない。もちろん死ぬほど痛いけれど、これぐらいの痛みはなんとかなる。やがて視界がちらつきだし、さっきまで見えていた青い空と白い雲がいきなり消えてしまった。遠くから近づいてくる足音、タイヤがきしる音が聞こえる。うまくハンターの気をそらし、サビンが攻勢に出ることができたのだろうか。

「そいつを足止めしろ」誰かが叫んだ。「おれが女を確保する」

サビンが吠《ほ》えた。まがまがしいほどの響きにグウェンの耳は爆発しそうになった。次の瞬間、弾丸がタイヤのリムにあたって跳ね返り、グウェンの胸に食いこんだ。鋭い痛みが体を貫く。だめだ、この痛みは耐えられそうにない。全身が震え、筋肉がぎゅっと収縮した。でも何より気になったのは、買ったばかりのきれいなTシャツに温かい血がしみ出したことだ。自分で選んだTシャツ。自慢に思い、着てうれしかったTシャツ。サビンが目に欲望を浮かべて見ていたTシャツ。

だめになってしまった。新品のきれいなTシャツが。そう思ったとき、ようやくハルピュイアが怒りにうごめいて目を覚ました。

でももう手遅れだ。体力は血とともに流れ出してしまった。目の前が真っ暗になり、もう色彩は見えない。眠りが押し寄せ、誘っている。でもグウェンは抵抗した。眠るわけにはいかない。今ここで眠ってはいけない。周囲には大勢の人がいる。無防備そのものだ。一族の名を汚してしまう。また狙われてしまう。

「グウェン！」サビンの声がした。遠くで体から手足が引き裂かれるようないやな音がし、どさっという音が続いた。「グウェン、何か言ってくれ」

「わたしは……大丈夫」ついに暗闇がすべてをのみこんだ。グウェンはもう抵抗できなかった。

15

サビンとの会議はもう始まっていてもおかしくない時間だとアーロンは思った。だがパリスの姿が見えないし、誰も知らないという。熱い恋人たちがあちらからひと組、こちらからひと組と姿を現した。

アーロンはひと晩中パリスのことを心配していた。いつもなら楽観的な男が暗い顔をしている。どこかおかしい。見捨ててはおけない。アーロンが今、パリスの寝室の前に立ち、しつこくノックしているのはそれが理由だ。

答えはなかった。足音すら聞こえない。

もっと強くノックしようとアーロンは手をあげた。

「アーロン、大事なアーロン」

聞き慣れた子どものような声を聞いて希望がわきあがり、アーロンは振り向いた。そこにいたのは愛するレギオンだ。知りあって日は浅いがレギオンは大事な存在だった。レギオンの一途《いちず》な忠誠心はアーロンの心に忍びこみ、わしづかみにした。彼がひそかに求めていた娘のような存在だ。

腰までの身長、緑のうろこにおおわれた体、赤い目、かぎ爪、髪はなく舌は先が分かれている。そんな雌の悪魔のレギオンの目を見たとき、アーロンの不安は消え失《う》せ、パリスのことは一瞬頭から抜けてしまった。

「ほら、おいで」アーロンはぶっきらぼうに言った。

レギオンはそのひと言を待っていた。鋭い小さな歯をむき出しにして大きな笑顔を作ると、レギオンはアーロンに飛びついて肩に乗り、くるりと首のまわりに丸まった。そしてぎゅっと締めつけたのでアーロンは息が苦しくなったが気にしなかった。大蛇のようにからみつくのがレギオンのハグなのだ。

「さびしかったよ、すごく」

アーロンはレギオンの耳のうしろをかいてやった。レギオンはたちまち喉を鳴らしだした。「どこに行ってたんだ？」こうしてそばにいるとレギオンが安全だとわかって安心する。

「地獄だよ。知ってるでしょ。話したよ」

そうだ、聞いている。だが気を変えて別の場所に行っていてくれればいいのにと思っていた。レギオンは地獄をきらっているが、サビンが行くように説得するのだ――偵察任務をしてくれたらアーロンが助かるからと言い聞かせて。サビンの奴《やつ》め。地獄の悪魔たちはレギオンの善良さをかぎつけて、やっつけてやると脅したりからかったりする。同じ仲間なのに、まるで地獄に堕《お》ちた亡者あつかいだ。

「誰かにいじめられたのか？」

「いじめられそうになった。だから逃げたよ」

「いい子だ」奴らがレギオンのうろこ一枚でも傷つけたら、なんとかして業火の燃える地底まで乗りこんでやる。

レギオンはずりずりと動いてアーロンの肩に肘をつき、頬をすり寄せた。肌は焼き印のように熱かったが押しのけようとは思わなかった。毒牙の先で顎の無精ひげを甘噛《あまが》みされてもアーロンはひるまない。理由はわからないがレギオンは彼を愛している。アーロンを傷つけるようなことをしたら死んでしまうだろうし、アーロン自身、レギオンの気を悪くするぐらいなら死んでもいいと思っていた。

レギオンがアーロンに腹を立てたのは一度だけ、彼が人間を観察しに町のはずれに出かけたときだ。これはアーロンの習慣だった。人間の弱さやはかなさは、嫌悪感をかきたてると同時に彼を魅了した。人間はいずれ死ぬ運命であり、まさにその日に死ぬ者すらいるのに、その事実を忘れているようだ。アーロンは人間がなぜそうなのか知りたくてたまらなかった。

レギオンは彼がベッドの相手を探しに行くのだと思いこみ、〝あたしというものがありながら！〟と怒った。アーロンがあんな弱い生き物に自分を差し出したりしないと言い聞かせると、レギオンはようやく落ち着いた。

「あの目、なくなった」レギオンの声はほっとしていた。

あの目――つまり例のストーカーのことだ。たしかに視線はなくなった。でもそれもいつまでだろう？　昼夜を問わず、気まぐれに彼を狙う強い視線。最後に感じたとき、アーロンはシャワーを浴びようとして裸になるところだった。ブリーフを脱ごうとしたとき、気がつくと視線はなくなっていた。

「心配しなくていい。視線の主がなんだろうといずれ探り出すから」どうにかして見つけてやる。「そしてやめさせる」必要ならどんな手を使ってもいい。

「あのね、あのね、調べてあげたよ！」レギオンはうれしそうに手を叩《たた》いたが、やがて口をとがらせた。「それ、女だよ。天使だよ」レギオンは息をのみ、身震いした。

アーロンは聞き間違いだろうと思った。「天使ってどういうことだ？」

「天から来たってこと」そう言うとレギオンはまた息をのみ、身震いした。

天使がなぜ彼を見つめるのだろう？　それも女だと？　天使なら彼の外見を見て嘆くはずだ。タトゥー、ピアス……荒くれ男そのものの外見。「どうしてわかる？」

「地獄でみんな話してた。だから戻ってきたよ。アーロンに知らせようと思って。暗黒の戦士を追いかける天使はばかだ、今に地上に堕とされるって」

「だが……なぜだ？」天使が地上に堕とされたらどうなるのだろう？

「知らない。でも大変だって。とってもとってもね」

「きっと人違いだな」神や女神が彼の一挙手一投足を見守っているのは知っている。神々は聖遺物を求め、パンドラの箱を求めている。タイタン族の王クロノスは、利己的な理由で戦士を利用し、敵を殺せとか苦しめろと命じるのを何よりも好んでいる。

アーロンはそれをよく知っている。

「その女、きらい」レギオンが吐き出すように言った。

彼につきまとっているのが天使なら、レギオンがそばにいたがらないのも納得できる。ダニカから聞いたところによると、天使は悪魔を狙う殺し屋なのだそうだ。天使を操るのは神々ではなく、誰も見たことのない、感じることしかできないある存在らしい。

「おれを殺しに来たのかもしれない」彼の正体を考えれば、理屈が通る。だがほかの戦士たちではなくなぜ彼なのだろう？　どうして今？　彼ら戦士はもう何千年にもわたって地上で暮らしている。これまで天使に手を出されたことなどなかった。

「だめ！　だめ、だめ。こっちが殺してやる！」意気込んだ返事が返ってきた。

「天使を挑発するのはやめてくれ、レギオン」アーロンはレギオンの頭をぽんぽんと叩いた。「おれがなんとかする。約束する。教えてくれて助かったよ」おとなしく死刑宣告を受け入れる彼ではない。彼にはレギオンという守るべき存在がいる。それに天使の狙いが聖遺物だとしたら、仲間の手からそれが奪われるのを黙って見ているつもりもない。大勢の命がかかっているのだから。

ダニカと話をして、つきまとう視線のことをできるかぎり探ってみよう。どうやって倒すか、その方法も。

レギオンがじょじょにリラックスするのがわかった。レギオンの存在が彼を落ち着かせるように、彼の存在がレギオンを落ち着かせると思うとアーロンはうれしかった。「アーロン、ここで何してるの？　ボール投げして遊ぼう」

「今はだめだ。パリスを助けないと」

「そう、わかった」レギオンはまたうれしそうに手を叩き、長い爪をかちゃかちゃと鳴らした。「パリスもいっしょに遊ぼう」

「だめだ」レギオンの誘いを断るのはいやだったが、パリスにもレギオンにも死んでほしくない。レギオンとゲームをすると必ず命がけになる。「パリスに用があるからな」

一瞬の沈黙があった。レギオンがため息をついた。「わかった。アーロンのために退屈は我慢する」

アーロンは笑いながらドアの方を向いた。また答えがなかったのでドアノブをひねった。鍵がかかっている。「ちょっと離れててくれ。ドアを蹴破るから」

「だめだめ、鍵あけてあげる」レギオンは下半身をアーロンの首に巻きつけたまま胸を這《は》いおり、かぎ爪を使ってかちりとシリンダーをまわした。蝶番《ちょうつがい》がきしむ音がし、ドアがすーっと開いた。ひひひと笑い声があがった。

「いい子だ」

得意げになっているレギオンをよそに、アーロンは寝室に入った。かつてそこは官能の館で、ダッチワイフや性具やシルクのシーツであふれかえっていた。今、ダッチワイフには穴が開いている。といってもちゃんとした穴ではない。切り裂かれているのだ。おもちゃ類はごみ箱に投げこまれ、ベッドには何の飾りもない。

さっと見まわすとパリスはバスルームにいた。トイレにおおいかぶさってうめいている。黒と金色がかった茶色が美しく交じる髪はうなじでまとめてある。ふだんから白い肌は血の気がなく血管が浮き出て見える。目の下には半月形のくまがあり、虹彩《こうさい》の青はくすんでいる。

パリスのそばにしゃがんだアーロンは、黒い床の上に瓶とビニール袋が散乱しているのを見つけた。アンブロシアと人間界のアルコール、どちらも大量だ。「パリス？」

「静かにしてくれ」うめき声の間隔がせばまっていき、パリスは顔をあげて胃の中の残りをトイレに吐き出した。

パリスが吐きおえるとアーロンは話しかけた。「何かしてやれることはないか？」

「ある」聞き取れないほどかすれた声だ。「出ていってくれ」

「アーロンにそんな言い方——」

アーロンがしーっと合図すると、驚いたことにレギオンは黙った。それどころかアーロンの肩から滑りおりてバスルームの隅っこにうずくまり、下唇を震わせて両手で体を抱いた。アーロンは罪悪感のあまりの強さにもう少しでレギオンに手をさしのべそうになった。だが今はパリスを助けるのが先だ。

「最後にセックスしてからどれぐらいだ？」

またうめき声があがった。「二日……いや、三日だ」パリスは手の甲で口元をぬぐった。

つまり、エジプトから戻ってくる前から女を相手にしていないということだ。だが砂漠にいたどきもルシアンは毎晩パリスだけを特別に繁華街に瞬間移動させていたはずだ。その気になってくれる相手を見つけられなかったのだろうか？

「町に連れていってやる。そうすれば——」

「いやだ。ほしいのはシエナだけだ。おれの女。おれだけの女だ」

どういうことだ？　アーロンが知るかぎり、パリスに恋人はいない。女の群れに入っていって一度に一人選び出すのがパリスのやり方だ。一度に二人、三人というときもあるが。アンブロシアに酔っているだけだろうとアーロンは思った。とりあえず話を合わせておこう。「どこにいるか教えてくれたら連れてきてやるぞ」

苦々しい笑い声。「それは無理だ。死んでるんだから。ハンターに殺された」

アンブロシアに酔っているにしては話が具体的だ。だがアーロンはシエナとかいう女に会ったこともなければ話を聞いたことすらなかった。

「クロノスにシエナをよみがえらせると言われたが、おれはシエナではなくおまえを選んだ。おまえは殺戮《さつりく》の衝動を憎んでいたからな。それにレイエスはあのブロンドがいなくなったら死んでしまっただろう。だからおれはシエナをあきらめた。もう二度と会えない」

ふいにパズルのすべてのピースがぴたりとはまった。近ごろパリスがなぜこんな様子なのか、アーロンの殺戮の衝動があるときを境に突然消えたのはなぜなのか。パリスはギリシャの神殿でパンドラの箱を探したときにその女と出会ったにちがいない。なんてことだ。パリスは彼のために恋人をあきらめたのだ。

アーロンには恋人はいないしほしいと思ったこともない。だがマドックスとアシュリン、ルシアンとアニヤ、レイエスとダニカの様子は目にしている。皆、相手のためなら命も投げ出すだろう。アシュリンの場合は実際に投げ出した。彼らは常に相手のことを思い、求め、一人になると落ち着かなくなる。

アーロンはよろよろと冷たいタイルに膝をついた。パリスの選択の重さが肩にずっしりとのしかかった。「なぜそんなことをした？」

「おまえが大事だからだ」

答えは単純だった。

「パリス――」

「もういい」パリスは震える脚で立ちあがり、よろめいた。

アーロンはすぐさま立ちあがってパリスの腰に手をまわし、支えた。そのままベッドへ連れていこうとして足を踏み出すと、パリスが腹をつかんだ。アーロンはパリスを抱きあげ、しっかりと胸に引き寄せた。

そしてベッドではなくバスタブに寝かせた。すぐに熱いシャワーがほとばしり、吐き気の名残を消した。パリスがのろのろと服を脱ぐとアーロンはタオルと石けんを渡し、頭のてっぺんから爪先まできれいに洗うのを見守った。その間パリスはずっとシャワー室もバスルームも越えたどこかを見つめていた。まるで精神が別の場所に行ってしまったかのように。

「おれのためにおまえがこんなありさまになったかと思うと苦しいよ」アーロンが低い声で言った。「おれなんかのために」

「いずれよくなる」パリスはそう答えたが、アーロンはその言葉を信じる者はいないと思った。

アーロンはシャワーを止めてパリスにタオルを渡した。拭いてやってもよかったが、パリスのプライドが許さないだろう。

「出ていってくれ」パリスはよろよろとシャワー室から出た。

「ベッドまで歩けないなら運んでやる」

パリスは低くうなったが何も言わなかった。そしておぼつかない足取りでベッドに行き、どさっと身を投げ出した。すぐうしろからついていったアーロンは、何をすればいいかわからずパリスを見下ろした。こんなにぼろぼろになったパリスを見ていると涙がわいてくる。パリスには命を助けてもらった。恋人をあきらめただけではない。友情を与え、ともに戦い、身代わりになって弾丸やナイフを受け、人生を呪う言葉に耳を傾けてくれた。今だけではない、神々の戦士としてもっと高い志を持っていたころも。

パリスをこのままにはしておけない。一人で町に行って女を見つけてこなければ。

アーロンは顔を近づけてパリスの眉から髪をひと筋払いのけた。「おれが治してやるからな」

「アンブロシアをもうひと袋取ってきてくれ」弱々しい声が返ってきた。「ほしいのはそれだけだ」

「いいよ、いいよ」すねていたはずのレギオンが急に機嫌が直ったのかうれしそうに言った。そして一目散にベッドに飛び乗った。「どこにあるか知ってるよ！」

マットレスが揺れ、パリスはうめいた。「急いでくれ」

アーロンが顔をしかめてみせるとレギオンはしゅんとなった。そして頭を垂れたままアーロンの肩に戻った。「また悪いことした？」

「パリスをたきつけるな。悪くするんじゃなく、よくなってほしいんだ」

「ごめんなさい」

アーロンはレギオンの耳のうしろを撫《な》でてやった。「また来る」彼はそう言い残して部屋を出てドアを閉めた。さいわいほかの仲間は娯楽室で会議が始まるのを待っている。誰にもでくわさずに部屋にたどり着いたアーロンは、レギオンを一度ぎゅっと抱きしめると、マドックスに作らせたフリルつきの寝椅子に下ろした。

「ここにいてくれ」彼はそう言ってクローゼットに消えた。一分もたたないうちに彼の体はずっしりとナイフで重くなった。万が一に備えて銃も持っていきたかったが、飛ぶのに気を取られている間に、パリスに選んでやった人間に奪われては困る。

「でも……でも……帰ってきたばかりなんだよ。さみしいよ」

「わかってる。おれだってさびしいさ。だが町の人間はただでさえおれを怖がってる。おれたちがいっしょにいるところを見たら暴動が起きるだろう」そのとおりだ。タトゥーだらけの顔をしたアーロンを見るとき、人間の目にはほかの戦士を見るときのような畏敬の念はない。「パリスにあてがう女を見つけてここまで連れてこないといけないんだ」

「でも二人いっしょに運べるでしょ。レギオンと女と」

「だめだ。すまないな」

「いやだ！」レギオンは赤い目を輝かせて地団駄を踏んだ。「女と二人きりにはさせない」

レギオンが恋人気取りで言っているのではないのはわかっている。親が再婚するときの子どものような嫉妬を感じているのだ。「このことはもう話しただろう、レギオン。おれは人間の女はきらいなんだ」もし女に身をまかせることがあるとしたら、相手は強靭《きょうじん》な不死の者でなければならない。不撓不屈《ふとうふくつ》の強者でなければ。

病気、愚かさ、不注意、それに同胞の残忍さによっていつどうなるかわからないような生き物を、パリスもほかの仲間もよく相手にできるものだ。人間はいずれ死ぬ。いつも誰かが死んでいる。アシュリンとダニカは神々が不死を約束したが、それでも弱点はある。

「すぐに戻る。最初に見つけた女をさらってこようと思う。おれが何も感じない女を」

レギオンはピンク色のベルベットを爪でたどった。「約束する？」

「約束する」

それで気がすんだらしく、レギオンはため息をついて言った。「わかった。ここにいる。ここに……」レギオンの薄い唇が一文字に引き結ばれた。

次の瞬間、アーロンは正体不明の目がじっと自分を見ているのを感じた。好奇心いっぱいの執拗《しつよう》な熱い視線だ。

レギオンは身震いし、うろこは逆立ち、顔は恐怖で塗りつぶされた。「だめ、やめて！」

「逃げろ」レギオンは迷わずそうした。その瞬間、姿が消えた。

アーロンはゆっくりと振り向き、天使らしき気配を探そうとした。だが何もない。揺らぐ輪郭も、天上の香りもしない。すべてがいつもどおりだ。アーロンは歯を噛みしめた。その何かを怒鳴りつけてやりたい。姿を見せろ、何の用だと言ってやりたい。だがアーロンはそうしなかった。今は時間がない。これが終わったらきっと……。

アーロンはシャツを脱いで床に投げ、胸に入ったタトゥーを見下ろした。戦場の光景、顔。自分がしたことは絶対に忘れたくない。自分の手で死に追いやった者たち。そうしないと、いつも戦っている邪悪な敵にのみこまれそうで怖かった。それは〝怒り〟の魔物だ。

こんな暗いことを考えているひまはない。心の中で念じると、隠れた背中の裂け目からさっと翼が開いた。黒く薄く、一見もろそうだが信じられないほど強靭だ。そのとき女が息をのむ声が聞こえたような気がした。次の瞬間、温かい手が翼を撫で、曲線とくぼみをくまなくたどった。たったそれだけで、さっきまでの決意を裏切るかのように、下半身が硬くなった。

くそっ。まさか。悪魔の暗殺者に欲情するとは。生きているかぎりありえないことだ。

「触るな」アーロンはうなるように言った。

形のない手は引っこんだ。

いつもこうして命令に従ってくれるといいんだが。「おれの仲間を傷つけようとか奪い取ろうとか思ってるなら、おまえをずたずたに引き裂いてやる。さっさと逃げて二度と戻ってこないほうが身のためだぞ」

答えはなかった。熱いほどの視線はまだ残っている。

アーロンは歯をぐっと噛みしめ、両開きのドアを開いてバルコニーに出た。温かい空気と自然の香りが体を包んだ。城の周囲には木立が空に向かってそびえたっている。遠くには町の商店や大聖堂の赤い屋根が見える。さっきの熱くやわらかな手が戻ってこないのはありがたい。がっかりなんかするもんか、と自分に言い聞かせた。

アーロンは意を決してバルコニーから身を投げた。そのままどんどん落ちていく。翼を一度はためかせると体は上を向いた。もう一度はためかせると、今度は高く舞いあがった。左に舵《かじ》を切り、北を目指す。そのとき城の正面が目に入った。血まみれで意識のないグウエンを抱きかかえ、サビンが車から飛び降りるのが見えた。

戻って手を貸したいと思ったが、アーロンは翼をもっと強く早く動かした。パリスが優先だ。これからはずっとパリスをいちばんに考えるのだ。

16

サビンは最低でも一人、ハンターを生きたまま捕らえるつもりだった。尋問し、多少は拷問もするために。だが奴《やつ》らがグウェンを撃ったとき、そんな気持ちは消え失《う》せた。二発目は偶然の事故だったが、サビンはこれまで感じたことのない怒りにのみこまれた。彼は家畜でも殺すようにハンターを殺していった。刃がなめらかに空を切って喉を裂き、ハンターは一人また一人と倒れていった。それでもまだ足りない思いだった。

城に帰る途中、ルシアンに連絡すると、ルシアンはマドックスとストライダーを現場に瞬間移動させた。二人は現場の後始末をしてから城に戻り、ギデオンとカメオを連れてハンターがまだひそんでいないか調べに行った。残念ながら何も見つからなかった。だからといっていないわけではない。うまく隠れているだけだ。

あと十人でも二十人でも殺してやりたい。

この二日間、グウェンが意識を取り戻したのはほんの数回だ。昏睡《こんすい》状態のグウェンを見てサビンは何度も迷った。町の病院に連れていくべきか、ここに置いておくか。そのたびに彼は自分の寝室を選んだ。グウェンは人間ではない。医者にかかればかえって悪くなるかもしれない。

　それにしても、どうしてもっとすみやかに回復しないのだろう？　グウェンはハルピュイアであり、不死の者だ。アニヤはハルピュイアのことを知っていて、回復の早さは戦士たちと同じだと断言した。それなのに、体内の銃弾を取り去っても傷口は生々しく開いたままだ。

　今朝、何かとグウェンの世話を焼いていたダニカとアシュリンは、グウェンを強制の檻《おり》に入れて治れと命じたらどうかと言いだした。ようやく希望が見えた気がしてサビンはそのとおりにしてみた。ところがグウェンの病状は悪化しただけだった。強制の檻はそういう使い方をするものではないのだ。聖遺物の力についてはわかっていると思っていたが、知らないことがまだまだたくさんあるようだ。

　クロノスを呼び出そうとしたが、あっさり無視されてしまった。いまいましい神々め。ほしいものがあるときしか姿を現さない。気がつくとサビンはグウェンの姉妹の到着を待ちわびていた。姉妹ならどうすればいいかわかるだろう——先に城の住人が皆殺しにされなければの話だが。この前グウェンがかけた電話番号が携帯電話の中に記録されていたので、アドバイスがもらえないか、早く来いとせかせないかと思ってサビンは連絡してみた。だが電話に出た女は相手がグウェンでないとわかると激怒した。彼がグウェンとは替われないと言うと、去勢してやると脅された。

これでは先が思いやられる。

「必要なら何か持ってきてやるぞ」

入り口から声が聞こえ、サビンはびくりとした。ふだんなら蜘蛛《くも》一匹近寄ってきても感づくのに、このごろは誰かがそばに来ても気づかない。ハンターの野郎め。あいつらは町にひそんでこちらを見張り、グウェンを取り戻すために彼が隙を見せる瞬間を待ち構えていた。それなのに気がつきもしなかった。

「サビン？」

「わかってる」サビンはグウェンを脇に引き寄せてベッドに寝ていた。さいわいグウェンが痛みのうめき声をあげることはなくなった。守れなかったのはおれの責任だ。いや、もっとひどい。グウェンに二度とハンターに手出しはさせないと約束したのに。罪悪感がサビンを苦しめた。

苦しまずにすむとでも思ったのか？

しばらく前から〝疑念〟の魔物がサビンに毒牙を向け、落ち着く隙を与えなかった。

「サビン」

サビンは両手を握りしめ、ドア口に立っているケインを見た。茶色と黒と金が交じった髪、ヘイゼル色の目。左の頬が白っぽく汚れている。たぶん漆喰《しっくい》だろう。〝破壊〟の番人の頭の上にはよく天井がはがれ落ちてくるからだ。

「大丈夫か？」

「だめだ」敵に対する次の手を考えなければいけない。仲間といっしょに戦いの準備をするときだ。外で敵を狩り出さなければ。ところが寝室からもほとんど出られない。グウェンを見ていなければ、胸が上下するのを見守っていなければ、理性は吹き飛んで魔物の言葉を理屈で追い払えなくなってしまうだろう。

いったいおれはどうしてしまったんだ？　グウェンはただの小娘じゃないか。利用するだけの女だ。

今いっしょにいて守っているからといって、任務よりグウェンを優先したことにはならない。サビンは自分にそう言い聞かせた。訓練したらグウェンは殺人マシンになるだろう。誰も止められない。だからこそおれはこうしてそばにいて、治るのを待ち望んでいるのだ。

「具合はどう？」ふいに女性の声がした。

サビンはまたまばたきして我に返った。くそっ、最近は考え事ばかりだ。アシュリンとダニカが戻ってきた。もう何度来てくれたか覚えていない。二人はケインの隣に立っている。

「あいかわらずだ」どうしてさっさと治らないんだ？　「会議はどうなった？」サビンたちが襲われたせいで会議は今朝に延期になっていた。

ケインが肩をすくめた。それが気に入らなかったのか、部屋の片隅のライトの電球が切れ、爆発した。二人の女性は叫び声をあげてとびのいた。ケインは慣れたもので、何事もなかったかのように続けた。「全員意見が一致した。バーデンが生きているはずはない。埋葬する前にあいつの頭をこの手で確かめたんだからな。誰かがバーデンになりすましているか、おれたちの目をそらすためにハンターが噂《うわさ》を流したかどちらかだ」

噂なら理屈が通る。ハンターらしいじゃないか。強さで戦士に劣る奴らは策略という武器に頼るしかないのだ。

ダニカはグウェンに近づいて眠れる美女の顔からそっと髪をかきあげた。アシュリンもそばに来て、華奢《きやしや》な体にエネルギーを送りこむかのようにグウェンの手を握った。二人の思いやりがサビンの心を打った。グウェンのことをろくに知らないのにそれでも心配してくれる。なぜならサビンが心配しているからだ。

「ガレンがハンターのリーダーだという情報をおれたちがつかんだことは、ガレン本人も知っている」サビンはケインに言った。「なのにどうして攻撃してこない？」

「たぶん計画を練ってるんだろう。そして兵力を集めてる。おれたちを惑わせるためにバーデンの嘘《うそ》の噂を流しているのは間違いない」

「あいつを殺してやる」

「予想以上に早くそうなるかもしれないわ。昨夜の夢にガレンが出てきたの」ダニカが顔を上げずに言った。「一人の女性といっしょだった。あまりにくっきりした夢だったから、今朝起きたとき絵に描いたの。見たい？」

気の毒なダニカ。彼女は毎夜のように身の毛もよだつイメージをまのあたりにしている。死者の魂を拷問する悪魔、神々同士の戦い、愛する者の死。繊細な人間のダニカは見たものにおびえているにちがいないが、愛する人の大義に役立つならと笑顔で耐えている。

もしグウェンが同じような夢を見たらどうするだろう？　ピラミッドでのあの日と同じように震えるだろうか？　ハルピュイアの血を見せつけるかのように、歯をむき出して戦うだろうか？

「サビン？」ケインが口を開いた。「おれたちの目の前でぼんやりするのはやめてくれ」

「すまない。そうだな、絵を見せてくれないか」

ダニカが立とうとするとケインが引き留めた。「ここにいて。おれが取ってくる」廊下に消えたケインは、一枚のキャンバスを持ってすぐに戻ってきた。彼がキャンバスを両手で持ちあげると、光が暗い色彩を浮かびあがらせた。

洞窟らしき場所の岩壁が深紅と煤《すす》で汚れている。木切れと土でおおわれた地面に骨が二、三本散らばっている。おそらく人間の骨にちがいない。奥の隅にいるのは、羽の翼を広げたガレンだ。青ざめた顔をこちらに向けて、何か持っている……サビンはよく見ようとして目を細くした。紙切れだろうか？

隣には女が一人立っているが、横顔が少し見えるだけだ。長身で細く、髪は黒い。口角から血がしたたっている。そしてガレンが手にした紙をのぞきこんでいる。

「見たことのない女だな」

「仲間も誰も知らない」ケインが言った。「でも妙に見覚えがあるんだ。そう思わないか?」

サビンは女の顔をよく見た。目鼻立ちには見覚えがない。だがしかめた顔は……目の隅の皺《しわ》は……知っているような気もする。

「もっと細かいところまで見えればよかったんだけれど」ダニカが言った。

「見えるというだけで奇跡だわ」アシュリンがなぐさめた。

ケインはうなずいた。「トリンはこの顔をコンピューターに取りこんで加工し、全体像を合成して身元を割り出すと言っていた。不死族なら人間のデータベースにはデータがないだろうが、やってみる価値はある」

「どうしてこの二人なんだ?」サビンは女のことを頭から追い払い、目の前の謎に意識を戻した。

「わからないが、それも調べようと思う」ケインはキャンバスをブーツの上にのせた。「ガレンを見つけるのが何よりも優先だ。あいつを殺せばハンターの組織の息の根を止められる。不死の者をよく知るガレンがいなければ組織はつぶれるしかないからな」

グウェンが身動きし、膝がサビンの腿をかすめた。

呼吸するのも怖い気がしてサビンは息を殺した。グウェンに目覚めてほしいが苦しんでほしくない。しばらく待ってもグウェンはそのまま動かなかった。

そのうち死ぬだろう。

黙れ。

おまえのせいだぞ。おれじゃない。

サビンは言い返せなかった。「パンドラの箱の捜索はどうなってる?」彼はケインにきいた。「訓練施設か寄宿学校か知らないが、実験で生まれた子どもたちの居場所のほうはどうなんだ? それから、〝語ってはならぬ者の神殿〟をもう一度捜索したいんだが」この神殿はローマにあり、最近海から姿を現したばかりだ。タイタン族が天界の覇権を狙ってギリシャ神たちを倒したとき、海中の神殿がせりあがり始めた。アニヤのおかげでサビンはこの神殿が何のために使われるのかを知った。それは祈りの場であり、かつての世界、つまり神々の遊び場を取り戻すための手段なのだ。

「その三つはガレンを倒したあとの話だな。でもトリンはコンピューターを複数台使っていくつかの調査を並行して進めている。あと数日すれば行動に移れるはずだ」

そのころにはグウェンは回復しているだろうか? 「三つ目の聖遺物に関する新たな情報は?」一日ではとても仕事をこなしきれないときがある。ハンターと戦い、神々が遺《のこ》した古代の遺物を探し、自分の命を守る。そして一人の女を治す。

「まだない。これからマドックスとギデオンがアシュリンを連れ出して、過去の声を聞く予定だ」

もしかしたら、グウェンを奪いに来たハンターが、奪還を狙う場所や計画を声に出して話しているかもしれない。サビンはその場所を吹き飛ばしてやろうと思った。

「進捗があったら逐一教えてくれ」

ケインはまたうなずいた。「了解」

「サビン」

すがるような細い声がした。グウェンの声だ。サビンはさっと振り向いた。グウェンのまぶたが震えながら開き、必死に焦点を合わせようとしている。

サビンの心臓の鼓動が速まり、鳥肌が立ち、血が熱くなった。

「目が覚めたみたい」ダニカが興奮ぎみに言った。

「おれたちはそろそろ……」次の瞬間、絵の下半分が床に落ちてしまい、ケインは唇を引き結んだ。彼は顔をしかめて拾いあげた。「悪いな、ダニカ」

「いいのよ」ダニカは立ちあがってケインに近づき、彼の手から絵を取った。「テープで留めればいいわ」

アシュリンも、ふくらみつつあるお腹《なか》をさすりながら二人のそばに来た。「行きましょう。二人きりにしてあげたほうがいいわ」

三人が出ていき、ドアが閉まった。

「サビン？」今度の声はさっきより少し力強かった。

「ここにいる」少しでも気分がよくなればと思い、サビンはグウェンの腕をさすった。ほっとした気持ちが彼の顔に出ている。「気分はどうだ？」

「痛いわ。力が出ない」グウェンは眠気を払うように目をこすり、自分の体を眺めた。そして黒いTシャツを着ているのを見て安堵《あんど》のため息をついた。「どれぐらい意識をなくしていたの？」

「二、三日だ」

グウェンはやつれた顔を手で撫《な》でた。サビンが不安になるほどの顔色の悪さだ。「本当に？」

本当に驚いている様子だった。「普通、どれぐらいで回復するんだ？」

「わからない」すっかり体力の落ちたグウェンは腕を持ちあげていることができず、ぱたりと取り落とした。「これまで怪我《けが》をしたことがないの。うっかり眠ってしまったなんて最低だわ」

グウェンの返事を聞いてサビンはとまどった。「信じられないな。一度も怪我をしたことがないとは」不死の者でさえ、生活していれば膝にかすり傷をつけたり、頭をぶつけたり骨を折ったりするものだ。

「いつも守ってくれる姉たちがいたからよ」

グウェンの姉妹は彼よりずっと守るのがうまかったということだ。そう思うと心がうずいた。

自分ならちゃんと守れるとでも思ってたのか？

今日はおまえが憎い。わかってるのか？　そもそも奴らが捕まえたグウェンをおれが助け出したんだ。

「おれは車の中にいろと言ったはずだ」気がつくとサビンはそう言っていた。

琥珀《こはく》色の目が彼をとらえた。痛みでかすんでいるが、痛みより怒りのほうが大きかった。

「手伝えないなら車の中にいろと言ったのよ。だから手伝おうと思ったの」ひと言ごとに口調は弱くなっていく。まつげが震え、今にも目を閉じてまた長すぎるまどろみに戻っていきそうだ。

サビンの怒りは消え失せた。「目を開けていてくれ。お願いだ」

まぶたが半分だけ開き、口元に疲れたほほえみが浮かんだ。「あなたにお願いされるのは気分がいいわ」

サビンは少しでいいからキスしたい衝動に襲われた。「何をすれば起きていてくれる？」

アニヤ、ダニカ、アシュリンのおかげで、ベッドサイドテーブルには病人に必要なあらゆるものが用意してあった。「水はどうだ？　痛み止めは？　食べ物は？」

グウェンは唇をなめた。「ええ、おねが……いえ、いらないわ」

あのくだらない掟《おきて》のせいだとサビンは思った。腹は減ってなかったが、彼はターキーサンドウィッチをひと口食べた。そしてコップから水を飲んだ。「これはおれのだが、残りはきみのものだ」サビンは手つかずのぶどうのボウルを手で示した。

「言ったでしょう、お腹は減ってないって」

グウェンの目はサビンの手のサンドウィッチから離れなかった。「それならいい。食べるのはあとにしよう」サビンはサンドウィッチとコップをトレイに戻し、緊急のメールでも打つようなそぶりで携帯電話に手を伸ばした。「すぐに戻るよ」

サビンはグウェンの体のぬくもりから離れて起きあがり、メールを打った。〝トリン、新しい情報が入ったら連絡してくれ〟

ほとんど同時に返事が来た。〝あたりまえだろ〟

サビンはまた寝そべった。サンドウィッチも水もなくなっている。グウェンが動くところなど見えなかったのに。食べ物がなくなったのに気がつかないふりをして、サビンは携帯電話をポケットにしまった。「本当に何もいらないんだな？」

グウェンが見るからにびくっとしたので、彼は笑いそうになった。「バスルームに行きたいし、シャワーも浴びたいわ」

「シャワーはおれといっしょじゃないとだめだ。倒れるかもしれないからな」サビンはグウェンを抱きあげた。いやがるかと思ったがグウェンは彼の襟元に頭を預けている。くそっ、こんなにも信頼しているとは。しかしサビンはそれが気に入った。

「それならシャワーはいいわ。あなたといっしょだと大変なことになるから」

わざわざ言われなくてもわかっている。「自制するよ」

「魔物のほうは？　今はあなたの魔物と戦う力はないの。だから……十分だけちょうだい」サビンが下ろすとグウェンはそう言った。「床に骨があたる音がしたら助けに来て」

グウェンはシンクにつかまってバランスをとった。

グウェンが軽い冗談を言う程度には回復したのを見て、サビンは心からほっとした。

「わかった」

九分後、レモンの香りを漂わせて顔を濡《ぬ》らしたままのグウェンが出てきた。サビンはつばがわくのを感じた。この前よりもっと深く、彼女のすべてを味わい尽くしたい。「気分はよくなったか？」

グウェンは上気した顔で床を見つめている。「ええ。ありがとう」そして歩こうとしたが膝から力が抜けてしまった。

倒れる前にサビンがその体を抱きとめた。

「こんな状態じゃどうしようもないわね」シーツが肩の傷をこすり、グウェンは顔をしかめた。

「そうだな」サビンはベッドの脇で腕組みした。「だがどうにかできることもある。おれが鍛えてやる」今後グウェンが戦うかどうかはわからないが、自分の身を守る力をつけないといけない。

戦うかどうかはわからない――今そんなことを言っていていいのか？　何があっても戦ってもらうつもりだったんだろう？　このためらいを魔物のせいにはできない。これは自分の心の声だ。

「わかったわ」その答えにサビンは驚いた。グウェンのまぶたがゆっくりと閉じた。「鍛えてほしいの。あなたの言うとおり、ハンターを苦しめてやりたいから」

グウェンがまさかこんなことを言うとは。「おれの訓練を受けたら気が変わるかもしれないぞ。わざと傷つけるつもりはないが、かなり痛い目にあわせるからな。怪我もするだろうし、心が折れるかもしれない」だがだからこそ強くなれる。サビンは手加減するつもりはなかった。

グウェンの気を変えようとしてこんなことを言っているのだろうか？

ちがう。覚悟させたいだけだ。仲間の戦士たちは女戦士を守ってやらないといけないか弱い存在だと思っているが、サビンの考えはもっと柔軟だ。女戦士を特別扱いしたこともない。サビンとルシアンが二派に分かれたとき、カメオが彼を選んだのはそのせいかもしれない。ハンターに対しても男女同じと考えている。女のハンターを何人か拷問した経験もある。だが後悔はない。必要なら繰り返すし、それ以上のこともするだろう。だが相手がグウェンとなると少し不安があった。グウェンは女戦士とはちがうし、敵でもない。

返事がない。

「グウェン?」

ため息のような声がした。また眠ってしまったようだ。サビンは彼女を上掛けでしっかりくるみ、隣に横になった。こうなったらまたグウェンが目覚めるのを待つしかない。

「少しでも動いてみろ、その首を落としてやる」

サビンは一瞬で目を覚ました。頸動脈《けいどうみゃく》に冷たい鋼が押しつけられ、首に血がしたたり落ちた。窓のカーテンが引かれていて部屋は暗い。サビンは息を吸いこみ、においをとらえた——女だ。侵入者は氷と冬空の香りがした。女の長い髪がむき出しの胸をくすぐった。

「どうして妹がおまえのベッドにいる? どうして眠っている? しかも怪我してるじゃないか。大丈夫だなんて間抜けな答えは聞きたくない。自分の舌を食べさせてやるからな。怪我をしてるのはにおいでわかる」

ハルピュイア三姉妹がやってきたのだ。

アラームが何の音もたてなかったところを見ると、三人はトリンの最新鋭セキュリティを簡単にくぐりぬけたらしい。それを考えると、ぜひともこの三人をチームに迎えたいとサビンは思った。まだチームが存在すればの話だが。「おれの仲間は無事なのか？」

「今のところは」刃がさらに強く押しつけられた。「答えはどうなんだ？　こっちは辛抱強いほうじゃない」

サビンは枕の下の武器に手を伸ばそうともせずにじっとしていた。そして魔物に話しかけた。ちょっと手を貸せ、と。

おれが憎いんじゃなかったのか。

いつもの仕事をしてくれるだけでいいんだ。

頭の中で魔物がため息をつくのが聞こえた気がした。**あんたは本当にこの男を苦しめたいのか？**　魔物はハルピュイアに問いかけた。**こいつがグウェンの恋人だったらどうする？　未来永劫《みらいえいごう》グウェンに憎まれるぞ**。

ハルピュイアの手が震え、力がわずかにゆるんだ。

よくやったぞ、魔物。サビンが呪いのありがたさを痛感するのはこういうときだ。「グウェンがここにいるのは本人が望んだからだ。怪我をしたのは、おれの敵に襲われたせいだ」

「おまえは妹を守れなかったのか？」

「言ってくれるじゃないか」サビンは歯を食いしばった。「そのとおり、守れなかった。だがあやまちから学んだし、もう二度と繰り返さない」

「当然だ。妹に血をやったのか？」

「いや」

いらだちのうなり声がした。「おまえの部屋で寝てるのもあたりまえだな！　怪我をしたのはいつだ？」

「三日前だ」

怒りに息をのむ声が聞こえた。「妹に血をやらなければだめだ。血がないと治らない」

「どうしてわかる？　グウェンからは一度も怪我をしたことがないと聞いているが」

「怪我をしたのを覚えてないだけだ。わたしたちが忘れさせたからな。ひとつ言っておくが、妹の傷はひとつ残らずおまえに償わせる。それにもしおまえの言葉が嘘で、妹を傷つけたのがおまえなら……」

「おれが直接怪我をさせたわけじゃない」今のところは。そう思うとサビンはかつてなく深刻な気持ちになった。

ハルピュイアはサビンをじろじろ眺めまわした。「いいか、おまえたちの伝説に感心しないわけじゃないが、だからって信用するほどばかじゃない」

「それならグウェンと直接話してくれ」

「ああ、すぐにもな。だからその前に教えろ。おまえの魔物がなんなのか」

どう答えればいいだろうとサビンは自分に問いかけた。真実を知れば、このハルピュイアは〝疑念〟の魔物から心を守ろうとするだろう。

「さっさと答えないか」切っ先が頸動脈に食いこんだ。

かまうものかとサビンは心を決めた。魔物を解き放てば、正体を知っていても相手は抵抗などできない。彼自身でさえそうなのだから。「〝疑念〟の魔物だ」

「そうか」その声に落胆が聞き取れたような気がした。「セックスとか呼ばれてる奴ならよかったのに。そいつの遍歴の物語が好みなんだ」

やっぱり落胆だったか。「それなら本人を紹介しよう」パリスにサービスされればこの女の態度も変わるだろう。ついでに言えば、この女と寝ればパリスのほうも明るくなるかもしれない。

「気にするな。思い出を残すほど長居するつもりはないから。グウェン」次の瞬間、サビンに触れているグウェンの体が揺らいだ。

このハルピュイアはグウェンを揺さぶっている。サビンはうなり声をあげ、女の手首をつかんだ。「やめろ。よけい具合が悪くなるじゃないか」

ふいに刃が離れ、女が手をふりほどいた。ぱっと明かりがつく。目に痛みが走り、サビンはまばたきした。刃がふたたび首に突きつけられたが身動きするひまさえなかった。

視界がはっきりしたおかげで女の顔がよく見えた。グウェンと同じ輝くような肌を持つ美人だ。だがなぜか目を奪われるほどではなく、ベッドをともにしたい衝動にもかられない。髪はグウェンのように金色の筋は入っておらず、派手な赤毛だ。だが目は同じ灰色がかった琥珀色で、唇も官能的に赤い。だがグウェンはいつも無垢《むく》な雰囲気を漂わせているのに、この女からは幾世紀もの知識と力がにじみ出ている。

「聞いてくれ」サビンは口を開いたものの、肌に食いこむ刃に黙るしかなかった。

「聞くのはおまえだ。わたしはカイア。剣をかざしているのがビアンカでもなくタリヤでもないことを感謝しろ。おまえはビアンカに電話したがグウェンを出すのを拒んだ。だからビアンカはおまえを叩《たた》きのめしたいと思ってる。おまえの手足でね。そしておまえをひと切れずつ飼い蛇に喰《く》わせたがっている。でもわたしは釈明のチャンスをやろう。グウェンに何をさせようと企《たくら》んでる？」

この女の質問に答えることはできるが、サビンは答えたくなかった。こんな状態では答えられない。グウェンの姉たちが城に留《とど》まるなら――そして戦力に加わるなら、司令官は彼だと思い知らせなければいけない。

企みを気取られないよう筋肉ひとつ動かさずにいたサビンは、次の瞬間いきなりカイアを自分の上に引き寄せた。刃が首に食いこみ腱《けん》を断ち切ったがサビンの動きはゆるまない。彼はグウェンから離れてカイアを組み敷き、全身の重みをかけて押さえこんだ。

カイアは抵抗せず、笑い出した。明るい笑い声が耳に甘く響いた。「なかなかの動きじゃないか。妹がおまえのベッドにいるのも当然だな。だが首を狙わなかったのはがっかりだ。暗黒の戦士の力はこんなものじゃないだろう」

マットレスがはずんだせいで目を覚ましたのだろう、グウェンが弱々しく息をのみ、かすれ声でささやいた。「カイアなの？」

カイアは目を動かし、口元に美しい笑みを浮かべた。「大事なグウェン、やっと会えたね。眠りこけたことを怒ってると思ってるだろうけど、そんなことはないよ。責められるのはおまえじゃない。おまえの男とこれからおまえをどうするか話しあおうとしてたところだ。気分はどう？」

「サビンに抱かれているのね。姉さんはサビンに抱かれている」グウェンの瞳が金色をのみこみ……白目を消していき……爪は鋭いかぎ爪に変わった。歯が明かりを受けてぎらついた。

カイアは息をのんだ。「グウェン……まさか……」

「そうだ、ハルピュイアになろうとしてる」くそっ。サビンは全身の力を込めてカイアをベッドから突き落とした。腕が自由になるやいなや彼はグウェンを自分の中へと引き寄せた。片手は首を支えて頬を撫で、もう片方の手はシャツからむき出しになった腹部のやわらかな曲線をたどった。

かぎ爪が肩に食いこみ骨まで達したが、サビンは苦痛のそぶりすら見せなかった。グウェンの力を考えればもっと悲惨な目にあってもおかしくない。

「話していただけだ。カイアを傷つける気はない。押さえつけたのは首を狙っていた剣を払いのけるためで、それ以外の意味はない。カイアはきみを助けたいと思い、きみのことだけを考えている」

「カイアをほしいの？」

こんな状態なのにサビンはグウェンの嫉妬に喜びを感じた。「ほしくない。カイアだっておれを求めてない。誓って本当だ。おれがほしいのはきみだけだ」

視界の隅でカイアが立ちあがって魅せられたようにこっちを見ているのがわかった。

血まみれの大きな傷跡を残してグウェンの爪はじょじょに小さくなっていった。目も元に戻り始めた。その間ずっと〝疑念〟の魔物はなぜか沈黙を守っていた。サビンの心の奥深くに隠れるかのように黙りこくっている。

「驚いたな」ようやくカイアが口を開いた。その口調はどこか鋭かった。「ハルピュイアの怒りを言葉で静めるとは。それがどういうことかわかるか？」

サビンはカイアに目をやることすらしなかった。グウェンだけをじっと見つめて脚を撫でおろし、膝を引き寄せて抱くように自分の腰にもたせかけた。「いや、わからない」

「喜べ、おまえは妹の伴侶だ」

17

こんなにも緊張したのは生まれて初めてだとグウェンは思った。エジプトで捕らわれていたときも、サビンと二人でハンターにでくわしたときも、これほどの緊張はなかった。サビンがグウェンを静めるのを見届けると、カイアは鋭い口笛でビアンカとタリヤを呼んだ。二人は廊下にいて、カイアがグウェンを助け出すまで部屋の入り口を封鎖していた。やがて三姉妹は〝おしゃべり〟のためにサビンの部屋にこもった。

「ほかの者はわたしたちがここにいることを知らない。五人だけの話よ」ビアンカが言った。

人目のないところで話しあうのはいやだとグウェンは言いたかった。スカイホーク一族の場合、こういう話しあいは流血で終わるのがおちだからだ。けれどもいくつかの理由でグウェンは踏みとどまった。第一に、今、彼女はサビンにつかまれ、脇に引き寄せるようにしっかり押さえつけられている。なぜだろう？　彼女が姉たちにすがりつき、サビンを殺してと言うとでも思っているのだろうか？　第二に、今は生まれたての子猫のように弱く、まぶたを開けていることすらできない。そのうえ肩と胸が焼けるように痛い。第三に、彼女はもう一度勇気を奮い起こしてサビンの盾となるつもりでいる。もし姉たちが妹の扱いに腹を立て、暗黒の戦士にあこがれていたことを都合よく忘れてサビンに襲いかかったら……。

なぜそれが気になるのか自分でもわからない。ついさっきサビンはカイアを抱いていた。たしか抱いていたはずだった。その記憶は現実ではなく映画で観《み》たかのようにあいまいだ。けれども現実だろうがなかろうがどうしようもなく腹立たしい。サビンはわたしのもの。少なくとも今のところは。いっしょにシャワーを浴びて人生最高のオーガズムを感じさせてくれたからではない。その理由は自分でもわからない。ただサビンはわたしのものだ。

「話より妹の手当てが先だ」カイアはそう言って手首を切りながらグウェンに近づき、傷口を口元に差し出した。「飲みなさい」

子どものころは〝怪我《けが》で苦しまなくてすむように〟と言われていつも姉たちに血をもらっていた。姉たちは戦いや仕事に出かける前に恋人の血を飲んだ。だから飲めと言われるのも不思議なことではない。血を必要とするのは吸血鬼だけではない。ただハルピュイアが血を飲むのは傷を癒したり怪我を防いだりするためだ。しかし、血のしたたる姉の傷口に唇をあてたとき、サビンがうなじをつかんでグウェンを自分のほうへと振り向かせた。

「何をする」カイアがうなるように言った。

サビンの首には大きな傷口があり、それを彼は鋭い爪で裂いた。「血が必要ならおれのを飲ませる」

誰にも抗議する隙を与えず、サビンはぐいっとグウェンを引き寄せ、逃げられないように頭を押さえつけた。すでに彼の甘い香りがする。レモンと血。そのふたつがグウェンの鼻孔を満たし、肺へと漂い、全身に広がってうずくようなぬくもりを残した。

自分を止めることができず、グウェンは傷に舌を這《は》わせた。なんという至福。フルーツのデザートのようだ。目を閉じ、ぴったりと体を寄せ、腕をまわしてサビンを抱きしめ、膝で脚を押さえこむ。グウェンの中の天使は、こんなことをしてはいけない、間違っていると思ったが、ハルピュイアのほうは喜びの歌を歌い、経験したことのない味わいに貪欲《どんよく》になった。

グウェンは血を吸い続け、禁断の蜜を味わい、喉をうるおした。傷の痛みが引いていき、壊れた組織が元に戻っていく。この癒しがないままよくこれまで生きてこられたものだ。さいわい血は盗む必要がない。食べ物ではなく薬だからだ。サビンの血を吸うことをもっと早く思いつけばよかった。

その間、サビンはじっとしていた。けれども脚の間に興奮の高まりを感じた。サビンの指は彼女のヒップに食いこみ、ぐっと押さえつけている。

耳元で彼の荒い息が響き、考えさえ聞き取れるような気がした。〝そうだ、そのまま吸い続けてくれ。たまらない……このまま……おれのものにしたい〟それともこれは彼女自身の声なのだろうか。

「グウェン、飲み尽くさないで」新たな味わいに溺れ、かすんでいたグウェンの意識にビアンカの声が割りこんだ。「先にこの男にききたいことがある」

グウェンは頭を爪でつかまれ、サビンの首から引き離された。開いた唇から血がしたたった。

サビンは低いうなり声をあげ、グウェンをつかんだ手に力を込めてビアンカをにらみつけた。「今度グウェンに手荒なまねをしてみろ、両手とおさらばしてもらうぞ」

ビアンカはにやりとして黒髪を指に巻きつけた。「それでこそあの名高い暗黒の戦士だわ。一瞬、本当にやるつもりかと思った。なんならやってみればいい」

「おれはできもしない脅しはしない」サビンはそう言ってグウェンをそばに引き戻した。

グウェンはうめき声をあげそうになった。姉たちは挑発されたら絶対に引きさがらない。

「来てくれてうれしいわ」彼女は三人の気をそらそうとした。

「そのえらそうな男はおまえの面倒を見てくれないんだな？」カイアは部屋の中を歩きながら小物を手に取ったりドレッサーの引き出しを開けたりした。「ほう、いいじゃないか。黒のブリーフは好みだ」彼女はサビンの武器保管庫の前にしゃがみこむと、手首をひょいっとひねって鍵を壊し、ふたを開けた。「ゆっくり見せてもらうぞ」

「面倒は見てくれるわ」グウェンはなぜかサビンをかばいたい気持ちになった。サビンは彼女を解放し、守り、自分の身を守る方法を教えようとしてくれている。ハンターのことは自業自得だ。車の中にいなかった自分が悪い。でもサビンを助けようとして外に出たことは後悔していない。彼は無事に生き延びた。

姉たちに正直に言ったらどうだ？　たしかサビンは何度か――

「すまない」サビンがつぶやいた。

サビンがろくでなしの魔物を黙らせてくれてよかった。魔物の声が頭に響き渡ったとたん、グウェンの中のハルピュイアがわめきだしたからだ。

ビアンカもカイアといっしょに武器保管庫をのぞき、二人で銃やナイフを見て感心の声をあげている。タリヤがベッドのそばに近づき、何の感情も宿さない顔でグウェンを見下ろした。タリヤほど美しい者はいない。白い髪と白い肌、ほとんど白に近い青い目を持つタリヤはまるで雪の女王だ。実際、大勢の者が血の代わりに氷が流れているとなじった。そしてそう言った者はまもなく命を落とした。

「暗黒の戦士とハンターの事情は知っている」タリヤはサビンに言った。「残虐な戦士の物語を聞き、あこがれたものだ。いつか会えればと思っていた。だが今は、妹をこんな目にあわせたおまえを殺したい。妹は戦いとは無縁だ」

「だが戦士の素質がある」沈黙が続いたが、サビンはそれ以上何も言わなかった。釈明もしなかった。

そのままにしておくつもりだろうか？　グウェンを自分の部屋に引っ張りこみ、理由もなく危ない目にあわせたと姉たちに思わせておくなんて。本当は、自分の落ち度で捕らわれ監禁された彼女をサビンが助け出してくれたのに。本当のことを言えば姉たちはきっと戦いに協力してくれるだろう。サビンは戦いを愛よりも何よりも優先している。なのにどうして言わないのだろう？　わたしのため？

ふいに涙が込みあげ、あふれそうになった。わたしにもできることがあるはずだ。「こうなったのはハンターのせいよ」

「グウェン」サビンが警告するように言った。

「みんなに事情を知ってもらわなきゃ」サビンのためにも、彼女のためにも。グウェンは力を奮い起こして監禁のことをくわしく姉たちに語った。話している間も涙がとめどなくあふれた。たった数分なのに、これほど情けない時間はなかった。サビンは姉たちと同じく力やどう猛さを賛美している。それなのに彼女は今、大事だと思う人たちに自分の弱さをさらけ出している。

驚いたことに、サビンは頬を流れる涙を親指でやさしくぬぐってくれた。そのせいでグウェンの涙はよけい止まらなくなった。

話し終えると部屋は静まりかえった。時間が止まったかのようにぴりぴりした空気が流れた。

口を開いたのはタリヤだ。「奴《やつ》らはどうやっておまえを捕まえた？」

冷たい口調にグウェンの体に震えが走った。「ある朝、タイソンが携帯電話を持たずに仕事に出かけたの。人間の足で追いつくには遠いところにいたから、わたし……」グウェンは息をのみこんだ。この間抜けなあやまちを後悔しない日はなかった。「翼を使ってオフィスに先まわりしたの。そのときは気がつかなかったけれど、止まったときにハンターに見られたのね。そのあとおそらく家までつけてきて夜まで待ったのよ、タイソンとわたしが……」グウェンは口ごもった。「寝入るのを」

「まさかタイソンと同じベッドで？」三姉妹の声が重なった。

「ハルピュイアは眠っちゃいけないのか？」サビンの体がこわばるのがわかった。「腰抜けとベッドをともにする女にむかつくのはわかる。タイソンのほうこそ死ねばよかったんだ。グウェンを守れなかったんだから」

「それはおまえも同じだ」タリヤがそっけなく言った。

「わたしが死ななかったのはサビンのおかげよ」グウェンはサビンにそっとほほえんだ。

「それにタイソンは悪い人じゃない。わたしをかばおうとしたけれど、殴り倒されたのよ」

あんなに腹を立てていたのに、タイソンは彼女を守ろうとしてくれた。

あの夜、仕事から帰ってきたタイソンは、その日の出来事を話そうとしなかった。オフィスに先まわりしたせいでタイソンは心底おびえたらしい。それまでもグウェンの周囲では奇妙なことが起きるのに気づいていたからだ。

グウェンは内なる獣をできるだけ隠そうとしたが、押さえきれずに出てしまうこともあった。タイソンが帰宅すると壁には穴が開き、シーツは引き裂かれ、皿は粉々になっていた。次に観るDVDをどちらが選ぶかで喧嘩《けんか》になったとき、グウェンがタイソンを突き飛ばしたせいで漆喰《しっくい》がはがれたこともあった。あのときはキスして仲直りしたけれど、あれが終わりの始まりだった。

「でも結局、縛りあげられて動けず、ろくに息もできないままエジプトに連れていかれたの。監禁生活が一年続いたあと、サビンや仲間の戦士が来てみんなを解放し、ここに連れてきてくれたのよ」

「グウェンを苦しめた男を殺したんだろうな?」タリヤがサビンにきいた。

サビンはうなずいた。「グウェンがやった。おれはほかの奴らを何人か倒した」

タリヤのパウダーブルーの目に怒りがひらめいた。「なぜ皆殺しにしなかった? グウェン、おまえはよくやった」タリヤは妹にうなずいてみせた。

グウェンがあれは事故だったと言う前にサビンが答えた。「生き残った者は地下牢《ちかろう》につなぎ、拷問で情報を引き出すことになっている」

タリヤの肩の力が抜けた。「それならいい」彼女は妹に向き直った。「食事は?」

グウェンはサビンを横目で見た。彼のサンドウィッチを盗んで食べたことを思い出したからだ。「食べたわ」

ありがたいことにサビンは何も言わなかった。タイソンといっしょのときは近くのレストランから料理を盗み、自分が作ったといって出した。もし本当のことを知ったらタイソンは彼女を責めただろう。じゃあサビンは？　サビンが責めるとは思えない。店先で彼女が盗みを働いたのを見てにっこりしていたから。

「じゃあもう帰れるな？」カイアがベッドに飛び乗った。「とにかくさっさと出ていきたいんだ。この魔物を気に入ってるのは知ってるから、連れて帰りたいならそうすればいい。こいつがどう思おうが関係ない。おまえを安全な場所に隠したら戻ってきてハンターを倒す。おまえにしたことを償わせてやるぞ。だから心配するな」

「でも……」わたしは家に帰りたいだろうか？　何もかも人まかせにできる安全な場所に隠れる？　ジョージアに行ったのはそんな状態から逃げ出したかったからだ。サビンとはいっしょにいたいけれど、戦う相手もいないアラスカでは、みじめな思いをさせるだけだ。サビンはそのうち彼女をきらうようになるだろう。

だから家に帰るとすれば一人だ。そう思うと胸に穴が開いたような気がした。シャワー室でサビンとの間にあったこと……あれをもう一度繰り返したい。あれ以上のことはありえない、危険すぎると思っていた。でもこのままサビンと別れ、完全に彼のものになったらどんな感じかを知ることもなく生きていくことを思うと、離れなければいけない理由はどれも説得力を失った。

「グウェンはどこにも行かせない」サビンが言った。

傲慢な男も時にはいいものだ。「そのとおりよ。わたしはどこにも行かないわ」グウェンは三姉妹をじっと見つめ、わかってほしい、受け入れてほしいと無言で訴えた。三人も負けずに無言でしばらく妹を見つめていた。

最初にビアンカが口を開いた。「そう。じゃあわたしたちの荷物はどこにしまえばいい?」ため息混《ま》じりの言葉だった。

姉たちが留まりたいと思っていることも、妹のことを喜び、心配しているのも知っていた。サビンはまばたきひとつしなかった。「隣の部屋がひとつ空いている。三人でひと部屋でもかまわないか?」

「ああ、かまわない」タリヤが答えた。「だがハンターをどうするつもりなのか聞かせてほしい」

「殺す。皆殺しだ。奴らが生きているかぎりおれたちに平和はない」

タリヤはうなずいた。「なるほど。おまえはラッキーだ。三人の戦士を手に入れた」

「四人よ」思わずグウェンはそう言ってしまった。そう、心からそう思っている。ハンターを倒したいし、姉たちやサビンを守りたい。それに自分も戦えるところを見せたい。

全員の視線が彼女に集まった。サビンは怒りの視線だ。グウェンには理由がわからなかった。戦ってほしいと言ったのは彼なのに。ビアンカとカイアはかわいい妹を見る目だ。タリヤの目には決意があった。

「ここでぐずぐずしててもしかたない」カイアが言った。「行こう。戦いに勝たないとね」

サビンはふいに疲れた顔を片手で撫《な》でた。「わが軍に歓迎するよ、お嬢さんたち」


おまえはグウェンの伴侶だと姉たちは言った。それはグウェンを彼のものと見なすという意味なのだろうとサビンは思った。自分自身、信じているかどうかわからないが、気に入ったのはたしかだ。だが彼がそばにいたらグウェンをだめにしてしまう。

グウェンはそのあと朝までベッドで過ごしたが、もう眠らなかった。どうしても理由を知りたくて、彼は翌朝、アニヤを捜しに行った。アニヤは娯楽室にいて、この前とは別のテレビゲームをジリーとプレイし終わったところだった。ゲストの到着を告げるとアニヤはうれしそうに手を叩《たた》いた。

「ルシアンから、あなたからメールで来客の連絡があったって聞いたけど、まさかハルピュイアだとは思っていなかったわ！」

「実はそうなんだ。三人とも今、ジムにいる。で、ハルピュイアはどうやって寝るんだ？」

アニヤは面と向かって笑った。「自分で調べなさい」そう言いながらアニヤはドアのほうに歩いていった。「これからスカイホーク一族との再会を喜んでくるわ」

サビンはその再会とやらがどんなものか興味津々で、ジムまでアニヤについていった。

アニヤを見つけた三姉妹は、小石のようにバーベルを投げあうのをやめて彼女に駆け寄り、抱きしめた。

「アニヤ！　ひと言も言わずに消えるなんてひどい女！」

「どこにいたの？」

「ここで何をしてる？」

三人は同時に質問をぶつけたが、アニヤは平気な顔をしていた。「ごめんね、三人とも。世界を旅していたの。観光したり、トラブルを起こしたり、〝死〟の番人と恋に落ちたり。ここにいるのはここが家だからよ。わたしの内装、気に入った？」

一同は抱きあい、しゃべり、笑った。サビンは何度か割りこもうとしたが、あっさり無視された。結局ハルピュイアの睡眠ルールについてはあとでまたアニヤにきくことにして、この場はあきらめて出ていくことにした。三姉妹に直接尋ねるのは問題外だ。ハルピュイアは独自の掟《おきて》に従って生活している。うっかり無知をさらけ出したらグウェンに恥をかかせてしまうかもしれない。

グウェン。

彼女といると一分一秒が危険だ。昨夜は最悪だった。すぐそばにいて女らしい香りに包まれ、肌にコットンが擦れる音を聞きながら、距離をとってベッドの端と端で寝た。グウェンを奪うこともできたが、手をさしのべるたびに〝疑念〟の魔物が毒々しい触手を伸ばした。

このままいっしょにいたらこの女は死ぬんじゃないのか？　おまえが与えられる以上のものを求め、それが得られないとわかったら出ていくに決まってる。

サビンは今さらながら魔物が憎かった。

三姉妹がそばにいるときだけはこのいまいましい声はやむが、サビンはなぜなのかわからなかった。だがその理由を突き止めてやると心に決めていた。グウェンといっしょにいるときに魔物を黙らせることができたら、彼女を自分のものにすることができる。たぶん永遠に。

捕虜の様子を確かめに行くと、まだ弱っていて、これ以上の拷問には耐えられそうになかった。そのあと彼はグウェンに食事をと思ってキッチンに行った。食べ物はひとつも残っていなかった。ポテトチップスの袋ひとつない。きっとハルピュイアたちがここに来たのだろう。

サビンはため息をついて部屋に戻った。ところがグウェンがベッドにいない。彼は顔をしかめて捜しに行った。彼女はアニヤや三姉妹といっしょに屋根の上にいた。三姉妹のほうは、屋根から落ちてもいちばん骨を折らないのは誰かというゲームに興じている。

「きみまで飛ぶのはやめてくれ」サビンはグウェンに言った。

「見ているだけよ」グウェンはにっこりして言った。サビンの胸を痛くするほほえみだ。

仲間が数人、外に立って見物している。やれやれという顔つきだが一目置いているようでもある。皆、ハルピュイアの肌をワインでも飲むように目で味わっている。

「もうおしまいだ」ハルピュイアの一人が飛ぼうとしたのに割りこんでサビンが言った。

「これから訓練がある」

女たちはしぶしぶながらサビンの言葉に従った。まもなく城のほぼ全員が外に集まった。サビンは一同から離れて立ち、様子を見守った。さっきトリンからメールがあり、こちらに向かっているらしい。

ようやくトリンが来た。かなりの距離をとって彼はサビンの隣に立った。「みんな忙しいから、また会議を招集しても無駄だろうと思ってね。だから個別に連絡をとることにした」

「何かわかったか？」

「ああ、わかったよ」トリンは黒い眉を得意げに動かした。「タブロイド紙に、シカゴに天才児を集めた学校があるという小さな記事を見つけた。車を持ちあげたり、言葉だけで人を思いどおりに動かしたり、目にも止まらぬ速さで移動したりできる子どもたちだ。この記事には決め手がある。記事の内容を〈世界超心理学協会〉が否定してるんだ」

サビンは目を見開いた。「ハンター校か。捕虜が言っていたとおりだな」

「そうだ。そこでさっそく二日後に出発の手配をした。シカゴへ行く部隊と残る部隊に分ける必要がある。残るほうはクロノスの書巻に書かれた人物の探索にあたってほしいんだ。誰がどっちの部隊に入るか教えてくれればいい」

サビンはシカゴ行きに飛びつくつもりだった。ハンターを殺し、子どもたちを助け、もしかしたらガレンを引きずり出せるかもしれない。しかしトリンの話の最後が引っかかった。「待ってくれ。書巻だと？」

「ついさっきクロノスがおれの元に現れた」

サビンの胃がぎゅっと縮まった。「おれはクロノスを呼び出そうとしたが、無視されたぞ」

「ラッキーだったな」

「何を言っていた？」

「クロノスのパターンなら知ってるだろう。〝わが命令をきけ、そうすれば愛する者全員を苦しめてやる〟」トリンは尊大な声をまねた。

まさにそっくりだ。「知ってる。だが何を命じられた？　人捜しか？」

「その話はあとだ。クロノスがおれたちに劣らずガレンの死を望んでるのは知ってるだろう? クロノスを殺すのはガレンだとダニカが予言したからな。で、クロノスがくれた書巻には名前のリストが載っている。おれたち以外に魔物に憑《つ》かれた者たちの名だ。どんなに多いか信じられないぐらいだぞ。名前が消されたらしい空欄もいくつかある。怪しいだろう? 死んだんだと思うか?」

「かもしれないな」魔物に取り憑かれた者がほかにもいることをダニカを通して知ったのはつい最近のことだ。パンドラの箱の中には、罰に値する戦士の数以上の魔物が存在したらしく、あぶれた災いはタルタロスの虜囚の中に封じこめられた。その虜囚は今行方不明となっている。

「とにかくクロノスはおれたちが仲間を捜し出せると思っている。そして彼らを利用してガレンを倒すつもりだ。虜囚の助けがあればおれたちはガレンを捕らえ、これ以上の争いを防ぐことができる」

サビンは首を振った。「虜囚ということは、神々でさえ彼らを思いのままにできないということを意味する。利用できるほど信頼できる相手とは思えないな。それにガレンに死んでほしいのはやまやまだが、あいつの魔物を地上に解き放つのがどれだけ危険か、おれたちはよく知っている。虜囚がそれを知らずにあいつを殺したらどうなる?」

「それも一理あるな。たしかにおれたちは今のところ慈悲深くもガレンの首を見逃してやっているが、ガレンのほうはそんな気持ちはみじんもない。タルタロスの虜囚こそガレンが兵士としてほしがるような連中だぞ。ということはおれたちが先に見つける必要がある」

それにクロノスを満足させてやらないといけない。クロノスのわがままが通らないと悪いことが起きる。「残りの聖遺物探しもある。そのほうが今は大事だ」

「おれたちを狙う不死の子どもたちに負けたら、聖遺物探しもおしまいだ」トリンが言った。「だから何よりも先にその寄宿学校を見つけ出し、脅威を取り除かないとな。おまえは行くのか、それとも残るか?」

「そうだな……」サビンは尻餅をついたグウェンを見つめた。姉の一人がわざと的を外して突き出した剣をよけそこねたのだ。サビンは手を握りしめた。グウェンを傷つけてみろ、殺してやる。だがそんなふうに考える彼自身、偽善者だ。グウェンには手加減しないと誓ったのだから。

シカゴに行くとなるとグウェンは置いていくしかない。まだ戦いに出せる状態ではない。三姉妹を連れていけば子どもたちを安全に連れ出せるだろう。子どもたちは戦士への憎しみを吹きこまれているから、きっと彼らと戦おうとするはずだ。三姉妹はグウェンの護衛としてここに残してもいい。サビンはどちらの選択肢にも満足できなかった。自分がグウェンのそばにいられないのがいやだ。それに必要以上に子どもたちをおびえさせるのも困る。

かん、かきんと金属がぶつかる音がして、サビンは物思いから覚めた。ギデオンとタリヤが暗く真剣な顔つきで剣を戦わせている。今のところ互角の勝負だ。ストライダーとビアンカはこぶしで戦っているが、ビアンカのほうは笑っている。もし負ければストライダーは数日はベッドで寝たきりになり、苦痛に身をよじりながらいるはずのない母を呼ぶことになる。それなのに最初、彼は力をセーブしていた。ところがビアンカはストライダーの鼻を折り、股間を蹴りあげた。戦いはいきなり熱くなった。

ようやく姿を現したアムンが、仲間から離れたところで斧《おの》を磨きながらじっと誰かを見つめていた……誰をだろう。サビンにはわからなかった。ハルピュイアの中の誰かかもしれない。

「今のところ誰が行くことになってる?」サビンはトリンにきいた。

「きいたのはおまえが最初だ」

気が変わる前にサビンは言った。「おれは行く」戦いが優先だ。「あと五人連れていきたい。ハルピュイアも一人誘ってみる」そうすれば戦力的に多少有利になり、なおかつグウェンには二人のハルピュイアを護衛につけられる。

トリンはうなずいて中に戻っていった。

サビンは前に進み出た。「それじゃ甘やかしすぎだ」彼はカイアに言った。ハルピュイアの機嫌を損ねない言い方とはほど遠かったが、サビンは気にしなかった。グウェンがずっと安全でいるためには礼儀などかまっていられない。

赤毛のハルピュイアはくるりと振り向き、彼の心臓めがけて短剣を投げた。「冗談はやめろ！　もう六回も投げ飛ばしたんだ」

そのとおりだ。そしてサビンはそのたびにカイアを投げ飛ばしたくなった。彼は顔をしかめ、直撃寸前で短剣の柄をキャッチした。「腕を振り出すときに肘をゆるめてるだろう。正しいテクニックを教えるどころか、相手の力を推し量り、どう対処するかすら教えていない。汚く戦い、どんな手を使っても勝つのは悪いことだと言っているようなものだ。遊びたいならほかの相手を見つけてくれ。グウェンの訓練はおれが引き受ける。これ以上、訓練のマイナスになることはやめてくれ。口をはさむと後悔することになるぞ。おれのやり方が気に入らなくても引っこんでいてくれ。グウェンのためを思っているからこそ、こうするんだ」

こんな口をきかれたのが信じられないのか、カイアはぽかんと口を開けた。と、殺気だった目つきで鋭い牙を太陽に光らせながらサビンにつめ寄った。「おまえの首など枝でも折るように折ってやるぞ、魔物よ」

「やってみろ」サビンはばかにするように指先を振ってみせた。

その瞬間、あのやさしいグウェンが耳をつんざくような叫び声をあげた。

サビンもカイアもその場に凍りついた。タリヤとビアンカも戦いをやめ、グウェンのほうに振り返った。グウェンは赤毛の姉を見据えたまましゃがみこんでいる。白目の部分が黒に変わっている。

「どういうことだ?」カイアは息をのんだ。「グウェンがわたしを襲おうとしてる。何をしたっていうんだ?」

「グウェンの男を脅しただろう」タリヤが冷たく言った。「ばかなことをしたな」

グウェンの男。それを聞いただけで下半身が反応し、サビンはひどく罰の悪い思いをした。グウェンが姉を襲うのを黙って見ているわけにはいかない。そんなことをしたらグウェンは自分を許せなくなるだろう。サビンは一歩ずつゆっくりと彼女に近づいた。「グウェン、落ち着くんだ。わかるな?」

グウェンがさっと飛びかかった瞬間、サビンは顎を噛《か》み取られそうになったが、とっさに身を引いたおかげで助かった。「グウェンドリン。行儀がいいとは言えないな。おれが噛んでもいいか?」

「いいわ」

これを聞いてサビンの興奮はさらに高まった。「落ち着いてくれないと顔がなくなって噛むこともできなくなる」

なぜかこの言葉は通じたようだ。グウェンが唇をなめると目は元に戻り、背筋が伸びた。体に震えが走り、ぐらついた。だがまだ触れることはできない。いったん触れたらそこでやめるつもりはないし、今は人が見ている。

グウェンの鼻から深い息がもれた。「ごめんなさい」とぎれとぎれの言葉に、サビンはピラミッドでの出来事を思い出した。「決して悪気は……わたしったら……誰も怪我しなかった?」こちらを向いた涙にうるむ目は、太陽のような黄金色でもあり、嵐雲のような灰色でもあった。

「大丈夫だ」

「わたし……部屋に戻るわ。もうこれで——」

「ここにいておれと戦うんだ」

「えっ?」グウェンはショックを浮かべてよろよろと後ずさった。「何の話をしているの? 落ち着けと言ったじゃない」

「そのとおりだ。今のところは」サビンはシャツをつかんで頭から脱ぎ、足もとに落とした。グウェンの視線はタトゥーの先端がすっと走る肋骨《ろっこつ》に引き寄せられた。「これから二人で戦う。おれ以外の誰も傷つけてはいけない」

「戦いよりあなたのタトゥーを見ていたい」グウェンはかすれた声で言った。「シャワー室では触るチャンスがなかったけれど、ずっと触ってみたかったの」

これはまずい。なんという誘惑だろう。だがサビンはグウェンに飛びつきたい気持ちを抑え、足を蹴り出して彼女の両足を払い、地面に倒した。「レッスンその一。ぼうっとしていると命を落とす」

グウェンは苦しげに息を吐き出し、信じられないという目つきでサビンを見上げた。

ああ、大変なことをしてしまった。いや、だめだ、心を鬼にしろ。カメオだと思え。三姉妹と同じだと思え。

グウェンに憎まれるぞ。きっと――

それ以上聞きたくない。

そう言わずに――

黙れ！

「転ばせたわね」グウェンが言った。

「そうだ」サビンはこれからもっとすさまじいことをするつもりだった。情け容赦はしない。そうしなければグウェンの身につかない。自分を守ることができない。

ありがたいことに三姉妹は距離を置いたままで、彼を止めようとはしなかった。

「立て」サビンが差し出した手をグウェンは握った。だが助け起こすつもりはなかった。ぐいっとグウェンを自分のほうへ引き寄せ、両手を押さえつけて動けなくした。「レッスンその二。敵は絶対に助けてくれない。助けたいようなそぶりを見せるかもしれないが、決して信じるな」

「そう。いいから離して」グウェンがもがいたので手を離すと、彼女は地面に倒れこんだ。

しかしすぐさま立ちあがり、まっすぐサビンをにらみつけた。「わたしを殺すつもりね！」

「大げさだな。しっかりしろ。きみは人間じゃない。おれが何をしようと跳ね返せる。心の奥ではわかっているはずだ」

「さあ、どうかしら」グウェンは低い声で言った。

それから一時間、サビンは徹底的にグウェンをしごいた。接近戦、短剣での斬りあい。感心なことにグウェンは文句を言わず、参ったとも言わなかった。何度か顔をしかめ、一度叫び、二度ほど泣きそうになったように見えた。それを見てサビンは胸がぎゅっと締めつけられ、気がつくと攻撃の手をゆるめていた。

カイアと同じように。

ふぬけめ。戦士仲間の面汚しだ。途中であきらめようと思ったことなどこれまで一度もなかったのに。無限の生の間ずっとばかにされても当然だ。

戦士、ハルピュイア、ウィリアム、アシュリン、アニヤ、ダニカが熱心に二人を見守っている。二人にポップコーンを投げつける者もいれば、どちらが勝つか賭をしている者もいる。ウィリアムはグウェンの姉たちに言い寄ろうとしている。グウェンの体は震え、攻撃には力がない。実戦なら五分ともたないだろう。

「おれにかすり傷ひとつつけられないじゃないか」サビンは怒鳴った。「かかってこい。おれを怒らせろ。このままじゃやられるいっぽうだぞ」

「うるさい！」グウェンの顔から汗がしたたり落ち、シャツが胸に張りついている。「冗談じゃないわ。あなたなんか大きらい」

サビンが訓練した相手は必ずこの言葉を投げつけてくる。だが魂に突き刺さったのはこれが初めてだ。「それならなぜ降参しない？　なぜ続ける？　なぜ戦いを学ぼうとするんだ？」そう言いながらサビンはあっけなくグウェンを転ばせた。自分を追いつめる理由を本人の口から言わせたかった。そうすればやる気になるかもしれない。「ひどい目にあわされるだけだぞ。おれに。そしてハンターに」

グウェンはさっと飛び起きて土を吐き出した。全身傷とあざだらけだ。何度も倒れたせいでジーンズがずたずたに裂けている。

「ハンターは死んで当然よ」グウェンは肩で息をしながら言った。「それにもうひどい目にあってるわ。でも生き延びたし、元に戻った」

彼の血のおかげだ。女に自分の精気を与えたのは、経験したことのない熱い瞬間だった。サビンは最後の一滴までグウェンに与えたいと思った。その気持ちは時がたつごとに強くなっていく。

サビンは片手で顔の泥をぬぐった。「このままじゃだめだ」グウェンはもう無理だろう。サビン自身これ以上攻撃する自信がなかった。「別の方法を考えないと」

「まだ試していない方法はわたしの中のハルピュイアを解き放つことよ。そうなったら後悔するわよ。ハルピュイアはあなたに飛びかかりたくてうずうずしてる」グウェンはどこか楽しむような口調で言った。

　サビンは目を見開いた。その手があったか。「きみの言うとおりだ。ハンターと戦うつもりなら瞬時にハルピュイアを呼び出せるようにならないとまずい。それなら今ここで呼び出して訓練しようじゃないか」

　グウェンの愛らしい顔から色彩という色彩が消え失《う》せた。彼女は首を振った。「からかっただけよ。脅かそうとして言っただけで本気じゃないわ」

「考え直したほうがいい」ビアンカが黒髪を振りやって脇から声をかけた。「グウェンはまだハルピュイアのコントロールのしかたを知らない。怒らせたらあなただって食べられるわよ」

「そういうあんたはどうなんだ？　コントロールできるようになったのか？」

　ビアンカの唇がにやりとゆがんだ。「ええ。たった二十年でね。ただわたしは自分の中のハルピュイアが好きだけど、グウェンはそうじゃない」

　なるほど。その瞬間サビンは、シカゴに行くときはグウェンを置いていけないことを悟った。二人の姉を護衛につけてもだめだ。グウェンがうっかりハルピュイアを解き放ったら、城に残った仲間を傷つけてしまうかもしれない。グウェンを静められるのはどうやら彼だけのようだ。だがシカゴに連れていけるだろうか？　彼が戦いに行っている間、護衛もつけずに一人で残しておいて大丈夫だろうか？

だめだ。やっぱりいっしょに残るしかない。

意外なことに、そう決めるといらだちより安堵《あんど》を感じた。

「どうやってコントロール法を身につけた？」

「訓練。後悔」あとの言葉には悲しみがあった。ビアンカはおそらく大事な人を殺してしまった経験があるのだろう。

サビンはグウェンを見つめた。

「よし、これから短期集中型の訓練に移るぞ。ハルピュイアを解き放て。おれはハルピュイアの相手をする」

「だめよ」グウェンは大きく首を振り、サビンを近づけさせまいとするかのように両手を差し出して後ずさりした。「絶対にだめ」

結構だ。サビンは顎を動かした。これはグウェンのためだ、やれ。やるしかないんだ。

サビンは大きく深呼吸し、魔物に呼びかけた。グウェンを襲え。

ようやく思うぞんぶん力を発揮できることに有頂天になり、魔物はまたたく間にグウェンの心に取り憑いた。**昨日、おまえの姉はサビンとベッドにいたな。姉のほうが美人で強い。あの男はおまえが起きなければいいのにと思ってただろうよ。おまえに血をやって力を取り戻させたのも後悔してるだろう。だからこんなひどい目にあわせるんだ――おまえ**

があの男を捨て、代わりに姉が入りこめるように。あるいはさんざん痛めつけておけば、今夜また姉に言い寄ってもおまえが黙ってると思ってるんじゃないのか。

サビンの目の前にいたはずのグウェンが次の瞬間、彼につかみかかり、投げ飛ばしていた。木立がぼんやりしたかたまりとなって目の前を通り過ぎた。永遠とも思える瞬間が過ぎたとき、サビンは背中から木の幹に激突し、息をすることすらできなかった。

グウェンは牙をむき出して彼のズボンを引き裂いている。突き飛ばすべきか引き寄せるべきかわからないまま、サビンはグウェンの肩をつかんだ。グウェンは完全にハルピュイアになっている。

「グウェン、訓練場に戻るぞ」

「動くな」甲高くそう言うと、グウェンはサビンの首に牙を突きたてた。「おまえはわたしのものだ！」

18

グウェンの頭の中には嵐が吹き荒れていた。昨夜はサビンの魅力を無視しようとした。彼に求められていないと感じたからだ。サビンはすぐそばで寝ていた――鼻を撫《な》でるレモンとミントの香り、漂ってくるぬくもり、耳を打つ寝息。体は彼のちょっとした動きにも敏感になり、胸がどきどきした。それなのにサビンは近づいてこない。こうなるともう無視する以外に道がなかった。

頭の中がサビンのことでいっぱいになりつつある。もっと彼のことを知りたい。毎日、朝から晩までいっしょにいたい。自分のものにしたい。せずにおくものかと心の声がした。ハルピュイアだ。今、ハルピュイアが彼女を操り、夢の中でしかできなかった生々しいことをやれとせきたてている。彼が勝利を優先して裏切ってもかまわない。今、この瞬間だけを楽しめばいい。サビンが姉たちをものにしようと考えているなら……。

いまわしい言葉を吹きこんだのが魔物だというのはわかっている。この毒々しいささやきは魔物のものだ。けれどもそのささやきも彼女の中で荒れ狂う暴力の嵐を止めはしない。

サビンとカイアが……だめだ、許せない。愛する姉であってもサビンは触らせない。筋が通らないかもしれないが、かまわない。

サビンは、ほしいのは彼女だけだと何度も言った。それならそれを証明してもらう。

サビンは木の幹に押しつけられ、逃げられない。彼女のものだ。何をしようと自由だ。今、グウェンはサビンを裸にしたいと思った。訓練場でシャツを脱いだから、残るはズボンだ。グウェンはボタンとジッパーを外した。またたく間にジーンズは引きちぎられた。

下着はなかった。

「ブリーフを盗まれたらしい」グウェンの視線を追ったサビンはおとなしく言った。

自由になった興奮の印が誇り高くそそりたつのを見て、グウェンは喜びに息をのんだ。降り注ぐ太陽の光が褐色の肌を美しい金色に輝かせている。さっきはサビンに小突きまわされたけれど、ろくに文句も言わずに耐えた。サビンの訓練が必要だというのは心の底ではわかっていた。もう二度とクリスマスの七面鳥みたいにずたずたにされるのはごめんだ。それにこんなにつらい目にあわせたサビンを倒したいとも思った。何より、サビンに一目置かれたかった。彼は力を賛美しているから。

「わたしのものよ」グウェンはペニスを握った。声が他人の声のようだ。甲高くてかすれている。彼女は手が濡《ぬ》れるのを感じた。

サビンは腰を突き出し、グウェンの手を根元まで滑らせた。「そうだ」彼は歯を食いしばった。

グウェンは手に力を込めた。視界がわずかにゆがみ、赤外線暗視になっているためサビンの体から発散する熱が見える。「魔物に口を閉じろと言って」

「投げ飛ばされてからずっと黙ってるよ」

よかった。彼女とサビンは完全に二人きりだ。訓練場からは一キロ半以上離れている。

「わたしの服を破って。さあ」

命令に慣れていないサビンはすぐには動かなかった。グウェンが自分で脱ごうとして手を離すと、サビンはうめいた。「握っていてくれ」

そのとおりにした瞬間、サビンが服をつかみ、二人のつながりを邪魔することなく引きはがした。ようやくグウェンが裸になり、熱い肌を触れあわせると、サビンはうめいた。

「きれいだ」彼女の背中を撫でていたサビンの手が止まった。「翼は?」

「気になる?」暖かい風がグウェンを愛撫《あいぶ》し、胸の先端を硬いつぼみに変え、脚の間のうずきをかきたてた。シャワー室でのあのとき以来、残っていたうずきだ。

「見せてくれ」サビンはグウェンを振り向かせた。つかの間、何の反応も言葉もなかった。息すらしていないようだ。と、サビンは震える小さな突起にキスした。

これまで、彼女の翼を見た男はいない。グウェンはタイソンからも翼を隠し、背中の切れ目から羽がのぞかないようにした。翼は自分が人間とまったく別の存在だという証拠だ。

だがサビンに見られていると、なぜか……誇らしかった。グウェンは身を震わせて振り返った。「始めましょう」

「グウェンドリン、本当にいいんだな？」サビンの声はかすれている。

「止めようとしても無理よ」もう何も、サビンの抵抗の言葉も彼女を止められない。今この瞬間に彼を自分のものにし、味わい、中に感じたい。自分が自分でなくなっているのを心配する気持ちもあったが、一方でどうでもいいとも思った。以前、サビンはグウェンに仲間を近づけないために〝印〟をつけると言った。今度は彼女が印をつける番だ。

「ハルピュイアだけじゃなくて、きみもそう思ってるんだな？」

そのことで罪悪感を持たせようとしても無駄だ。「おしゃべりはやめて。あなたがなんと言おうとあなたを自分のものにするわ」

「わかった」視界がぐるりとまわり、ざらついた木の幹が背中に食いこんだ。サビンが蹴るようにして足を開かせた。そしてその間にさっと腿を割りこませ、クリトリスの下に膝をあてた。「快楽には結果が伴う。それを知っておいてほしい」

「なぜしゃべるの？」そそりたつ興奮の印があまりに太く、指がまわりきらずにすぐに滑ってしまう。グウェンはそれに腹を立て、うなり声をあげた。「返して」

「だめだ」

「早く！」

「すぐに返す」サビンはそう言って彼女の耳たぶを噛《か》んだ。この悪魔のような男は、こうやって気をそらすつもりだろうか？

すばらしい感覚に声をあげると、サビンは顔を下げて唇を重ねてきた。舌が深く入りこみ、与え、奪い、命じ、求め、彼女のすべてを我がものとする。最初にさわやかなミントの香りが、次にレモンが漂い、やがて彼女の息と混じりあった。

グウェンの手がサビンの髪にからみ、引き寄せる。歯がこすれあい、サビンが角度を変えるとキスがいっそう深まった。胸の丸みが固い胸板にぶつかり、その感触のすばらしさに脚が震える。もうこれ以上、立っていられない。そう思ったとき、サビンの脚が代わりに体を支えた。グウェンは完全に彼の膝に体重を預け、腰を前後に滑らせた。快感が稲妻のように体を貫く。

「ずいぶんきつく握るんだな」サビンがかすれ声で言った。

グウェンは人間性のすべてを振り絞って手をゆるめた。胸に落胆が込みあげ、ハルピュイアが金切り声をあげた。

サビンは顔をしかめてみせた。「なぜゆるめる？　もっときつくしてほしいぐらいなのに。力を込めたからって折れはしない」手のひらでぎゅっとグウェンのヒップを握って引き寄せると、サビンは頭を下げて胸の先端を強く吸った。

グウェンは叫び声をあげた。下腹が震え、両手はサビンの髪に戻って荒っぽく引き寄せた。彼の言葉は愛撫のように美しい。「あなたの強さが好き」

「おれもだ。きみのすべてがほしい」サビンに足を払われ、グウェンは地面に倒れこんだ。彼も追うように倒れたが、その間も快楽の中心を求める手は止まらなかった。ついにそこを見つけ出すと、サビンはグウェンの両足をできるかぎり広げ、何もせずにただ見つめた。

「触って」

「なんて美しいんだ。ピンクに輝いて濡れている」サビンはまぶたを半分閉じ、彼女の味を感じているかのように唇をなめた。茶色い目が輝いている。「これまで男と寝たことは？」

嘘《うそ》をつく理由はない。「あるって知っているはずよ」

サビンの顎の筋肉が引きつった。「腰抜けのタイソンはちゃんと愛してくれたのか？」

「ええ」二人とも相手に対して穏やかだったから、道をはずれた愛し方などしたことはない。でも今この瞬間は穏やかさなどほしくなかった。サビンなら何をぶつけても受け止めてくれるだろう。まだ彼が中に入ってもいないのに、グウェンの快感のレベルは跳ねあがった。

「あいつを殺そうと思ってる」サビンは指の間で胸の先端を転がしながら言った。「今でもあいつのことを考えるのか？」

「いいえ」グウェンはタイソンの話をしたくなかった。「あなたには恋人はいたの？」

「年齢のわりには多くはない。だが普通の人間よりは多いかもしれないな」

少なくともサビンは正直だ。「その人たちを殺そうかしら」悲しいことに、はったりではなかった。グウェンは暴力をきらい、いつも喧嘩《けんか》には背を向けてきたけれど、この男を味わったすべての女の心臓に喜んで短剣を突きたててやりたい気分だった。

「その必要はない」サビンの目には過去の亡霊が浮かんでいた。次の瞬間、彼はグウェンにとびつき、快楽の中心をなめると、至福の表情でうめいた。

グウェンは背中を弓なりに反らし、視線をまっすぐ天に向けた。なんという快感だろう。彼女はうしろに手を伸ばして木の根元をつかんだ。生まれて初めての快楽にそなえて、何かにつかまっておかなくてはいけないと直感で判断したのだ。

「もっとほしい？」サビンがかすれ声できいた。

「ほしいわ！」

舌が愛撫を繰り返すうちにやがて指が加わって深く中に沈んだ。気に入ったかどうかサビンに尋ねる必要はなかった。彼はまるでキャンディでも味わうようになめ尽くしている。グウェンは舌で官能的に味わわれるたびにそれに応えて腰を突きあげた。

「それでいい。おれは今、自分自身を握ってる。触らずにいられないんだ。そして舌で天国を感じながらこれはきみの手だと想像してる」

グウェンの叫びが森に響いた。ひと声ごとに叫びはかすれていく。もうすぐだ……あと少し……。「サビン、お願い」サビンの歯がクリトリスをかすめただけでじゅうぶんだった。クライマックスを迎えて肌は引きつり、筋肉は喜びに震えた。

サビンの舌は動き続け、一滴残さずなめ尽くした。

彼は息を荒らげているグウェンをうつぶせにし、手と膝で立たせた。ペニスの先端をじらすように脚の間に走らせたが、中には入らなかった。

「あなたを見たいのに」

「翼を傷つけたくないんだ」

やさしい人。「今度はわたしにも味わわせて」それを聞いてサビンはうめいた。グウェンはタトゥーもなめたかった。あのタトゥーにはどこか惹《ひ》かれるものを感じているのに、思うようにそばで見るチャンスがなかったのだ。

「きみに味わわせたら愛しあえなくなる。今度こそきみを愛したいんだ。だが選ぶのはきみだ」サビンはグウェンの背中に胸を重ね、顔をすぐそばに寄せて言った。

彼を口で味わうか、脚の間で感じるか。難しい選択だ。でも結局グウェンは昨夜夢想したほうをとることにした。サビンのものになったらどんな気分か感じたい。そうしないと一生後悔するだろう。ハンターに撃たれ、あいつらを倒す手助けがしたいと思う自分に気がついたグウェンは、ひとつのことを学んだ。それは、たとえ不死の者であっても時間がいつまでもあるとはかぎらないということだ。

「それなら今度ね」グウェンはうしろに手をまわしてサビンの髪をつかみ、唇を引き寄せた。ふたたび深く入りこんだサビンの舌は、彼女自身の味がした。

サビンは入り口に身を構えたが、中に入る前に体を硬くし、毒づいた。「避妊具を持ってない」

「ハルピュイアは年に一度しか受精できないの。今はちがうわ」クリスが長期間、彼女を監禁していたのはそれも理由だったのだ。「入って、さあ」

次の瞬間、サビンのすべてが埋まっていた。キスはグウェンの快楽の叫びで断ち切られた。サビンはグウェンを押し広げ、満たした。夢に見たよりずっとすばらしかった。

サビンの歯が耳たぶを噛む。後ろ手にまわしたグウェンの爪が彼の肩に食いこみ、温かい血がしたたるのがわかった。サビンがかすれた吐息をもらす。血の甘い香りが漂ってきてグウェンはたまらなくなった。「お願い……それを……」

「ほしいものはなんでもやる」サビンは繰り返し中に入り、早く激しく前後に動いた。

「ちょうだい……何もかも」彼を感じていると理性は吹き飛び、グウェンもハルピュイアも消え失《う》せてサビンの一部になった気がした。「あなたの血がほしい」サビン以外の人の血を思い浮かべてもむなしいだけだ。

サビンが完全に体を引き離した。

グウェンは不満の声をあげた。「サビン……」

彼は地面に倒れこんでグウェンを引き寄せたかと思うと、次の瞬間また深々と貫き、滑るように動き始めた。グウェンの膝に小枝が食いこみ肌が切れたが、その痛みさえも快感に続く道のように思える。快楽も苦痛ももう関係ない。そのふたつがからまりあってグウェンを暗い至福の海へと引きこんでいった。

「飲め」サビンはそう言ってグウェンの頭をつかみ、首に押しつけた。

歯はすでにとがっている。グウェンはためらわずに噛みついた。サビンが長い叫び声をあげた。温かい液体が喉を流れ、舌が肌の上で踊る。血は麻薬のように全身に広がり、ぬくもりは燃える火となって血管を焼いた。やがてグウェンは震え、身をよじりだした。

「もっと」サビンのすべてを味わい尽くしたい。そうせずにいられない。でもそんなことをすれば……彼は死んでしまう。そう思ってグウェンは無理やり体を起こした。ペニスがさらに深く突き刺さり、彼女は身震いした。「飲みすぎるところだったわ」

「そんな心配はない」

「でもあなたの体が――」

「大丈夫だ。今度はおれが奪う。きみが言ったように、何もかも」

上下に揺れる彼女の体をサビンの指が肌を裂くほど強くつかんでいる。彼を傷つける不安は薄れ、すべてをのみこむ欲望だけが残った。

「それでいい。最高だ……」サビンは息を切らしながら動き続け、親指でクリトリスを撫でた。「このまま……終わらせたくない」

それはグウェンも同じだった。ほかのことがどうでもよくなるほど心と体を激しく奪われたのは初めてだ。姉たちに見つかるかもしれない。今ごろ捜しているだろうから。あのすばやさを思えば、もうここにいてもおかしくない。でも止められない。もっとほしい。

頭を倒すと毛先が彼の胸を撫でた。サビンは両手で胸の丸みを味わい、少し押すようにしてグウェンをのけぞらせた。するとちょうど彼の腿に両手が乗った。

サビンが荒っぽく言った。「きみの血がほしい」

グウェンはすぐにはサビンの真意がくみ取れず、聞き間違いかと思った。すると彼の手が首にまわって引き寄せられた。次の瞬間、首に歯が突きたてられるのを感じ、グウェンは身震いして歓喜の叫びをあげた。

絶頂に達するまでの短い間だけサビンは血を吸った。彼は片手でグウェンの腹部を押さえ、叩《たた》きつけるように腰を動かした。奔放でありながら必然的で、すべてを解き放つ一瞬だった。グウェンとハルピュイアはともに天に舞いあがり、二度目のクライマックスの中にすべてを忘れた。

永遠にも思える時間が過ぎ、すっかり疲れ果てて息もできない状態でグウェンは体の力を抜いた。胸が苦しい。サビンの呼吸も不規則で、体をつかむ手にも力がなかった。

ハルピュイアが静かなところをみるときっと眠ってしまったのだろう。グウェンも意識を失ってしまいたかったが、サビンの上からは下りなかった。これまでずっと睡魔を寄せつけまいとしてきたが、とうとう眠気が忍び寄り、のみこもうとしている。

グウェンはそのままの状態で横たわっていた。頭をサビンの首に預け、両腕に抱かれ、つながったまま。目の前で星がちらついた。星ではなくて雲の間に踊る日の光だろうか。

さっき二人がしたことは……あの行為は……。

「わたし、あなたをレイプしたのかしら？」グウェンはそっときいた。頬が熱くなる。欲望の霧が晴れると、さっきは嫉妬にかられてサビンを襲い、彼の意志に関係なく奪おうとしたのがはっきりわかる。

サビンは笑った。「からかってるのか？」

「無理やりだったかもしれないと思って」まぶたが重く、グウェンはまばたきした。一度閉じたまぶたは、貼りついたようにもう開こうとしなかった。彼女が眠りこけているところを姉たちが見たらぞっとするだろう。がっかりされても当然だ。

「本音を言うと、きみは完璧だった」

心がとろけるような言葉だ。けれどもグウェンは身を硬くした。サビンと二人でリラックスし、怒りの入りこむ余地がなくなると、たいてい〝疑念〟の魔物が顔を出す。

「どうかしたのか？」サビンはふいに不安になった。

「〝疑念〟の魔物が飛びかかってくるのを待っているの。あなたがほめてくれるたびに魔物がドアをノックして、ほめ言葉が間違いだという理由を並べるのよ」

サビンはグウェンの首筋に軽くキスした。「奴《やつ》はきみの中のハルピュイアを怖がってるみたいだ。ハルピュイアが出てくると隠れてしまう」楽しげでもあり感心しているようでもある口調だ。その言葉でサビンは心を決めたように思えたけれど、何を決めたのだろう？

「わたしを怖がってる……」グウェンの口元にゆっくりと笑みが浮かんだ。「その響きが気に入ったわ」

「おれもだ」サビンが胸の間を撫でると、人差し指が胸の先端をかすめた。「ハルピュイアに弱点があるなら知っておきたい」

弱点はあるけれど、それを人に教えるのは罰してくれと言っているようなものだ。母に続いて姉たちも縁を切るだろう。縁を切らないはずがない。破ってはいけない掟《おきて》なのだから。理屈で考えようとしたが、睡魔が思考の邪魔をした。グウェンはあくびをしてサビンにすり寄った。眠ってしまいそう……でもそれは許されないこと……。

「グウェン？」

やさしい呼びかけがグウェンの意識に響き渡った。「何？」

「聞いてなかったみたいだな。ハルピュイアの弱点のことを話していたんだが」

そうだったかしら？「どうして知りたいの？」

「誰にも弱点を悪用されないように、いつでもきみをしっかり守りたいんだ」

なんて響きのいい言葉だろう。本当にそんなことを考えているとは思えない。でもサビンは、ついさっき全身にくまなくキスして触れてくれた人だ。そして彼女が強く無敵であることを求めている。グウェン自身、自分にそんな弱点があることをいやだと思っていた。ハンターはその弱点を知っていたわけではなかったが、偶然そこをついてグウェンを無力にした。

「心配しなくていい。弱点を利用してきみを傷つけたりはしない。誓ってもいい」

以前サビンは、戦いに勝つためなら名誉を汚すようなこともやってのけると言った。この誓いも破るだろうか？　グウェンはため息をつき、無意識の暗闇にまた少し沈んでいった。目を覚まして。眠ってはいけない。答えは結局ひとつの決断にかかっている。サビンを信じるか、信じないか。サビンは敵を倒すためにどうしても彼女を必要としている。裏切って彼女の協力を失うような危険はおかさないはずだ。

「翼よ。折ったり、切り落としたり、縛りあげたりすればわたしたちは無力になるわ。ハンターはその手を使ってわたしを捕まえたの。ハンターは翼が弱点だとは知らなかったけれど、誘拐のときに毛布で巻かれて翼を封じこめられたせいでわたしは力をなくしたのよ」

サビンはぎゅっとグウェンを抱きしめた。「翼を守れるようなものを作ってもいい。つけていても翼を自由に動かせるものを。それだけじゃなく、翼を縛ったまま訓練する必要があるな。そうするしか……」

サビンの声が遠ざかり、暗闇がいちだんと濃くなった。ああ、この一時間でいけないことばかりしてしまった。サビンに体を与えたあげく、座り心地のいいソファに座るみたいにそばで丸まっている。ことが終わったらぐずぐずするな、というのがハルピュイアの掟なのに。

眠ってしまったらサビンは彼女を抱いて姉たちのそばを通り、森から出るだろう。そして姉たちは無防備に眠りこけた妹を目にするだろう。

わたしはいろんな意味でできそこないだ。

「どうか……あの人たちに……見せないで」無意識の中に完全に沈む前に、グウェンはなんとかそう言った。

19

あの人たちに見せないで……何を見せるなというのだろう？　眠るグウェンを抱きあげながらサビンは考えた。唇からもれるかすかなうめき声が不思議なほどエロティックだ。なぜか彼女を守りたい気持ちになってサビンは手に力を込めた。

戦士たちに裸を見られたくないという意味か？　大丈夫だ。ほかの男に彼女の美を盗み見られるぐらいなら死んだほうがましだ。

それとも姉たちに見られたくないのだろうか？　それも心配ない。三姉妹はサビンがまだ答えられない質問をぶつけてくるだろう。それ以上にあの三人はグウェンが寝ることについて何かとマイナスの反応を見せる。なぜだ？　サビンはまだわからなかった。

またうめき声がした。今度はさっきより小さく吐息のようだ。彼が貫いたときにグウェンがもらした声と同じで、欲望できゅっと胃が引き締まる。降り注ぐ太陽が彼女の肌を、薔薇色の胸の先端をきらめかせている。両手は腹の上で組み、体からは力が抜け、頭は信頼しきったように彼の首に預けている。ストロベリーブロンドのカールが彼の腕や腹に触れている。

服を着せたほうがいいだろうか？　一瞬考えて、サビンはやめておくことにした。無理に動かしたらうっかり起こしてしまうかもしれない。グウェンはやっと眠ったのだ。理性がなくなるまで愛したせいで眠った。そう考えてサビンはにやりとした。必要なら毎晩でも同じことをするだろう。グウェンには休息が必要だし、こういう犠牲ならいくらでも払うというものだ。

サビン自身服を着ようとは思わなかった。そのためにはグウェンを下ろさなければいけないが、地面に下ろしたら木の枝が刺さったり虫がついたりするかもしれない。

サビンはグウェンのこめかみにキスして歩き出した。影から出ないようにして裏から城に近づいていく。カメラに気をつけ、ハンターを寄せつけないように仲間たちと仕かけた落とし穴や罠《わな》を避けながら。

さっきグウェンとの間にあったこと……あんな経験は初めてだ。かつて愛したダーラともなかった。

ダーラとちがい、グウェンには長い時間をかければ魔物と折りあえる強さがある。それは意外な発見だった。

本当にいっしょにいられると思ってるのか？　いつまで愛してくれると思ってる？　おまえのほうが裏切るかもしれないな。おまえはいつも戦いがあればすっ飛んでいく。グウ

エンの姉たちと戦う計画があるのも悪材料だ。三姉妹の誰かが殺されたらどうする？　グウェンは当然おまえを責めるぞ。

この疑いはおとなしく心に漂っているわけではなかった。それどころか金切り声でサビンのこめかみを殴りつけ、頭蓋骨を震わせた。突き刺すような痛みにサビンはひるんだ。グウェンが眠り、ハルピュイアが縛りつけられているのを見て、魔物が隠れ場所から出てきたのだ。腹を立て、必死に獲物を探して。

そのほうがいい。今になってようやくサビンが気づいたある恐れを突きつけられるよりは。だが頭の中にその恐怖が浮かびあがるのを防ぐ方法はなく、サビンはのみこまれそうになった。

グウェンに愛してほしいと思っているだろうか？

あの琥珀《こはく》色の瞳が今日……明日……そして永遠にこちらをやさしく見つめるのを見、あのみずみずしい体と毎夜ベッドをともにし……はじけるような笑い声を聞き……守り……生まれもった力を開花させる……。

そうだ、グウェンに愛してほしい。グウェンなら魔物との精神的な闘いに勝てる。それどころかこの獣を恐怖で屈服させたじゃないか。

心のどこかでは会った瞬間から彼女を愛していた。なすすべもなく捕らわれた彼女を見て、本能のすべてで助けたいと思った。ハルピュイアを必死に抑制しようとする姿や、種族の掟《おきて》に従おうとする姿を見て、すっかり惹《ひ》きつけられるのを感じた。しかしグウェンを真の意味で理解できず、弱いと誤解した。今は本当の彼女を見ることができる。グウェンは姉たちより強く、彼よりも強い。

そうだ、この小柄な女性は誰も思いもよらないほどの勇気を秘めている。本人さえ気づいてないだろう。そのグウェンが彼のためにハンターと戦いたいと思っている。毎日のように危険に身をさらしたいと思っている。

もし負傷しても治すことはできる。少なくとも理屈ではそうわかっている。しかし傷つき血まみれになったグウェンを思い出すと、うなり声をあげたくなってしまう。おれは最低のばか野郎だ！

これには反論の余地はない。

サビンは顔をしかめ、トリンが監視している秘密の通路に向かった。

そして隠しカメラのひとつを見上げ、首を振った。黙っていてくれという合図だ。だが歩調はゆるめなかった。寝室に入ると彼はドアをふさいだ。グウェンは彼を愛しているのだろうか？　惹かれているのはたしかだ。そうでなければ体を与えたりしない。しかもあれほど情熱的な絶頂を味わわせてくれた。彼を信用してもいる。でなければ弱点を打ち明けないだろう。でも愛はあるのだろうか？

もし愛してくれているなら、その愛はこれからふりかかる試練に耐えられるだろうか？

その答えがどちらにしろ、もうグウェンを手放すことはできない。グウェンは彼のものであり、彼はグウェンのものだ。

グウェンのことを何もかも知りたい。すべての欲望を満たしてやりたい。大事にしたい。彼女を傷つけるものは殺してやる。たとえ姉妹であっても。

サビンは以前、彼女にこう語った。大義のためなら愛していない女とでも寝ると。なんてばかだったんだろう。グウェン以外の女とベッドに入ることを考えただけで寒気がする。グウェンのような感触、声、味を持つ女はどこにもいない。何より、そんなことをすれば彼女が傷つく。グウェンが戦いに勝つためだけにほかの男とベッドをともにするのを想像すると、殺気立つほどの怒りが込みあげた。

グウェンがほかの男を好きになったらどうする？

それ以上何か言ったら、神に誓ってパンドラの箱を見つけ出しおまえを吸い出してやる。**おまえも死ぬんだぞ。**その声は震えていた。

そしておまえは苦しむ。敵を倒すためなら自分のことなどどうでもいいと思っているのは知ってるはずだ。

大事なグウェンは誰が守る？

三姉妹が守るだろう。連れてこようか？　話をさせてやるぞ？

沈黙。ほっとするような沈黙だ。

サビンはそっとグウェンをベッドに寝かせ、上掛けでくるみこんだ。ドアからうるさいノックの音がして彼は顔をしかめた。

大股で三歩歩くともうドアだ。彼はバリケードを取ってドアを開けた。

カイアが中に押し入ろうとした。「妹はどこだ？　まさか怪我《けが》させてないだろうな？　よくも遊び半分でグウェンを叩《たた》きのめしてくれたじゃないか」

「遊び半分じゃない。鍛えるためだというのはあんたもわかってるだろう。感謝してもらってもいいぐらいだ。もう行ってくれ」

カイアは腰に手をあててこちらをにらみつけた。「妹に会うまでは行かない」

「こっちは忙しいんだ」

不思議なほどグウェンの目に似た金色の目が、サビンの裸体を見下ろした。「それはわかってる。それでもグウェンと話がしたい」

あの人たちに見せないでとグウェンは言っていた。「今は裸なんだ」これは本当だ。「それにおれは今すぐ彼女のもとに戻りたい」これも本当だ。「話はあとにしてくれ」

カイアの美しい顔に大きな笑みが広がるのを見て、サビンはほっとして肩の力を抜いた。セックスがハルピュイアのいまいましい掟に触れなかったのを神々に感謝しなければ。

グウェンが目を覚ましたらじっくり話をしよう。何がよくて何がいけないのか教えてくれるだろう。そのうえで気に入らない掟があればやめてしまえばいい。

えたとは」

「これを聞いたら母がさぞ自慢に思うだろう！　小さなグウェニーが邪悪な魔物を捕まえたとは」

「閉めるぞ」サビンはカイアの鼻先でドアを閉めた。そしてにやりとして振り返った。さいわいグウェンは身動きしていない。

その日はずっと戦士や女やハルピュイアが入れかわりたちかわりドアをノックした。グウェンの言葉が頭から離れなかったサビンは、気の休まるひまがなかった。いったい何を見せるなというのだろう？　三姉妹は到着した夜にグウェンが彼と寝ているのを見ているから、それが問題だとは思えない。三姉妹はグウェンを罰しようとはしなかった。首の傷が恥ずかしいのだろうか？　もしかしたら噛《か》んではいけなかったのかもしれない。

最初に現れたのは、サンドウィッチの皿を持ったマドックスと笑顔のアシュリンだ。

「あんなに激しい訓練のあとだから、グウェンもあなたもお腹《なか》がすいてるだろうと思って」

マドックスに笑顔はなかったが、グウェンを追い出せとは言わなかった。「すまない」

サビンは皿を受け取ってドアを閉めた。

次に来たのはアニヤとルシアンだ。「あのほこりっぽい書巻を読んでるふりをして、四人でホラー映画でも観《み》ましょうよ。仕事はほかの人たちにさせればいいんだから」アニヤはそう言って眉を動かした。「楽しいわよ」

「結構だ」サビンはまたドアを閉めた。

そのすぐあと、ビアンカが来た。「妹と話したいの」

「まだ忙しいんだ」眠ってるから。サビンはしかめ面のビアンカの目の前でドアを閉めた。

ようやく訪問客がなくなった。サビンはトリンに、自分はシカゴに行かないで残るとメールで知らせた。

〝やっぱりな〟と返事が返ってきた。〝だからもう代理を見つけておいた。ギデオンが任務を引き継ぐ〟

サビンはほっとした。こんな状態のグウェンを置いていくことは考えられない。

もし仲間がやられたら、自分を責めることになるぞ。

サビンは否定しようとしなかった。それは当然だ。

グウェンをきらいになったらどうする？

サビンはうんざりした顔をした。きらいになるわけがない。

どうして断言できる？

責めるべきはおれで、グウェンじゃない。きらいになるとしたらおれ自身だ。

まじめな話、どうやったらこの心のやさしい女性をきらいになれるというのだろう？

もしグウェンがシカゴ行きのことを知っていれば、自分も行きたがっただろう。

サビンは寝ることもリラックスすることもできず、太陽が沈んで月が出、そしてまた太陽が顔を出すのを見守った。どうしてグウェンは起きないんだ？　これほど休む必要があるのだろうか。また血が必要なのか？　情熱の中でたっぷり与えたとばかり思っていたのに。

サビンはベッド脇に引っ張ってきた椅子にもたれた。木製の背もたれが背中に食いこんだが、気にしなかった。これならぼうっとする心配もなく緊張を保てる。

なんてざまだ、軽蔑していた男そのものじゃないか。女のせいで弱気になり、女のことを心配している。女のせいで攻撃に対して無防備だ。

「サビン」吐息のような声がした。

サビンははっとして背筋を伸ばし、音をたてて足を下ろした。胸が早鐘を打ち、肺が苦しくなった。やっと目が覚めたのか！

グウェンはまばたきして目を開いた。二人の視線がぶつかり、サビンは呼吸を忘れてしまった。彼のベッドで目覚めたらグウェンがどんな反応を見せるだろうと心配していたが、心配すべきなのは自分の反応だった。寝乱れてしどけない彼女の姿を目にして体は震え、血は熱くなった。

グウェンは顔をしかめて部屋を見まわした。「どうしてここにいるの？　いいえ、それよりいつ戻ってきたのか教えて」グウェンはベッドから足を下ろし、ゆっくりと立ちあがろうとした。

サビンはそれより先に立ちあがり、グウェンの体を抱きとめた。

「わかってる」サビンはバスルームまで付き添い、部屋に戻ってドアを閉めた。

「歩けるわ」

グウェンが倒れて怪我をしたらどうする?

黙れ。今はおれの心を乱さないでくれ。

驚いて息をのむ声がドア越しに聞こえ、サビンはにやりとした。やっと裸だということに気づいたのだろう。そんな彼女を抱いたせいでサビンは刺激された。女らしい香りをかいで下半身は鋼鉄のパイプのように硬くなった。

水が流れ出す音が聞こえ、サビンは着替えをつかんで隣の部屋にそっと近づいた。ドアが開いていたのでノックもせずに入ると、三人のハルピュイアが食料品を真ん中に置いて輪になって座っていた。三人は笑っていた。彼の姿を目にするまでは。

カイアの目が黒に変わり、たちまち〝疑念〟の魔物は逃げ出した。「わたしたちの食料だ」金切り声を聞いてサビンは顔をしかめた。おかしな話だ。グウェンがこんな声を出しても気にならないのに。「盗んだからにはわたしたちのものだ」

「落ち着いて」ビアンカがサビンに目を向けたままカイアの腕を叩いた。「そろそろ来るころだと思ったわ。グウェニーはどこ?」

「シャワーを浴びてる。だからこの部屋のを借りたい」サビンは返事も待たずにバスルームに向かい、タオルを手に取った。

「何時間もぶっ通しでセックスしてるのに、同じシャワー室も使えないとは」三人のうち誰かがそう言った。姿を見ていないときに双子の声を聞き分けるのは難しかった。

「シャワー室にいっしょに入ったらまた始まるからだわ」

三人はわっと笑った。

「あの子はおまえの意識を失わせたのか？　恥をかかせまいとしておまえを隠しておいたのか？」今度はタリヤが言った。タリヤなのはこの冷たい口調でわかる。彼女の声を聞くと震えずにいられない。

タリヤは真相を見抜いているとサビンは思った。あんなふうに眠りこけるのはハルピュイアの掟に反するのだろうか。「だとしたらどうなんだ？」

ビアンカとカイアがくすくす笑った。「妹を応援する」双子の一人が言った。

サビンはドアを蹴って閉め、シャワーに飛びこんだ。早くしないと三姉妹がグウェンのもとに駆けつけて質問責めにするかもしれない。だが彼がシャワーから出ると三姉妹はさっきと同じところにいた。

ただ一人、笑顔のないタリヤがサビンにうなずいた。感謝だろうか？

さっとキッチンに寄ると、ありがたいことに誰かが買い物に行ってくれたようだ。彼はポテトチップスをひと袋、ブラウニー、グラノラバー、りんご、水のボトルをかき集めた。両手で食べ物のトレイを持って部屋に戻り、後ろ向きにドアを蹴って閉める。グウェンはベッドの端に腰かけていた。スウェットのショートパンツと派手な青のTシャツを着ている。この前、町に行ったとき自分で選んだ服だ。

サビンの頭の中で魔物が薄暗い隅から顔をのぞかせたが、ハルピュイアを怒らせては大変とばかりにまた引っこんでしまった。

顔に感情を出すまいとしながらサビンは椅子に座った。トレイは体の前に持ったままだ。「話がしたいの」グウェンはものほしげな目で食べ物を見ながら言った。「森であったことについて……」

グウェンがその先に進む前にサビンは話しだした。彼女がどれぐらい眠っていたか、どうやって守ったかを。また、誰にも首の傷を見せなかったこと、誰も彼女が本当は何をしていたか知らないこと、皆二人が獣のように愛しあっていると思いこんでいることを伝えた。

「神さまって存在するのね」グウェンは安堵《あんど》のため息をついた。

ほかの女ならぎょっとするところだろう、サビンはそう思って笑いを噛み殺した。これもグウェンが理想の女だという証拠のひとつだ。「これから質問に答えてもらいたい」

グウェンは息をのみこんだ。「わかったわ」

「どうしてきみは盗んだものしか食べないんだ?」

グウェンはにらむように目を細くした。「その話はしてはいけないことになっているの」

「もうそんなことを言ってる場合じゃないと思うが」

「そうかもしれない。どうして知りたいの？」

「理解するためにだ」彼はブラウニーを取り出してひと口食べた。「きみは体を託してくれた。寝ている間、守ることを許してくれた。信頼して弱点まで教えてくれた。今度は秘密を教えてほしいんだ」

グウェンの胸が上下した。お腹が鳴り、彼女はサビンから目を離さずに手で押さえた。彼というより食べ物かもしれない。「わたしは……その……わかったわ。教えるわね」グウェンは唇をなめた。「わたしに報酬をくれる？」

「報酬？　金額は？　何の報酬だ？」

「いいからイエスと言って！」

「わかった」

グウェンはまた唇をなめると、ほとばしるように話しだした。「神々は闇の王子ルシファーの血を引くハルピュイアを忌みきらっているの。そこで神々は名誉が傷つかないやり方でハルピュイアを滅ぼしたいと考えた。自滅したように思わせるやり方でね。そしてひそかに呪いをかけ、ただで出された食事や自分たちで作った料理を食べられないようにしたのよ。呪いを無視するとひどく気分が悪くなって、死ぬ者もいたわ。誰もが一度で懲りた。あなたもエジプトで見たとおりよ。わたしの祖先は試行錯誤のすえ、盗んだものとお金を払ったものなら食べられることを発見したの。神々はわたしたちを滅ぼせなかったけれど、苦しめることには成功したというわけよ。だからわたしに報酬をちょうだい。そうしたら答えを教えるわ」

なぜグウェンが報酬を求めるのか、その理由がこれでわかった。たしかアニヤも、ハルピュイアは自分で稼いだものしか食べられないと言っていたような気がする。「秘密を打ち明けてくれた報酬だ」サビンがブラウニーを投げると、グウェンは目にも止まらぬ手さばきでキャッチした。ブラウニーはまたたく間に消えた。二人の共通点がまたひとつ見つかったと彼は思った。二人とも呪いに縛られている。

「稼いだものしか食べられないと教えてくれればよかったんだ。そうすればひもじい思いをさせずにすんだのに」

「種族の秘密を打ち明けてもいい相手かどうかわからなかったの。姉たちが言うように、情報は力よ。あのときあなたはすでにわたしに対する力を持っていたわ」

「でも今はきみも同じだろう?」グウェンの言葉が単純にうれしくて、サビンはやさしくきいた。「おれのことを知り尽くしてる」

グウェンの頬が真っ赤になった。「そうね、最初よりは」

サビンはポテトチップスの袋を指でぶらさげてみせた。「誰に何を見られたくなかったのか教えてくれ」

「姉たちに眠っているところを見られたくなかったの」

それが理由だったのか。「まだだ。あのチキン野郎といっしょにいたとき、どうやって睡眠をとったのか教えてくれたらこれをやる」

「サビン、今すぐちょうだい！」

「おれの質問にちゃんと答えてないからだめだ」

「わたしはにわとりといっしょに寝たことなんか……ああ、タイソンのことね。長い間寝なかったわ。この答えでいい？　ポテトチップスをもらえるかしら？」

サビンは折れなかった。「どれぐらいつきあってたんだ？」

「半年よ」

半年。サビンはグウェンが誰かとそんなに長くいっしょにいたことが気に入らず、歯を食いしばった。「その間ずっと起きていたのか？」

「いいえ。最初はタイソンに不眠症だと思わせてひと晩中起きていたの。でも睡眠不足でどうしようもなくなって、職場には病気で休むと言って森で寝ていたのよ。森なら人に見られることも近づかれることもないから、ハルピュイアは森で寝るべきだとされているの。でも何カ月かたつうちに、信頼しているこの人といっしょに寝ればいいと思うようになったの。それからは彼といっしょにベッドで寝たわ。質問される前に言っておくけれど、誰かといっしょに寝てはいけない、というのは掟でもないし呪いでもないのよ。ハルピュイアが生まれたときから教えこまれる安全のルールなの」

三姉妹が夜に森に出かけた記憶はなかったが、音もなく忍び寄るぐらいだから見つからずに出ていったのだろう。「どうして？」

グウェンはいらだったようにため息をついた。「寝ている間に翼を縛られる危険があるからよ。わたしが捕らわれたときのようにね。さあ、ポテトチップスをちょうだい」

サビンは袋を投げた。「りんごもほしいか？」

グウェンの舌が唇をなめた。「ええ、お願い」

「おれのこと、森でのことをどう思っているか教えてくれ。嘘《うそ》はつくな。真実にしか報酬は渡せない」

グウェンはためらった。

なぜ隠すのだろう？　隠したいことがあるのだろうか？　沈黙が続き、もらった分だけの食料で満足したのかもしれないとサビンが心配になり始めたとき、いきなりグウェンが口を開いた。

「あなたのことが好きよ。本当は許されないことだけれど。あなたに惹かれているし、いっしょにいたい。そばにいないときはあなたのことを考えるわ。自分でもばかだと思うけれど、いっしょにいると自信を感じるの。魔物さえ黙っていれば、劣等感も恐怖も感じなくてすむ。人に求められる価値のある存在で、守られているという気分になるわ」

サビンがりんごを投げると、グウェンは目をそらしたまま受け取った。「おれも同じ気持ちになる」その声はそっけなかった。

「本当に?」グウェンの目がさっと彼に向いた。その目に希望が輝いている。

「ああ」

グウェンの顔にゆっくりと笑みが浮かんだが、すぐに消えた。彼女はりんごをかじって噛み、のみこんだ。

「何を考えてるのか教えてくれ」

「わたしたち、うまくいくかしら。あなたは以前、戦いに勝つためなら愛する女性も裏切ると言ったわね。あなたがわたしを愛していると思っているわけじゃないのよ。ただわたしは、もしあなたがほかの人とつきあうなら、その女を殺すでしょうね。あなたもいっしょに」最後のほうの口調には鋼の冷たさがあった。剃刀《かみそり》の刃のように研ぎ澄まされた鋼の。

「それは無理だ。とてもできそうにない」サビンは顔を撫《な》でた。「今はきみのことしか考えられない。たとえ芝居でもほかの女を相手にすることはできない」

「でも、その気持ちはいつまで続くの?」グウェンは小声でそう言って、手のひらでりんごを転がした。

永遠にかもしれないと思うとサビンは罪悪感にとらわれた。すでに多すぎるほどの時間をグウェンに費やしている。クロノスの書巻にある名前を調べてもいなければ、残りふたつの聖遺物も手つかずだ。ガレンを捜してもいない。

長年、彼はハンターとの戦いを最優先してきた。そして仲間にもそれを求めた。仲間はそんな期待に応えるどころか、期待以上のものをくれた。リーダーとして、グウェンにすべてを捧《ささ》げることなどできるわけがない。

サビンはグウェンの言葉には答えずに立ちあがった。「きみを見守るために義務をなおざりにしてきたから、仕事が山ほどたまってる」そして出ていった。グウェンをそばに置いておきたいなら、その前に突き止めなければいけないことがいまいましいほどたくさんある。

20

わたしは戦士になりたいと思ってる？　厳しい訓練でしごかれたあと、グウェンはまたその自問を繰り返した。息を荒らげ、汗とあざだらけになって、彼女はサビンのベッドに仰向けに寝そべった。

この数日、サビンは仕事と彼女の訓練に時間を捧《ささ》げた。グウェンはそれまでの数時間徹底的にしごかれた。サビンは情け容赦しない。最悪だ！

「強くなったじゃないか」グウェンの心を読んだようにサビンが言った。

「ええ」そのとおりだ。

「謝罪はしない。今ならパンチも受けられるとわかってるはずだ」

「受けるだけじゃなく、与えることもね」つい一時間前、筋肉隆々のサビンを木立の中に殴り倒したことを思い出し、グウェンは得意げに言った。攻撃を避けるタイミング、攻撃するタイミングもわかるようになった。

「あとはハルピュイアをもっと早く呼び出せるようにならないとな。呼び出したほうが都合がいい」サビンはベッドの端に腰かけ、グウェンの首をつかんで引き寄せた。「さあ、飲むといい」

サビンの動脈に歯を突きたてると、森の中で彼を奪ったときのことを思い出して顔が熱くなった。やがてまぶたが重くなり、グウェンはただこの男の味を楽しんだ。

サビンにそのままの体勢で膝の上に引き寄せられ、グウェンはすぐさま足を開いて彼の体にすり寄った。サビンは彼女の腿の間に高まりをこすりつけた。そのなまめかしい感覚にうめき声がもれる。けれども指を彼の髪にからませ、歯を抜いて首筋をなめると、ふいにサビンは彼女をベッドに戻し、震える脚で立ちあがってドアに向かった。

「二回戦を始めるぞ。外で待ってる」サビンは角を曲がって消えた。

「あなたのせいで本当にむかついてきたわ」グウェンはその背中に言った。

答えはなかった。

欲求不満で叫びたい気持ちだ。前にも二度、サビンは同じことをした。訓練し、部屋に連れ戻して美味なる血で怪我《けが》を癒し、その気にさせたあげくに〝仕事〟だの訓練だのがあるといって突き放す。どうして？　二人で話をして以来、決して愛しあおうとしない。なぜなの？

二人は相手への気持ちを打ち明けた。グウェンは彼を求めている。どんな形であろうと、たとえ短い間であろうと。その気持ちを否定しても無駄だ。

サビンとの将来を想像したグウェンはうっとりとため息をついて枕にもたれた。彼はハルピュイアなら誰でもあこがれるような男だ。たくましく、少しワイルドでとことん危険な男。敵を殺しても罪悪感など持たない。きつい仕事をなんとも思わない。冷酷非道にもなるけれど、彼女にはやさしい。

たったひとつ気になるのは、彼が戦いよりグウェンを優先するかどうかだ。

いいえ、それだけじゃない。優先してほしいと思っているかどうかだ。

グウェンはため息をつき、起きあがって外に行くことにした。サビンを捜す彼女に日の光が暖かく降り注いだ。彼の姿を見つけた瞬間、誇りが込みあげる。わたしの男。サビンは二本の短剣の上にかがみこんで研いでいた。

にせもので訓練しても意味がないと彼は言った。明日は銃の訓練をする予定だ。黄金の光がサビンのむき出しの胸を照らしている。筋肉に汗のつぶが浮かび、肌を輝かせている。それを見るとグウェンはつばがわいた。首の噛《か》み傷はもう治っている。あれは彼女がつけた印だからずっと残っていればいいのにと思った。

わたしはあの力を全身に、そして中に感じたんだわ。

グウェンはもう一度、すぐにでもサビンがほしかった。とりわけ苦しいのが夜だ。サビンは朝方近くならないと部屋に戻ってこない。〝疑念〟の魔物のささやきがなくても、どこにいたのか、何をしていたのか考えてしまう。やがて彼はベッドの隣に潜りこむのだが、絶対に触れようとしない。ぬくもりを感じ、軽い寝息を聞きながら、グウェンは全身をうずかせる。そしてなすすべもなく横たわっているうちに眠りに落ちるのだ。

今夜、サビンがまだ抵抗するなら自分から行動を起こそう。彼は一度ハルピュイアを相手にして生き延びた。今度も大丈夫のはずだ。

「もう」〝暴力〟の番人の妻アシュリンが言った。このたおやかな女性が毒づくのは驚きだった。「今度だけよ！」

いつものようにアシュリンとダニカは訓練場の近くでグウェンの応援をしていた。そしてサビンがグウェンをノックダウンするとやじった。この二人とそう長くいたわけではないけれど、グウェンは二人にあこがれを抱いた。二人とも率直で誠実で、やさしくて気がきき、いろんな問題を乗り越えて戦士と関係を築いている。どうやってそんな成功を勝ち取ったのか二人から聞き出したいと思っていたけれど、時間がなくてまだ話していない。

今、二人はアニヤ、ビアンカ、カイアとゲームみたいなことをして遊んでいる。この双子も訓練を見たがる。アシュリンとダニカは三姉妹を歓迎してくれた。

「今度はわたしが投げる番よ」ビアンカがわざとうなるように言った。「さいころから手を離さないと、指を叩《たた》き切るわよ。選ぶのはあなた」

マドックスは城の中だったが、もしそばにいたら姉にくってかかっただろうとグウェンは思った。遊びだろうがなんだろうが、マドックスは妻が脅されるのをいやがる。

ケインという名の戦士が近くに立ち、かすかな笑みを浮かべ、ヘイゼル色の目を輝かせて女性たちを見守っている。木に寄りかかからず木陰でもない場所に立っていたが、グウェンが見ていると遠くの黒樫《くろかし》の枝が折れてまっすぐケインの上に落ち、顔を直撃した。

ケインを始めほかの戦士たちは、城の中で神々の王クロノスから与えられた書巻を読んでいたようだ。これもサビンの仕事なのだろうか？　いっぽうそれ以外の戦士たちは〝ハンターを徹底的に叩く〟作戦のためシカゴに向かった。不思議なことにグウェンは彼らがいないのをさびしく思った。

「隙だらけだぞ」いきなり正面から体あたりされ、グウェンは仰向けに倒れた。

次の瞬間、サビンが馬乗りになって短剣を彼女の肩に突きつけ、にらみつけた。「よそ見してるとどうなるか話しただろう」

空気を吸いこむのに必死でグウェンはすぐには答えられなかった。「まだ……始めてもいないのに」

おまえは本当に……こんな訓練についていける強さがあると思ってるのか？

〝疑念〟の魔物の声が脳裏をよぎったが、おそるおそるといった口調だった。サビンが言ったように魔物は彼女を怖がっている。そう思うと力がわいてきた。

「魔物をけしかけてすまないが、魔物にも負けない力をつけてもらわないとな。それにハンターが戦いを始めていいかどうかきみに確認して、うなずくまで待ってくれるとでも思ってるのか？」

痛いところをつかれた。今度はこちらの意見を言う番だ。「魔物のことだけれど、今は飼い猫みたいにおとなしいわ。それから戦いのほうは……」両腕が自由だったので、グウェンはこぶしを握りしめてサビンのこめかみに叩きつけた。彼は驚きのうめき声をあげ、両手で頭を抱えてうしろに倒れた。グウェンは一秒も無駄にしなかった。彼女はあばらが折れるほど強くサビンの胸を蹴りつけた。

ハルピュイアが笑った。もっとやれ！

今度ばかりはハルピュイアの声を聞いても怖いと思わず、グウェンは驚いてまばたきした。わたし……もしかして……自分の中の獣を受け入れられるのかしら？

「いいぞ、グウェニー！」カイアが声をあげた。

「倒れている間に蹴るのよ！」ビアンカが叫んだ。

サビンは短剣をつかんだまま、視界をはっきりさせようとしてまばたきしている。グウェンは翼をぱっと広げ、飛び起きた。さいわい翼は小さく、シャツが破れ落ちるほどではなかった。目にもとまらぬ速さでサビンのうしろにまわりこむと、グウェンは彼の両手首をつかんだ。

サビンには抵抗する時間すらなかった。

位置も意図も悟らせる隙を与えず、グウェンはサビンが持つ短剣を逆に彼の肩に突きつけた。切っ先に小さな血だまりができた。

驚愕《きょうがく》の沈黙が流れた。

「いいぞ、完全におれの負けだ」負けを認めるのを恥だと思う男もいるが、サビンの声には誇りが満ちていた。

グウェンの胸に喜びが込みあげた。こんなにもあっけなくやり遂げた。本当に自分がやったのだ。相手が誰であれ、敵に勝つのはこれまで考えられなかったことだ。そんな彼女がたった今、この世でかなう者のないあの暗黒の戦士を打ち負かした。神々も名前を聞いただけで震えあがるという戦士を。

「だが今度戦うときはハルピュイアを完全に解き放ってほしい」

グウェンはしぶしぶうなずいた。ベッドでハルピュイアを解き放つのと戦いの場で解き放つのとではわけがちがう。

「これでハンターに目にもの見せてやれるぞ」カイアが感心したように言った。「あんな動きは見たことがない」

「母も自慢に思うだろう」タリヤがそばに来てグウェンの背中を叩いた。「居場所さえわかればな。母はもう一度おまえを娘として迎えようという気になるかもしれない」

本当なら踊り出すところだ。彼女はいつも半人前のできそこないだった。一度の甘い勝利でようやく家族の一員だという実感が持てた。

サビンは無言のまま、今になって震えてきたグウェンの手から短剣を取った。何を考えているのだろう?

「がんばったわね」アシュリンが丸いお腹を撫《な》でながら言った。「本当に感心したわ」

ダニカはにっこりして手を叩いた。「サビン、少しは情けないと思いなさい。一分ももたなかったわよ」

「それも小娘相手にな」おもしろがるようなカイアの口調はすぐに消えた。「訓練も終わったことだし、ここで質問がある。いつになったら実戦に参加できる?」カイアは両手を腰にあてた。「退屈で困ってる。ずっとおとなしく待ってたんだが」

「そのとおりよ。ハンターは妹を苦しめた。その償いをさせないと」

「まもなくだ。約束する」サビンが答えた。

それを聞いてグウェンは少し怖くなった。けれども自分で定めた目標を変えるほどではなかった。

「だが今はグウェンと話がしたい。二人だけで」誰も何も言い返さなかったので、サビンはそのままグウェンをあらかじめ冷たい飲み物を用意しておいた人気のない壁際のくぼみに連れていった。そして日陰に座るように手を振った。「もっと血が必要か?」

「いいえ」サビンは何を考えているのだろう? 礼儀正しいが、いつになくよそよそしい。〝二人だけで〟というのはあきらかに裸もベッドも関係ないらしい。それは残念だ。「大丈夫よ。体力はじゅうぶんだわ」その言葉を裏づけるためにグウェンも立ったままでいた。「そうか。血を飲ませたいのはやまやまだが、小さな傷なら飲まずに治してほしいと思ってる」

「怪我はないわ。小さいのもそうでないのも」

「そうかな」サビンはグウェンの腕に目を落とした。

グウェンも下を見ると、二の腕に血まみれの傷があった。「あら」撃たれたせいで銃創以外の痛みを感じなくなったようだ。

「治ったら教えてくれ」

サビンは常に先生だ。グウェンはそんな彼が好きだった。どんなことも、彼女を強くしてこれからの戦いに備えさせるためのレッスンなのだ。それはサビンの思いやりの深さを示していた。彼は誰にでもこんなことをするわけではない。グウェンだけだ。

グウェンにはほかにも思いあたることがあった。サビンは誰かが彼女に攻撃をしかけたときだけ暴力に反応する。カイアとビアンカが何度かサビンの仲間を言葉で侮辱したり攻撃したりしたことがあったが、彼はにやにやしているだけだった。けれども姉たちがグウェンにその矛先を向けたとたん、サビンの顔は険しくなった。そしてためらいもなく姉たちを追い払った。サビンにとっては男も女もあらゆる意味で同じで、同じ扱いをして当然なのだ。これもグウェンが感心するところだった。

「座ってくれ。話がある」

「わかったわ」

グウェンがいうとおりにするとサビンは氷のように冷えて濡《ぬ》れた水のボトルを差し出した。「これを報酬としてほしいなら、ハルピュイアが伴侶を得たらどうなるのか教えてくれ。その関係はいつまで続くものなのか、伴侶は何をするのか」

まさかサビンは……伴侶になろうと思っているのだろうか？　彼はグウェンの正面に腰を下ろし、手足を伸ばした。

「伴侶というのは永遠のものよ」グウェンは低い声で言った。「めったにないものでもあるわ。ハルピュイアは自由人だけど、ときどき出会うの……喜ばせてくれる男と。その感情を説明するのにはそれがぴったりの言葉じゃないかしら。その男のにおいと愛撫《あいぶ》から離れられなくなり、男の声だけが怒りを静めることができる。伴侶が何をするのかは知らないわ。伴侶のいるハルピュイアと会ったことがないから」

サビンは眉を上げた。「きみにはこれまで伴侶はいなかったのか？　まさかあの腰抜けが……」

「いいえ、いないわ」タイソンは彼女の中のハルピュイアを喜ばせてはくれなかった。それはたしかだ。彼女はボトルのほうに手を振ってみせた。「それをちょうだい」次の瞬間、ボトルは空を飛んだ。キャッチすると冷たい水しぶきが腕にかかった。グウェンはたちまち水を飲み干した。

「ハルピュイアは伴侶の言うことに従うのか?」

グウェンは思わず笑い出した。「いいえ。ハルピュイアが人の命令に従うなんて本気で思っているの?」

サビンが肩をすくめた一瞬、グウェンはその目の中に決意と落胆をかいま見た。

「どうして知りたいの?」

「あの三姉妹はどうやら……」サビンの顎の筋肉がぴくりと動いた。「いや、いい」

「何?」

サビンは突き刺すような目で見た。「本当に知りたいのか?」

「ええ」

「あの三姉妹は、おれがきみの伴侶だと思ってる」

グウェンの顎ががくりと落ち、口が大きな丸を形作った。「なんですって?」その声は自分の耳にも間が抜けて聞こえた。「どうしてそう思ったのかしら?」そして姉たちはなぜわたしには言わず、サビンに言ったのだろう?

「おれならハルピュイアを静められる。そしてきみはおれを求めている」サビンは言い訳でもするように言った。

でももしサビンが……そしてわたしが……ああ、考えられない。たしかにサビンは彼女を静めた。そして彼女はサビンを求めている。血を、存在を、体を。ハルピュイアの世界では落ちこぼれだった彼女は真の伴侶など自分には関係のないことだと思っていた。

いっしょにいないときはサビンを捜してしまう。いっしょにいるとそばに寄って存在を楽しみたくなる。種族の秘密を打ち明けたけれど、後悔はしていない。

サビンは彼女のものだとアニヤは言っていたけれど、あのときはアニヤのことを信じていなかった。今は……なんてことだろう。グウェンは呆然《ぼうぜん》とした。

サビンがよそよそしいのはそのせい？　伴侶になりたくないから？　グウェンは胃がよじれるような気がした。「でもわたしは……わたしはあなたを愛しているかどうかわからないわ」サビンに逃げ道を与えようとして彼女はそう言った。

サビンの目に暗い何かが渦巻いた。険しく熱い何かが。「愛する必要はない」〝今のところは〟という言葉が抜けていたが、二人の耳には聞こえた。

サビンは彼女を愛しているだろうか？　そこまで望むのは贅沢《ぜいたく》だ。もし愛しているなら触れてくれるはずだ。「戦いのことを話しましょう」気がつくとグウェンは本当に知りたいことは口にしないままそう言っていた。どうして愛してくれないのかききたかったのに。

「その話題ならそれほど話しにくくないわ」

サビンはため息をついた。「それならきみの言うとおりにしよう。おれはシカゴには同行しなかった。そのかわりおれたち以外に存在する魔物を宿した不死族の名が載っている書巻から名前を拾い出して、ルシアンが何年もかけて集めた書物からその名を探し、情報を得る作業をしている」

サビンが留《とど》まるのは彼女のためだ。そう思うと胸に喜びが広がるのを抑えられなかった。やっぱり伴侶になることをそれほどいやがっているわけではないのかもしれない。「これまでに何かわかった？」

「天界にいたころに知っていた名前がたくさんあった。タルタロスの虜囚のほとんどはおれたち戦士が捕らえた者だ。奴《やつ》らがガレンの側につかないように見つけ出して倒すのがいちばんだろう。だがガレン自身かつてはおれたちの仲間で、虜囚を捕らえるのに手を貸したわけだから、虜囚がガレンにつく心配はないかもしれない」サビンは言葉を止めてまたため息をついた。「実は伴侶の話を持ち出したのはあることを話したかったからだ」

落胆と好奇心が闘い、好奇心が勝った。グウェンは背筋を伸ばして耳をそばだてた。きっと大事なことにちがいない。

サビンはぎこちないしぐさでクーラーボックスに手を突っこみ、ボトルを取り出した。「それも報酬？」グウェンは笑ってきいた。「もうあなたに協力する約束をしたわ。報酬はいらないのよ」

サビンは黙ったままふたを取り、水を飲んだ。

グウェンの笑みは消え、沈黙が緊張をはらんだ。「どういうこと？」

サビンは木にもたれかかり、グウェンを見ないように視線を泳がせた。「戦いの日はそう遠くないが、そのときが来たらきみは参加せずにここにいてほしい」

グウェンはまた笑った。ユーモアが戻ってきた。「おもしろい冗談ね」

「本気だ。三姉妹がいればきみは必要ないんだ」

でも……本気のはずがない。強い信念を持つサビンならハンターとの戦いにあらゆるものを利用しようとするだろう。四人のハルピュイアを連れていけるところを三人で満足するはずがない。

「こういうことで冗談は言わない」

そのとおりだ。その瞬間、グウェンは何千もの短剣で胸を刺されたような気がした。

「でもわたしが必要だと言ったわ。わたしに協力させるために手を尽くしたじゃない。訓練を受けて強くもなったわ」

サビンはふいに疲れた様子で顔を撫でた。「たしかにそう言った。強くなったのも本当だ」

「でも？」

「くそっ！」突然サビンはうなり、地面をこぶしで殴りつけた。「きみを実戦に投入する決心がつかないんだ」

「わからないわ。どうして気持ちが変わったの？」きっと大きな理由があるからにちがいないとグウェンは思った。

「ただ……くそっ」サビンはまた毒づいた。「シカゴで何が起きようと、ハンターを激怒させるのは間違いない。エジプトのあと何があったか覚えてるだろう。奴らはここまでやってきた。復讐《ふくしゅう》のために。きみがそばにいたら集中できないんだ。心配で気もそぞろになるだろう。おれが上の空になれば仲間を危険にさらすことになる」

どこからそんな力がわいたのかわからないが、グウェンは立ちあがった。そして目を細くした。サビンはわたしを心配している。彼女の中の女はそれを喜んだ。でも花開きつつある戦士のハルピュイアは心配されるのをきらい、喜びは消え失《う》せた。もう二度と臆病者には戻らないつもりなのに。

「それなら心配しないように自分を鍛えて。わたしはいっしょに行くつもりよ。当然の権利だわ」

サビンは手を握りしめてさっと立ちあがった。「きみの代わりに敵を倒すのは、恋人として……伴侶としての権利だ」

「伴侶だなんてわたしは言っていないわ。だからよく聞いて。わたしはいつも立派な者になりたいと思っていたの。そのチャンスを奪うなんて許さない！」

「そう、そのとおりだ」突然タリヤが割りこんだ。タリヤが脇によけるとカイアとビアンカも姿を現した。三人とも見るからに怒っている。「ハルピュイアを止めることは誰にもできない」

「大きな間違いをおかしたな、サビン」カイアが言った。「残念だよ……おまえのことを気に入りかけてたのに」

「あなたの凶暴さは気に入ったけど、男であることは変わりないし、わたしたちは男を信用するほどばかじゃない」ビアンカが吐き出すように言った。

タリヤはきれいに揃《そろ》った白い歯に舌を滑らせた。「グウェンはとうとうおまえの望むものを渡したが、おまえはもう必要ないとはねつけた。いかにも男が言いそうなことだ」

「グウェン」カイアが呼びかけた。「行こう。城を出るんだ。ハンターはわたしたちだけで倒せばいい」

「だめだ。そんなことは許さない」

永遠にも思える時間のあと、グウェンはサビンをじっと見つめ、無言で頼んだ。どうか姉たちに間違っていると言ってほしいと。グウェンは疑いにのみこまれた。自分の中から出た疑いだ。サビンはわたしを大事に思うからこそ守ろうとしてこうするのだろうか？それともただわたしの力を信じていないだけ？あるいは、わたしが動揺するようなことを企《たくら》んでいる？たとえば女のハンターとよからぬことを考えているとか。そしてそれをわたしに見られたくないのかもしれない。

それとも魔物がサビンの心を支配してしまったのだろうか？もしそうなら闘う方法は

あるはずだ。

「サビン」グウェンは希望にすがった。「よく話しあい――」

「きみにはこの壁の中にいてほしいんだ」サビンの口調はそっけなかった。「何があっても」

「わたしは置いていっても、姉たちは利用するのね？」

「連れていくのは二人だ。残りの一人はきみと残る」

三姉妹が笑った。「従うとでも思ってるのか」三人は声を揃えた。

グウェンは顎を上げ、サビンをにらんだ。「わたしがいなければ姉の協力は得られないわ。それでも置いていくつもり？」

「ああ」サビンに迷いはなかった。

よくもそんなことが言えるものだ。グウェンの喉に苦いものが込みあげた。「戦いに勝ちたくないの？　勝てるのよ？　わたしたち四人が揃えば」

沈黙。グウェンはこの沈黙に落胆と後悔と悲しみを無理やり口に押しこまれたような気がした。

「グウェン」タリヤが鋭い声で言った。「行くぞ」

魂そのものを裏切る気持ちでグウェンはサビンに背を向け、姉のあとに従った。

21

シカゴの空気は冷たく、風も少しあった。それでも太陽のぎらつく目はギデオンの動きを追いかけてきた。ギデオンはそびえたつビル群と湖までの近さが好きだった。ビルのほうは大都会にいる実感がわくし、湖のほうはビーチを思い出させる。ふたつの世界のいいところだけを取った町だ。

数日前からシカゴにいた戦士たちは今日ようやく目的の建物を発見した。なぜか何度もその建物の前を素通りしてしまったのだ。番地がわからなかったせいかもしれないし、見かけのそっくりなれんが造りの建物が二十も並んでいたからかもしれない。幅は狭いが少なくとも十四階はあり、ひとつの階に四角い窓ガラスがふたつ並んでいる。

わかりにくい場所にあるのはたしかだが、それにしても何度も素通りするのはおかしい。さっき思いついたこと以外にも何か理由があるのではないかと思わざるを得ない。たとえば魔法とか。

守りの呪文の一種だろうか？　この長い年月で魔女と遭遇したこともあったから、魔女が強力な種族だというのは知っている。だが魔女がハンターの味方をする理由は想像がつかなかった。

結局、一同はいいアイデアを思いついた。ルシアンを霊体で残し、ハンターが通りかかるのを待ち伏せようというのだ。これでまたアジト発見が遅れてしまった。ハンターは普通の服装をして武器を隠しているので、簡単には見分けられない。ルシアンは何人もの人間のあとを追うことになった。だがようやくその苦労が報われ、それらしき者がこれまで誰も気づかなかった建物に入るのをルシアンが突きとめた。彼は自分の血で建物に小さな印をつけた。これならアニヤが目をつぶっていてもたどりつくことができる。

こうして今、一同は通りをへだてた建築現場に集まり、うしろで行きかう作業員をよそに太い木の梁越《はりご》しに建物の様子をうかがっている。彼らに出ていけと言う勇気のある作業員も数人いた。だがルシアンが薔薇の香りを漂わせ、左右で色のちがう目で催眠術をかけるように見つめると、作業員は皆、戦士がそこにいることすら忘れてしまった。ギデオンが叫び声をあげたとしても誰一人まばたきもしなかっただろう。

ギデオンもそんな力がほしいと思った。マドックスみたいな激怒のパワーでもいい。むかついたというだけで世界を引き裂くほどの力を発揮するのがマドックスだ。アムンみたいに人の心を読む力でもいい。どんな傷も快感に変えてしまうレイエスもいい。パリスなら猿のように飽きずにセックスできる。アーロンなら空を飛べる。ストライダーなら勝ち続けられる。それに……ギデオンは暗黒の戦士全員をうらやましいと思う理由を挙げることができた。〝悲嘆〟の番人カメオだってそうだ。口を開いただけで人払いできる。カメオの前では大の男もひざまずき、赤ん坊のように涙にむせぶ。

ギデオンにできるのはなんだ？　嘘《うそ》をつける、それだけだ。最低じゃないか――これは嘘じゃない。みにくい女相手でなければ、きれいだとほめることはできない。仲間に愛していると言うこともできない。憎いと言わなければいけないのだから。ハンターをののしることもできない。

だがそれらすべてをひっくるめても、魔物を宿す戦士になったことは後悔していない。ギデオンはその事実を勲章のように誇りに思っていた。魔物を宿した自分を嫌悪するそぶりを見せてもよかった。そうすれば、サビンとストライダー以外の戦士たちと共通点ができただろう。だがギデオンは自分に嘘はつけなかった。

ときどき、呪いを歓迎しているのは自分だけのような気がした。魔物を宿すのは異常なことではない。彼の魔物は仲間の魔物のように語りかけてはこないが、呪いを楽しむのも、孤独じゃないのを喜ぶことも、間違っていない。ギデオンの魔物はむしろ……心の裏にひそむ存在だ。強大な力を得たことに満足してもいる。それでも腹が立つのだ。神々は〝怒り〟や〝悪夢〟をくれたってよかったじゃないか。〝悪夢〟ならどんなに恐れられたことか。ハンターの悪夢を現実に変えられれば天にも昇る心地がするだろう。

ふいに胸にあこがれがうずき、ギデオンははっとしてまばたきした。あこがれだと？　何に対する？　力か？　それとも魔物？

ギデオンは奇妙な感覚を振り払った。パンドラの箱の中に〝悪夢〟がいたかどうかも知らない。そう思うとまた胸がうずいた。

「あの建物をかれこれ一時間以上見張っているけれど、例のハンターは手ぶらで出ていったし、ほかに何の動きもないわ。きっとあそこは無人よ」アニヤの声にはめずらしく困惑があった。「でも混乱を感じるの。混乱にまみれているわ」混乱はアニヤの最大のエネルギー源だ。混乱を見抜く者がいるとすれば、それはこの美しい女神だ。

「魔女が呪文をかけたわけじゃないな」ギデオンが言った。

アニヤは息をのんだ。「そうよ、魔女だわ。どうして思いつかなかったのかしら？　これまで魔女とは何千回もいざこざを起こしてきたのに。力の濫用とはこのことよ」アニヤは怒った。「わたしが力を濫用してあいつらの黒い心臓を新しいテーブル飾りにしたら、どんな顔をするか見ものだわ」

「おれが霊体になって中に入ろう」ルシアンが霊体になれば周囲の者には見えなくなるから、見とがめられずに中を偵察できる。

「だめよ。もう話しあったでしょう」アニヤがきっぱりと言い、首を振った。アニヤの右側に立っていたギデオンは、その髪がしゅっと肌に触れるのを感じた。「あの建物はどこかおかしいわ。たとえ霊体でもあの中には入ってほしくない。そのうえ魔女がからんでるとなったら……冗談じゃないわ」

ギデオンは女が好きだし、アニヤの髪が触れたとき肌が熱くなった。最後に女といっしょに過ごしたのはエジプトから帰った直後の数時間だ。ブダペストの女たちは彼がほかの戦士とどこかちがうことを見抜いている。彼らは〝天使〟と思われている。このときも、黙ったまま指先で合図しただけで女がついてきた。だがその女だけでは胸のうずきを静められない。どんな女でも無理なのだ。

「じゃあここで何もせずに突ったっておくか」ギデオンが口を開いた。これは銃をぶっ放して建物に乗りこもうという意味だ。仲間は理解していた。

もし少しでも真実を言おうとしたら、ギデオンは鋭い痛みに全身を貫かれる。男が耐えられる限界を超えた痛みだ。酸に浸し、塩をまぶして毒を塗ったナイフで突き刺され、頭から爪先まで何度も切り裂かれる苦痛だ。

「おれたちはこの間の爆撃も耐えられなかったからな」そうだ、彼らは爆破攻撃を耐え抜いた。あれからまだ数カ月しかたっておらず、あのときの衝撃と苦しみは記憶に新しい。だがもう一度耐え抜くつもりだった。敵を斬り捨て、銃弾でなぎ倒したのはもうずいぶん前になる。その飢餓感がギデオンの腕をうずかせた。「呪文だろうがなんだろうが、敵がどんな手に出ようと、おれたちは対抗できないに決まってるさ」

戦士たちがどんな修羅場も余裕でくぐり抜けられることを証明するのがギデオンだ。かつて彼はハンターに捕らわれ監禁された。それからの三カ月間は文字どおり拷問だった。死の縁ぎりぎりまで殴られ、突き刺され、試験され、叩《たた》きのめされては次の拷問に備えて蘇生《そせい》される日々は、地獄の業火にあぶられるよりひどかった。

そんなギデオンをサビンが見つけ出し、歩けない彼を肩に担ぎあげて助け出してくれた。歩けなかったのは、両足の再生具合を見るために切り落とされたからだ。サビンに特別な愛情を持っているのはそのせいかもしれない。ギデオンはサビンのためならなんでもするつもりだった。サビンの代わりとしてハンターを数人殺すのもいい。こういうときのために生きているようなサビンが来られなかったのだから……。

これもあのハルピュイアのせいだとギデオンは思った。サビンがこれほど女に夢中になり、仕事をなおざりにして二人きりで閉じこもったのは初めてだ。友が恋人を見つけたのはうれしかったが、それが戦いにどう影響するかギデオンは不安に思った。

「おれに考えがある」ストライダーが言いだした。ストライダーはいつも考えを持っている。健康でいるために勝利を必要とする彼は、戦いに乗りこむ前に何時間、何日、何週間も計画や戦略を練る。「アシュリンはハンターのために不死の者を探し出す仕事をしていたが、そのときに魔女も見つけ出したにちがいない。だからおれたちのためにも魔女を一人見つけてもらおうじゃないか。そうすればハンター側の魔女がかけた呪文を解いてもらえる。で、勝利は我が手にというわけだ」

「今は時間がない。例の子どもたちをハンターの手から奪い返さないと。それにパンドラの箱の探索も待ってる」ルシアンが言った。

「でもルシアン」アニヤの声が心配そうに曇った。

「大丈夫だよ、ラブ。きみのハートを勝ち取ったんだ、怖いものなどない」口では急いでいる様子だったが、ルシアンは長々とアニヤにキスしてから姿を消した。

アニヤはうっとりとため息をついた。「ああ、おかげでやる気が出たわ」

レイエスが噴き出した。

ストライダーはうんざりした顔をした。

アムンはいつもながらストイックな顔つきだ。

いや、ストイックじゃないとギデオンは思った。何か暗いものがにじみ出ている。黒い目からも引き結んだ口元からも緊張が感じられる。筋肉がもつれたみたいに肩がこわばっている。あのピラミッドで最後にハンターの心を読み取ったことが相当こたえているようだ。

助けられるものなら助けてやりたい。ギデオンはこの無口な男を大事に思っていた。アムンほどやさしく思いやりのある者はいない。足首の切断から回復する間、アムンは食べ物を運び、包帯を常に清潔に保ち、彼に新鮮な空気を吸わせようと外に連れ出してくれた。

ほかにどうしていいかわからず、ギデオンはストライダーと場所を変わってアムンの隣に立ち、背中を叩いた。アムンはこちらを向かなかったが口元にかすかな笑みを浮かべた。

「ねえ、誰かおもしろいこと言ってよ。退屈でしょうがないわ」

一同はうめいた。退屈したアニヤは手がかかる。だがギデオンは真相を見抜いた。アニヤの声にはまだ不安があった。ルシアンと離れ離れなのが気に入らないのだ。

「〝どうやってハンターを殺すか〟ゲームをしないほうがいいんじゃないか」ギデオンはそう提案した。

「串刺しにする」茶色の目に凶暴さをひらめかせ、すぐさまレイエスが答えた。

「撃つ」ストライダーが言った。「股間を狙って」

「首を折ってやるわ」アニヤは両手をこすりあわせた。アニヤならやるだろう。ルシアンを脅かした者は彼女の拷問リストに載ることになる。「ギデオン、あいつらにキスしてやる、なんて言わなくていいのよ。もうわかってるから」

くすくす笑いが広がった。

せっかく親切にしてやろうと思ったのに。

「おれたちに何ができるかならわかってる」レイエスが言った。いつもならレイエスは両手に短剣を持ってしゃべりながら自分を切りつけている。だが今日はちがう。ダニカと離れている間はしないのだ。ダニカと離れること自体が痛みだからとレイエスはよく言っている。「サビンがあのハルピュイアをどうするか、賭けようじゃないか」

「あいつの肝っ玉には感心するぜ」ストライダーが言った。「グウェンはかわいいが、喉を引き裂くような女はちょっと……」ストライダーは身震いした。

「ちょっと！」アニヤは一同に顔をしかめてみせた。「あれはグウェンのせいじゃないわ。もっともハンターの喉を引き裂くのが悪いとはちっとも思わないけどね。だいたいあのときはおびえていたそうじゃない。ハルピュイアを怖がらせたら生きては帰れないってことよ。神々の学舎でまっさきに教わることだわ。ハルピュイアは生まれつき凶暴なの。ほら、グウェンの姉妹を見ればわかるでしょ？」

今度は全員が身震いした。

「サビンはラッキーな奴《やつ》だ」ギデオンが言った。

アニヤがじっと彼をにらみつけたが、突然、彼を透かして見るかのようにその目が焦点を失った。アニヤから力の波動が押し寄せ、ギデオンを包み、締めあげた。目の焦点が戻ったとき、笑みが浮かんだ。「気をつけなさい。ハルピュイアよりもっとひどい女と恋に落ちる定めになるわよ。神々は気まぐれだから」

ギデオンの顔から血の気が引いた。彼は両手を握りしめた。「何か知ってるのか？」アニヤは女神だから戦士が知らない情報にも近づける。

「かもね」アニヤは優美なしぐさで肩をすくめた。

「絶対に教えるな！」ギデオンは女が好きだ。だがこれまでただ一人として満足させてくれた女はいなかったのに、永遠に一人に縛りつけられるのか？　冗談じゃない。暴力的な人生を送っている彼は平凡なやり方では欲望を解き放てない。パートナーからどうしたら喜ばせられるか尋ねられても、その正反対を言うしかない。一人の女に縛りつけられたら目もあてられないだろう。本当に望むセックスは金輪際できなくなる。

「知ってたら言うわ」

アニヤは嘘をついている。彼女は嘘に目がない。ルシアンはよく耐えられるものだ。からかうのもいいかげんにしろとギデオンはうんざりした。

突然ルシアンが姿を現した。傷だらけの顔にとまどった表情を浮かべているルシアンのもとに一同は集まった。「生活の形跡はあるが誰もいない。子どもサイズの服が散らばっていただけだ。急いで出ていったとしか思えない」

ストライダーは顔をしかめてこめかみを撫《な》でた。「ということは手遅れだったのか。無駄足だったな」

「だが壁に奇妙な文字が書かれている」ルシアンが言った。「おれには読めない文字だ。これから一人ずつ中に瞬間移動させる。そうすれば入り口を監視されていたとしても姿を見られなくてすむ。一人ぐらいはあの文字に見覚えがあって意味を理解できるはずだ」

ものの五分で全員が建物の中に入った。ギデオンはめまいで足もとがふらついた。瞬間移動は苦手なのだ。ストライダーは笑っている。レイエスは真っ青な顔で胃をつかみ、アニヤは空っぽの部屋で踊りまわっている。アムンは遠くを見つめている。

「こっちだ」ルシアンが言った。

一同はブーツの音を響かせて狭い通路を進んでいった。ギデオンは指で壁を撫でた。胸が悪くなるような灰色に塗られている。監禁されていたときの独房の色と同じだ。あのとき与えられた家具といえば、手かせと足かせのついたベッドだけだった。

いやな記憶だ。戦いのさなかでなければそれ以上思い出したくない。戦闘中なら怒りを力に変えられる。ギデオンはあたりを見まわした。複数の寝室があるが、寝室というよりは兵舎で、ひとつの空間にベッドが十五並んでいる。教室らしい部屋もある。

左、右、右、左と曲がり、一同は警戒をゆるめずに体育館に入った。一方の壁は鏡張りでバーがついている。これは……バレエの練習用だろうかとギデオンは思った。きっとそうだ。柔軟性が高いほうが殺し屋として有利だ。

三方の壁は廊下と同じ灰色だ。だが最後のひとつは色彩の洪水だった。形はひとつも見分けられず、ただシャープなぎざぎざの線やなめらかな曲線があるだけだ。

「うまいな」ギデオンはつぶやいた。

「これも呪文だわ」アニヤが言った。

いっせいに仲間が集まってきた。それぞれが壁を指先で撫で、目でたどり、形を探した。

「前にも見たことがある」レイエスが暗い声で言った。「アニヤのことを知ろうとして読んだ本の中にあった」

初めてアニヤがやってきたとき、敵意があるのかないのか誰もわからなかった。だがそれは戦士たちの落ち度ではない。アニヤは何世紀にもわたってトラブルの源として悪名高かった。

「まあ、レイエス。まだわたしに興味があるのね。でもいいかげん熱をさまして。もう予約ずみだから。で、呪文のことだけど、古い言語を使ってるわ。ただ独特につけ足した部分があるからいくつか読めない言葉もあるけれど。これは〝暗黒〟、これは〝力〟、そしてこれは〝無力〟ね、きっと」

「今すぐ出ていきたくないね」ふいに背筋に冷たいものを感じ、ギデオンは言った。危険が迫っている。

レイエスはため息をついた。「おまえの嘘にはいらいらさせられるな」

「おれも悪いと思ってる」ギデオンはそっけなく言った。「おまえの苦しみを思うと胸が痛むよ。言っておくが、おまえに苦痛が必要ないように、おれにも嘘が必要ないんだ」

またため息が聞こえた。「すまない。言いすぎたよ。好きなだけ嘘をついてくれ」

「了解しない」

ストライダーが豪快に笑って彼の肩を叩いた。

自分が人をいらつかせるのはわかっている。そのとおりだ。だが自分ではどうしようもない。

小さく声に出しながら呪文を読んでいたアニヤが突然息をのんだ。「まさか」そして一歩、二歩と壁から後ずさった。その体が震えている。ギデオンが知るかぎり、ともに戦ったこの勇敢な女が震えるところなど一度も見たことがない。「瞬間移動よ、ルシアン。全員をすぐに移して」

ルシアンは理由を聞いて時間を無駄にするようなことはしなかった。最初にアニヤをと思ったのだろう、彼はアニヤに近づいて両手で抱き寄せた。ルシアンは手で触れている者しか転送できないのだ。だが手遅れだった。暗い金属の影が体育館のふたつの窓をふさぎ、光を完全に遮断した。

廊下の向こうでも窓が閉ざされる音が聞こえた。

ギデオンは短剣を握ってぱっと振り向いた。敵に襲いかかりたかったが、暗闇が濃すぎて仲間どころか目の前にかざした自分の手すら見えない。あやまって仲間を切りつけるのは避けたい。

「ルシアン」アニヤが叫んだ。

「ベイビー、おれはここだ。だが瞬間移動できない。霊体になることもできないようだ」

これほどぞっとするようなルシアンの声を聞いたのは初めてだ。「霊体を肉体に閉じこめる磁界のようなものが働いているらしい」

「そのとおり、これは魔法よ」アニヤが答えた。「わたしが呪文を声に出して読みあげたせいで魔法を作動させてしまったの」

皆がこの言葉を理解する間、不吉な沈黙が流れた。意味がはっきりするにつれギデオンは喉が苦しくなり、窒息しそうになった。

「どういう魔法なんだ？」ようやくストライダーが口を開いた。

「ほとんどは呪文で、わたしたちを暗闇に閉じこめ、力を奪い、無力にするものよ。でも最後の行はあなたたちへのメッセージ。〝暗黒の戦士よ、ここは地獄だ。おまえたちはここで朽ち果てるだろう〟」

22

アーロンがパリスのために見つけてやった一人目の女は、もうパリスと寝たことがあった。女を見てパリスが思い出したわけではない。パリスの体が反応しなかったからわかったのだ。女は町に戻った。パリスがこれまで同じ女に二度欲情したことは一度しかない。その女は死に、もう生き返らない。おれのせいで、とアーロンは思った。

二人目の女もはずれだった。理由は一人目と同じだ。三人目は初めてブダペストを訪れた旅行者で、さいわいパリスと会ったことはなかった。アーロンはその女が眠っているときにホテルの部屋からさらった。タトゥーの入った顔と人間離れした翼を見て怖がるといけないからだ。パリスの隣で目覚めた彼女は、そのりりしい顔をひと目見たとたん、人生最高の夜へと自分から身を投げ出した。

今日はアーロンがパリスを町に連れていった。時間の無駄だから、もう女を運んで町を往復するのはやめた。パリスを町に連れていけば好みの女を自分で選べる。二人はダニカの友達ジリーのアパートメントを使うのだが、その部屋はアーロンが知るかぎりどこよりも安全だ。トリンがジリーの安全を守るために建物全体に監視装置をはりめぐらせているのだから。ジリーが城を出たときアーロンは不安に思った――ジリーはあまりにか弱い。だが彼女は戦士たちの存在におびえ、時間がたっても慣れなかった。パリスが終わるのを待つ間、アーロンはジリーが誘いに応じたときだけ向かいのコーヒーショップに連れていき、いっしょにいた。

万全の計画だ。とにかく打てる手は打った。

パリスとあのハルピュイアたちがうまくいけば都合がよかった。ところがパリスは美しいハルピュイアたちをひと目見ただけで、〝手間がかかりすぎる〟と言った。アーロンにはその気持ちがわかる気がした。彼自身はもう百年以上、女を味わっていないし、これから百年も同じだろう。大事なレギオンに言ったとおり、女というのは弱すぎるし、簡単に死んでしまう。彼のほうは永遠といっていいほど生きるというのに。

また愛する者の死を見守るのに耐えられるかどうかわからない。

愛する者といえば、レギオンはもう地獄から戻っただろうか？　危ない目にあっていないだろうか？　レギオンは彼といっしょでなければしあわせではないし、彼はレギオンが肩に乗っていなければ完全とは言えない。

例の天使はもう何日もやってこない。できればもう二度と戻ってきてほしくなかった。

アーロンは左に体を傾けてなめらかに旋回した。空をピンクと紫に染めて太陽が沈んでいく。乱れるほどの長さもない短髪に風が吹きつける。だがパリスの髪は絶え間なくアーロンの頬を打った。パリスは彼の胸に抱かれ、翼の下の背中に両腕をまわしている。

アーロンは人に見られないよう影を選んで低く飛んだ。

「こんなことはしたくない」パリスがぽつりと言った。

「残念だな。やるしかないんだ」

「何のつもりだ？　おれ専用のぽん引きか？」

「必要ならぽん引きにもなるさ。いいか、おまえは二度寝てもいいという女を一度見つけたんだ。きっとまた見つかる。とにかく探し続けないとな」

「くそっ！　腕を切り落とされた男に、他人の腕を縫いつければいいみたいな言いぐさじゃないか。前と同じというわけにはいかない。色もちがえば長さもちがう。ぴったりのものなどふたつとないんだ」

「それならおれがクロノスにシエナのよみがえりを申し入れよう。シエナの魂は天国だと言ったな？」

「そうだ」暗い返事が返ってきた。「クロノスは断るさ。どちらか選べと言われたとき、もしシエナを選ばなかったら二度と彼女を地上に送り返さないと言ったからな。もう殺してしまったかもしれない」

「おれなら天国をのぞける。シエナを捜せるぞ」

長い沈黙があり、パリスは考えこんでいるようだった。「おまえが捕まって牢《ろう》に入れられるかもしれない。そうなればおれの犠牲が無駄になる。いいんだ……もうシエナのことは忘れてくれ」

問題は、パリスが忘れるまではアーロンも忘れられないということだ。このことを考え、どう進めればいいか決めなくてはならない。アーロンはただただパリスに元に戻ってほしかった。誰にでも笑顔を向ける明るい男に。

「今夜は人出が多いな」アーロンはあたりさわりのない話題に変えようとした。

「ああ」

「何かあるんだろうか」そう言った瞬間、胸がずきんと恐怖で痛んだ。以前こんなに込みあっていたときはハンターがいた。アーロンは眼下の人込みに目をこらし、ハンターの印を見つけようとした。無限のマークのタトゥーだ。だが皆、腕時計や長袖の服を身につけており、手首が見えない。ハンターはこの印に誇りを持っているが、目立たないように隠し始めたこともアーロンは知っていた。「すまないが、城に戻らないと」

「わかった」

アーロンは武装しているし一人で戦うのは平気だが、今はパリスがいっしょだ。彼はアンブロシアの大量摂取でふらついており、助っ人《すけと》どころか足手まといになるだろう。

「待て、止まってくれ！」パリスの体が緊張するのがわかった。声は希望と驚きに満ちあふれている。

「どうした?」

「もしかしてあれは……シエナかもしれない」パリスは祈りのように彼女の名をつぶやいた。

「そんなことがありえるのか?」アーロンは地上を見まわした。たくさんの顔の上を高速で飛んでいるため一人一人の区別がつかない。だがパリスが本当にシエナを見たのなら、彼女がよみがえったのなら、そこにはきっとハンターがいるはずだ。「どこだ?」

「戻ってくれ。シエナは南に向かっていた」興奮のにじみ出るパリスの声にアーロンは逆らえなかった。

危険だとわかっていても彼は方向を変えた。期待しないほうがいいぞとひと言ってやりたかったが、できなかった。世の中にはもっと不可解なこともある。

突然パリスが声をあげた。「隠れろ! 早く!」

パリスのウエストをつかんでいる腕に生温かい液体が伝っていくのがわかった。次の瞬間、矢が次々とアーロンの翼を貫き、破った。今度は腕と脚だ。筋肉が裂け、骨が砕けた。苦痛に身をよじりながらアーロンは知った。やっぱりハンターがいて見つかったのだ。じっと監視し、チャンスを狙っていたのだろう。

おれのせいだ。今度もまた。アーロンはそう思った。体がくるくると旋回し……落ちていく。そして地面に激突した。

トリンは頭のうしろで両手を組んで椅子の背にもたれかかり、足をデスクにのせた。何日もここにつめっぱなしで、食事もシャワーも、まともに生活することすらできない。カメオはエジプトから帰ってきた夜以来、来なくなったが、それがいちばんだ。カメオがそばにいたら集中できないし、今はかつてない仕事の山を抱えている。

トリンは株や債券をいじって戦士たちに潤沢な資金を提供している。また侵入者がいないか城の周辺を見張っている。旅行の手配はすべて彼まかせだ。パンドラの箱、聖遺物、ハンターにつながる手がかりを調べるのも彼の仕事だ。ニュースサイトに目を光らせ、翼を持つ男の気配がないかチェックしてもいる。つまりガレンのことだ。トリンが知るかぎり、飛行の手段を持つ戦士はガレンとアーロンだけだった。

トリンは仕事が山積みでも気にしなかった。時間ならたっぷりあるからだ。彼は城からほとんど出たことがない。外に出たら全世界の人間を滅ぼす危険がある。まったくドラマチックだなとトリンは皮肉っぽく思った。だが本当のことだ。肌が一度でも触れあえばあっという間に疫病が広まる。この前ハンターのせいでここブダペストでそれが起きた。さいわい壊滅的な被害を与える前に医師たちが疫病を食い止めた。

それでもカメオに触れたくてたまらない。触れるためならなんだって惜しくない。トリンは脳裏にカメオの姿を描いた。小柄でほっそりした体、黒髪、悲しげな灰色の瞳。女を自由に選べるとしてもカメオを求めるだろうか？　その日、もう何千回も思い浮かべた問いをトリンは繰り返した。男としての答えはイエスだ。カメオは美人で頭の回転が速く、自殺したくなるようなあの声を我慢すればユーモアもある。だがずっといっしょにいるとなるとどうだろう？　トリンには見当がつかなかった。なぜなら……彼の目は左側のモニターに吸い寄せられた。

ときどききれいな女が町を歩いているのを見かけることがあった。長い黒髪、輝いたかと思うと曇るエキゾチックな瞳。歩いている足を止め、ほほえみ、顔をしかめ、またつかつかと歩き出す。風が吹くと髪が乱れる。ときどき一瞬だけ見えるのは……先のとがった耳だろうか？　思い過ごしかもしれないが、その耳が見えただけでトリンは興奮した。なぜかその耳をなめたくてたまらなくなった。

その女性は〝ニクスの〈ローア〉お楽しみの館〟と書いたTシャツを身につけ、イヤホンをしている。ニクス？　手早くグーグルで検索すると、彼女？　は〈ローア〉のヴァルキリーの一人のようだ。おもしろいじゃないか。ぜひニクスと知りあいたいものだ。

見知らぬ女性への欲望をふくらませていると、カメオとの関係に対する疑問が胸に渦巻いた。ほかの女にも欲望を感じるならカメオを愛していないということだ。愛していないなら、彼女とかかわるのは思いやりに欠けるのでは？　いつか傷つけるかもしれない。彼女だけでなく自分自身も。

　彼は決して触れることができないが、あれほど情熱的なカメオならいずれ触れてくれる男を求めるだろう。トリンはこれまで女とつきあったことがなかったから、そんな心配をしたこともなかった。魔物に取り憑《とっ》かれる前でさえそうだ。あのころは仕事に忙殺されていた。仕事中毒のための自助グループでセラピーを受けたほうがいいかもしれないなとトリンは皮肉っぽく思った。千年も純血を守っている男など彼ぐらいのものだ。

　モニターのひとつが点滅したので画像をズームした。異常はない。耳のとがったブルネットの姿も消えた。トリンの頭に別の疑問が浮かんだ。〝悲嘆〟の魔物が人間に無限の悲しみを与えることを気に病んでいなければ、カメオはほかの男を遊び相手に選ぶだろうか？

　カメオがほかの男といるところを想像しても、裏切られた男が感じるような嫉妬の衝動はなかった。そうか、これも証拠のひとつだ。カメオのことはすごいと思うし性的に求めてもいる。部屋に入ってきたらとても抵抗できない、だが事情がちがえば彼女をほしいとは思わないだろう。

　ひどいな。男として最低じゃないか。

　右で青い光が輝いた。トリンはさっとそっちに顔を向けた。すでに胸には恐怖が渦巻いている。クロノスだ。

光が消えるとトリンの寝室の真ん中にクロノスが立っていた。「また会えたな、〝病よ〟」白い長衣が一見細そうな肩から足首までをおおっている。足下は革のサンダルだ。かぎ爪のようになっている爪先にはいつも目がいってしまう。古代の高貴さを帯びたこの神のイメージとどうもそぐわないのだ。

「我が神よ」クロノスの期待を裏切るとわかってはいたが、トリンは立たなかった。クロノスは戦士らに絶大な力を持っている。彼としては少しは気骨を見せたかった。たとえささいなことであっても。

「わしが命じたとおり、魔物を宿した虜囚を捜したか?」

トリンはクロノスをじっと見つめた。以前とどこかちがっている。少し……若がえったように見える。銀色のひげはいつもほど豊かではなく、白い髪には金色が交じっている。天界の権力者にボトックスや部分脱色のひまがあるなら、爪の手入れをしたほうがいい。

「どうなんだ?」

待てよ、クロノスは何を知りたがっている? ああ、そうだ。「戦士のうち何人かが捜しています」

「それでは足りぬ。魔物を宿した男女が早急に必要なのだ」

こっちは相手を殺さずに女と触れあうことが必要だ。誰もが必要とするものを手に入れられるとはかぎらない。「今は手いっぱいなのです」

黒に近い目がトリンをにらみつけた。「ならば手を空けろ」

そんな簡単な話ではない。「時間があればそれもいいでしょう。リストからはいくつかの名前が削られています。全員を見つけ出すのは無理かと」

沈黙があった。「削ったのはわしだ。その名の者は見つけずともよい」

ほう。「なぜですか？」

「質問が多いな、魔物よ。ろくに動きもせぬくせに。その者たちを見つけ出さねば我が怒りに苦しむことになるぞ。無理を求めておるのではない。必要な名はおまえたちに与えた。あとは見つけ出すのみだ。その者たちは蝶《ちょう》のタトゥーで区別をすることができる」クロノスの口調が皮肉っぽくなった。ほとんど……おもしろがっているかのようだ。

そう簡単に見つかるものか。「なぜ蝶なんですか？」言い返しても無駄だとわかっている。クロノスほど頑固な者はいない。だがガレンを見つけ、捕らえるのにクロノスが彼の力を必要としているのはたしかだ。ただわからないのは、なぜクロノスがみずから手をくださないかだ。

「理由はたくさんある」

「命令どおり、手を空けましょう。その理由をひとつ残らず聞くことができるように」

クロノスの顎に力が入った。「自分が有能だとうぬぼれている男がいるようだな」

「もうしわけありません」トリンは歯を食いしばった。「わたしは蛆虫《うじむし》にも劣る役立たずです」

クロノスはわかったというようにうなずいてみせた。「みずからの立場をわきまえた者には褒美をやろう。おまえは蝶について知りたいと望んだ。我が子どもら、ギリシャ神がおまえたちに授けた印を」

トリンはぎこちなくうなずいた。クロノスの気分を害して話を聞きそこねたら大変だ。

「おまえたちが魔物を宿す前は行動の内容も範囲もかぎられていた。いわば繭に捕らわれていたわけだ。だが今はどうだ」クロノスは手でトリンの体を指した。「いまわしいが美しいものとして生まれ変わった。わしならそれを理由に蝶を選んだだろう。ギリシャ神の考えは……」クロノスは口を開いたが思い直し、頭を傾けた。「もう一人、客が来たようだな。今度おまえのところに現れたときは、〝病〟よ、結果を期待する。さもなくばこれほどの寛大さは望めぬぞ」言い終わると神は姿を消し、ドアにノックの音がした。

トリンはさっと左のモニターに目を走らせた。まるでさっきの彼の思いが引き寄せたかのように、カメオがこちらに向かって手を振っている。トリンはクロノスのことも警告のことも頭から追い払った。クロノスの手助けはするつもりだが、ペットみたいに一から十まで言うことを聞くつもりはない。

さっきモニターで耳のとがった女を見たせいで体はすっかりその気だ。トリンはボタンを押してドアの鍵を開けた。カメオがすっと中に入ってきて、かちりとドアを閉めた。トリンは座ったままくるりと振り向き、新しい目で彼女を見た。カメオの肌は美しく上気し、緊張がにじみ出ている。だが緊張だけだ。欲望を解き放つのを求めているだけだ。

　カメオも彼を選ばないだろう。

「質問してもいいかな」トリンは胸の下で両手を組んだ。

　カメオは腰を揺らして歩きながらゆっくりとほほえんだ。「いいわ」ハスキーでセクシーな声を出そうとしたにちがいないが、かろうじて自殺を思いとどまらせるような悲劇的な口調だった。

「どうしておれなんだ？　男はほかにもいる」

　それを聞いて腰の揺れが止まった。ほほえみはしかめっ面になり、カメオはデスクの端に腰かけて脚をぶらぶらさせた。「本当にそんなことを話したいの？」

「そうだ」

「楽しくなさそうだわ」

「何が？」

「じゃあ言うわね。あなたはわたしの魔物を理解している。わたしの呪いを」

「ほかの仲間もそうだ」

　カメオは膝の上で指を組みあわせた。「本当にこの話をしたい？　この時間があれば別のことができるのに……」

どうだろう？　話したら、二人がこれまでしてきたことが汚れてしまうような気がした。二人の快感。彼がほかでは得られない快感。「ああ、話したい」自分でもばかだと思う。だが彼は毎日マドックスとアシュリン、ルシアンとアニヤ、レイエスとダニカ、そしてサビンとあのハルピュイアを見ている。彼自身そういう存在がほしかった。

だが手に入るわけがない。四百年ほど前、手に入れようとした。手袋を取って恋人になるべき女の頬を撫《な》でた。そして翌日、彼女が死ぬのをまのあたりにした。彼がうつした疫病で体をぼろぼろにして。

もう二度とあんな目にはあいたくない。

あれ以来、トリンは女性にまつわるいっさいから遠ざかった。カメオとのことがあるまでは。久しぶりに本当に見た女性、それがカメオだった。

カメオはさっと目をそらした。「あなたは絶対にここから出ていかないわ。戦闘で殺されることもない。わたしが愛した男は敵に捕らわれて拷問され、ばらばらになって帰ってきたわ。あなたならそんな心配はしなくていい。それに本当にあなたのことが好きなの」

だが愛していないし、愛の可能性もない。

それは彼のこれからの人生も同じだ。

「で……あなたはやめたいの？」カメオはそっときいた。

トリンはまたモニターに目をやった。耳のとがった美女はいない。「おれがばかに見えるか?」

カメオは思わず笑い、その笑いが悲しみを追い払った。「よかった。じゃあ今までどおりね？」

「そうだ。だがきみが愛せる相手を見つけたらどうなる？」

カメオは下唇を噛《か》んで肩をすくめた。「やめるわ」彼女はトリンに同じことをきこうとはしなかった。いろんな意味でトリンがともに生きていける女と出会うのはありえないと二人ともわかっていたからだ。

一台のコンピューターが警告音を発し、トリンの注意を引いた。彼は背筋を伸ばし、次々とスクリーンに目を走らせた。歯の間から息がもれた。「くそっ、やったぞ！」

「どうしたの？」

「ガレンを見つけた。どこにいたか言っても信じないだろうよ」


「出ていかせないぞ」サビンはグウェンに言った。次は三姉妹だ。「おれからグウェンを奪うのは許さない」この一時間、荷造りをしていたハルピュイアたちは、今、城の玄関ホールに立っていた。

用意はすっかりできていたが、グウェンだけは部屋に忘れ物をしたのを〝思い出した〟といってぐずぐずしていた。

ハルピュイアたちは本気でグウェンを連れ出すつもりだ。三人はサビンの目の前でこれ以上妹を彼に近づけたくないと話している。自分を決して最優先してくれない男をグウェンが受け入れ、そのために掟《おきて》を破ったと思っている。それ以上に三姉妹が気に入らないのは、遮蔽物がなく敵に襲われかねない屋外で彼がグウェンを愛したことだ。三姉妹はサビンを気に入り、グウェンを鍛えあげたことに感謝もしているが、妹にはふさわしくないと思っているのだ。

ハルピュイアの話を聞き、グウェンのいない生活を思うとサビンは苦しくなった。いっしょにいないことなど考えられない。彼女を姉たちの犠牲にするつもりもなければ戦いの犠牲にするつもりもない。彼にはグウェンが必要だ。

「好きなようにさせてもらうわ」二度と口答えは許さないという口調でビアンカが言った。「グウェンが……忘れ物とやらを見つけたら、すぐに出ていく」

「それはどうかな」サビンの携帯電話が鳴り、メールの着信を伝えた。彼は顔をしかめてポケットから携帯電話を取り出した。トリンからだ。

〝ガレンはブダペストにいる。軍隊もいっしょだ。準備しろ〟

「ああ」

そのときカメオが階段を駆けおりてきた。「聞いた？」

「どうしたの？」ハルピュイアたちが尋ねた。出ていくつもりでも、こっちの事情には首を突っこむ権利があると思っているらしい。

「ずっといたんだわ」ハルピュイアの言葉など聞こえなかったかのようにカメオが言った。「ブダペストにいてチャンスをうかがっていたのよ。兵力を集めてね。今、こっちは半数しかいないのに……」

「くそっ」サビンは顔をこするように撫でた。「エジプトのかたきをうつ絶好のチャンスだと思ったんだろう。あいつらは実験用の女たちを取り戻そうと考えている」それにはグウェンも含まれている。

「そうね。トリンがみんなに連絡してるわ。さいわい奴《やつ》らはこっちに向かってはいないけれど、町に集結してる」

「いったいどうなってるの？」ビアンカが言った。

「ハンターたちが町で戦いの準備をしている。あんたはおれに協力して奴らを倒すと言ったな。今こそそのときだ」それより、誰もいない間、グウェンをどうするか考えないといけない。彼が背を向けている間に三姉妹がグウェンを連れ出そうとしたら……。

サビンの喉からうなり声がもれた。

強力で有能な戦士を残していくなどサビンには考えられないことだ。しかも彼は最初はグウェンを戦いに投入しようとさえ考えていた。だが決意は変わらなかった。グウェンはいつのまにか彼の人生にとっていちばん大事なものになってしまった。

この数日、サビンはグウェンを一人にした。グウェンを大事に思う気持ちにブレーキをかけ、何が本当に大事なのかを考え直すために。だが無駄だった。グウェンはより大切な存在になり、彼の中で最優先のものとなった。

そのときケインがさっと通り過ぎていった。ダニカが描いた、破れたままのガレンの肖像画を両手に半分ずつ抱えている。

「それをどうするつもりだ?」サビンが呼びかけた。

「トリンに保管しておいてくれと言われたんだ。万が一のために」

カイアは息をのみ、ケインの腕をつかんで引き留めた。「どこでそれを? それを壊したらただじゃすまないとわかって……」その瞬間彼女は叫んで手を離し、手のひらをさすった。「よくもこんな衝撃をくらわせてくれたな」

「おれは何も――」

「信じられない!」グウェンは肖像画を見つめたまま階段を駆けおりた。肌は真っ青で口は大きく開けたままだ。「どこで手に入れたの?」

「どうかしたのか?」サビンは玄関の外に出てグウェンの横に立ち、片手をウエストにまわした。グウェンは震えている。

タリヤの冷静な視線がグウェンから肖像画に、肖像画からグウェンに往復した。タリヤも真っ青で、ただでさえ青白い肌に静脈が浮き出ている。「もう行くぞ」サビンが会って以来初めて、タリヤの声には感情がにじみ出ていた。恐怖、心配。

ビアンカがつかつかとグウェンに歩み寄り、手首をつかんだ。「何も言わなくていい。ここを出て家に帰るのよ」

「グウェン」サビンは腕に力を込めた。いったいなんなんだ？

引っ張りあいになったが、グウェンは気にも留めていない様子だ。

「父よ」その声があまりに小さかったので、サビンは耳をそばだてた。

「父親がどうしたんだ？」グウェンはこれまで父親の話をしたことがなかったから、きっと近い存在ではないのだろうと思っていた。

「父のことを話すと姉たちがいやがるの。父はわたしたちとはちがう存在だから。でもどこでそれを手に入れたの？　アラスカのわたしの部屋に飾ってあったのよ」

「待ってくれ」サビンは肖像画に目をやった。「まさか……」

「ええ、その人はわたしの父よ」

嘘《うそ》だ。そんなはずがない。「ありえない。もっとよく見れば間違いだとわかるはずだ」どうか間違いであってくれ。サビンはグウェンの肩をつかみ、肖像画の前に突き出した。

「間違いじゃないわ。父よ。父のことは知らないけれど、わたしはこの絵を見て育ったの」グウェンの声はせつなかった。「わたしを善につなぐ唯一の糸よ」

「まさか」

「グウェン！」三姉妹が声を揃《そろ》えた。「もういい」

グウェンは姉たちを無視した。「いいえ、本当に父だけど、それがどうしたの？　なぜ気に入らないの？　それより、絵はどこから持ってきたの？　どうして破れているの？」

サビンの胸に否定の波が押し寄せ、それに続いて驚愕《きょうがく》、やがてゆっくりとあきらめが込みあげてきた。あきらめには激怒がともなっていた。タリヤの声ににじんでいた恐怖と心配がそのまま混じった激怒だ。ガレンがグウェンの父親とは。不倶戴天《ふぐたいてん》の敵、彼の長い長い最悪の日々の原因となった張本人がグウェンの父親だとは。

「くそっ」ケインが毒づいた。「くそっ、最低だ」

サビンは冷静さを取り戻そうとした。「きみの部屋にかかっていた絵がこれなのか？」

グウェンはうなずいた。「母がくれたのよ。母はわたしを妊娠したことを知ったときこれを描いたの。わたしに父を見せて、天使じゃない道を歩んでほしいと思ったから」

「グウェン」カイアがグウェンをさらに強く引っ張った。「やめろと言っただろう」

グウェンはやめなかった。まるで長年閉じこめていた言葉が勝手に流れ出てくるようだった。もしかしたら、戦う訓練を積んだことで意志を押し通す勇気がわいたのかもしれない。「母が翼を折ったとき、治るまで隠れようと思ってある洞窟に逃げこんだの。そこに父が人間を装った魔物を追って入ってきた。魔物は母を盾にしようとしたけれど、父は母を助け、魔物を倒したの。父は母を看病し、母は父が天使なのが気に入らなかったけれど、関係を持ったわ。自分でも止められなかった、父といっしょにいると将来に希望がわいたと母は言っていた。そのあと、その絵に描かれている黒髪の女性が、ある霊体を目撃したとかいう伝言をたずさえて洞窟に来たのよ。父は母に、待っていてほしい、いつか迎えに来るからと言い残したけれど、父が行ってしまうと母は自分を取り戻したの。そして本物の生きた天使となんかかかわりたくないと思って出ていったのよ。母は画家で、わたしが生まれたときその女性といっしょにいる父の絵を描いたの」

まったく、なんてことだ。「グウェン、自分の父親が何者か知ってるのか？」

グウェンはようやく絵から視線を引き離してサビンを見た。その目は困惑で揺れている。

「ええ。さっきも言ったとおり天使よ。母が誘惑した天使。だからわたしは姉たちより弱くて攻撃性に欠けるの」

グウェンはもう弱くもなく攻撃性に欠けるわけでもなかったが、今はそれを指摘している場合ではない。「ガレンは天使なんかじゃない」サビンの声にはありありと嫌悪感が表れていた。「きみが父と呼んでいる男は魔物で、〝希望〟の番人なんだ。きみの母親がガレンといるとき将来への希望を感じ、別れたあと理性を取り戻したのはそれが理由だ」

グウェンは息をのみ、激しく首を振った。「ちがうわ、そんなはずがない。わたしに魔物の血が流れていれば、姉さんたちみたいに強くなれたはずよ」

「あなたはいつも強かった。それを認めようとしなかっただけよ」ビアンカが言った。

「きっとママがあなたの自信を叩《たた》きつぶしたんだわ」

サビンは目を閉じ、また開いた。どうして今こんなことになるんだ？

「あの男はおれと同じだ。ただひとつ、大事な点をのぞいて。あいつはハンターのリーダーだ。捕らわれた女たちをレイプさせたのはあいつだ。きみを捕まえた奴らを指揮しているのもあいつだ。あいつは今、ブダペストにいて、戦いを起こしたくてうずうずしている」話しているうちにサビンはあやまちに気づいた。父が近くにいるとわかってグウェンの目が喜びで輝いたからだ。

かつてサビンは、ハンターたちが彼の秘密を暴き、誘い出して殺すために、わざとグウェンを閉じこめて囮にしたのではと考えたことがあった。だがそんな考えはすぐに捨てた。その気持ちは今も変わらない。魔物が頭の中で疑えと叫んでいても。

グウェンは囮よりずっと危険だ。ガレンは親子という事実を利用してグウェンを裏切らせることもできる。

くそっ！

「でも筋が通らないわ」姉たちのほうを向いたグウェンの目から喜びが消え、不信が浮かんだ。「わたしはいつも姉さんたちに追いつけなかったし、善良だった。天使みたいにね。父が魔物だなんてありえない。それなら姉さんたちよりずっと凶暴だったはずよ！」

カイアはグウェンを無視してサビンと顔を突きあわせた。「嘘をつくな。グウェンの父が天使じゃなければどんなにいいかといつも思ってたが、魔物じゃない。ハンターのリーダーでもない。グウェンに魔物の血が流れているならわたしたちにわかったはずだ。きっと何かの間違いだ。グウェンの父はおまえの敵のリーダーなんかじゃない。グウェンを傷つけることなど考えるのも許さないぞ！」

グウェンの父。その言葉がサビンの頭に響き渡ったが、ほとんど理解できなかった。グウェンとともに思い描いた未来は崩れた。グウェンが本当に何も知らず、ろくでなしの父親の側にまわらないとしても、ガレンを永遠に閉じこめておきたいというサビンの気持ちは変わらない。グウェンが父の味方をしないことはわかっている。しかし父親を捕らえた戦士とともに生きたいと思うだろうか？

だいたい人はどんな事情があっても家族を裏切らないものだ。サビンなら裏切らない。仮の家族である仲間たちは彼にとってすべてだ。

これからやろうとしていることを理性がやめろと叫んでいる。だがそれも関係ない。グウェンが父の味方をしないにしても、父の正体を知ったのだから、いつ気が変わるかわからない。なんという運命だろう！

「カイアの言うとおり、何かの間違いよ」グウェンは希望を込めてそう言い、彼のシャツをつかんだ。「きっと――」

「おれはあいつと千年の時をともに過ごし、天界で神々の王を守った。そしてその後数千年、全身全霊であいつを憎んできた。あいつのことならとことんよく知っている」

「どうして魔物がハンターのリーダーなの？　箱を見つけたら自分も滅びるのに、なぜ捜し出してあなたたちを倒そうとするの？　ねえ、答えて！」

「あいつがどうやって助かるつもりなのかは知らない。だが、そもそもあのいまいましい箱を開けたのはあいつが原因なんだ！　おれたちを倒すためならあいつはどんな手も使う。娘をおれたちの陣営に送りこむことだってするだろう。あいつは人間をだまし、天使だと信じこませた。だからリーダーになれたんだ」

グウェンはサビンをまねるように片手で顔を撫でた。「あなたの言うことは真実かもしれないし、間違ってるのかもしれない。どちらにしても、わたしは知らなかったことだわ」グウェンの目は輝いていた。「それにあなたをだましてなんかいない」

サビンは弱々しく息を吸いこみ、吐き出した。「わかってる」

「それなら何？　父の正体を知ったわたしが、いつか父の味方になると思っているの？　あなたにそんな仕打ちはしない。決めたとおり出ていこうとは思っているけれど」ここでグウェンの声が震えた。「それはあなたがいっしょに戦わせてくれないからよ。でもあなたの秘密は守るから安心して」

「もういい。きみはどこにも行かせない」そう言うと、サビンはグウェンの翼に飛びかかった。

23

地下牢《ちかろう》。サビンは彼女をよりによって地下牢に閉じこめた。しかも、出してくれと泣いているハンターの隣だ。サビンは彼女の翼を縛りあげてここに閉じこめた。秘密を打ち明けたばかりに翼を狙われたのだ。

「すまない」彼の声には良心の呵責《かしゃく》があった。「だがこうするのがいちばんいいんだ」

そんなこと、もうどうでもいい。

戦いに勝つためならサビンがなんでもするのは前からわかっていたことだ。わかっていながら、愚かしくも、わたしと出会って気持ちが変わったにちがいないと思い始めていた。サビンは仲間といっしょにシカゴに行かずに彼女と残った。弱点を攻めるやり方を教えてくれた。ハルピュイアの伴侶のことを尋ねもした。そのうえで彼女を残していくことを選んだ。彼女が心配だからか、能力を信用していないからなのか、グウェンにはわからなかった。

でも今わかった。心配だからじゃない。父親が敵なのだから娘も敵なのだ。

わたしは敵なの？

サビンが正しくて、肖像画の男がハンターのリーダーであるガレンだというなら、ガレンは間違いなく父だ。グウェンは何日も、何カ月も、何年もその面影を見つめてきたのだから。白っぽい髪、空色の目、たくましい肩、白い翼。広い背中、険しい顎。グウェンはその肌触りを想像しながら指でたどったものだ。父が迎えに来て胸に抱きしめ、ずっと見つけられなかったことの許しを乞い、天国へと翼で連れていってくれるのを何度想像しただろう？　その父がそばにいる……再会できる……。

だめだ。涙の再会なんてありえない。父の本性は魔物であり、人々を苦しめ、サビンを殺そうとしている。彼女が求めてやまない男、ごみでも捨てるみたいに彼女をすさんだ場所に閉じこめた男、サビンを。

グウェンはくるりとまわって苦々しく笑った。床は土で、三方の壁は岩だ。残りの壁は太い金属の棒がはまっている。簡易ベッドもなければ椅子もない。

ここに置いていくとき、サビンはなんて言っただろう？〝戻ってきたら話しあおう〟

話しあうなんて冗談じゃない。

まず、そのときまでここにいるつもりはない。そして、顎が折れるほどサビンを殴るつもりだからサビンは二度と話せない。最後に、サビンを殺すつもりだ。よくもこんな仕打ちができたものだ。目覚めたばかりの復讐《ふくしゅう》への渇望を奪い取るとは。あんなふうに愛しあったのに、ここに置いてきぼりにするとは。

父が敵だとわかったことより、サビンの裏切りのほうが衝撃が大きかった。

「くそっ！」ビアンカが隅から隅へと歩きまわりながらうめいた。ブーツの足もとに砂ぼこりが舞いあがる。「あいつは迷わず翼を狙った。まさかあんなことができるとは思わなかったわ。誰も知らないはずなのに」

「あいつの腸で縛り首にしてやる」カイアは鉄格子を殴りつけた。今は人間と同程度の力しかないため鉄格子は微動だにしなかった。「一本ずつ手足を引き裂いてやる。わたしの蛇に喰《く》わせて、腹の中で腐らせてやる」

「あの人はわたしのものよ。わたしにまかせて」悲しいことにグウェンは姉たちがサビンを苦しめるのはいやだった。自分の手で苦しめたい。そう思いながらも、サビンが苦しむのは見たくなかった。わたしはなんてばかなんだろう。サビンは後悔だけでなく深い安堵《あんど》を目に浮かべて彼女をここに閉じこめた。どんな仕返しをされても当然だ。

サビンがなぜ安堵していたのか、その理由がなかなかわからなかったが、ようやく思いついた。サビンは望みをかなえたのだ。彼女を城に閉じこめ、なおかつハンターと戦わせない。グウェンを自由にするよりそのふたつのほうが大事だったのだ。

グウェンも鉄格子を殴りつけた。金属は音をたてて曲がった。「こうなったらもう……ねえ、今のを見た？」グウェンは驚いてこぶしを見下ろした。あたったところが衝撃で赤くなっているが、骨は折れていない。グウェンはおそるおそるもう一度鉄格子を殴った。するとさらに曲がった。「これで出られるわ」

カイアは息をのんだ。「よく曲がったな。わたしがやってもびくともしなかったのに」

「あいつはわたしたちの翼を傷つけて力を奪った」タリヤが言った。きっと死ぬほど痛かったにちがいない。「だがグウェンの翼は殴りつけただけで地下牢に放りこんだ。だから力が残っているんだ。だがなぜあいつが翼を狙うことを知っていたのか、なぜグウェンには甘いのかはわからない」

姉の最初の疑問を聞いて、グウェンの高揚した気分は薄れた。「ごめんなさい。わたしのせいよ。そんなつもりはなかったのに……本当にごめんなさい。わたしが教えたの。サビンが弱点の克服のために訓練してくれると思ったのよ」

「あいつは初めての恋人でしょう」ビアンカがそう言ったのでグウェンは驚いた。「それもわかるわ」

姉たちが許してくれたのはありがたかったが、グウェンはその言葉にむっとした。〝初めての〟というのは、一人では終わらないという意味だ。ほかの男とつきあうなんて考えるのもいやだ。キスしたり触れたりすることなど想像できない。まだサビンを味わい尽くしてもいないのに。でもわたしは彼を愛しているのだろうか?

愛するなんてできない。こんなことをされたのだから。

「わたしを責めないの？」

三人がまわりに集まってきて抱きしめてくれたとき、グウェンの胸の中で姉たちへの愛がふくらんだ。それは家族として最高の一瞬だった。掟《おきて》を破り、最悪の事態を招いてしまったのに、こうして支えてくれる。

姉たちが離れると、タリヤがグウェンの背中を押して鉄格子に向かせ、うなずいてみせた。「もう一度。今度はもっと強く」

グウェンは胸をどきどきさせてそのとおりにした。何度も繰り返し鉄格子にこぶしをめりこませる。鉄の棒はどんどん曲がっていった。

「その調子」カイアとビアンカが声を揃《そろ》えて応援した。「もう少し！」

怒りと失望をパンチに込め、もっと速くこぶしを繰り出すうちに、手の輪郭がぼやけていった。牢番を置いていかなかったところを見ると、サビンはグウェンには力も知恵もないと思ったのだろう。あるいは戦士たちは全員戦いに出ていて、女性たちとトリンしか残っていないのかもしれない。グウェンはいつも引きこもっているトリンを見かけたことはほとんどなかったが、サビンの話では彼は城を出ず、自室のモニターを介してのみ外界とつながっているようだ。

ここに監視カメラはあるのだろうか？　たぶんあるはずだ。

しかしグウェンはひるまず、鉄格子を打ち続けた。

とうとう鉄の棒が折れ、くぐり抜けられる隙間ができた。この成功にグウェンの心は舞いあがった。一同は一人ずつ外に出た。それを見て、捕らわれているハンターが必死に鉄格子を握りしめた。

「こっちも出してくれ」

「おれたちは悪魔じゃない。悪魔はあいつらだ。助けてくれ！」

なじみのある声だった。グウェンは人生で最悪の一年間、その声を聞いてきた。ハルピュイアが自我をのみこんでいくのを感じ、視界からは赤と黒以外の色彩が消えていった。

苦しめろ。倒せ。シャツの下で翼がはためく。

この男たちは彼女の一年を奪った。目の前でほかの女たちをレイプした。悪魔はこいつらだ。こいつらこそ彼女の敵、サビンの敵だ。父の一派だ。父はグウェンがいつも想像していたような善なる天使ではなかった。父も倒さなければいけない。けれども、父の喉を狙う自分を想像した瞬間、彼女の中のハルピュイアでさえひるんだ。実の父を殺す？　だめだ……できない。

サビンが彼女を閉じこめたのも当然だ。

「助けてくれ！」

その叫び声がグウェンを現実に引き戻し、怒りをよみがえらせた。どうしてサビンはこの蛆虫《うじむし》をまだ殺していないのだろう？　こいつらを殺さなければいけない。そうだ、殺せ……殺せ……。

心の奥で姉たちが腕をつかんでいるのを感じたが、その力は弱すぎて、グウェンを止めることはできなかった。いつもなら自分が自分を止めていたのに。でもこれからはちがう。自分の中のハルピュイアを受け入れる準備ができたのだから。

グウェンはふたつ目の鉄格子に殴りかかった。歯はとがり、爪が伸びていく。そんな姿を見て震えあがったのだろう、ハンターの男たちは鉄格子から後ずさった。

敵だ……敵だ……。

とうとう鉄格子が折れ、グウェンは叫びながら中に飛びこんだ。彼女から遠ざかろうとしていた男たちは、次の瞬間、ぴくりともせずに床に倒れていた。まだだ……まだ足りない……。

呼吸を取り戻そうとして肩で息をしていると、男の深い声が意識に入りこんできた。

「アーロンとパリスは行方不明だ。サビン、カメオ、ケインは町にいる。ウィリアムとマドックスは女たちを隠して命をかけて守っている。ここにいるのはおれだけだが、〝病〟の魔物だから彼女に触れるわけにはいかない。頼むから彼女を落ち着かせてくれないか」

その深い声には聞き覚えがなかった。いいぞ。また獲物が増えた。いったいどこに……。

グウェンはあたりを見まわした。ああ、あそこだな。体が三つ、倒れずに立っている。男というより女のようだ。となるともっと甘いだろう。

グウェンはハンター同様その女たちも倒そうと決めて牢から出た。

「グウェン」

その声には聞き覚えがあった。悪夢で聞いた声ではないが、グウェンは手をゆるめなかった。一人の女のこめかみにこぶしをめりこませると、あえぎ声が聞こえ、体がふっとんで岩壁にぶつかるのが見えた。

「グウェン、ハニー、もうやめなさい」ほかの声が言った。「前にも一度あったわね。覚えてる?」

「正確には二度だが、わたしたちはおまえに殺されそうになってしかたなく翼を折ったんだ」三番目の声にも聞き覚えがあった。「催眠術をかけておまえの記憶を封印したけど、まただ。思い出して、グウェニー。ビアンカ、思い出させるための合い言葉はなんだった?」

「バタースコッチ・ラム? ホップスコッチ・バターパン? とにかくそういうたわいのない言葉よ」

記憶が浮かびあがってきた……どんどん……どんどん……意識の表面に出てくる。周囲の影が追い払われ、光がまぶしく差しこんだ。グウェンは八歳だった。何かで腹を立てていた……そう、いとこがバースデイケーキを食べてしまったのだ。いとこは食べながらグウェンをからかった。

ハルピュイアをつなぎとめていた鎖がぷつりと切れ、気がついたときにはいとこも姉たちも虫の息だった。四人が助かったのは、タリヤが必死にグウェンの翼をもぎとったからだ。

また翼が生えるまで何週間もかかった。その数週間の記憶は奪われた。わたしの記憶だ、とハルピュイアは叫んだ。

欲張りな女だ。記憶をなくしたほうがまだましだとグウェンの中の理性が答えた。罪悪感がよみがえればその苦しみに耐えられなかっただろう。

「ああ、まさかあのろくでなしの魔物に戻ってきてほしいと思うなんて」

「トリン、サビンをここに連れてこられないのか？　グウェンを傷つけずに静められるのはあいつだけだ」

サビン。サビン。殺戮《さつりく》の衝動が薄れ、グウェンの良心がよみがえってきた。姉妹を殺してはいけない。愛しているのだから。グウェンはゆっくりと呼吸した。心の中にじょじょに色彩が戻り、赤と黒の世界が消えていった。灰色の壁、茶色の床が視界に戻ってくる。タリヤの白い髪、カイアの赤毛、ビアンカの黒髪。三人とも傷だらけだが、ありがたいことに生きている。

そのときグウェンははっとした。やったのよ。誰も殺さずに自分を静めることができた。

グウェンは大きく目を見開き、めちゃくちゃになった牢の中で喜びに身を震わせた。こんなことは初めてだ。城の中で自制心を失ったときはいつもサビンがいて落ち着かせてくれた。もしかしたら、もう自分の中のハルピュイアを恐れる必要はないのかもしれない。共生できるのかもしれない。サビンがいなくても。

そう思うと膝から力が抜けて倒れそうになった。サビンなしで生きたいとは思わない。

「大丈夫？」驚きを抑えてビアンカがきいた。

「ええ」グウェンは意識的にハンターの牢のほうを見ないようにして振り向いた。しゃべっていた戦士の姿は見えない。「トリンは？」

「ここにはいない」カイアが答えた。「あれはスピーカーだ」

「ということは、わたしたちが牢を出たのを知っているのね」グウェンはそう言うと胸をつかんで後ずさった。トリンがここに来たらどうしよう？ また閉じこめられるのを避けようとしてトリンを殺してしまったら？ サビンは決して許してくれないだろう。彼女がハンターの味方だと信じこむだろう。待って、もうわたしはハルピュイアを恐れる必要はないのよ。それを忘れた？ 昔からの思いこみはなかなか振り払えないものだ。

「知っている」タリヤが言うと、トリンの声も重なった。

「ああ、知ってるよ」

カイアはグウェンの肩をつかんで引き留めた。「あいつは何もできない。触れないんだから」

「まあ、撃つことはできるけどね」トリンの声が答えた。

グウェンは身震いした。銃弾は冗談にならない。

「アシュリンとダニカを奪いに行こう」トリンの脅しなど無視してカイアが言った。

「トリンの話ではマドックスとウィリアムが二人を守っているわ」ビアンカが言った。

「男どももいっしょに倒しましょうよ」

グウェンの中にはまだ興奮のエネルギーが渦巻いていたが、その言葉を聞いて血が凍りついた。「どうしてその四人を倒すの？」アシュリンもダニカも親切だ。傷つける理由なんかない。

「仕返しよ。さあ、行きましょう」ビアンカはくるりと振り向き、城の中心部を目指して階段を駆けあがった。

「どういうこと？」グウェンの声は震えていた。「仕返しって、どうやって？」

カイアもグウェンから手を離して出ていこうとした。「サビンはわたしたちの翼を傷つけた。今度はこっちがあいつの大事な仲間を傷つける番だ。残りの戦士が戻ってきたとき女たちも仲間もいないのに気づいたら、震えあがるだろう」

だめよ、とグウェンは思った。「言ったでしょう、サビンはわたしのものだって。サビンのことはまかせて」

カイアもタリヤもグウェンの言うことなど聞かず、ビアンカのあとを追った。

「心配するな。力は弱まってるかもしれないが、銃ってのはそのためにあるんだから」カイアはそう言うと、トリンが見ている監視カメラのほうに向かってにやりとした。「そうだろう、トリン?」

「こんなことは許さないぞ」トリンの声は鋼鉄のように硬かった。

「見ているがいい」タリヤの氷の声が答えた。絶対に折れようとしない点ではどちらもいい勝負だ。

グウェンは姉たちが階段を駆けのぼるのを見送った。これから罪のない女たちを捕らえ、彼女の恋人を倒しに行くのだ。いや、もう恋人じゃない。グウェンは心を決めなければいけないと思った。そのままにしておくか、もしかしたら姉たちを傷つけることになるかもしれないが、暴挙を引き留め、自分の手でなんとかするか。

「グウェン」トリンの声にグウェンははっとした。「あんなことをさせるな」

「でも大事な姉なのよ」姉たちはいつもそばにいてくれた。種族の秘密をもらしたことを簡単に許してくれた。過去の記憶からさえも守ろうとしてくれた。それなのに……。

「女たちを守るためならマドックスもウィリアムも死ぬまで戦うだろう。もしきみの姉妹が勝ったら、今度は戦士とハルピュイアの間で戦争になる。もっとも、全力を出せない状態で勝つとは思えないが」

たしかにそのとおりだ。

「そうなれば戦士は分裂だ。サビンはきみを選ぶだろうから。戦士はハンターに対して弱点を持つことになる。ハンターが有利になる。もしかしたらもう有利なのかもしれない。今日一日、ルシアンと連絡がとれないんだ。ストライダーもアニヤも、シカゴに行った仲間全員が消息不明だ。いつもならそんなことはないし、何かあったんじゃないかと思ってる。サビンに確かめに行ってほしいんだが、戦いで足止めだ」

最初にグウェンが抱いたのは、シカゴの一行の無事を祈る気持ちだ。次に、サビンが彼女を選ぶとは思えないという思いだ。「わたしが助けると言っているのに、サビンは信用してくれないのよ」

「信用してるさ、きみを守るために口実を作っただけだ。サビンとそう親しくないおれでもそれぐらいはわかる」重い沈黙があった。「どちらにしろ、さっさと決めてくれないか。きみの姉妹は銃を持ってるし、ターゲットに近づきつつある」

サビンは影にしゃがみこんだ。左にケイン、右にカメオがいる。三人は小国を征服できそうなほどの武器で身を固めていた。だが残念ながら、これからの戦いには足りないかもしれない。

そこらじゅうにハンターがいる。店から顔を出し、歩道を歩き、カフェのテラスで食事している。蠅《はえ》のように集まってうごめく奴《やつ》らの姿を見るとサビンはむかむかした。

女たちは見かけは平凡だが、ナイフや銃のふくらみが正体を明かしている。次の戦いが待ちきれない帰還兵のような筋肉質の長身の男たちは、建物の屋上に配置されて町の様子に目を光らせている。そのそばには、困ったことに子どもたちがいた。年齢の幅は八歳から十八歳ぐらい。サビンは十代の子どもが一人、壁を通り抜けるのを目撃したばかりだ。まるで壁などないかのようにすーっと歩いていった。

ほかの子どもはどんな能力を持っているのだろう？

数で負けているのはわかっている。汚い戦い方も辞さないサビンだが、子どもを傷つける気はなかった。ハンターもそれを読んでいるのだろう。こんなときにハルピュイアがいてくれれば助かるんだが。

銃を持つサビンの手に力が入った。それは今、考えることじゃない。サビンはしばらくあたりの様子をうかがい、心を決め、戦略を練ろうとした。だが力がわかないどころか、かつてない無力感にとらわれた。何をすればいいのかわからなかった。

最悪なのはグウェンを閉じこめてきたことだ。だから帰ってもまた戦いが待っている。ばかなことをした。グウェンを心配する気持ちが常識を押しのけてしまった。だから女によろめくのは危険なのだ。感情が判断力を曇らせ、ばかなことをしてしまう。だが戻って謝り、助けてくれと頼むことはできない。彼はグウェンの姉たちを傷つけた。四姉妹の愛情は深く結束は固い。グウェンは決して許してくれないだろう。

サビンはこのほうがいいんだと何度も自分に言い聞かせようとした。グウェンと会う前にもハンターと戦って勝ってきたのだから、グウェンがいなくても勝てるはずだ。どちらにしても、グウェンはガレンの娘だ。もうグウェンの意志を信じることはできない。協力はあてにできないし、家族を助けない保証もない。

グウェンがおまえの家族になるかもしれないんだぞ。そんな気まぐれな思いが浮かび、サビンは顔をしかめた。〝疑念〟の魔物が割りこんできて、しかめっ面が大きくなった。**おまえは彼女にふさわしくない。もうだめだ。前からだめだったんだ。どっちにしてもグウェンはおまえを求めないさ。**

「黙れ」サビンはつぶやいた。

ケインがさっとこちらを向いた。「魔物がうるさいのか？」

「いつものことだ」

「この状況はどうすればいいと思う？　こっちは三人しかいない」

「もっと分の悪いときもあったわ」カメオが言い、サビンは身をすくめた。カメオの声を聞くとこうなってしまう。だが不思議なことに、いつもほどひどくはなかった。もう悲嘆を味わっているからかもしれない。よくもグウェンにあんな仕打ちができたものだ。

グウェンを守りたかったんだ。

そうか、だが失敗したな。

「いや、今回はちがう。子どもに危険がおよばないようにしないといけないからな」

カメオの指が銃にかかった。「とにかく、何かしなきゃ。このまま勝手にさせておくわけにはいかないわ」

サビンはもう一度雑踏を見やった。あいかわらず人は多く、危険も大きい。あの子どもたち……くそっ。おかげでややこしくなる。もう決断しなければ。「よし、こうしよう。影にひそんだまま三方に分かれて前進し、大人を一人ずつ倒す。見つけしだい殺せ。大事なのは……こっちがやられないことだ。頼むから……」突然サビンの言葉が止まった。彼の視線は、通りの突きあたりで意識を失った男二人をバンに積みこむ迷彩服のハンターに釘《くぎ》づけになった。子どもが数人その周囲に集まり、壁を作っている。

サビンの視線を追ったカメオが息をのんだ。「あれはまさか……」

ケインの足もとの地面が割れ、彼は穴の中に倒れこんだ。「アーロンとパリスか？ くそっ、やっぱりあの二人だ」

サビンは小声で毒づいた。「計画変更だ。二人の周囲の男たちをできるかぎり倒してくれ。子どもたちはおれがなんとかする。できればアーロンとパリスを城に連れ帰ってほしい。城で落ちあおう」

24

グウェンは姉たちを閉じこめた。サビンがしたのと同じように。

今、彼女はトリンの部屋にいて、腕組みしてトリンのうしろに立っていた。トリンはグウェンが近づいてくるのをなんとも思わないのか、背を向けたままだ。実際、心配する必要などない。けれども頭に一発撃ちこまれる危険を感じてもいいはずだ。グウェンもハルピュイアなのだから。

「たった今、人生最大のあやまちをおかしたの。やり直そうと思っても手遅れだわ」たとえ許してくれたとしても、姉たちもサビンもわたしを罰したいと思うだろう。いや、自分をごまかすのはよそう。彼女が愛する人は皆、頑固だ。許してくれることは期待できない。

グウェンは姉たちを映し出しているモニターに目をやった。歩きまわり、毒づき、鉄格子を叩《たた》いているが、どうにもならない。ハルピュイアは治癒が早いから、あと数日もすれば牢《ろう》を蹴破るだろう。そしてもちろん、姉を裏切ったグウェンを罰するだろう。グウェンの胸が痛んだ。

タリヤの抵抗がいちばん激しく、グウェンはまだ傷だらけだった。あばらと首にいくつも傷が走っている。弱っていたとはいえ、あの姉たちに勝ったのが信じられなかった。生まれてからずっと姉たちはあこがれの遠い存在だった。グウェンよりずっと強く、美しく、頭もいい。彼女はいつも姉たちと自分を比べ、劣等感に襲われた。

今のグウェンはどこから見ても戦士だ。ハンターを倒したら、姉たちは誇りに思ってくれるだろうか？

別のモニターに、多すぎるほどの武器で身を固めたマドックスとウィリアムが歩きまわっているのが見えた。アシュリンとダニカがうしろにいて、手を握りしめている。

「心配だわ」ダニカの声が聞こえた。「昨夜の夢……レイエスが真っ暗な箱の中に閉じこめられている夢だった。魔物がここから出せと叫び続けていたわ」

アシュリンは青い顔でふくらんだお腹《なか》をさすった。「シカゴに行ったほうがいいのかもしれない。わたしが声を聞けば、ハンターがあの人たちを閉じこめたのかどうか、どこに閉じこめたのかがわかるから」

「だめだ」マドックスが言った。

「いいアイデアだわ」ダニカが割りこむように言った。「でもトリンが言っていたことはどうなの？　ハンターが今、この瞬間もブダペストにいるそうじゃない」

「町に行ったほうがいい」突然トリンが口を開き、グウェンはモニターから彼に注意を向けた。彼の声にはもう皮肉な響きはなかった。「たった今、サビンからメールが来た、アーロンとパリスが負傷してバンに押しこまれたのを見たそうだ。どこもハンターだらけで、これから戦闘を開始すると言っている」

　グウェンの胃がよじれた。「サビンたちはどこにいるの？」

「サビンの携帯電話の位置情報によると、ここから北に三キロちょっとのところだ。裏口から出て丘をくだればいい。角で曲がらずまっすぐ進めばサビンのところに出る」

「ありがとう」武器が必要だ。山ほどの武器が。サビンのクローゼットにある武器保管庫が頭に浮かんだ。あれだ！　グウェンはくるりと振り向いてトリンの部屋から出ていこうとした。

「ああ、グウェン」

　トリンは近辺の森の地図をいちばん奥のスクリーンに映し出した。道筋が赤く表示されている。「ここと、ここ、そしてここに罠《わな》がしかけてある。気をつけないと不意打ちをくらうぞ」

「ありがとう」またため息をつくと、グウェンはサビンの寝室へと急いだ。姉たちのおかげで武器保管庫には鍵がかかっていなかった。あったのは銃とナイフがひとつずつ。グウェンは両方持った。セミオートマチックの訓練をする時間はなかったが、狙って撃つだけならそう難しくもないだろう。

「さあ、これでいいわ」グウェンはそう言って力強く翼をはためかせた。彼女は裏口に止めてあるSUVには目もくれず、城を出て丘を下った。ハルピュイアの姿のほうが早く行ける。

三キロ強の距離に一分もかからなかった。一分近くかかってしまったのは、戦士がしかけた罠を避けたからだ。町は行きかう人でごった返していた。さいわいスピードの速さがグウェンの姿をぼやけさせ、誰も気がつかない。だが中には気づいた者も数人いて、グウェンが通りすぎるときの風を感じて不思議そうな顔をした。

目的地に到着すると、グウェンは動きを止めずに状況を見てとった。軍隊らしき一群が扉の開いた一台のバンを囲んでいる。トリンが言ったとおり、中には意識を失った男が二人倒れていた。三人の護衛が銃を構えてそばにしゃがんでいる。銃口からは煙が立ちのぼっている。

前部座席に運転手はいない。不思議に思っていると、ケインが建物の裏にいて運転席に近づこうとする者を片っ端から倒しているのが目に入った。フロントガラスは粉々に砕け、ハンドルからは血がしたたっている。開けっ放しのドアの外には、四つの死体が転がっていた。

ハンターが一人近づいてきたとき、ケインはバンに銃口を向けたまま位置を変えて隠れた。

サビンはどこ？

どうして周囲の人間たちは叫び声ひとつあげないの？

そう思ったとき、グウェンの視線は腕を伸ばした一人の少女に引き寄せられた。低い声がグウェンの心に入りこんできた。〝落ち着いて。家に帰って。町に来たことは忘れるの。見たことはすべて忘れて〟

耳に心地よいその声を聞くと、グウェンは命令に従いたくなった。記憶は薄れ、体は城に向いた。しかしハルピュイアが叫び声をあげ心の中に爪を立てて声を振り払い、本来の目的を思い出させた。

どう動けばいいだろう？　急に視界に入ってきたあの子どもたちは何？　一人の少年はグウェンに劣らぬスピードで町を移動している。その姿が見えたのは、彼が残したかすかな光跡が目にとまったからだ。どうやら少年は戦士たちを捜しているらしい。カメオを見つけると、少年は大声で叫んだ。

少年に手出しするのがいやでカメオは顔をしかめた。それでも少年を捕まえ、喉を押さえると、少年は石のように倒れた。汗がカメオの顔を流れて胸に落ち、Tシャツを濡《ぬ》らしている。これほど取り乱し疲れた様子のカメオを見るのは初めてだ。

けれども疑問のひとつはとけた。子どもたちはハンターの味方だ。

背後で怒りのうなり声が聞こえた。「そこから出てこい。おまえたちの負けだ。援軍は来ないぞ。仲間は捕らえた。おまえたちもこれでおしまいだ」

グウェンが振り向いたとき、別の声が聞こえた。「あきらめて投降すれば敗北の辱めを受けなくてすむ」

「おまえたちは悪魔じゃないと言ったな――それならそれを証明するチャンスだ！　降伏して女を渡せ。おまえたちの体から魔物を引き出す方法を見つけてやる。昔の世界を取り戻すために協力しろ――純粋で良き世界を」

「許しを乞うたほうがいいぞ」男の声が叫んだ。「おまえたちが閉じこめられていれば、世界に病がもたらされることはなかった。息子もまだ生きてたはずだ」

信じられない。グウェンは考えこんだ。ハンターの考えることはおかしい。まるで暗黒の戦士が世界のあらゆる悪の根源みたいな言い方だ。人間には自由意志がある。ハンターにも。ハンターはグウェンを閉じこめることを選択した。不死族の女性をレイプする選択もした。だからハンターは邪悪であり、情けは無用だ。

誰かの悲鳴が聞こえ、グウェンははっとした。サビンが二本の短剣を握って男たちの中に切りこむのを見てグウェンは目を見開いた。その腕は優雅に動き、続けざまに敵を切り裂いていく。敵は一人また一人と倒れていった。

サビンのほぼ全身が深紅に染まっていて、まるで自分自身が切り裂かれたかのようだ。まさかそんなことはないと思いたかった。返り血であってほしい。

その瞬間、グウェンはハルピュイアが頭をもたげるのを感じた。ハルピュイアは心も体もおおい尽くし、すべてをのみこんでいく。最初は本能的な恐怖を感じたが、やがてその恐怖は薄れた。わたしならできる。やってみせる。視界は赤と黒だけになり、赤くて甘い液体を求めて口中につばがわき、手は苦しめる相手を求めてうずいた。

完全にハルピュイアになりかわる直前にグウェンは思った。どうかサビンや仲間を傷つけませんように。子どもたちを傷つけませんように。できるだけ大勢を生け捕りにして城に閉じこめられますように。それがサビンの希望だ。

翼をいちだんと強くはためかせると、グウェンはカメオが昏倒《こんとう》させた子どもを抱きあげた。傷つけてはだめ、傷つけてはだめ、と唱えながら。そして身動きしない体を抱えたままハンターの群れの中に突っこみ、手刀で膝を砕いて立てなくさせ、剣の柄でこめかみを殴った。

あのSUVを持ってくればよかったと思いながら、グウェンは意識を失ったハンターを一人もう片方の腕に抱えて城を目指した。城に着くと地下牢に二人を放りこみ、戦闘に戻った。往復にかかった時間は五分だ。これを十六回繰り返したとき、気がつくと体が震え、スピードが落ちていた。だがハンターの数は減りつつあった。

サビンはまだ倒れておらず、カメオと背中合わせで四方の敵と戦っている。ケインはバンに銃口を向けたままだ。

アーロンとパリスを助けよう。そう思ってグウェンは二人に近づこうとした。二人をここから連れ出さなければ。二人とも負傷し、助けを必要としている。そのとき一人のハンターが目の前に立ちはだかり、ぶつかってきた。一瞬息ができず、グウェンはうしろにはね飛ばされた。地面に倒れたときコンクリートの破片が背中に食いこみ、肌を裂く。

次の瞬間には、サビンがそばに来ていた。あんなスピードで動いていたグウェンの居場所を最初から把握していたかのように。彼はグウェンを引っ張りたたせた。「トリンからきみが来ると連絡があった。大丈夫か？」

この手の感触……最高だ。つかの間、グウェンは今いる場所も何をしているかも忘れた。サビンの肌に光る汗と血がグウェンを現実に引き戻した。「ええ」疲れて息は荒く、体は痛み震えている。「大丈夫よ」

サビンはぐらつき、視界をはっきりさせようとして顔を撫《な》でた。精気にあふれるサビンが限界に近いのを見るのは初めてだ。「アーロンとパリスを助け出せるか？」

彼女を追い払うつもりがないのが助かった。「ええ」そう言いながらもグウェンは二人よりサビンを安全な場所に移したかった。

サビンはグウェンが腰に差したセミオートマチックを引き抜き、安全装置を外した。

「かまわないな？」

「ええ」

「バンまで援護する」サビンはそう言うと、グウェンが止める間もなく走り出した。すぐさま銃声が続いた。

サビンのまわりでまた人が次々と倒れていく。人込みの中に子どもが一人しかいないのを確認し、グウェンは走り出した。子どもは、町の人々をよせつけないようにしていたあの少女だ。グウェンの手で子どもを数人地下牢に閉じこめたが、ハンターは何人か連れて逃げたらしい。子どもを戦いに巻きこむとはなんという冷血漢だろう。

バンに到着したときも、サビンはまだ撃ち続けていた。もう車の周囲にハンターはおらず、残った数人も隠れたらしい。あるいはケインにやられたのかもしれない。両肩に一人ずつ戦士を抱えあげたグウェンはその重みでよろめいた。二人を一度に運ぶのはとても無理だ。

グウェンはできるかぎりそっとアーロンを座席に戻し、パリスを抱く手に力を込めた。血まみれなのはパリスのほうだ。「あとで戻るわ」サビンに聞こえることを祈ってそう言うと、グウェンは森に向かって駆け出した。スピードが落ちたため移動に少し時間がかかった。だがどうにか目的地に到着した。

グウェンは息を切らして戦士の体を城の玄関ホールに下ろした。トリンが近づく彼女を見つけてマドックスとウィリアムに知らせたのだろう。アシュリンとダニカももう隠れていなかった。パリスを見つけた二人が駆けつけてきた。

ダニカの緑色の目に恐怖が浮かんだ。「まさかパリスは……」

「大丈夫、息をしているわ」

「いったい何が――」アシュリンが口を開いた。

「時間がないの。みんなを助けに戻らなきゃ」グウェンは返事も待たずに町に引き返した。

サビンはまだバンのところにいた。盾を持ち出したハンターがじりじりとサビンに迫っている。ハンターは周到に準備していたようだ。限度をはるかに超えた疲労に体を震わせながら、グウェンはアーロンを担ぎあげ、走り出した。

あと少しで森に入るというところで一発の銃弾がグウェンの左腿を貫いた。

グウェンは悲鳴をあげ、地面に倒れた。アーロンはうめいたが目を覚まさない。銃創から血が噴き出す。しまった！　動脈をやられた。震えがひどくなったが、グウェンは足を踏みしめて立ちあがった。視界に黒がまたたく。行くのよ。大丈夫、できるわ。グウェンは走り出した。今度は十分かかったが、ゴールがこれほど甘く感じられたことはなかった。

ダニカとアシュリンが玄関ホールでパリスの介抱をしながら待っていてくれた。マドックスとウィリアムは必要なものを取りに走りまわっている。

グウェンはパリスの隣にアーロンを寝かせた。体が弱っていてそっと下ろす余裕もなかった。よろめきながらドアに向かうと、ダニカが腕をつかんだ。

「戻ってはだめよ。立つのもやっとじゃない」

グウェンは手を振り払った。「戻らなきゃ」

「無理だわ。丘で気を失うのがおちよ」

「じゃあ車で行く」ここにいるわけにはいかない。サビンが向こうで彼女を必要としているのだから。

「だめ」ダニカの声は頑としていた。「わたしが送っていくわ。キーを取ってくる」

「ウィリアム」マドックスが呼んだ。

ウィリアムはため息をついた。「言わなくてもわかってるよ。運転しろっていうんだろ」

それでもダニカは駆け出していった。アシュリンは立ちあがってグウェンの首に指を二本押しつけた。「脈拍が速すぎるわ」ため息混じりの言葉だった。「もっとゆっくり呼吸して。そうよ。吸って、吐いて。それでいいわ」

それきり目をつぶってしまったのだろう、気がつくと足には包帯が巻かれ、そばにはウィリアムがいて手を握り、出口へと連れ出してくれた。

「ダニカがキーをくれた。行くなら今だ」

「気をつけて」アシュリンが呼びかけた。

SUVに乗りこむと、ウィリアムはアクセルを踏みこんでタイヤを焦がしながら森を走り抜けた。グウェンの体はドアにぶつかり、こめかみが窓に叩きつけられた。きっと跡がつくわとグウェンはぼうっとした頭で思った。

「大丈夫か？」

「ええ」その声は自分で聞いても弱々しかった。

「グウェン、アーロンとパリスを送り届けてくれてすまないな。アニヤはあいつらを愛してるし、もし二人が殺されたらひどく悲しんだだろう。アニヤにはむかつくことも多いが、ハッピーでいてほしいんだ」

「いいのよ」

目的地に到着したとき、戦いは峠を越えていた。サビン、ケイン、カメオは出血がひどく、傷だらけでずたずただったが、まだ残ったハンターと戦っていた。

SUVを見つけると、三人とも轢《ひ》かれないようにとびすさった。ウィリアムがアクセルを踏みこんで人込みに突っこんだので、グウェンは衝撃に備えて体を硬くした。「こりゃ最高だな」ウィリアムは笑いながら言った。車は一度、二度がくんと揺れた。車がまだ止まらないうちにグウェンはドアを開けた。と、サビンが隣に飛びこんできた。残りの二人もさっと後部座席に乗りこんだ。

「いいぞ、出せ」サビンが言うとウィリアムはまたアクセルを踏みこみタイヤをきしらせた。サビンの腕がグウェンのウエストをしっかり抱き寄せた。

サビンがこうして無事に隣にいてくれる。そう思うと残っていたわずかばかりのエネルギーも尽きた。疲労がすべてをのみ尽くした。ハルピュイアでさえ気味が悪いほど黙りこんでいる。

「グウェン」その声には心配があふれていた。「グウェン、聞こえるか？」

　答えようとしても言葉が出てこなかった。ふいに喉が苦しくなり、声が出せなくなる。どちらにしても、どう答えればいいかわからなかった。あんな仕打ちをしたサビンにまだ腹が立っていたし、罰したいと思っていた。あんなふうに疑われて泣きたい気持ちもあった。

「グウェン！　目を開けてくれ、ダーリン。いいな？　気を失っちゃだめだ」

　ウィリアムがまた誰かを轢いたらしく、グウェンの体は前後に揺れた。もしかしたらサビンに揺さぶられたのかもしれない。焼けるほど熱い手が腕をつかんでいる。

「目を開けろ！　これは命令だ」

　命を救ってあげたのに、命令するつもり？「冗談じゃ……ないわ」ようやくそれだけ言ったとき、暗闇がのしかかり、グウェンは何もわからなくなった。

25

サビンがグウェンの唇に手首を押しつけると、血管に歯が深く食いこんだ。このやわらかな唇……熱く吸われる感覚……興奮のあまり下半身が危険な武器のように高まってしまった。血を吸わせるのはこれで二度目で、グウェンは順調に回復していた。首から吸ったほうがもっとたっぷり味わえて治りも早いのに、グウェンは断った。それどころか彼と話そうともしなかった。

そこでサビンが二人分しゃべった。グウェンが捕らえた子どもたちは快適で安全な状態であること。一時間ほど前に三姉妹が地下牢《ちかろう》から抜け出し、彼の隣の部屋に戻ったこと。三人とも怒っているにちがいないのに、奇妙なほど静かなこと。

静かといえば、〝疑念〟の魔物もやはりおとなしかった。

魔物がハルピュイアを恐れているのは知っていた。グウェンが怒りをむき出しにするたびにこの小心者はこそこそ隠れてしまう。ところが今は、グウェンが落ち着いているのに魔物は沈黙を守っている。まるで魔物が自分自身に疑いを抱き、グウェンを意志の闘いに引っ張り出す自信を失ってしまったかのようだ。サビンなら当然の報いだと言うところだろう。

サビンがグウェンから離れるたびに魔物は彼に牙を向ける。だがグウェンにはもう手を出さないし、彼女の話を出すこともない。ハンターの群れをなぎ倒したグウェンの姿を見て以来、彼女を怒らせるのが怖いのか、魔物はサビンに向かって手の届かない女だからあきらめろとは言わなくなった。

だが少しぐらい怒らせるのもいいかもしれないとサビンは思った。無言よりはそのほうがましだ。

サビンはため息をついた。今すぐ飛行機に飛び乗り、行方不明の仲間を捜しに行きたい。だが昨日の戦闘の傷を癒すのが先だ。今は皆、使いものにならない。何より、これ以上戦力を分散させるわけにはいかない。ハンターはまだブダペストにいる。そっちを先にどうにかしないと、城が陥落し女性たちが傷つけられる危険がある。

今朝、トリンは昨日捕らえたハンターの一人に追跡用の軌道着色液をつけ、偶然をよそおって逃がした。コンピューターでその男を追跡し、ハンターのアジトに案内させるためだ。

けれども、ただ待つのはつらかった。ハルピュイア三姉妹に、莫大《ばくだい》な報酬を約束するからシカゴに行ってくれと説得を試みたが、目の前でドアを閉められてしまった。三人は金などほしくないのだ。それよりグウェンを解放してほしいと思っている。だがそれはできない。

グウェンを愛している。前よりもずっと。

戦いより、ハンターへの憎しみより、グウェンへの愛のほうが大きい。ガレンの娘だが、それがなんだというんだ。グウェンが父親の味方をすることは絶対にありえない。サビンは魂の底までそう信じていた。彼といっしょにいるためなら父親との関係はあきらめるだろうという自信もある。だからこそ、今は彼がグウェンの家族だということを証明したいと思っていた。

サビンの人生で何よりも大事なのがグウェンだ。閉じこめたのは間違っていた。グウェンを信用し、戦わせるべきだった。実際、彼女がいなければ負けていただろう。それにグウェンを失うぐらいなら負けるほうがましだと思っていた。

唇の力が弱まり、グウェンは彼から離れた。サビンは部屋に持ちこんだリクライニングチェアに座っていた。グウェンは彼の首から血を吸うのを拒んだだけでなく、ベッドに入るのも拒否した。膝の上に座るのもいやだと言ったので、グウェンは正面のリクライニングチェアに座っている。

グウェンの唇は、まるでキスされたみたいに真っ赤に染まってふくらんでいる。「ありがとう」彼女はつぶやいた。

〝ありがとう〟――負傷していた彼女が今朝、目を覚ましてから初めての言葉だ。サビンは目を閉じ、その美しい声が心の中に漂っていくのを味わいながらほほえんだ。「おやすいご用だ」

「でしょうね」グウェンは皮肉っぽく言った。

サビンの目がゆっくりと開いた。グウェンは決意を固めたようにまっすぐ背筋を伸ばし、目は彼の肩の先を見つめている。サビンは恐怖に襲われた。何を決意したのだろう？　やっぱり出ていく気だろうか？

「アーロンとパリスの具合は？」

「おれたちに負けずに回復してる。きみのおかげだ」

「ウィリアムのおかげよ。わたしは無理をしすぎてもう少しで――」

「きみがいたからこそだ」サビンが割りこんだ。「おれがこれまで見たこともないような戦いぶりだった。戦わない理由こそあっても戦う理由はなかったのに、おれたちを助けてくれた。どれだけ感謝してもしたりないぐらいだ」

「あなたに感謝なんかされたくないわ」グウェンは頬を熱くして言った。恥ずかしいからでも欲望があるからでもない。じゃあ……怒りか？　どうして感謝に対して怒るのだろう？　弱々しくため息をついたグウェンは少し落ち着いたように見えた。「怪我《けが》は治ったし、体力もほぼ戻ったみたい」

「そうだな」

「だから……出ていこうと思うの」グウェンの声はかすれてとぎれた。

やっぱり。予想はしていたが、実際に言葉で聞くとショックは大きかった。出ていってはだめだと大声で叫びたかった。いつまでもおれのものだ。だがサビンは、これほど勇敢な戦士を支配しようとすればどうなるかを誰よりもよく知っていた。「なぜだ？」サビンはそれしか言えなかった。

グウェンはぎこちなく髪を耳にかけた。「わかっているはずよ」

「教えてくれ」

ようやくグウェンがこちらを見た。目の深みに炎がゆらめいている。「聞きたいの？　わかったわ。あなたはわたしの弱点を利用した。姉たちを傷つけただけじゃなく、あなたを助けるために、わたしまで姉たちに歯向かうはめになったわ。わたしを信用しなかったばかりにあなたは死にかけた」グウェンは両手を握りしめ、立ちあがった。「もう少しで死ぬところだったのよ！」

なるほど、彼が死ぬと思ったせいで腹を立てているのだ。グウェンは二度もそう言った。胸に希望が燃えあがり、サビンは椅子を立つやいなや、またたく間にグウェンをベッドに運んだ。そして反動ではずむグウェンの体を体重をかけて押さえつけた。

グウェンはもがこうとせず、ただ彼をにらみつけた。「その首、折ってもいいのよ」

「わかってる」そうはいってもこの体勢ではグウェンは無力だ。翼が動かせないから力を奪われている。この弱点を彼は一度利用した。もう二度とそんなことはしない。サビンはグウェンを抱いたまま仰向けになった。「きみのためだと思ってやったことだ。戦ってほしくなかったし、傷ついてほしくもなかった。父親に歯向かわせるのもいやだった」

「それはあなたが決めることじゃないわ」

「そうだ。本音を言うと、自分のためだった。きみに安全でいてほしかった。おれはばかだったよ。間違っていた。もう二度ときみを置いてはいかない。きみはおれよりずっと優秀な戦士だからな」

グウェンを腰の上にまたがらせたので、熱い部分が脈打つ高まりにじかにあたった。サビンはうめき声をあげ、グウェンの腰を押さえつけた。

「あなたのことはもう信じられない」

「信じられる。信じてくれ。誰よりもきみに信じてほしいんだ」

「嘘《うそ》つき！」グウェンは骨が砕けるほど強くサビンをぶった。頬に痛みが炸裂《さくれつ》したがサビンは声ひとつたてず、やり返しもしなければ放しもしなかった。何をされてもいい覚悟で、ただゆっくりとグウェンのほうに向き直った。殴られて当然だ。「あなたが何を言っても疑いしか感じないわ。魔物に頭に忍びこまれたときだって、これほどの気持ちにはならなかったのに。それに、わたしを信じるというあなたの言葉は二度と信じない。あんな仕打ちをしておいてよくも――」

「おれにも弱点がある」切実な響きの言葉に、グウェンは黙りこんだ。「きみは秘密を教えてくれた。今度はおれが教える番だ。きみを信じ、二度と置き去りにしない証拠だ」サビンはグウェンに答える隙を与えなかった。「神々の王を守っていたとき、おれは片目を失った。ゼウスにまた授かったが、仲間のように遠くまで見ることはできない」

話すうちにグウェンの肩からいくらか力が抜けた。その手が彼のシャツをつかみ、握りしめた。サビンの希望が強くなった。「嘘かもしれないわ」

「言っただろう、おれは嘘がつけないんだ。嘘をつこうとしたら気絶してしまう。それが呪いの一部であり……もうひとつの弱点でもある」

「わたしの弱点を利用しないと言ったじゃない。あれは嘘だったけれど、気絶しなかったわ」

「あのときは本気だったからだ」

グウェンは黙ったままだった。

「おれは戦いのときに二本の短剣を持つ。片手が空いていると敵につかみかかる癖があるからだ。そのせいで数えきれないぐらい何度も指を失った。だからおれの短剣をひとつ奪えば倒すのが簡単になる」これを他人に話したことは一度もない。仲間は長年のつきあいで気づいているかもしれないが、彼から打ち明けたことはない。サビンはこんなにも簡単にグウェンに秘密を打ち明けてしまえる自分に驚いた。

「実は……気がついてたわ」グウェンの口調はさっきよりやさしかった。「訓練のときに」

サビンは力を得て続けた。「誰でも触れてほしくない場所がある。弱点、アキレス腱《けん》だな。おれの場合は左の膝がそうだ。少しでも圧力をかければ簡単に倒すことができる。半身になって戦うのはそのせいだよ」

グウェンはサビンとの訓練を思い出すかのようにまばたきした。しばらく沈黙が続いた。サビンは深く呼吸することだけに集中し、グウェンの香りを吸いこんだ。

「だが本音を言うと、どんな弱点より効果的なものがおれにはひとつある。それはきみだ」サビンの声は低く、ハスキーになった。「まだ出ていきたいと思ってるなら出ていくといい。だがおれもいっしょに行くのを覚悟してくれ。振り払おうとしても追いかける。きみの行くところにはどこへでもついていく。ここに留《とど》まるから戦いをやめてほしいときみが言うなら、もうハンターとは戦わない。きみのほうが大事だからだ。きみなしで生きていくぐらいなら死んだほうがましだ」

グウェンは首を振った。疑いと希望が闘っているのが顔に表れていた。「父は――」

「関係ない」

「でも……でも……」

「グウェン、愛してる」これまで愛した誰よりも。自分自身よりも。「ガレンに感謝する日が来るとは思ってもいなかったが、感謝してるんだ。きみをこの世に生み出してくれたことを考えれば、あいつの悪事を許せるような気さえする」

サビンの言葉がまだ信じられず、グウェンは唇をなめた。「でも女はほかにも——」

「目を向ける気にもならない。おれはきみの伴侶だ。たとえ戦いに勝つためでも、ほかの女に近づくつもりはない。きみを失うぐらいなら負けたほうがましだ。きみはたった一人の存在なんだ。きみを傷つければ自分が傷つく。今それがわかった」

「その言葉を信じたいわ」グウェンの視線は手を置いているサビンの胸に落ちた。こぶしはゆるみ、指先が曲線を描いている。「でも怖いの」

「時間をくれないか。証明させてくれ。頼む。二度目のチャンスをくれという権利はないかもしれないが、それでも頼みたい。きみがほしいというならなんでも——」

「わたしがほしいのはあなたよ」グウェンの目がサビンの目と合った。「あなたが今生きてここにいる。この瞬間、大事なのはそれだけだわ。あなたを奪わせて」グウェンはサビンのシャツを引き裂き、ふいに頭をかがめて乳首を吸った。「先のことはわからないけれど、あなたがほしいという気持ちはたしかよ。あなたの愛を形で見せて」

サビンはグウェンの髪に手をからめ、くるりとグウェンを下にした。胸に喜びがあふれる。喜び、衝撃、愛、そして白熱した欲望。グウェンからは期待したような永遠の愛の言葉はもらえなかったが、今のところはこれでいい。

サビンは彼女の服を脱がせ、自分も脱いだ。まもなく二人は裸になり、熱い肌が触れあった。至福の感覚にサビンは息をのんだ。グウェンはうめき声をあげ、彼の肩に爪を食いこませた。

キスでグウェンの胸にたどりつくと、サビンは先端をひとつずつ舌で愛撫《あいぶ》し、手で揉《も》みしだいた。キスはさらに続き、舌がへそに入るとグウェンは身震いして体をよじった。

「ヘッドボードをつかめ」

「なんですって？」

「ヘッドボードだ。決して離すな」

グウェンはわけがわからない顔つきでサビンを見上げた。欲望の香りがその体から漂っている。グウェンは快感に我を忘れていたが、その言葉に従った。背中は弓なりになり、胸を高く突き出し、胸の先は小さな真珠のように硬くとがっている。

「肩に両脚をかけろ」サビンはそう言うと、美しいつぼみに手を伸ばし、指の間で転がした。

今度はグウェンは迷わずそのとおりにした。そしてあえぎながら彼のほうへと身を寄せようとした。背中にかかとが食いこむのを感じ、サビンは世界の中心となるものを守る濡《ぬ》れたひだをかき分け、唇を寄せた。

酔わせるような味わいだった。やみつきになってしまう。豊かで甘く、記憶に残る完璧な味。じらすようにクリトリスに円を描きながら、指を二本中に入れる。寝室にグウェンの叫び声が響いた。

「一瞬でもきみに抵抗できると思ったことが信じられない」

「もっと」

「どれほどきれいか、どんなに愛しているか言っただろうか？」

「もっと！」

サビンは低く笑った。舌は彼女を攻め続け、指は動きを止めない。グウェンはストロベリーブロンドのカールを乱して首を振りあげ、体をよじった。

「やめないで、もっと」

三本目の指が加わるとグウェンの体は引きつり、筋肉が収縮して指を締めあげた。サビンはクリトリスを吸う力を強め……長くし……クライマックスまで追いつめた。

グウェンがサビンの名を叫び、力なくベッドに沈みこむと、ようやく彼は手を離した。

そしてグウェンの上にのしかかった。きつく引き締まった部分を貫きたくてたまらなかったが、こらえた。今はまだだめだ。

グウェンの目が震えて開いた。輝く琥珀《こはく》色の虹彩《こうさい》がこちらを見上げ、白い歯が下唇を噛《か》んでいる。

「もう二度ときみを傷つけない」サビンはそう言うとグウェンをうつぶせにした。「それを証明させてくれ」

グウェンは息をのみ、サビンを振り落とそうとしたが、彼はグウェンの背中に胸を押しつけ、翼のはためきを封じた。グウェンの動きが止まった。どうかあわてないでくれ、ダーリン。サビンはグウェンの手に手を重ね、下半身をヒップの間に押しこみ、両脚でグウェンの脚を包みこんだ。サビンの荒い息がグウェンの肩を熱くした。

「この大事な翼に謝らないといけない」サビンは体を浮かした。「触ってもいいか？」

さいわい今度はグウェンは彼を振り落とそうとしなかった。だが息を殺している。彼女は言葉が出ず、ただうなずいた。

「翼を止めてくれ。頼む」

ゆっくりと翼のはためきが止まった。

サビンは繊細な翼にくまなくキスしていった。翼はシルクのようにやわらかく、触れるとひんやりして、彼の熱い肌とは対照的だ。羽毛がないのが驚きだった。ほとんど透明で、上から下まで青い血管が水晶の川のように走っている。

その瞬間、サビンはグウェンにあんな仕打ちをした自分が許せなくなった。これほど美しい翼を、たとえ一時的であれ、縛りあげるとは。

「すまない。本当にすまない。おれが間違っていた。どんなに謝っても許されることじゃない」

「あなたを……あなたを許すわ」その声はかすれていた。「あんなことをした理由は理解できる。気に入らないけれど、理解はできるわ」

「償いをするよ。必ず。おれは――」

「じゃあ中に入って。今すぐ」グウェンは高まりの先端を求めて彼にヒップを押しつけた。

「あなたのせいでもう限界よ。もっとほしいの」

「わかった」待て。少しペースを落とさないと。「繁殖期は?」

「まだよ」

これでスピードはもとどおりになった。サビンはグウェンの腰をつかんで深々と貫いた。二人の叫び声が重なる。最高の感覚だ。前よりずっと熱く濡れてすばらしい。二人の体がつながり、ひとつに溶けあった。グウェンは彼のものであり、彼はグウェンのものだ。

サビンは体を倒して彼女の背に腹を押しつけ、手を前にまわして片手でクリトリスをもてあそび、片手で胸をつかみ、快楽のポイントすべてを攻撃した。グウェンは体を起こしてまたヘッドボードをつかみ、彼を深く迎え入れた。

くそっ、これでは長くもちそうにない。サビンはもう限界だった。ここ数日、ずっと限界だったのだ。だが何度も腰を打ちつけ、繰り返し入った。彼はもうサビンではなくグウェンの男でしかなかった。

ふいに部屋に叫び声が響き、グウェンが彼を搾りとるように締めつけた。その瞬間サビンは爆発し、快楽にのみこまれ、感覚の津波に押し流された。

二人はつながったまましばらくそのままでいたが、やがてベッドに沈みこんだ。サビンはグウェンを押しつぶさないようすぐさま脇に転がった。もう二度と翼を封じこめるつもりはなかった。

たとえ一瞬でもグウェンを離したくなくて脇に引き寄せると、彼女は自分から身をすり寄せた。これこそが天国だとサビンは思った。

「繁殖期かどうかきいたわね。ということは、あなたは子どもを作れる体なのね」呼吸の合間にグウェンがかすれた声でそう尋ね、沈黙を破った。「アシュリンは妊娠中だけれど、ここに来る前に妊娠したんだと思ったわ。ああ、そういえばガレンはわたしを産ませたわけだから、あなたたち戦士にはその能力があるのね」

「そのとおりだ。アシュリンの子の父親はマドックスだよ。妊娠させるには条件があるが、おれたちは子どもを作ることができる。人間をはらませる神々の話を読んだことがあるだろう？」

「ええ。でもあなたたち戦士は普通に生まれたわけじゃないわ。ゼウスみずからがあなたたちを作った。だからてっきり……ほら……子どものもとを持ってないと思ったの」

子どものもと？　サビンは笑いを押し殺した。「おれたちは人間よりホルモンも白血球もその他必要な組織も多いんだ。怪我の治りが早いのもそれが理由のひとつだよ。普通の女の体はそういう強力な〝もと〟を受け入れられず、戦って殺してしまう」

「わたしは大丈夫かしら？」

「きみならなんだって平気さ」

グウェンの体からじょじょに力が抜けていった。ほほえみさえ浮かんでいる。「子どもをほしいと思ったことはある？」

これまでは一度もなかった。だがグウェンと子どもを作ると思うとうれしくなった。グウェンそっくりの子どもがいれば、人生の祝福が新たに増える。「ああ、いつかは。だが今はまだだめだ。安全になるまでは」

グウェンは考えこんだ。「安全ね」彼女はため息をついて話題を変えた。「ハンターとの戦いはやめてほしくないけれど、あなたといっしょにいるかどうかはわからないわ」

「そうだな」そうは言ったものの、グウェンを引き留めるためならサビンはどんな手を使っても説得するつもりだった。それに嘘はついていない。グウェンがどこに行っても追いかけるつもりだ。「だがきみが出ていくのを黙って見ていると思ったら大間違いだ」

「今はその心配はしなくていいわ。先にあなたの仲間を捜す手伝いをするつもりだから。わたしを信用して参加させてくれる？」

「ああ。きみがガレンと抱きあっているところを見つけても疑わない」サビンは自信を持って言った。本気でそう思っている。人生でただひとつ疑いの入りこむ余地のないもの、それがグウェンだ。

グウェンは笑いだした。「それはこの目で見ないと信じられないわ」グウェンはサビンの胸を指でたどった。「姉たちと話さなきゃ」

「幸運を祈るよ」サビンはグウェンの手をつかみ、口元に持っていった。

またため息が聞こえた。「姉たちが出ていくのを半分覚悟していたの。でも心のどこかでは、わたしの仕打ちを罰するために残るにちがいないって思っていたわ」

「三人はきみに手出しはしない」彼がそんなことはさせない。

グウェンはサビンの手をそっと握りしめた。「ダニカとアシュリンは？」

「きみに感謝してるよ。行方不明の仲間を心配している」

グウェンは顔をしかめて起きあがった。豊かな髪が背中に波打った。「シャワーを浴びて頭をすっきりさせるわ。ここにいる全員を集めてくれるかしら？　そうね……一時間後に」

なぜミーティングを開きたいのかサビンはきこうとしなかった。さっきも言ったようにグウェンを信じているからだ。「了解した」

26

ギデオンはゆっくりと正気を失っていった。時間の感覚がなくなり、どれぐらいここに閉じこめられているのかわからなくなった。一日？　二日？　一年？　光ひと筋差しこまず、外の世界を思い出させるものは何ひとつない。だがギデオンは何があってもその世界に戻るつもりだった。

まず、脱出計画を練るための静かな時間が必要だ。

いつもは心の奥にうずくまっているだけの魔物が、頭の中で〝入りたい、入りたい〟と叫ぶのをやめようとしない。つまり〝出たい〟という意味だ。そして〝明るくしろ〟と言いたくて〝暗くしろ〟とすすり泣いている。魔物はまたパンドラの箱に閉じこめられたと思っている。置き去りにされて逃げ出すこともできないと思っているのだ。

ほかの魔物も同じことを考えているらしい。ルシアンは何度もうめいている。けれどもアニヤがいつもそばにいてなだめている。レイエスは意外なほど落ち着いている。ダニカの名をつぶやいたかと思うと、何時間も何ひとつしゃべらない。アムンは喉の奥で低くうなっている。ギデオンが想像すらできない魔物の一群と戦っているかのように。アムンの頭に渦巻く秘密の数々を思うと……。

まんまとだまされ、頭脳戦に負けたストライダーは、絶え間なく壁に頭をぶつけている。きっと魔物が悲鳴をあげ、肉体の苦痛にさいなまれているにちがいない。数百年前、ストライダーが負けたのを一度だけ見たことがあるが、そのときの様子はギデオンの頭にこびりついている。大の男があんなふうに身をよじり、青白い顔を涙で汚し、目にはいつものプライドのかわりに苦しみを浮かべ、血が噴き出すほど強く歯を食いしばっている姿は見たことがない。

集中しろ、この間抜けめ。一同は何度も窓のシャッターをこじ開け、れんがの壁を壊そうとした。ただ一人、弱まりながらも力が残っていたアニヤが部屋の中に竜巻を起こしたが、建物ではなく戦士が傷ついただけに終わった。すべてが補強されており、もしかしたら呪文を使っているのかもしれない。結果として、この牢獄《ろうごく》は難攻不落だった。

「もう一度、脱出口がないか探すわ」アニヤは一同の中で最も落ち着いていた。混乱をエネルギーとする女神なのに皮肉な話だ。服の擦れる音、ルシアンのうめき声、アニヤがなだめる声、そして足音が聞こえた。

ギデオンはいろんな女と関係することを好み、一人に縛られるのをいやがった。今はそれが愚かしいことに思えた。心に浮かべ、会いたいと思い、夢に見る相手は誰もいない。

レイエスのように気持ちを集中できる相手、ルシアンのように慰めてくれる相手がいない。

どんな女なら長くつきあえるというんだ？

おいおい、今度は〝疑念〟の魔物に取り憑《と》かれたのか？

何かがぶつかった。

「失礼」アニヤがつぶやいた。「誰にあたった？」

「だめだ……」ストライダーの声はきしみ、呼吸は浅く乱れ、苦痛に満ちていた。「助けてくれ。頼む」

「もう少しの辛抱よ」アニヤはそう言ってしばらくストライダーをなだめた。また足音がした。

がりがりと空気を引き裂くような音がした。

「これはこれは、意外なお客じゃないか」隠されたスピーカーらしきものから声が響いた。知っている者の声ではない。「今日はわたしの誕生日だったかな？」

部屋に不気味な沈黙が広がった。アニヤがタイル張りの床にかつかつと音をたててルシアンのもとに駆け寄った。

光がまたたいて明かりがつき、影を追い払った。その瞬間、ギデオンの胸に甘い平穏があふれた。目にちらつく光をまばたきして追い払うと、久しぶりに友の姿が目に入った。ルシアンは床に寝そべりアニヤの膝に頭をのせている。アニヤはルシアンを守るように抱いている。壁にもたれ、不気味な笑みを浮かべているのはレイエスだ。その隣にはストライダーがいて、腹をつかみ膝を引き寄せて座っている。アムンはどんよりした顔でストライダーの頭を撫《な》でている。

だがハンターの姿はない。窓はふさがれたままでドアは閉まっている。

「誰かがサイレント・アラームを発動させたらしいな。わたしはブダペストでおまえたちの仲間を片づけてからこっちに戻ってきた」冷たい笑い声があった。「あの記事が出て以来、おまえたちが来るのを待ってたんだ。この施設の存在を否定したコメントが期待どおりの効果を発揮したようだな。まさかこれが罠《わな》だと思わなかったんだろう」

ギデオンの心にふいに沈黙が訪れ、彼はその声の主を記憶のファイルと照らしあわせた。あったぞ。やっぱり知っている奴《やつ》の声だった。ディーン・ステファノ。あのくそ野郎のガレンだけに仕えるハンターの副司令官。ステファノは妻のダーラを奪ったサビンを憎み、戦士と魔物が当然のすみかである地獄でおとなしくしていれば、妻はまだ生きていたと思っている。

ステファノの悪意はとどまるところを知らなかった。奴は何も知らないダニカをスパイとして城に送りこみ、彼女を利用して戦士を一人ずつ捕らえ、拷問しようとした。だが計画どおりにはいかなかった。実際にダニカを送りこんだが、彼女がいるのもかまわず城に爆破攻撃を仕かけたのだ。

ステファノの言葉が頭に広がるうちにギデオンの胃が恐怖に縮みあがり、すぐに怒りと悲しみがわきあがった。〝おまえたちの仲間を片づける仕事〟――ハンターはブダペストにいたのだ。そして戦い……勝ったのだろう。そうでなければここには来ない。もうサビンが助けに来ることもないだろう。

サビンは今どこにいるのだろう？　パンドラの箱が見つかるまでは、ハンターは戦士を殺そうとはしない。魔物が逃げ出してさらなる災厄を招くと信じているからだ。サビンを閉じこめたのだろうか？　拷問したのだろうか？　とても立ちあがれそうにないと思ったが、ギデオンは立った。ふらついたがなんとか踏みとどまる。ストライダー以外は全員が同じように立ちあがり、武器を構えた。

「こっちに来いよ」レイエスが挑発するように手を振った。「来られるものならな」

ステファノはまた笑った。今度は本当におもしろがっているようだ。「わざわざわたしが？　このままおまえたちが飢えて死ぬのを見ていてもいいんだ。空気に毒を送りこんで苦しむ様子を眺めるのもいい。しかもおまえたちの汚らわしい体に触る必要もない」ステファノの口調は険しくなり、最後のほうは鋭い言葉の端々に切望がにじみ出ていた。

「女は解放しろ。彼女はおまえに何もしていない」

「冗談じゃないわ」アニヤが首を振ると白い髪が四方に散った。「わたしは残る」

「感動的じゃないか」ステファノはばかにするように言った。「魔物といっしょにいたいらしい。〝死〟よ、おまえのためにその女を出してやってもいいぞ。もっともわたしがその女にすることは気に入らないだろうが」

ルシアンはうなり声をあげ、いつでも飛びかかれるように体を低くした。セミオートマチックを構え、狙っている。凶暴で容赦ないその姿はまさに〝死〟だ。「やってみろ」

そのとき、十一歳ぐらいの少年が幽霊のように奥の壁を通り抜けて歩いてきた。ギデオンは目を見開いた。この異常な出来事を理解しようと頭の中で何度も映像を繰り返した。

「いっしょに来てください」少年はアニヤに呼びかけた。

「汚い手を使うじゃない」アニヤはゆっくりと振り向き、両手を広げた。「ライオンの巣に子どもを送りこむなんて、どこまで腰抜けなの？　あんたのちっちゃなペットがわたしを無理やり動かせるとでも思ってるの？」

「できますよ」少年がまじめな声で言った。「でも暴力に訴える必要はありません」

ルシアンは目を赤く光らせ、とがった牙をむき出しにしてアニヤを背後にかくまった。いつもはストイックなルシアンがこれほど逆上している様子は痛々しいほどだ。ルシアンはアニヤを愛していて、アニヤのためなら死ぬだろう。彼女が苦しむのを見るぐらいなら死を選ぶはずだ。

ギデオンは音もなくルシアンに寄り添った。何をするつもりか自分でもわからなかったが、黙って見ているわけにはいかない。この場で邪悪なのはどちらだ？　捕らわれの戦士か、それとも戦いのまっただ中に子どもを送りこむ男か?

レイエス、ストライダー、アムンもギデオンの反対側に集まり、壁となってアニヤの前に立ちはだかった。

「来てください」少年は顔をしかめている。「あなたを傷つけたくありません」

「すごい子だろう?」ステファノが笑った。「その子はおまえたちに対する最新の武器だ。気に入ってくれるとうれしいよ。まだ使うつもりはなかった。だがおまえたちはエジプトに乗りこんで〝保育器〟を奪った。〝保育器〟のことはいずれ見つけ出し取り戻す。とりわけ我が友サビンが気に入った女は」

「それを聞いてうれしいぞ、ステファノ」ギデオンが嘲笑を無視して言った。「おまえがやることにしてもすばらしすぎる」

一瞬の間があった。「ああ、〝嘘《うそ》〟か。会えてよかった。おまえも魔物には飽き飽きしてるだろう。だがいいニュースがあるぞ。われわれはおまえたちの魔物を引き出して別の者の体に移す方法を見つけた。おまえたちより弱く、人類のために幽閉を覚悟した者にな。サビンにはもうその術を施した。もちろんあいつを倒したからこそできたことだ。サビンには手こずったが結局は倒した。おまえたちも同じだ」

まさか、ありえない。サビンは死んじゃいない。死ぬはずがない。あれほど活力に満ち、毅然《きぜん》とした男が。だいたい魔物を取り出して別の者に移植することなどできるわけがない。

「信じていないようだな」ステファノはまた笑った。「結構。自分の番になれば信じるだろう。そもそもどうして仲間が助けに来ないと思う？」

ギデオン自身、そのことを考え続けていた。ステファノの言葉なんかで動揺してはいけない。あいつは嘘をついている。いずれわかることだ、きっと……。

ギデオンは右手の壁をこぶしで殴りつけた。周囲にほこりが舞いあがる。何度も殴り続けるうちに目が涙で熱くなった。やがて骨は砕け筋肉が裂けた。サビンとは何千年もいっしょだった。これからの千年もいっしょだと思っていた。

「気の毒にな」ステファノは舌打ちした。「リーダーがいなくなった。これからどうするつもりだ？」

「くそったれ！」ギデオンは叫んだ。「おまえをぶち殺してやる」ギデオンは全身全霊でそう言った。それは真実だった。そうするつもりだし、そうしたいし、せずには終わらない。「おれの手で殺してやるからな、このくそ野郎！」

熱い言葉が周囲に響き渡るとともに、魔物がショックの悲鳴をあげた。そのショックは苦痛に変わった。苦痛はまっすぐギデオンに襲いかかり、細胞のすべてを引き裂いた。まるで組織がひとつ残らずばらばらになり、骨が次々とはずれていくような苦痛だ。倒れそうになった魔物が支えを求めて頭蓋骨につかみかかる。狂気の域に達するほどの苦痛だ。だがそれでもまだ足りなかった。魔物はギデオンのすべてをさらい、叫び、血管を引き裂き、酸だけをあとに残した。

膝がガクりと折れ、ギデオンは床に倒れこんだ。利き手に持っていた短剣は転がってしまってもう届かない。ばかなことをしたものだ。感情に引きずられると必ず失敗する。感じたものすべてを皮肉の奥に隠す癖がついたのはそのせいだ。ばかものめ！　これでステファノの勝ちだ。敵が有利になった。あいつはここに入ってきておれをつかみあげ、叩《たた》きのめし、手足を切り刻むだろう。それなのにこちらからは何もできない。

「おまえが……憎い……」ギデオンは歯を食いしばった。すでに一度、真実を口にした。もう一度言ったって同じだ。長年言いたくてたまらなかったことを吐き出せ。「心の底からおまえが憎い」

魔物がまた叫んだ。その叫びは何度も響き渡った。また全身に痛みが走り、彼を引き裂いた。

ギデオンはまた真実を言おうとして口を開いた。

「あれは……嘘だ」アムンがたどたどしく話しだした。「あいつは……嘘をついてる……サビンは……生きてる」

それは〝秘密〟の番人アムンが数世紀ぶりに口にした言葉だった。声はまるで声帯にやすりをかけたかのようにひび割れ、言葉は傷口に塩をすりこんだように聞こえた。

「わかるものか」ステファノは高慢な言い方をした。「あそこにいなかったんだからな。

あいつは死んでる。約束してもいい」

ギデオンの動きが止まった。すさまじい苦痛を味わっているというのに、静かになった。ステファノに嘘をつかれた。ぬけぬけと嘘をつかれ、信じてしまった。何百メートル先からでも嘘をかぎつけられるギデオンが。これまで数えきれないほど嘘をついてきた彼にとって、嘘を見分けるのは呼吸同様に自然なことだというのに。

ギデオンの隣でアムンが吠《ほ》えるように叫び、がくりと膝をついた。まるで防波堤が決壊し、千の声で語られた一語、一文、ひとつの物語が次から次へとアムンの中からわき出てきたかのようだ。殺人、レイプ、あらゆる悲劇。嫉妬、強欲、不実の物語。

どれひとつとしてアムンの罪ではないのに、まるで自分のことを語っているかのようだ。それらの物語はアムンがこれまで出会った者たちのものであり、彼がハンターから引き抜いた記憶でもある。その記憶はまるでアムン自身のもののように鮮明だった。

ぎゅっと目を閉じたままアムンはこめかみをこすり、身をよじり、顔をしかめている。毒の噴出は止まらない。「あんなに尽くしたのに、あの人はわたしをもう愛していない」アムンの声は高く、まるで女の声のようだ。ギデオンはスピーカーからはっと息をのむ音が聞こえたような気がした。「料理して掃除して、疲れていても体を与えた。あの人が考えてるのは大事な戦いのことだけ。それでも隣の家のあの売春婦と寝る時間はあったのよ。人をごみ扱いして！」

「どうやってその声を出している？　それはダーラの声だぞ。やめないか！」ステファノが怒鳴った。答えはなく、ダーラの秘密が次々と明かされていった。アムンがどうやってその秘密を知ったのかギデオンにはわからなかった。「今すぐそいつを黙らせろ！」

少年が驚いて跳びあがり、駆け出した。ルシアンとレイエスがつかみかかると、その手は少年の体を突き抜け、二人とも痛みの悲鳴をあげた。その悲鳴はギデオンとアムンの苦痛の悲鳴に重なった。次の瞬間、二人は海に沈む碇《いかり》のように倒れた。とてつもない衝撃を受けたかのように体が痙攣《けいれん》している。アニヤは二人のそばにしゃがみこみ、少年がまた触ろうとしたら飛びかかれるように構えている。

アムンまであんな目にあわせるわけにはいかない。ギデオンはそう思い、力を振り絞って立ちあがった。頭がくらくらして足がふらつき、痛みのあまり目に涙が浮かんでいる。体を折って腹を押さえていないと吐きそうだ。彼は片手で短剣をつかみ、威嚇するように構えた。だが手でつかめない相手をどうやって止めればいい？

アニヤは少年のほうに腕を伸ばした。少年はアムンのそばにしゃがみこみ、喉の中に手を入れようとしている。何をするつもりだろう？　アニヤは少年に触る直前で手を引っこめた。

「アムンに触らないで」アニヤが叫んだ。指先から金色の炎が燃えあがったが、その炎は弱々しかった。「わたしには力があるの。アムンに触ったらやけどするわよ。相手が子ど弱々しかった。

もだからって手を抜くと思ったら大間違いよ。もっとひどいこともしてきたんだから」

　子犬のような少年の茶色の目が、わかってくれと言わんばかりにアニヤを見つめた。命令どおりにさせてほしいと言っているのだ。気の毒に。少年の腕は震え、嫌悪感が強い波動となって体から発散している。

「この部屋には嘘つきが二人いるらしい」ステファノが言った。「おまえがどんな力を持っていようと関係ない。その子は黒魔術師の息子で、死者と生活をともにすることができる。ふたつの世界を自在に行き来し、片方の世界にいればもう片方の世界の者が手を出すことはできない」

「黒魔術師と寝たこともあるわ。ルシアンだって死者と通じることができる」顎を上げたアニヤの青い目に涙と輝きが同時に浮かんだ。「そしてわたしは容赦ない〝無秩序〟の女神よ。あんたのペットがこれ以上近づいたらただじゃおかないから」

　アニヤのことをよく知っているギデオンは嘘を見抜くことができた。アニヤの言葉は完全にはったりだ。彼女は子どもに手出しすることなどできない。城にいるときはいつもアシュユリンのお腹《なか》を撫でて赤ん坊に話しかけているのだ。〝アニヤおばちゃまがほしいものをなんでも盗むやり方を教えてあげますからね〟と言い聞かせている。

　目がかすみ、体はよろめいたが、ギデオンはアニヤの手首を握った。「いやでたまらないが、ここはおれがなんとかする」ギデオンは喉のかたまりをなんとかのみくだした。

「そう……それじゃあ……わかったわ」ゆっくりと炎が消え、アニヤはうなずいた。アニヤの目には安堵《あんど》があった。彼女はかがんでルシアンの肩をつかみ、少年から遠ざけた。アムンは依然として話すのをやめず、ステファノは少年に黙らせろと言っている。

ギデオンはよろめきながら決意に満ちた少年の陰気な目を見つめた。「おれがアムンを黙らせない」

ギデオンが口にしたのは嘘だが、少年は彼の意図を理解してうなずいた。体中を波打つ苦痛と闘いながら、ギデオンはかがみこんでアムンの耳元に口を寄せた。彼は数世紀ぶりに真実を言わずに人を慰めることができた。「大丈夫だ。きっとうまくいく。皆生きてここから出られるぞ。さあ、もう口を閉じろ。大丈夫だから」

アムンの声がしぼんでいき、やがてかすれ声のつぶやきになった。頭を抱えて目を閉じたままアムンは胎児のように体を丸くし、前後に揺れた。

ウエストに手をまわされ、ギデオンは振り返った。急に動いたせいで胃がよじれ、視界が一瞬暗くなったが、手の主がわかった。アニヤだ。立っていられるのはあとどれぐらいだ？　いつでも戦えるふりもそう長くは続かない。

アニヤのいちごの香りが漂ってきた。ギデオンはアニヤに体を引っ張りあげられ、転びそうになった。「ずっと考えてたの。あの子といっしょに行ってもいいって」アニヤは小声で言った。ルシアンに聞かれないためか？

「そのとおりだ」そう言いながらもギデオンはやめろと首を振った。また胃がよじれ、視界に黒い点がまたたいた。

アニヤは彼の顔を両手で包み、キスするかのように引き寄せて軽くキスすると、耳元でささやいた。「この部屋を出たら力が完全に戻るかもしれない。そうすればステファノを倒せるわ」

ルシアンが目覚めてアニヤがいなくなっているのに気づいたら……だめだ、友にそんな苦しみは味わわせられない。

ギデオンはルシアンに対する罪悪感を追い払えなかった。魔物に取り憑《と》《つ》かれた当初から、ルシアンは兄のように守ってくれたし、彼が誰の手にも負えないときは言葉で諭してくれた。それなのにサビンとルシアンのどちらかを選ぶことになったとき彼はサビンを選んだ。なぜなら、ハンターには〝不信〟の番人バーデンにした仕打ちを死をもって償わせるべきだと心の底から信じていたからだ。だがルシアンは平和を望んだ。ギデオンの気持ちは今も変わらないが、ルシアンには引け目があった。

「恋人は残して出てくるんだな」ステファノが言った。「心配する必要はない。きみの番が終わったらまた戻してやるから、恋人とはあとで話せばいい」

「さあ」少年は立ちあがった。そしてアニヤを手招きした。「必要なら無理にでも連れていきます」

ギデオンはアニヤを引き留めなければと思った。だがどうやって？　体力はどんどんなくなっていき、苦痛が増すばかりだ。まもなく完全に動けなくなり、何時間も、もしかしたら何日も立つことすらできなくなる。

ほかの仲間も長くはもたないだろう。ステファノは兵士を送りこんで戦士を制圧し、引き離すつもりだろうか？　それともアニヤが予想していたように、外に出して戦士の力が戻るのを避けるために、ここに置いておくつもりだろうか？　どっちでも関係ない。時間を稼ぎ、脱出方法を探るには道はひとつしかない。

「代わりにおれを連れていくな。そしておれを尋問するな」ギデオンは言った。「ステファノ、おれを置いてアニヤを連れていけと子どもに言え」

彼の嘘を理解するまで間があった。

「だめよ」アニヤが息をのんだ。それだけでは足りないかのように、彼女はギデオンの腕をつかんで床に突き飛ばした。一発、そしてもう一発腹にキックが命中した。ギデオンはたまらず嘔吐《おうと》した。吐くものがなくなるまで何度も。「ほらね？　とても話せる状態じゃないわ。あなたが話す相手はこのわたし」アニヤはきっぱりとステファノに向かって言った。「わたしだけよ」

「二人とも連れてこい」ステファノはほくそえむように言った。まるで最初からそう思っていたかのように。

少年は最初少し迷ったが、アニヤの体の中に入りこみ、消えた。おそらくアニヤを乗っ取ったのだろう。その証拠にアニヤは何も言わずに部屋から出ていった。くそっ。

まもなく戻ってきた少年に、ギデオンは制するように片手を上げた。「自分の力で歩いていきたくない」

それを聞いて少年はほっとしたようにうなずいた。

ギデオンはゆっくり立ちあがり、最後に一度だけうしろに目をやると、仲間を残して出ていった。

27

娯楽室に入ったとき、中に姉たちを見つけてグウェンは驚いた。姉たちが短剣を手に彼女に飛びかかってこないのもやはり意外だった。

グウェンの視線は三人以外の参加者をとらえた。支持してくれるのは誰で、支持しないのは誰だろう？　アシュリン、ダニカ、カメオが奥のテーブルに座り、そのうち二人はかさかさと音をたてる黄色い書巻の上に顔を寄せ、一人はノートパソコンのキーを叩《たた》いている。アシュリンは美しい顔に皺《しわ》を寄せて集中している。ダニカは顔色が悪く気分が悪そうだ。カメオは顔をしかめている。

ウィリアム、ケイン、マドックスの姿はなかった。三人とも町でハンターの残党を捜しているのだろうとグウェンは思った。女性たちの向かいでは、あざがほとんど治りかけたアーロンとパリスが戦略を話しあいながらビリヤードをしている。もっともアーロンの場合はあざがあっても全身のタトゥーと見分けがつかない。

「あれは間違いなく彼女だった」パリスが言った。

「願望で目がくらんだか、アンブロシアが引き起こした幻覚だ」アーロンが答えた。「落下しているときもおまえは意識があった。そのときもまた見えたのか?」

「いや。たぶん彼女は隠れたんだろう」

アーロンは同情しなかった。「おまえにはやさしくしてやってきたが、何の役にも立たなかったみたいだな。悲しみにしがみつくのはやめろ。今朝、新入りのハンターを尋問したが、彼女のことは何も知らなかった。クロノスを召喚して彼女を送り返したのかどうかきいたとき、クロノスはどう答えた?」

パリスは青ざめた顔でボールを突いた。「体がないから魂は衰え、死んだと言った」

うろこのある小さな何かがアーロンの肩の上を這《は》いまわり、アーロンの頭を抱くようにして止まると頰にキスした。アーロンは大事なペットをかわいがるようにその生き物の首をやさしくかいてやっている。まるでその生き物に触るのが自然で、楽しいことであるかのように。その間、アーロンの言葉はとぎれることはなかった。「クロノスは嘘《うそ》をつくか?」

「つくさ!」

「どうして?　クロノスはおれたちを頼ってるんだぞ」

「わからない」パリスは噛《か》みつくように言った。

「あれはいったいなんなの?」アーロンの首に巻きついている生き物をじっと見ながらグ

ウェンは尋ねた。

ドア口で隣に立っていたサビンがほほえんだ。サビンの存在自体がグウェンのむき出しの肌を熱くし、過去を忘れて彼との未来だけを考えたくなってしまう。「レギオンだ。雌の悪魔だよ。アーロンはレギオンを傷つけるぐらいなら死んだほうがましだと思ってる。だから手出ししないでほしい」

あれが……あれが雌？ それはどうでもいい。わたしにはしなければいけないことがある。グウェンは部屋にいる人々をじっと見つめた。トリンはできるだけ全員から離れたところで壁にもたれかかっている。手袋をはめた手に小型のモニターを持ち、小さなスクリーンに意識を集中している。

トリンは支持してくれるはずだ。トリンについて気づいたこと、それは自分より仲間を優先するということだ。

「わたしたちがいないふりをするつもりか？」カイアがのんきな子猫が身づくろいするように両手を頭の上に伸ばした。

イエスでもありノーでもある。グウェンはようやく姉たちと目を合わせ、あいまいな笑みを浮かべて手を振った。この一時間、姉たちにどう声をかけるか考えていた——耳を貸してくれればの話だけれど。けれども何も浮かばなかった。自分のしたことを悪いと思っていないから、謝るのも変だ。

タリヤが立ちあがった。その顔にはいつものように表情がない。サビンがむっとしてグウェンの前に立ちはだかった。

「そうか」タリヤはサビンを無視して言った。「あのことについて何も話すつもりはないんだな。それならこちらから言おう」一瞬の間があった。「おまえには感心した」

「な、なんですって？」グウェンの言葉はとぎれた。まさかそんな言葉を聞くとは予想もしていなかった。サビンのたくましい背中の陰から前をうかがうと姉の姿が見えた。タリヤがわたしに感心した？　これ以上の驚きがあるだろうか。

「おまえはすべきことをした」タリヤはグウェンに近づき、サビンを押しやろうとした。

「おまえはあらゆる意味でハルピュイアだ」

サビンは動かない。

タリヤの目はどんな人も凍りつかせてしまう冷たさだ。「妹を抱きしめさせてくれ」

「だめだ」

サビンの肩がこわばり、背中に緊張がみなぎるのがわかった。「サビン」

「だめだ」グウェンの意図を読み取ってサビンは答えた。「罠《わな》かもしれない」そして彼はタリヤに言った。「グウェンに手を出すのは許さない」

ビアンカとカイアもそばに来て、サビンを半円に取り巻いた。サビンに襲いかかることもできたのに、驚いたことに三人はそうしなかった。

「妹をハグさせてほしい」カイアがぎこちなく言った。危害を加えると脅すわけでもないカイアの姿……それは奇跡だった。「頼む」その言葉がしぶしぶつけ足された。

「お願いよ、サビン」グウェンは手のひらを彼の肩胛骨《けんこうこつ》に置いた。

サビンは、まるでにおいで真実をかぎ分けようとするみたいに深く息を吸いこんだ。

「小細工はなしだ」彼がグウェンの前からどくと、すぐさま三姉妹が駆け寄った。

三組の腕がグウェンを抱きしめる。

「さっきも言ったとおり、本当に感心した」

「あんなに強い人は見たことがないわ」

「どんなに驚いたか。迫力満点だったよ！」

グウェンはわけがわからず凍りついた。「怒っていないの？」

「まさか」カイアはそう言ったが、撤回した。「まあ最初は腹が立ったさ。でも今朝、おまえをさらってサビンに復讐《ふくしゅう》する計画を練っていたとき、おまえがあいつの血を吸っているのを見た。それで気がついたんだ。今はあいつがおまえの家族で、わたしたちが出すぎたまねをしたことに。ハルピュイアの家族を脅してはならない。それぐらいはわたしたちもわかっている」

そういうことか。グウェンがサビンを横目でうかがうと、彼は暗い目に炎を燃やしてこちらを見ている。サビンはいっしょにいたいと言った。グウェンのためなら戦いから手を引くと。彼女を優先し、人生で何よりも大事だと思っている。信頼を寄せ、裏切らないと思っている。愛してくれている。

グウェンは彼を信じたかった。本当に信じたいのに、どうしても信じきれない。彼女を閉じこめたからだけではない。怪我《けが》をしてベッドに寝ていたときに気がついたのだ。自分がサビンの望みどおりの武器になったことに。彼女は戦いで力を見せつけた。サビンはもう彼女を置いていかないだろうし、心配することもないだろう。そんな彼女を手元に置いておくには、魂も体も誘惑してしまうのがいちばんだ。

サビンの愛は本物だろうか？　グウェンはそれを知りたかった。

サビンは、彼女が父と抱きあっていても疑わないと言った。それはたぶん本当だろう。でももし今、愛があるなら、いつかは彼女の血筋を憎く思うのではないだろうか？　ハンターやそのリーダーに対するサビンの憎しみが彼女にも向けられたら？　敵を城に引き入れたせいで、サビンが仲間にそむかれるかもしれない。グウェンの言葉や行動のすべてが疑われるかもしれない。

こんな疑いが心に忍びこむのはサビンの魔物のせいではなかった。グウェン自身の疑念だ。サビンといっしょにいたい思いはどうしようもなく強いのに、どうやってその疑いを追い払えばいいかわからない。

町で血まみれで戦っているサビンを見たとき、本当に心臓が止まった気がした。サビンに心を捧《ささ》げている証拠だ。なんという壮絶な姿だっただろう。あんなに強くたくましい男が隣にいれば、どんな女も誇りに思うはずだ。グウェンはその女になりたかった。あのときも、これからもずっと。けれども彼女には夢をつかみとる自信が欠けていた。考えてみるとおかしい。肉体的には誰よりも強いのに。

「あなたを置いていくのはつらいわ」ビアンカがグウェンから手を離して一歩下がった。「そう……」これからが難しい部分だ。「それならなぜ出ていこうとするの？ 三人にはここに残ってほしい。トリンと協力して城と女性たちを守ってほしいの」

「で、おまえはどこに行くつもりだ？」タリヤも手を離し、青白い目でじっとグウェンの顔を見つめた。

グウェンはきっぱりした物腰で背筋を伸ばした。姉たちが彼女の申し出を否定しないのがせめてもの救いだ。「今朝、会議を呼びかけたのはそれが理由よ。みんな、話を聞いて」グウェンは手を叩き、部屋にいる者たちがこちらを向くのを待った。「サビンとわたしは消息不明の仲間を捜しにシカゴに行こうと思っているの。向こうから連絡がないところを見ると、何かあったにちがいないわ」

これを聞いてサビンはまばたきした。彼が見せた反応はそれだけだ。サビンがトリンからの情報を待っているのは知っていたが、グウェンはここでなすすべもなく待っているよりは、出発したほうがいいと思ったのだ。

「シカゴに行ってくれるのはうれしいわ」アシュリンが口を開いた。「誰かから聞いたかもしれないけれど、今朝アーロン、カメオ、それからあなたのお姉さんのカイアが町に連れていってくれたの。そこでいくつか声を聞き取ったのよ」

おやおや。これは城でひと悶着《もんちゃく》起こりそうだ。「町に行ったのはよくないわね。マドックスが知ったら大変なことになる」マドックスがアシュリンといっしょにいるのは数回しか見たことがなかったが、一度見れば彼がアシュリンを守ろうとしているのがよくわかった。

アシュリンは手を振った。「マドックスは知ってるわ。マドックスといっしょにいると声が聞こえないから、付き添いは頼めないの。だからわたしに護衛をつけることで妥協してもらったのよ。どちらにしても、わたしがあとで一人でこっそり出ていくって見抜いているの。それはともかく、ハンターの一部もシカゴに向かったみたい。あいつらはあなたを恐れている。どんな力を持っているかわからないから」

ハンターがわたしを怖がっている。ピラミッドに監禁されていたときも怖がられていたけれど、あのときはこちらからは手出しできなかった。もうあんな意気地なしじゃない。そう思うとグウェンの顔にほほえみが浮かんだ。サビンもプライドに輝くかのようだ。

それを見るとグウェンの胸は震え、肺の中で息が熱くなった。あんな目で見られると、彼の愛は本物で、なんでもしてくれると思ってしまう。今は目の前の仕事に集中しなければ。「捕虜は？」

「地下牢《ちかろう》に監禁してる」パリスがビリヤードのキューを床に立て、もたれかかった。顔はいつもより青白く、目のまわりにストレスが刻みこまれている。「アーロンとおれは同時に何役もこなせるから、奴《やつ》らの……世話はまかせてくれ」

「レギオン、手伝う」レギオンが声をあげた。

世話というのは拷問のことだ。サビンは捕虜を尋問したのだろうか？　尋問したがっているのは知っているが、あの戦闘以来、サビンは彼女のそばをほとんど離れない。「子どもたちは……」

「さっきも言ったように、隔離してもっと住みやすい区画に移した。おびえていて、今のところ持っている力を使おうとしない。だから何を隠しているのかまだわからない。だがその情報は大人のほうから引き出すから、心配するな」サビンが言った。

パリスは決然とした顔でうなずいた。「戻ったらおれがやる。おれはシカゴに同行する」

サビンとアーロンは意味ありげに目を見交わした。

「おまえは残れ」サビンが口を開いた。「全員残るんだ。できるだけ戦力をここに置いておきたい。ハンターがどの程度残っているかわからないからな」

「それにトリンはガレンが町にいるのを見たのよ」カメオが言った。「わたしたちは見なかったから、隠れて反撃の計画を練っているのかもしれないわ」

サビンはグウェンの隣に近づき、たくましい手をウエストにまわした。グウェンはやめてと言わなかった。心はまだ揺らいでいるが、体のほうは彼のものだと感じている。漂ってくるレモンの香りはやめられないドラッグのようだ。「だがパリス……おまえの最近の趣味は仲間を危険にさらす。おまえはここにいて自分を取り戻せ」

パリスは抗議しようとして口を開きかけた。

「旅行の手配はトリンがしてくれる」サビンはパリスの言葉をさえぎった。そして、おそらく無意識のうちにグウェンの腕を上下にさすった。

「民間機を利用してもらうことになる。いつもアメリカで使うチャーター機は先発隊が乗っていったからね」トリンが言った。

「ハンターに見つかったらどうするの？　それに、どうやって空港のセキュリティをごまかして武器を持ちこむの？」短剣ひとつでも見つかればとがめられ、逮捕されるだろう。そうなると時間が無駄になる。

「抜け道がある」サビンはグウェンのこめかみにキスした。「信じてくれ。ずっと前からやってるんだ。見つかる心配はない」

「レイエスとみんなを無事に連れ帰って」ダニカは祈るように指をからめていた。「お願い」

「わたしからもお願いよ」アシュリンの言葉が重なった。

「アニヤも忘れるな」カイアが言った。「今ごろどんな騒ぎになってることか」

「ベストを尽くすわ」グウェンは心から言った。けれどもベストで足りるだろうか？

「教えてくれ。なぜ女神が魔物といっしょにいる？」

アニヤは、愛する男の宿敵、〝希望〟の番人ガレンに目をやった。ガレンはこの新しい牢の壁の前にいて、アニヤはその正面にいる。ガレンの長く白い翼は背中にしまいこまれ、肩の上から先端の丸みがのぞいている。目は空のように青く、じっと見ていると白い雲が浮かんでいるように思えてくる。それは心を静め、リラックスさせる目だ。

だがアニヤはむかつきしか感じなかった。

アニヤは幽霊のような少年に〝エスコート〟され、この狭苦しい牢に連れてこられた。まるで少年に体を乗っ取られたかのように。ここでアニヤはひとりぼっちで怒りに震えながらひたすら待った。そして今わかった。ハンターはリーダーのために彼女を取っておいたのだ――獲物の話を聞くまではブダペストにいたガレンのために。

待ち続ける間、ギデオンの悲鳴が通路に響いていた――悲鳴、そしてハンターのうれしそうな笑い声が。かわいそうなギデオン。アニヤはさっき蹴ったことを少しうしろめたく思った。ギデオンは秘密を吐いたのだろうか？

「返事はなしか？　美しい女神よ」

「楽しんでるだけよ」こいつらは彼女を縛ろうともしなかったが、それは大きな間違いだ。

ガレンには例の少年が付き添っている。あれで保険をかけたつもりなのだろう。もっとましな保険をかけるべきだったと今に思い知ることになる。さっきまで閉じこめられていたあの得体の知れない金属の壁がなくなったおかげで、アニヤは力を取り戻しつつあった。悪夢のような存在に早変わりするのももうすぐだ。覚悟したほうがいい。

ルシアンも回復しているだろうか？　アニヤは彼と離れているのがたまらなかった。

ガレンの唇がゆっくりとゆがんだ。「威勢がいいな。気に入ったよ。ルシアンは幸運な奴だ。いや、それ以上だな。あれほど醜い男がおまえのような女の心を射止めるとは、奇跡以外のなにものでもない」

人の心を落ち着かせる声だ。実際ガレンのすべてがまるで暗闇と恐怖の部屋に差しこむ光のように希望をかきたてる。ただガレンはアニヤが暗闇のほうを好むのを知らない。

「ルシアンは醜くないわ」奥の壁から壁へと歩きまわりながらアニヤは言った。動き続けていれば行動を起こしたときに気づかれにくいはずだ。「高潔で愛情豊かで勇敢な人よ」

ガレンは鼻で笑った、「だが魔物だ」

アニヤは足を止め、ガレンに眉を上げてみせた。「ええ、そうよ。あんただってそうじゃない」

「ちがう」ガレンは自分を抑えて首を振った。「おれは地上の悪を一掃するために天から遣わされた天使だ」

「よく言うわ！」アニヤはまた歩き出した。「うぬぼれもいいところね」

「魔物の娼婦《しょうふ》と自分の正体について話しあうつもりはない」その声にはもうユーモアも忍耐もなかった。「所在不明の残るふたつの聖遺物について戦士どもが何を知ってるか、教えてもらおうじゃないか」

「所在不明なんて誰が言ったの？」アニヤはばかにするように言った。

何拍か間があった。「そのとおりだ。ことによるとおれがひとつ持ってるかもしれない」

まさか。本当かしら？

「戦士どもが四つ全部持っているなら、生きたままおめおめ捕まるわけがない。四つ揃《そろ》っているならもうパンドラの箱を探しているだろう。見つけているかもしれない」

内心では震えていたが、アニヤはうんざりした顔をしてみせた。「さすが天使さま、生きたまま捕らえるなんて慈悲深くていらっしゃるのね」

ガレンは肩をすくめた。「おまえがまだ生きているのが慈悲の証拠だ」

アニヤはかかとをかつんと鳴らした。「でもわたしを利用しようと思ってるんでしょう」

ガレンが分厚い胸板の上で腕組みすると、白いシャツが肌に張りついた。ズボンも白だ。

アニヤならくどいと言うところだろう。でもガレンが彼女にファッションのアドバイスを求めるとは思えない。「そろそろおまえにはうんざりしてきたよ。〝死〟の番人を先に連れてくるべきだった」

ルシアンを拷問したほうがおもしろいという意味？「ねえ、知りたいことがあるならなんでも教えてあげる。でもその前に子どもを追い払って。いらつくのよ」アニヤは幼い者にみずから手をくだしたくなかった。

「おれがばかだという印象を与えたならもうしわけないが」ガレンの口元にうすら笑いが浮かんだ。「この子はここにいる」

言ってみただけでもよしとしよう。こうなれば計画変更だ。油断させ、一気に襲いかかる。飛びかかれないなら向こうから飛びかからせよう。少年はボスの邪魔はしないだろう。

「それはともかく、どうしてそんなに戦士が憎いの？　あの人たちがあなたに何をしたっていうの？」

「きくならこうきくべきだな。どうして奴らを憎んではいけないのか？　あいつらはおれを倒そうともくろんでいる。だからこっちが先に倒してやるのさ」ガレンは簡単なことだと言わんばかりに両手を広げた。「これまでは、魔物を解き放つのを恐れて打撃を与えることしかできなかった。もし魔物が解放されたら、神々はおれをあらためて呪うだろう。もうすでに神々からは警告を受けている」ガレンはにやりとした。「だが、もうすぐそんな心配も不要になる。〝不信〟の魔物をおれの女に宿させることができるかどうか、すぐにもわかるはずだ。そうなれば……おれはかつてない強力な軍勢を手にすることになる」

「あのお人好《ひとよ》しの部下は、あんたが戦士を封じこめるのは世の中をよくするためだと思ってるわよ」

ガレンは肩をすくめた。「勘違いもいいところだ」

さあ、ここで一度、頭を整理しなければ。ガレンは戦士を殺して魔物を解放すれば神々から呪われると言った。でもその魔物を別の場所に移せば呪われないらしい。ただし、戦士から魔物を引き出せば、不死の者も死んでしまう。つまりルシアンも……死ぬ。

アニヤは胃の底が抜け、血が凍りついたような気がした。「どうやって〝不信〟の番人を見つけたの？　凶暴な魔物をどうやって捕らえたの？」ステファノはすでに魔物を別の者の体に移すことに成功したと言っていた。あれは真っ赤な嘘だった。けれども奴らがそれを企《たくら》んでいること自体、恐ろしい話だ。

「アムンとちがって、おれは秘密をもらさない」ガレンが言った。

「そう、教えてくれないなら信じるわけにいかないわ」

ガレンはまたうす笑いを浮かべた。「それは残念だな」

まったく、なんていやな奴！　アニヤは考えこむかのように指先で顎を叩いた。油断させることには成功したから、今度は怒らせる番だ。「ええっと、もしわたしが天使のふりをした嫉妬深い腰抜けの魔物で、悪の力を手にして利用したいと思っているとしたら……何をする？　当然、汚れ仕事は他人に押しつけるわね。それに子どもだって利用する」アニヤはそう言って幽霊少年のほうをちらっと見やった。ガレンが目を細くするのを見てアニャのほうは目を見開いた。挑発して怒らせるつもりだったが、それ以上のことをしたようだ。

答えはわかっている。実験で生まれた子どもたちのうちの一人、いや何人かは、異界の存在を捜し出す能力があるのだ。もしかしたらこの幽霊少年もそうかもしれない。

「子どもはもらっていくわ」アニャは再びガレンと目を合わせた。「二度とあんたに利用されないようにね。これまでずっとわたしたちが勝ってきたんだから今回も同じよ。こっちにはハルピュイアもついてる。ハルピュイアの力のこと、聞いたことあるわよね？」

「口を閉じろ」〝天使〟が怒鳴った。

怒らせたようだ。これでいい。男は感情的になるとミスをおかす。「ハルピュイアより怖いものもあるのよ。それは新たな神の王クロノス。クロノスはあんたの死を望んでるの。知ってた？」

ガレンは背筋を伸ばした。「嘘をつくな」

「そうかしら？　あんたたちが捕らえそこねた〝万能の目〟が幻覚を見たの。あんたがクロノスを殺そうとする幻覚よ。クロノスはあんたを狙ってる。どうして自分の手で殺さないのかわからないけど、神なりの理由があるんでしょうよ。でも、わたしもクロノスの標的にされたことがあるからこれだけは言える。目的を果たすまでクロノスはあんたから離れないわよ」

ひと言ごとにガレンの顎がこわばった。「おれはタイタン族に手出しはしない」

「そうなの？　親しい友を裏切ったくせに」

「あいつらは友じゃない」ガレンはそう怒鳴り、壁にこぶしを叩きつけたので、建物ががたがたと鳴った。

その調子よ。「もっと早く気がつかなかったのが残念ね。でもそんなことは関係ない。理性で考えればわかるでしょ。あんたが負けるに決まってるわ。戦士に手出しするたびに負けてきたじゃない。あんたのほうが弱いのよ」

ガレンから怒りがにじみ出し、肌の下ではじけた。「おまえの大事なルシアンはゼウスの精鋭部隊を率いるような器じゃなかった。リーダーになったのが間違いだったんだ」

「だから名誉を重んじる兵士として正面から戦いを挑むかわりに、パンドラの箱を開けるようそそのかし、ルシアンが裏切ったと神々に密告したのね。そして自分の軍を組織してルシアンを止めようとした。本当にご立派よね」

ガレンは二歩ほどアニヤに近づいたが、思い直して止まった。その手がこぶしに変わった。「やるべきことをやっただけだ。優秀な兵士は勝つためには手段を選ばない。お仲間のサビンに聞いてみろ」

もっと挑発しなければ。あともう少しだ。「でも、しつこいようだけど、あんたは勝てなかったわけでしょう？　ルシアンたちが何をするつもりかわかっていたのに、止めることも弱さを証明してみせることもできなかった。負けたのよ。顔に負け組って書いてあるわ。戦士と同じで、魔物を宿す呪いを受けてる」アニヤは笑った。「情けないわよね」

「いいかげんにしろ！」

「わたしを殴る？」アニヤはまた高笑いした。「やさしい天使さまはアニヤの舌を引っこ抜くつもりかしら？　そしたらあんたの取り巻きはどう思う？　でも部下にはもっとひどいところも見せたんでしょうね。それとも、天使の顔を取り繕うためにそういう命令はステファノまかせなの？」

ガレンはアニヤが期待したように飛びかかるそぶりを見せず、しばらく無言で彼女をにらんでいた。そして意外にも笑顔を見せた。「ステファノはここにはいないし、今は天使の顔を取り繕う気もない。だが心配するな。痛みは一瞬で終わる」そう言うとガレンは翼の間から小さなボウガンを取り出した。アニヤが身をかがめるひまもなく二本の矢が飛び出し、アニヤはうしろの壁にはりつけにされた。一本の矢が左肩を、もう一本が右肩を貫いてれんがに刺さっている。

痛みが炸裂《さくれつ》し、アニヤの視界がゆらめいた。腕を流れ落ちる血が熱く肌を焦がす。眉と唇の上に汗が噴き出したが、熱は冷めない。

アニヤの目にぼんやりと少年が青ざめるのが見えた。少年は下唇を震わせている。

「このちょっとしたパーティにそろそろルシアンを呼ぼうじゃないか。奴にはおまえへの仕打ちを何もかも見せつけてやる。裸にして奪い、苦しめるところをな。奴におまえを救うだけの力があるか見てみようじゃないか」

「ルシアンに指一本でも触れたら……」アニヤは歯を食いしばって言葉を押し出した。

「あんたの心臓を目の前で食べてやるわ」

ガレンは笑った。おもしろがるようなその声がアニヤはいまいましくてならなかった。しかし笑い声はすぐにとぎれた。爆発音が響き、建物が揺れたからだ。

「救助隊が来たみたいね」肩のうずきをこらえてアニヤはにやりとした。「来てくれると思ってたわ。ハルピュイアのこと、覚えてるわよね？」

こちらを見るガレンの目に、初めてパニックの色が兆した。ガレンはドアを見やった。

また爆発音があり、床が揺れた。

「これで終わりじゃないぞ」出口に向かいながらガレンは少年に言った。「この女は逃げようとするかもしれない。だがこの部屋から出すな」

28

　サビンとグウェンはハンターに見つかることもなく、セキュリティに見とがめられることもなかった。〝疑念〟の魔物がひと仕事して、周囲の人々に見たものすべてを疑わせたからだ。それでもアメリカ入りはいろいろな意味で大変だった。何時間もグウェンが隣にいて身をすり寄せているのに、思うように触れることができないのだから。もっともサビンは、グウェンの信頼を取り戻してもいないのに人の見ている前で触れようとは思わなかった。グウェンのハートと信頼を勝ち得るのが人生で最も大事な闘いであり、今度ばかりは先を急ぐつもりはない。

　いずれグウェンを自分のものにする。

　飛行機を降りると、人間に囲まれるのに慣れているサビンの長身とたくましい体つきに周囲の視線が集まった。だがサビンは男たちがグウェンを見る目つきが気に入らなかった。欲望がむき出しだからだ。

　だからサビンは〝疑念〟の魔物を男たちの心に忍びこませ、外見やベッドでの腕前に疑いを持たせた。そして怒りを爆発させそうな自分を抑え、仲間を無事に取り戻すという目的だけになんとか意識を集中させた。

二人はすぐさま戦士たちが滞在していた人里離れた家へと車で向かった。ざっと家の中を見てまわるとふたつのことがわかった。仲間はここにはいないこと。ハンターが来た形跡はなく、罠《わな》を仕かけた様子もないこと。ハンターがいなかったのは残念だとサビンは思った。戦いたくてうずうずしていたからだ。

二人は武装して髪と顔を隠すようにキャップをかぶり、仲間が行ったとおぼしき場所に向けて出発した。そして今、建物の並ぶ道を歩いている。訓練施設はこのへんのはずなのだが……どうしても見つからない。どの建物もつながるように並んでいる。数えながら前を通っても、なぜか数字を見失ってしまうのだ。

グウェンは立ち止まってうなじを撫《な》で、空を見上げた。「このままじゃどうしようもないわ。場所は間違っていないのに、どうして見つからないの？」

サビンはため息をついた。こうなったら奥の手を使うしかない。もしクロノスが応えてくれればの話だが。「クロノスよ」サビンはつぶやいた。「少し手を貸してもらえないだろうか。おれたちに成功してほしいと思ってるんだろう？」

一秒、また一秒が過ぎた。何も起こらない。

あきらめようとしたとき、ふいにグウェンが息をのんだ。「見て」

その視線を追ったサビンは衝撃を受けた。右手の建物の屋根にクロノスが立っている。なぜか何度も見過ごしてしまった建物だ。建物全体がクロノスの足の下で揺れているように思えた。白い長衣が足もとではためいている。ずっと無視されていたが、ようやく助けてくれるのか？　こんなにも簡単に？

「これは貸しだぞ、〝疑念〟の番人よ。この恩は必ず返してもらうからな」次の瞬間クロノスは消えた。

今日はサビンが勝つほうが都合がいいのだろう。恩返しなど求めずに素直に助けてくれてもよさそうなものだ。

「あれは誰？　どうやってあんなことをしたのかしら？　ここにわたしの……いえ、ガレンはいると思う？」

サビンはグウェンにクロノスのことを話した。「ガレンのことは……わからない。いたらどうする？　いたとしても戦うつもりはあるのか？」

「ええ」今度はその答えに迷いはなかったが、口調はどこかとがっていた。

グウェンには荷が重いだろうか？　サビンには親がいない。ギリシャの神々が彼を成人として創造した。ギリシャの神々には何の愛着も感じていないサビンは、グウェンの思いを推し量ることすらできなかった。

「大丈夫よ」サビンの心を読んだかのようにグウェンが言った。「ガレンのしたことを考えれば、倒して当然よ」

言葉の最後で声が震えるのを聞いてサビンはその場で決意した。ガレンが戦いに加わろうとしたら邪魔してやろう――もっともあの腰抜けはいつも汚れ仕事を手下に押しつけて逃げるから、そんなことにはならないだろうが。ガレンは他人を犠牲にしても自分を守る。だがサビンは、グウェンに何ひとつ後悔させたくなかった。こんなことをしたのはあなたのせいだと言わせたくなかった。一度考えたことだが、また考えずにいられない。おれが父親を倒し、捕らえたら、グウェンはおれを憎むだろうか？

今、サビンにとって大事なのはふたつ、グウェンと仲間の安全だ。優先順もグウェンが先だ。何があってもそれは変わらない。

「行きましょう」グウェンは小声で言って歩き出した。

「中に入る前にもう一度言っておきたい」サビンはグウェンと歩調を合わせた。「きみを愛してる。痛いほどその気持ちは強い。ただ……ただ覚えておいてほしかったんだ。何かあったときのために」

「そんなこと心配しないで」グウェンは口ごもった。「でもわたしも愛してる。もう、否定することはできないわ。ただあなたのことを信頼できるかどうか、今もわからないの。〝疑念〟の魔物がわたしの中に棲《す》みついたみたいよ。それはいいんだけれど――」

「わかった」グウェンはおれを愛している。ああ、神々よ、愛していると言ってくれた。

サビンは彼女を引き留め、抱き寄せた。迷いがあるのは悔しいが、理解はできる。グウェンを信じるべきだった。最初から何よりも優先すればよかったのだ。「このことはあとで話しあおう。約束だ。今はきみに不安を持たせたくない。心に隙があると――」

「命を落とす」グウェンはにっこりして言葉をつないだ。「あなたの訓練を真剣に受けたのよ」ためらいがちに彼のウエストに手をまわし、首のくぼみに頭をのせた。その髪がサビンの肌にやわらかく触れた。「気をつけて」

ああ、グウェンには感心せずにいられない。彼女の強さ、勇気、機転に。「きみも気をつけてくれ。何があっても自分を捨てるな。わかったな？」サビンの口調は激しかった。「きみがいなくなったら、おれはどうしていいかわからない」

「わかったわ」グウェンはおもしろがっているような、それでいて張りつめたような笑顔を見せた。「それもハルピュイアの掟《おきて》なの」

サビンはグウェンの頭にキスした。そのときグウェンがこちらを見上げ、その唇が赤くふくらんでいるのを見て、サビンは抵抗できなくなった。唇が重なり、舌が我がもの顔で中に入る。両手を彼の髪にからめながらグウェンはうめき声をあげた。

サビンはその声をのみこみ、味わい、体に満たした。この腕の中に彼の命が、必要なもののすべてがある。だがサビンは無理やり身を離した。「行こう。きみと話をする前にこの仕事を片づけないとな。きみは表から、おれは裏から入る。入り口の様子をチェックして中で落ちあおう」

もう一度さっとキスすると、サビンは進み出した。太陽が熱く照りつける。顔を伏せ、監視カメラが一帯を見張っていても見とがめられないことを祈った。

おまえにできるのか？

できる。

失敗したらどうする？

失敗しない。

グウェンが怪我《けが》したら？

グウェンは大丈夫だ。おれがそんな目にはあわせない。

「遅いわね。先に行くわよ」グウェンが高速で移動し、かすかな風となって彼を追い抜いていった。あの翼のスピードには追いつけない。それでもサビンは足を速めた。グウェンを一人で中に入らせたくなかった。彼は足早に裏にまわった。そこには先端をとがらせ高圧線を巻きつけたフェンスがあった。

いつもなら時間をかけて電流を切るが、今日はそんな余裕はない。サビンはフェンスをよじのぼった。人間なら死んでしまうほどの電流が体を走る。痛みはひどく、心臓が二度ほど止まったが、サビンは登り続けた。先端を越え、地面に下りる。ブーツがコンクリートにあたって体が揺れたが、彼はすぐさま銃に手を伸ばして走り出した。

最初の獲物を見つけるのにそれほど時間はかからなかった。大きな傘の影になった丸テーブルに三人のハンターが座っている。建物が揺れたのに気づかなかったのだろうか？　残念だな、これでおしまいだ。パーティを始めようじゃないか。

「……もらしやがったんだ」一人が笑った。

「爪の間に釘《くぎ》を突き刺したときの顔を見せたかったぜ。両手を切り落としてやったときもな……」さらに笑いがあがった。「ずっと口を割らないでくれるといいんだが。こんなに楽しいのは生まれて初めてだ」

「魔物め。苦しんで当然さ」

サビンの胸は沈んだ。そのとき〝疑念〟の魔物が動き出した。**遊ばせてくれ**。魔物がうれしそうに言った。

行ってこい。

それ以上の言葉を待たず、魔物はサビンの心から飛び出してハンターに飛びかかった。**戦士の仲間が怒ってるぞ。きっと仕返しに来る。おまえたちが捕虜にしたことを今度はおまえたちにするだろう……千倍にして**。

一人の男が身震いした。「この前の戦闘の傷が治ったら、ブダペストの魔物どもが仲間を助けに来るはずだ。逃げたほうがいいんじゃないか」

「おれは臆病者じゃない。ここに残って捕虜から情報を引き出すまでなんでもしてやる」

そんなことを言ってると内臓を引きずり出されるぞ。

今度は答えた男も身震いした。

「みんな、その話はあとだ。今ポケベルが振動した。何かが警報に引っかかったらしい。誰か逃げたか、攻撃を受けたかだ」

三人とも跳び上がった。誰もサビンに気がつかない。サイレンサー、よし。弾倉、よし。敵の気を引き、もうすぐ死ぬぞとからかって相手が青ざめるさまを楽しんだこともある。だが今は、ただ後頭部に銃弾を撃ちこんで一人ずつ倒した。三人の体は椅子に崩れ落ち、額の残骸が音をたててガラスのテーブルにぶつかった。

サビンは歩き出し、角を曲がった。プールでたくさんの子どもたちが水遊びをしている。一人の少年が手を差し出し、その上で水柱を立ちあげてバランスをとっていた。

「こっちに投げて」小さな女の子が言った。「遮断の呪文を通り抜けられるか見たいの」

少年はひと声笑うと少女に向かって水を投げた。だが水は一滴もかからなかった。

子どもたちがいることは予想していたが、実際に目にするとショックだった。超常的な能力を持ってはいても、ただの子どもだ。よくもハンターは子どもを利用できるものだ。こんな危険な場所に置いておくとは。

サビンは片手のセミオートマチックを麻酔銃に持ち替えた。気乗りしないが、こうするのがベストであり、安全でもある。グウェンはどうしてるだろう？　中にいるのか？　怪我はないだろうか？　サビンは間を置かずに子どもたちに麻酔銃を向けた。子どもたちは次々と意識を失った。彼は武器を手放さずに手早く子どもたちの体を水から引きあげ、日陰に寝かせた。

これで中に入れる。グウェンを助けなくては。

「汚らわしい獣め！　いったい何をした？」

ぱっと振り向いたとたん、ハンターが発砲してきた。弾丸が右肩に食いこむ。サビンは顔をしかめ、シグ・ザウエルを続けざまに撃った。一発がハンターの首に、もう一発が胸に命中する。男は声をあげ、崩れるように倒れた。男の頭が地面にぶつかったとき、ようやく声がやんだ。

サビンは痛みなどものともせず、血を流したまま中に駆けこんだ。麻酔銃はセミオートマチックにかわっている。床にはもうあちこちにハンターが倒れていて動かない。グウェンだ。サビンの胸がプライドでふくらんだ。間違っているかもしれないが、彼はグウェンの中の獣を心から愛していた。グウェンは戦場では奇跡を起こす。

サビンは大人の死体をたどり、曲がりくねった通路を進んでいった。部屋のいくつかは数段のベッドを備えた寝室になっており、教室もあった。小さな机が置かれ、壁には絵が貼ってある。絵の内容はすべて拷問される魔物だ。スローガンが書かれたものもあった。

〝魔物のいない世界こそ完璧な世界だ。魔物が消えれば病気も死も消える。災いはなくなる。愛する者を亡くしたら、責めるべきはあいつらだ〟

なるほど。子どもたちは生まれたときから戦士を憎むよう教育されるわけだ。結構じゃないか。サビンはこれまで危ないこともしてきたが、無垢《むく》な心に憎しみを教えこんだことはなかった。

「これでもくらえ！」グウェンが叫ぶのが聞こえ、続いて苦痛の叫びがあがった。

歩調を速めてその声を追うと、男が股ぐらをつかんでかがみこむのが見えた。何があったかわからないが、止める気も事情を聞く気もない。サビンはシグ・ザウエルの狙いをつけ、三発撃った。グウェンに手出しする奴《やつ》は許さない。

グウェンはかぎ爪をむき出しにしてぱっと振り向いた。シャツの下で小さな翼が激しく羽ばたいている。殺戮《さつりく》の衝動に燃えていた目は、目の前にいるサビンを見て元に戻った。

「ありがとう」

「いいさ」

「あなたの仲間を見つけたわ。怪我をしているけれど生きてる。助け出したけれど、あと二人見つからないの。ギデオンとアニヤよ」

もう仲間を見つけて解放しただと？　信じられない。サビンの予想よりずっと手早く有能だ。そして残りの二人はどこだ？　監禁されているのか？「アニヤ！」サビンは叫んだ。「ギデオン！」

「サビン？　サビンなの？」通路の向こうから女の声がした。アニヤだ。「もう来るころだと思ったわ。わたしはここよ。看守が一人いる」

サビンがグウェンに目をやった瞬間、三人のハンターが血相を変えて部屋に飛びこんできた。「やれるか？」サビンはグウェンにきいた。

「行って」グウェンは新たな獲物に向き直った。「アニヤを助けて」

サビンは走り出した。これが戦士仲間であってもその場をまかせるだろう。しかもグウェンは仲間全員を合わせたより優秀な兵士だ。だからサビンは彼女が勝つのを疑わなかった。〝疑いがない〟と思うと、ほほえみが浮かんだ。

走りながら銃をナイフに持ち替える。弾はほとんど底をついた。さいわいなことにナイフは装填の必要がない。アニヤはどこにいるんだ？　手近な部屋に駆けこむと空だった。別の部屋のドアに体あたりして蝶番《ちょうつがい》を吹き飛ばしたが、誰もいない。さらに三つの部屋を捜索したあと、ようやく見つかった。両肩を深紅に染めたアニヤは少年に目をやった。

少年は決然とした顔つきでサビンのほうに向き直った。その姿はどこか……平板だった。まるで立体ではないように見える。

「サビン！」アニヤが駆け出すと、少年はすぐさま前に出て片手を広げた。

「逃がすわけにはいかないんです」喜んでそうしているという口調ではなかった。

サビンはゆっくりとナイフを鞘《さや》に戻し、背中に手をまわして麻酔銃をつかんだ。

「その子に触っちゃだめ」アニヤが言った。「触られてもいけないわ。何の前触れもなく倒れちゃうから」

「アニヤ!」

その声がルシアンのものだとわかり、サビンは足音が近づいてきても振り返らなかった。サビンは少年から目を離さず、アニヤの警告は無視して、少年がまたアニヤに近づこうとしたらいつでも飛びかかれるようにした。

「ルシアン! 近づいちゃだめ。でも無事かどうかだけ教えて」アニヤの顔に喜びと不安が入り混じった。「大丈夫なのか知りたいの」

「大丈夫だ。きみは? ああ、ひどい」サビンの背後に近づいたルシアンは息をのんだ。その体から怒りが発散するのが目に見えるようだ。「肩が」

「ちょっと引っかいただけよ」その声には報復を予感させる炎があった。

背後に手をまわしたまま、サビンはルシアンに麻酔銃を差し出した。「効くかどうかわからないが、ここはまかせる。ギデオンが見つからないんだ」ルシアンは無言で麻酔銃を受け取り、サビンは背を向けて出ていった。

彼は次々と部屋に飛びこんだ。壁につめ物をした部屋。コンピューターや精密機器が並ぶ部屋。一生もちそうなほどの缶詰を保管する部屋もあった。サビンはギデオンの名を叫びながら別の通路に入った。この通路に面したドアは警備が厳重で指紋認証キーがついている。鼓動を速めながらそれぞれのドアに耳を押しあてていくと、うめき声が聞こえる部屋があった。

ギデオンだ。

あせる気持ちを抑えてサビンはドアの中央の隙間に手をかけ、こじ開けようとした。筋肉が張りつめ、骨がはずれそうになり、傷口が開いたが、なんとかすり抜けられるだけの空間ができた。真っ先に目に入ったのは、車輪つきの担架に縛りつけられた血まみれの体だ。サビンは吐き気がするような既視感に襲われた。

喉に苦いものが込みあげるのを感じながらサビンは担架に駆けつけた。ギデオンのまぶたは中に石が入っているみたいに腫れあがっている。裸の体はどこもあざだらけだ。そこらじゅうの骨が折れ、肌から突き出ている。

両手は切り落とされていた。

「大丈夫だ、手は再生する。神々に誓ってもいい」拘束具に手をかけながらサビンはささやきかけた。拘束具はびくともしない。もしかしたらこれは……神の手による金属だろうか？　ナイフを使っても切れない。

「鍵は、あそこにない」ギデオンの声は弱々しく、ほとんど聞き取れないほどだ。だが彼は顎でキャビネットを指し示している。そのとおり、鍵はそこにぶらさがっていた。

「話そうとするな、友よ」サビンの口調はやさしかったが、体には怒りが煮えたぎり、全身をのみ尽くそうとしていた。あいつらには必ずこの報いを受けさせてやる。一人残らず、千倍にして。そして自分も罰を受けるべきだとサビンは思った。もう二度と仲間をこんな目にはあわせないと誓ったのに、過去のあやまちを繰り返してしまった。

ギデオンのいましめを解くと、サビンはそっと抱きあげて通路へと運んでいった。ちょうどストライダーが青い顔で震えながらよろよろと角を曲がってきた。サビンが抱いている者を見ると、ストライダーは獣じみた叫び声をあげた。

「まさか……」

「生きてる」かろうじて。

「よかった。ルシアンがアニヤを助けた。アニヤの看守役の子どもは麻酔で眠らせた。レイエスは奥のどこかにいるはずだ。ステファノが退却を命じたが、意外な奴がまだ残ってるぞ」

サビンにとっては今はどうでもよかった。「グウェンを見たか?」

「ああ。ここをまっすぐ行って右だ」ストライダーは息をついた。「おまえを捜してたんだ。ギデオンはおれが連れていく。グウェンを助けに行ってくれ」

慎重にギデオンを抱き渡しながら、サビンは怒りに恐怖が混じるのを感じた。「グウェンに何かあったのか?」

「いいから行け」

腕を振りあげ、脚を震わせながらサビンは走り、グウェンを残してきた部屋に駆けこんだ。グウェンはまだそこにいたが、もうハンターと戦ってはいなかった。父と戦っている。形勢は不利だ。

意外な奴が残ってるとストライダーは言った。よりによってあいつがこんなときに度胸を見せるとは。グウェンは息を切らし、血まみれで、飛びかかろうとするたびによろめいている。ガレンは蛇のような長い鞭《むち》を持っている。いや、蛇のような鞭ではなく、蛇だ。威嚇するように音をたて、牙を毒液でぬめらせている。グウェンが蛇の頭を切り落とすたびに、また新しい頭が生えてくる。

「ご立派な暗黒の戦士が女に頼るとはな。おれを腰抜け呼ばわりできた義理か」ガレンはせせら笑った。

「わたしはただの女じゃない」グウェンが吐き出すように言った。「ハルピュイアよ」

「だからちがうとでも言うのか」

「そうよ。わたしは魔物の血も引いている。わたしがわからない?」グウェンはガレンにつめ寄った。

「わかるわけないだろう。魔物の女など見分けがつくものか。汚らわしい娼婦《しょうふ》め」ガレンは巧みに身をかわし、蛇を叩《たた》きつけた。グウェンは叫んだ。ガレンがまた蛇を振りおろすと、今度は蛇がグウェンの手首に巻きついた。ガレンはそのままぐいっと引っ張った。

グウェンはまた叫んでがくりと膝から倒れ、全身を痙攣《けいれん》させた。

サビンはとても見ていられなかった。戦いの邪魔をしたらグウェンはいやがるだろう。だが、ガレンに好き放題させておくわけにはいかない。「彼女に手を出すな。おまえの相手はおれだ」サビンは歯を食いしばって短剣を投げ、グウェンの腕に巻きついていた蛇を断ち切った。そして最後の一本をガレンめがけて投げると腹に命中した。ガレンは吠《ほ》えるようにうめいて倒れ、グウェンはよろよろと立ちあがった。

サビンはさっとグウェンの前に立ちはだかり、しゃがみこむガレンから守ろうとした。

「これで負けを認めるか？」

ガレンは顔をしかめて腹から短剣を引き抜いた。「おれに勝てるとでも思ってるのか？」

「もう勝ってる。おまえの戦力はずたずたにした」サビンはにやりとして銃を握り、ガレンに狙いをつけた。「あとはおまえを捕らえるだけだ。どうやらたいした仕事でもなさそうだな」

「やめて」グウェンがよろよろとサビンの前に進み出て、背筋を伸ばした。体がふらついているが、倒れずにじっとガレンを見つめている。「わたしの言うことを聞いてもらうまでは倒すつもりはないわ。ずっとこの日を待っていたの。タビサ・スカイホークの娘だと名乗るのを夢にまで見たわ。年は二十七で、天使の血が流れていると告げるのを」

ガレンは立ちあがりながら笑ったが、苦しげな顔を隠すことはできなかった。かなりの出血だ。「それがおれと何の関係がある?」

「二十八年ほど前、あなたはハルピュイアと寝たわね。茶色の目をした赤毛の女。そのハルピュイアは怪我をしていて、あなたが治した。あなたは戻ると言い残して出ていったわ」

グウェンをじっと見つめるガレンの顔からうすら笑いが消えていった。「で?」どうでもいいような口ぶりだったが、ガレンは逃げようとはしなかった。

グウェンの全身が震えるのを見てサビンの怒りは深まった。「過去はいずれ明るみに出るというのは本当ね。驚かないで。その過去がわたし」グウェンは両手を広げた。「あなたの娘よ」

「嘘《うそ》だ」ガレンは首を振った。おもしろがるようなそぶりはなかった。「娘がいれば知っているはずだ」

「出産のお知らせが届くとでも思ったの?」今度はグウェンが笑う番だった。

「嘘だ」ガレンは繰り返した。「ありえない。おれは誰の父親でもない」

三人の背後では戦いが終わろうとしていた。悲鳴はやみ、うめき声は消えていった。もう銃声は聞こえず、足音も響いてこない。やがて戦士たちが部屋の入り口に集まってきた。皆、顔に憎しみと怒りを浮かべている。そして一様に血だらけだ。ストライダーはギデオンを下ろすのが怖いのか、まだその体を抱いている。

「ほほう、ここでおまえに会えるとはな」ルシアンがうなるように言った。

「子どもに守ってもらわないと、大きな顔もできないみたいね」アニヤが笑った。

「今夜はおまえのどす黒い心臓を囲んで晩餐《ばんさん》だ」レイエスが言った。

サビンは仲間の険しい顔を見つめた。ガレンに苦しめられた彼らは復讐《ふくしゅう》を求めている。

その気持ちは痛いほどわかるが、今はそうさせるわけにはいかない。

「ガレンはおれたちの獲物だ。手を出さないでくれ」サビンは仲間に言った。「グウェン？」

グウェンはサビンが何を問いかけたのかわかった。父親を捕らえてもいいのか、それとも逃がすのか。その選択をゆだねてくれた事実が何よりもサビンの愛を証明していた。彼に望みのものを与えられればどれほどいいだろう。

「わたし……わからないわ」グウェンの声はとぎれた。あの空の色をしたガレンの目を見つめていると、父が目の前にいること、少女のころ求めていたすべてがそこにあることがあらためて心に迫ってくる。何度父に抱きしめられ、守られたいと思っただろう？

ガレンは彼女のことを知らなかったが、こうして知った今、愛してくれるだろうか？

いっしょにいたいと思ってくれるだろうか？

ガレンは敵意をむき出しにしてこちらをにらんでいる戦士たちを見やった。「さっきは早まったようだ。二人きりで話をしようじゃないか」ガレンは足を踏み出し、グウェンに手をさしのべた。

サビンがうなり声をあげた。獣が敵に飛びかかる直前にあげる声だ。「グウェンがいいと言うなら出ていけ。だがグウェンには指一本触れさせない」

つかの間、ガレンは何か言いたげだった。戦士たちのほうは言うまでもない。この男を牢獄《ろうごく》にぶちこみたいと思っているのに、サビンが解放してもいいと言いだしたのだから。

「おれの子どもは暗黒の戦士を選ばない」ガレンはグウェンに手招きした。「行こう。ここを出て、互いにもっとよく知りあおう」

本当に彼女のことを知りたいと思っているのか、それともただ憎い敵に対する新たな武器として利用したいだけなのかどちらだろう？　そう思うと苦しく、グウェンは気がつくとサビンの銃をひったくってガレンの頭を狙っていた。「何があろうとあなたといっしょには行かないわ」

サビンはこの人を憎んでいる。この人は残虐なことをした。これからもするだろう。

「実の父を殺すのか？」グウェンのしぐさに本当に傷ついたかのように、ガレンは胸を押さえた。

グウェンの心の中で、ガレンが突然ぎゅっと彼女を抱きしめ、どれほど愛しているかを語った。希望。それがグウェンの胸に芽生え、全身に花開いた。これはガレンが植えつけたものだろうか？　それとも自分自身からわき出たもの？

「さっきあなたはあっさり否定したわ。子どもなどいないと言ったじゃない」

「驚きのあまりそう言ってしまっただけだ」ガレンは辛抱強く釈明した。「父になるという金で買えないプレゼントをもらうことなど、めったにないことだからな」

　グウェンの手が震えた。

「おまえの母親……タビサのことは覚えている。見たこともないほど美しい女性だった。見た瞬間にほしくなったしずっといっしょにいたいとも思ったが、捨てられた。見つけ出すこともできなかった。おまえのことを知っていたら、父親としてそばにいたいと思っただろう」

　真実か嘘か？　グウェンは顎を上げ、腕を落とした。もしかしたらこの人には善良な部分が残っているのかもしれない。救えるかもしれない。それともだめだろうか。でも……。

「行って」

　ガレンはグウェンに手をさしのべた。

「行って」そう繰り返すグウェンの頬に熱い涙が流れた。

「娘よ……」

「行ってと言ったのよ！」

　突然ガレンの翼がぱっと開き、羽ばたいてあたりを風で包んだ。一同がまばたきする間もなくガレンは飛びあがり、天井を突き抜けて建物から出ていった。

それ以上待てずに戦士たちはガレンを狙って撃ち、短剣を投げた。命中したのか、ガレンが叫ぶのが聞こえた。だが傷はそれほどではなかったらしく、ガレンが落ちてくることはなかった。グウェンは安堵《あんど》した自分を憎んだ。

重い息づかいが部屋に満ち、低いののしり声と足を踏みならす音が響いた。

「もう二度とごめんだ」ストライダーはうなり、ようやくギデオンを床に下ろした。「よくもあんなまねができたな、サビン。なぜグウェンにあんなことをさせた?」次の瞬間、ストライダーの巨体がギデオンの隣に倒れ、苦しみにもがいた。

サビンのためらいがガレンに逃げるチャンスを与えてしまった。ガレンの逃亡は戦士の負けを意味する。ストライダーが負けたのだ。わたしのせいだとグウェンは思った。サビンが正しかったことが証明された。彼女はやるべきことをためらった。

「すまない」サビンは友に謝った。

わたしがどうにかして埋めあわせをしなくては。グウェンは振り向き、サビンに近づいて謝ろうとした。ところが彼女は息をのんだ。「血が出てるわ」

「大丈夫だ。いずれ治る。きみはどうなんだ?」サビンの視線がグウェンの体をたどり、あざや切り傷をひとつ残らず見つけ出した。彼の目の下の筋肉がぴくぴくと引きつった。

「倒せるときに倒すべきだった。あいつはきみを傷つけた」

「いずれ治るわ」サビンと同じ言葉を返しながらグウェンは彼の胸に飛びこんだ。「ごめんなさい。本当にごめんなさい。許してくれる？」

グウェンの頭にキスしながらサビンは低いうなり声をあげた。「きみを愛してるんだ。許すことなどない」

「わたしは怖《お》じ気《け》づいたのよ。そしてあなたの最大の敵を逃がした。わたしは――」

「やめてくれ。このことで自分を責めるのは許さない。おれがあいつを逃がしたんだ」サビンは彼女の顎を両手で包んだ。「おれが聞きたい言葉、聞かなければならない言葉を聞かせてくれ」

「わたしも愛してる」

サビンは安堵もあらわに一瞬目を閉じた。「これからもいっしょだ」

「ええ。あなたがそうさせてくれるなら」

「どういう意味だ？　言っただろう、きみが人生で初めて愛した人だと」

「わかってる」グウェンはゆっくりと目を開き、サビンを見つめた。涙がとめどなく頬を流れ落ちた。「あなたはわたしのために勝利をあきらめてくれた。まさかそこまでしてくれるなんて」

「きみのためならなんだって惜しくない」

「本当に愛してくれているのね。この先わたしを憎んでしまうことも、わたしより戦いを優先することもないのね」

「そんなことを心配してたのか？　もっと早くそう言えばよかった」

「言われても信じなかったと思うわ。あなたの人生で何より大事なのは勝利だと思っていたから」

「ちがう。きみだ」

　グウェンの顔に輝くような笑みが浮かんだ。けれどもほかの戦士たちのつぶやきが耳に入ったとき、そのほほえみは薄れた。それは彼女がしたこと、いや、しなかったことを思い出させるつぶやきだった。「ガレンを永遠に閉じこめて、とあなたに言わなければいけなかったのよ。ごめんなさい。あの人を止めないといけないのはわかっていたのに、最後の最後になってどうしても……本当にごめんなさい。ガレンはこれからもっと厄介なことを引き起こすわ」

「いいんだ。おれたちがなんとかする。今回、奴の軍勢に大きな打撃を与えたのは間違いないからな」

「それでこちらがどれぐらい有利になったのか怪しいものよ。ガレンは〝不信〟を捜し出した」アニヤが言った。「そして魔物を他者の体に移し替えて、支配できる不死の兵士を作り出そうとしているわ。成功間違いなしっていう口ぶりだったけど」

　グウェンは〝不信〟の番人バーデンがかつてサビンの無二の親友だったことを思い出し

た。もし〝不信〟の魔物が父の味方についたら、サビンはその魔物を宿す者を倒すことができるだろうか？　グウェンはたった今、自分が直面したような選択の苦しみをサビンに味わわせたくなかった。

「どうすればいいのかおれにはわからない」グウェンの心を読んだかのようにサビンはそう言った。「だがきみの決断がどれほど苦しいものだったかわかったよ。あのくそ野郎を自由にさせておくことできみが満足するなら、そうしよう」

「ちょっと待てよ」背後で戦士たちのつぶやきが聞こえた。

「おれの意見はちがうな」倒れたハンターのポケットを探りながらレイエスが言った。

グウェンはため息をついた。「いずれはガレンを捕らえることに納得できると思うわ。さっきは初めて会ったせいでショックが大きすぎたの。でも心配しないで。今度はもっとうまくやるから」

「わかってる。だがおれは心配するのが得意なんだ」サビンが言った。

「もうしなくていいわ。あなたの得意技はわたしを愛することよ。さあ、帰りましょう」グウェンはサビンをぎゅっと抱きしめた。「子どもたちを落ち着かせて、聖遺物を探さなきゃ。ハンターを倒してパンドラの箱を見つける仕事もあるわ。もちろんわたしを死ぬほど愛してからだけどね」

エピローグ

城に戻り、傷が癒えると、二人は野生の動物のように愛しあった。グウェンはそのあともエネルギーをもてあまして眠れなかった。そこで立ちあがってベッドの上で飛び跳ね、止められるものなら止めてみなさいとサビンを挑発した。サビンはヘッドボードにもたれかかり、おもしろそうにグウェンを眺めた。

グウェンは舌打ちした。「たかが小娘一人満足させられずに、疲れきってただそこに座っているつもりなら――」

サビンはグウェンの足を払い、仰向けに倒した。そしてにやにやしながら上から飛びかかった。「誰が疲れきってるって?」

グウェンは笑いながらくるりとまわってサビンの上になった。長い髪がカーテンのように二人の体にかかった。「わたしじゃないのはたしかね」

「それなら疲れさせてやる」

サビンはその言葉を実行した。

しばらくたってから、息を切らしたグウェンはまたサビンに身を寄せた。「で、次はどうするの？」これほどしあわせを感じたことはかってない。臆病者のグウェンドリンが猛々《たけだけ》しい暗黒の戦士と恋に落ち、戦いに身を投じて、しかもそれを気に入るなんて、誰が想像しただろう？　グウェン自身、考えたことすらなかった。

でも今のところ、事態は落ち着いている。どのカップルも安全な城で絆《きずな》を再確認している。女性陣――とレギオンは例の子どもたちに新しい家庭を探してやっている。ブダペストでの戦闘中にグウェンが捕らえた子ども、そしてハンター校から助け出した子どもだ。アニヤにいたってはお気に入りを作った。〝幽霊少年〟と呼ぶ子だ。もしかしたらアニヤは、少年を近くで見守るためにここブダペストで温かい家庭を見つけるつもりかもしれないとグウェンは思った。

トリンはクロノスの書巻に記載された人々の捜索を続け、他の戦士たちはガレンを――そして〝不信〟の番人を見つけ出す戦略を練っている。ギデオンはまだ療養中で、しばらくかかりそうだ。レギオンは頻繁に姿を消し、パリスとアーロンはどこか様子がおかしい。

「次はどうするか？」サビンがきいた。「そうだな、また心臓が動くようになったら、きみの体を探りながら下に――」

「ちがうわ」グウェンはそう言って笑い、サビンの手を払いのけた。「ハンターのことよ」

サビンはグウェンを抱きしめてベッドに沈みこんだ。「ダニカの話では、ガレンは〝不信〟の魔物を例の絵の女に移植しようとしているらしい。もし成功すれば、次の戦闘からは奴《やつ》らは手加減しないだろう。おれたちを傷つけるだけではすまず、頭を狙うはずだ。奴らはおれたちの魔物を解放して、自分で選んだ宿主に移そうともくろんでいる」

　グウェンはまだ信じられなかったが、それでも身震いが出た。「ひどいことを考えるのね、わたしの……いえ、ガレンは。あなたの大事な友の一部を敵の体に移そうとするなんて」

「ああ。だがあの男ならそれぐらいのことはやるだろう。ハルピュイアの三姉妹はもう力を取り戻しただろうか？　もし取り戻したなら、ここにとどまるように説得できるかもしれない。聞いたところでは、ハルピュイアは生まれて数世紀たつとある種の特殊能力を開花させるらしいじゃないか。タイムトラベルのような能力を。それを利用できるならありがたいんだが」

「タリヤだけよ。タリヤは父親から変身する力を受け継いだの」グウェンは自分の種族のことをサビンに語るのが前より楽になってきた。サビンには自分のことを知ってほしいと思った。

「すごいじゃないか」サビンはため息をついた。「ガレンより先に聖遺物を見つけないといけない。もしあいつが見つけてなければの話だが。あの蛇の鞭《むち》……あれのこと考えると、強制の檻《おり》を守っていた獣のことを思い出すんだ。おそらく同じような獣がそれぞれ聖遺物を守ってるにちがいない。〝希望〟の番人であるガレンなら、怪物だって簡単に説き伏せてしまうに決まってる」

「ガレンが持っていたとしても奪えばいいだけよ。あなたにはハルピュイアと〝無秩序〟の女神がついてる。あなたのほうが有利だわ」

サビンはおかしそうに笑った。「二人で〝語ってはならぬ者の神殿〟に行ってみてもいいかもしれない。かつてあそこで〝万能の目〟ダニカの情報を得ることができたんだ。誰が、いや何がその情報を与えてくれたのかわからないが、別の聖遺物についてまた何か教えてくれるかもしれない」

グウェンはサビンの胸を指で撫《な》でた。「それにクロノスの書巻に書かれた人たちを見つけたら、こちらの味方につくように説得できるわ。〝疑念〟の魔物のことは心配しないで。悪さをしたらわたしが黙ってはいないって知ってるから」

「そのとおりだ」サビンはグウェンのこめかみにキスした。「この戦いに勝つためならおれはなんでもするつもりだ。自分の手で牢《ろう》にぶちこんだ悪党どもを味方につけることだってする。そう難しいことでもないと思ってる。あの猛々しいハルピュイアの気持ちを動かして、心を捧《ささ》げさせたんだからな」

「そのハルピュイアをしあわせにするためにも、なんでもするつもりでいる？」

「決まってるだろう」

「本当に？」グウェンはサビンに笑顔を向けた。「証明して」

「喜んで」

次の瞬間グウェンは仰向けになり、心の求めるまま、魂と体をサビンに捧げた。

訳者あとがき

　もしあなたがひと癖ある万能の存在だとしたら、パンドラの箱にどんな災いを入れますか？　死や病はまっさきに頭に浮かびます。これ以上に人を苦しめるものはなかなかありませんから。暴力や淫欲、強欲などもいいでしょう。二十一世紀の現在でも犯罪の元凶はこの三つといっていいぐらいです。では猜疑心《さいぎ》についてはどうでしょう？　災いとしては今ひとつ迫力に欠けるような気がしませんか。

〈オリンポスの咎人《とがびと》〉シリーズ四作目の主人公サビンが宿す魔物はこの猜疑心、つまり〝疑念〟です。十二人の暗黒の戦士の誰もが認めるとおり、戦いにおいてはサビンほど猛々《たけだけ》しい者はなく、またダーティな者もいません。そんなサビンが猜疑心ごときで苦しむのかと不思議になりますが、〝疑念〟の魔物はサビンが大事に思う相手に猜疑心を植えつけることでサビンを苦しめます。

　三作目『オリンポスの咎人Ⅲ　レイエス』で登場したハンター、ディーン・ステファノは、妻ダーラを奪われたせいでサビンにひときわ強い憎しみを抱いています。その妻ダーラはステファノを捨ててサビンを選んだものの、〝疑念〟の魔物が吹きこむ疑いに自尊心をむしばまれ、みずから命を絶ってしまいました。実は猜疑心は災いとして死や病にも劣らない恐ろしい力を持っています。本作の中でアーロンが、〝疑念〟の魔物を宿す者はサビンぐらい強くないと正気を保てないと語っていますが、そのとおり、猜疑心は人の心を押しつぶす重い呪いであり、その呪いが今の冷たいほど毅然《きぜん》としたサビンを作り出したのです。

そんなサビンの心をとらえたのが、伝説の生物ハルピュイアであるグウェン。ギリシャ神話に登場するハルピュイアは、言い伝えでは半人半鳥の醜く汚らわしい生物で、食べ物を盗み、食卓を汚す習性を持つとされています。作者は伝説の設定をうまくいかしつつ、グウェンの中に臆病さとどう猛さを両立させ、今までにない奥深い魅力を持つヒロインを作り出しています。

では主人公から離れてほかの戦士たちのお話を。

ある女性と急接近（彼の場合、接近は無理ですが）したトリンは、モニターで城の周囲を監視するのが仕事のひとつです。あるときモニターにとがった耳を持つ美女が映り、トリンの気を引きます。その女性の名はニクス。人気作家クレスリー・コールの作品の登場人物です。作者ジーナ・ショウォルターはこの作家の大ファンで、〝ジーナという名前のヒロインを作品に登場させてほしい〟と夢見るほど。今後もキャラクターの特別出演があるかもしれません。

ちなみに作者が戦士の中でいちばん好きなのはストライダーだそうです。下品すれすれのユーモアのセンスがいいのだとか。そして脇役も入れたなかでのお気に入りはウィリアムで、〝おれってほんとゴージャスだよな〟という彼の声が一日に二十回は聞こえるそうです。ウィリアムは本作の巻末や〈オリンポスの咎人〉サイトで愉快な（？）インタビューを担当していますので、ぜひ一度ごらんになってみてください。

三作目のあとがきでも少しふれましたが、アメリカではこのあとアーロン、ギデオン、アムン、ストライダー、パリスの順で出版が決まっています。この中でアーロンとギデオンのロマンスについては今作にも思わせぶりな伏線が張られていました。この伏線がのちのち花開くのか、それとも思わせぶりで終わるのかは今後のお楽しみです。

二〇一一年九月

仁嶋いずる

訳者　仁嶋いずる
1966年京都府生まれ。主な訳書に、エリザベス・ローウェル『残酷な遺言』、ジーナ・ショウォルター『オリンポスの咎人 Ⅲ レイエス』（以上、MIRA文庫）などがあるほか、ハーレクイン社のシリーズロマンスを数多く手がけている。

オリンポスの咎人　サビン
2011年9月15日発行　第1刷

著　　者／ジーナ・ショウォルター
訳　　者／仁嶋いずる（にしま　いずる）
発 行 人／立山昭彦
発 行 所／株式会社 ハーレクイン
東京都千代田区外神田3-16-8
電話／03-5295-8091（営業）
03-5309-8260（読者サービス係）
印刷・製本／大日本印刷株式会社
装 幀 者／小倉彩子（ビーワークス）

ISBN978-4-596-91467-5

対談――素顔の暗黒の戦士たち

やあ。とてつもなくハンサムですばらしく頭脳明晰《めいせき》なウィリアムだ。知っているだろう？　アニヤの大親友で、最も優れた暗黒の戦士……と言いたいところだが、戦士たちの名誉会員みたいなものだな。考えたんだが、おれが戦士たちを呼びつけて、痛烈な質問を浴びせてやったらおもしろく――というか、ためになるんじゃないかな。たとえば、どんな下着が好きか、みたいな質問さ。そこでおれは、著名なジャーナリストがするみたいに、あいつらをひとりずつおれのオフィスに誘拐……招待して、貴重な答えを引き出してやったんだ。神々に〝予言の書〟があるように、やつらも自分たちについての本を持っていたっていいだろう？　〝予言の書〟はアニヤが欲深い泥棒さながらいまだ隠し持っている。もしかしたらこれと交換におれの本を返してくれるかもな。自分のために幸運を祈るよ！

それはいいとして、やつら、決して協力的とは言えなかったが、おれは楽しんだよ。警告するが、ときどき感傷的な話も出てくる。おえっ！　そんな話よりは、おれについて知りたいよな？　おれは下着はつけない主義だ。まあ、リラックスして、対談を楽しんでくれ。怖がらなくていい、おれが戦士たちといっしょにいるから。きみがおれの裸を想像しているのはわかってるよ、いけないお嬢さんたち。いつでも電話してくれ！

サビン〝疑念〟の番人

ウィリアム（以下W）：ニックネームは？
サビン（以下S）：サビンちゃん（訳注：こう呼んだのはアニヤ）
（W）：星座は？
（S）：牡羊座《おひつじざ》。
（W）：どうして？
（S）：独立心に富み勇敢だからだ。
（W）：それに気が短くてキレやすい。
（S）：おまえが何を言おうと返事は〝黙れ〟だ。
（W）：やっぱり図星だったな。で、女に求めるものは？
（S）：まずホットであること。凶暴な素顔を隠していること。髪は当然赤毛だ。そしておれの両手を満たすだけの胸。ああ、それからその胸の先端はピンク色で硬くなっていて、常におれの唇を待ち受けていること。脚のほうはもちろん――
グウェン（以下G）：（出ていってくれと頼んだんだが、インタビューに同席するという固い決意は揺らがなかった）サビンのかわりにあやまるわ。これ以降の質問はわたしが答えます。
（W）：好みの体位は？
（G）：パス！

（W）：女ってつまんないな。好きな食べ物は？
（G）：チーズスナック。サビンのせいでわたしまで中毒になったぐらい。
（W）：好きな服装は？　答えは〝裸〟がいいね。で、実際にやってみせてくれるとありがたい。
（G）：いやらしいことを言わないで！　サビンは変な柄のTシャツが好きなの。もともと変わっているのよ。
（W）：武器を選ぶなら？
（G）：わたし。でも相手を倒せる武器ならなんでも好きみたい。
（W）：シリーズ中で気に入っている場面は？
（G）：答えるまでもないわね。サビンとわたしが出会った場面。
（W）：気に入らない場面は？
（S）：ちょっとだけインタビューをこっちに戻してもらって答えたい。気に入らないのはガレンが逃げた場面だ。グウェン、悪いな！
（W）：趣味は？
（G）：あやまることなんてないのよ。それから質問の答えだけれど、サビンの趣味はわたしをしあわせにすること。
（W）：家事の担当は？
（G）：それ冗談でしょう？　サビンは自分の部屋の掃除もできないのよ。
（W）：家の役割分担でいちばんきらいなのは？
（G）：何ひとつしないのに、いちばんきらいも何もないわ。

（S）：おいおい、きみを買い物に連れていくのは誰だ？　結婚式の計画を手伝ってるのは？　きみが自制心を失ったとき、何千回となく落ち着かせたのは誰だった？

（G）：〝自制心を失う〟というのは〝日に日にやさしくなる〟という意味よ。

（W）：おれは〝結婚前によくあるわがまま病〟だと思うけどね。おっと、話がそれた。自分のことを話してくれ。

（G）：感受性豊かでチャーミングで思いやり深い。サビンがわたしを怒らせたときは別よ。

（S）：嘘《うそ》もいいところだ！　おれが最高の男だっていうのはグウェンも知ってるはずだ。おれが怒らせたときは別だって？　おいおい、何を企《たくら》んでるんだ？

（W）：自宅が女どもに侵略されてることをどう思う？

（G）：サビンはもちろん気に入ってるわ！　わたしのいない人生なんて想像できないんですって。

（W）：いちばんタフでたくましくて頭が切れて魅力たっぷりの戦士は誰だと思う？

（G）：わたしね。正確にいうと戦士じゃないけれど、わたしはサビンの好みのすべてを体現しているの。

（W）：ハンターがパンドラの箱を見つけておまえを殺すまで二十四時間しかないとする。残された時間で何をする？

（S）と（G）（口を揃《そろ》えて）：敵を殺す。一人残らず。

（W）：好みの下着は？

（G）：サビンの下着はわたしの姉たちに全部盗まれたわ。

（S）：武器もだ。それから現金も、それに――

（G）：それはともかく、サビンの好みはブリーフよ。

ウィリアムの考察：おれは絶対に結婚なんかしない。

〈オリンポスの咎人〉シリーズ第五弾　目が離せない衝撃の展開!

ジーナ・ショウォルター

『オリンポスの咎人 アーロン　上』

〈本文抜粋〉

まぶたは重くて開かなかったけれど、頭上に両手を伸ばし、背中をそらすと筋肉がほぐれた。なんて気持ちがいいんだろう。オリヴィアがにっこりして息を吸いこむと、エキゾチックなスパイスと禁断の夢のにおいがした。雲はいつもならこんな……セクシーなにおいはしない。気だるいほど温かく感じたこともない。

ずっとこうしていたいと思ったが、天使は怠け者ではない。今日はライサンダーに会いに行こう。いつものように秘密の任務に出かけておらず、ビアンカと閉じこもっていなければいいんだけれど。そのあとはブダペストの城に行こう。今日アーロンは何をするつもりだろう? また矛盾だらけの彼に魅了されるだろうか? 本当なら彼女の存在を感じとれるはずがないのに、アーロンはまた彼女の視線を感じて怒鳴るだろうか? 姿を見せろ、殺してやる、と。

そんなふうに言われるといつも傷つくけれど、アーロンの怒りは責められない。彼女の正体も意図も知らないのだから。わたしのことを知ってほしいとオリヴィアは思った。彼女は人に好まれるタイプだ。少なくとも天使仲間はそう言う。魔物を宿した戦士が、自分とは正反対の彼女の真の姿を見たらどう思うかはわからない。

でもオリヴィアの目にはアーロンは魔物には見えなかった。彼はレギオンを〝かわいい娘〟と呼び、ティアラを買ってやり、部屋をレギオンの好みに合わせている。戦士仲間のマドックスにレギオン用のソファまで作らせた。そのソファはベッドの横にあって、ピンクのレースがかかっている。

オリヴィアもあの寝室に自分用のレースをかけたソファがほしかった。

嫉妬なんて似合わないわ、とオリヴィアは自分に言い聞かせた。レースのソファを持っていなくても、数えきれないほど大勢の人に笑いと喜びをもたらし、人生を愛するように導いてあげた。その仕事からは限りない満足を得ている。でも……今度はそれ以上のものがほしくなった。これまでもそう思っていたのかもしれないけれど、〝昇進〟するまで気づかなかったのだ。

わたしはなんて欲張りなんだろう。オリヴィアはため息をついた。

岩のように固くなめらかなマットレスが体の下で動き、うめき声をあげた。

ちょっと待って。岩のように固い？　動いた？　うめき声？　いっきに目が覚めたオリヴィアは、さっとまぶたを開いた。そして目にした光景に、思わず起きあがった。日の出にかかる濃紺のもやもふわふわした平らな雲も見えない。そこにあるのはむき出しの石壁、木張りの床、つややかな桜材の家具だ。

レースのかかったピンクのソファもある。

現実が押し寄せてきた。わたしは天から追放されたんだわ。地獄に落ちて、悪魔たちに――悪魔のことを考えるのはやめよう。ところが少し思い出しただけで体が震えだした。今はアーロンといっしょだから安全だ。でも本当に人間になったのなら、なぜこの体がこれほど……しっくりくるのだろう?

もうひとつ思い出した。わたしは本当に人間になったわけじゃない。

十四日間。オリヴィアはライサンダーの言葉を思い出した。天使としてのすべてを失うまでに十四日の猶予がある。ということは……もしかしたら翼も……。

期待するのも怖く、オリヴィアは下唇を噛んで背後に手をまわし、探った。そしてその結果に、安堵と悲しみを同時に感じて肩を落とした。怪我のあとはなかったけれど、翼も再生していない。わたしが選んだことの結果がこれだ。そう、彼女は受け入れた。でも不思議な気がした。この翼のない体がわたしのものなのだ。永遠の生のない肉体。いいことも悪いことも感じとる体。でも大丈夫。オリヴィアは自分に言い聞かせた。ここは戦士たちの城で、アーロンがそばにいる。アーロンが下にいるなんておもしろい。これまでこの体は悪いことしか経験しなかったけれど、いいことも経験してみたい。

オリヴィアはアーロンから離れて横向きになり、彼を見つめた。まだ寝ているせいで顔つきはやわらぎ、片腕を頭上に、もう片方を彼女がさっきまでいた脇に置いている。抱いていてくれたんだわ。

オリヴィアの口元に夢見るようなほほえみが浮かび、胸がどきどきした。

アーロンがTシャツを着ていないことに気づいて胸の鼓動はさらに高まる。さっきまで彼女はこの広い胸の上に手足を伸ばし、小さな茶色の乳首と筋肉と興味をそそるおへその上で寝ていたのだ。

残念ながら下はジーンズだった。でも素足で、つま先にまでタトゥーがあるのがわかった。かわいい。

かわいい？　本当に？　何を言ってるの？　このつま先で人が殺されたのだ。それでもオリヴィアはそのつま先を指で撫でてみたかった。あばらの上の蝶のタトゥーのほうは撫でてみた。羽根は曲線を描きながら鋭くとがり、優美に見えた幻を打ち砕いた。

触るとアーロンの口からため息がもれ、オリヴィアははっとして跳びすさった。こっそり触っていたところを見られたくない。許しをもらったわけでもないのに。その動きは思っていたより力が入っていたらしく、オリヴィアはベッドから落ち、床にあたって大きな音をたてた。顔にかかった髪を払いのけたとき、アーロンを起こしてしまったことに気がついた。

彼はベッドの上に起き上がり、こちらを見おろしている。

オリヴィアは息をのみこみ、恥ずかしそうに手を振った。「あら、おはよう」

こちらを見ていたアーロンの目が細くなった。「ずいぶんよくなったみたいだな」その声は荒っぽかった。欲望のせいであってほしいとオリヴィアの全身が叫んでいたが、寝起きだからだろう。「治ったのか？」

「ええ、ありがとう」少なくとも自分では治ったと思っている。胸はまだ落ち着かず、なじみのないほど激しく打ち続けている。胸には痛みもあった。背中の痛みのような激痛ではないけれど、違和感があった。胃のほうは震えている。

「三日も苦しんでたぞ。合併症は？　痛みは？」

「三日も？」そんなに時間がたったとは知らなかった。それでも完璧に治るのに三日もかかったかと思うと長かった。「どうしてよくなったの？」

アーロンはうなった。「昨夜誰かが来た。名乗らなかったが、きみを治すと言った。どうやらその約束を守ったらしい。そういえばおれのことを嫌ってたな」

「わたしの師だわ」それもそのはずだ。彼女を癒すのは掟を曲げることになるが、その掟作りに手を貸したのはライサンダーなのだ。掟の抜け道を知っている者がいるとすればそれはライサンダーだ。そのうえアーロンを嫌っているとなると師にまちがいない。

もう治ったと言っているのに、まだ怪我を探そうとするかのようにアーロンの視線が彼女をとらえた。その目の瞳孔が広がり、美しいすみれ色をのみこんだ。喜びではないなら……怒りのせい？　また？　さっきアーロンが見せたやさしさをだいなしにするようなことは何もしていない。ライサンダーが彼を怒らせるようなことを言ったのかしら？

「ローブが……」アーロンの声がかすれた。彼はさっと背中を向けた。二つ目の蝶のタトゥーが見え、オリヴィアはつばがわくのを感じた。あのとがった羽根はどんな味がするだろう？「直してくれ」

オリヴィアは顔をしかめて自分を見おろした。膝を引き寄せていたのでローブがウエストまでずれあがり、小さな白い下着が見えている。まさかこれに怒ったのだろうか。ルシアンの妻で〝無秩序〟の女神アニヤは、毎日もっときわどい格好をしている。それでもオリヴィアはたゆたう柔らかな生地を足首まで引きおろした。立ってアーロンといっしょにベッドに入ってもよかったけれど、落ちたり拒否されたりする危険があるからやめた。

「もう大丈夫よ」

「腹は減ってるか？」

話題が変わってもオリヴィアは気にならなかった。それどころかうれしかった。アーロンは仲間と話しているときも同じことをする。前触れもなく話題を変えるのだ。「ええ、ぺこぺこよ」

「それなら食事を持ってくるから、食べ終わったら町まで送る」アーロンはベッド脇に脚を振りおろして立ち上がった。

オリヴィアはその場から動けなかった。まるで岩に縛りつけられたように手足が重かった。アーロンはゴージャスそのものだ。あの筋肉、危険な香り、そそるように色鮮やかな肌。それに……。「まだわたしを追い出すつもりなのね?」

「当然だ」

泣いてはいけない。「どうして?」ライサンダーが何か言ったと思っていたけれど、言ってないのだろうか?

「質問するならこうだ。おれがいつ追い出さないと言った?」アーロンはバスルームに入ったので見えなくなった。服を脱ぐ気配があり、床に勢いよく水があたる音が聞こえてきた。

「でもあなたはひと晩中わたしを抱きしめていてくれたじゃない。三日も看病してくれたわ」そのことに意味がないはずがない。男は相手に夢中になっていなければそんなことはしない。アーロンを見つめ続けてきたけれど、女といっしょにいるところは見かけたことがなかった。もちろんレギオンは別だけれど、レギオンは勘定に入らない。アーロンはひと晩中レギオンを抱きしめたりしないもの。アーロンはわたしを特別な目で見ているはず。そうでしょう?

返事はなかった。まもなく湯気と白檀の石けんの香りがバスルームから漂ってきた。シャワーを浴びているんだわ。そう思うとオリヴィアの鼓動はまた速くなった。彼女はこれまでアーロンがシャワーを浴びるのを見たことがない。彼はいつもオリヴィアの視線がなくなるのを待った。

だから彼の裸を見たいという思いが頭から離れなくなってしまった。

脚の間にもタトゥーをいれているのだろうか？　もしそうなら、どんなデザインを選んだのだろう？

蝶を舐めたいと思ったのと同じように、そのタトゥーも舌で愛撫したいと思うのはなぜだろう？

そんなことをしている自分を想像しながら唇を舐めたオリヴィアは、はっとして我に返った。なんていけない子。そんなことを考えるなんて……。

でも今のわたしは完全な天使じゃない。オリヴィアは自分に言い聞かせた。アーロンを見たいし、味わいたい。それなら見に行こう。運がよければ味わえるかもしれない。あんな目にあったのだから少しぐらい楽しんだっていいはずだ。いや、少しぐらいではすまないかもしれない。どちらにしてもオリヴィアはひと目見てからでなければこの城を出る気はなかった。

オリヴィアは心を決めて立ち上がった。


（この続きは、二〇一一年十月十五日刊の『オリンポスの咎人　アーロン』上・下巻でお楽しみください）

キャラクター紹介

マドックス

©アリスン

内なる魔物：暴力
身長：193 センチ
髪：黒
瞳：紫
　（怒りを感じているときは､赤く光る）
蝶のタトゥー：左肩上から背にかけて。
特徴：怒りを感じると、
　悪霊の骸骨が顔に透けて映る。
得意とする武器：拳

パンドラの箱が
ついに開け放たれた。

『オリンポスの咎人I　マドックス』

アシュリンは、その場所で過去に交わされた声が聞こえるという制御できない力を持つせいで、幼い頃から喧騒の中で孤独に生きてきた。

そんなとき、ブダペストの森の奥深くに天使が住んでいるという噂を耳にする。藁にもすがる思いで夜の森に入ると紫色の瞳の屈強な男が現れ、これまで悩まされてきた声が静まり返った。アシュリンは喜びのあまり、男に一緒にいさせてほしいと頼み込んだ。

彼――マドックスは彼女を城へ連れ去ったものの、すぐに仲間の男たちに引き渡した。やがて時計が真夜中を告げたとき、仲間たちはおもむろに剣を振りあげマドックスを突き刺した。何度も、何度も、その胸の鼓動が止まるまで。

何が起きたかもわからないまま、アシュリンは彼の無残な死を悼んで涙に暮れた――翌朝、ひとりの男が現れ、世界は再びあの静寂に包まれる。そこにいたのはマドックス。死んだはずの男だった。

＊好評発売中